Antje Babendererde · Der Walfänger

florebis in hoc signo

MTb

Die Autorin

Antje Babendererde, geb. 1963 in Jena, beschäftigt sich seit 1990 literarisch mit Indianerthemen. In ihren Büchern für Jugendliche und Erwachsene verarbeitet sie Eindrücke und Geschichten, die sie während zahlreicher Aufenthalte in verschiedenen Indianerreservaten gesammelt hat.
Antje Babendererde lebt mit ihrer Familie in einem kleinen Dorf in Thüringen.

Weitere Bücher von Antje Babendererde im Merlin Verlag:
WUNDES LAND, Roman, MTb (2005)
DIE SUCHE, Roman (2005)

Antje Babendererde

DER WALFÄNGER

Roman

MERLIN

Für meine Eltern,
in Liebe und Dankbarkeit

Die großen, intelligenten Augen starrten ihn an; war es nur Einbildung, oder funkelte tief in ihnen auch ein fast menschlicher Schimmer von Vergnügtheit?

Warum hatten diese eleganten Meerestiere die Menschen so gern, denen sie so wenig schuldeten? Es gab einem das Gefühl, dass die menschliche Rasse vielleicht doch etwas wert war, wenn sie eine so selbstlose Zuneigung auf sich ziehen konnte.

Arthur C. Clarke, *The Deep Range*, 1954

Vor langer Zeit

Hölzerne Blicke im Nacken, einen bleichen Schädel auf der Hand, weggestreckt vom Körper. Der kräftige Mann mit untersetztem Körperbau und schulterlangem Haar sang Lieder seiner Ahnen, die jenen schon vor der Zeit von Geistwesen geschenkt worden waren. Sturm riss ihm die Worte von den Lippen und trug den Gesang vom Küstenwald auf das tosende Meer hinaus, wo ihn Schaumkronen auffingen und dunkle Strudel in die Tiefe sogen. Wie ein Orkan wirbelten die Worte über den Meeresgrund, nahmen Algen und Steine mit, bündelten sich und wurden zu einem zwingenden Ton, der die gewaltigen Wassermassen des Ozeans durchzog, um irgendwann jenes gigantische Wesen zu erreichen, an das der Gesang des Mannes gerichtet war: Er hatte einen Wal gerufen.

Tief unten, in einer anderen Welt, wurde die Bitte des Mannes empfangen. Sein Ruf war wie ein Sog, dem sich das riesige Tier nicht entziehen konnte. Der Wal machte sich auf die tausende Meilen weite Reise durch die Strömungen des Pazifik, um an jenem geheimnisvollen Ort anzukommen, an dem er sehnsüchtig erwartet wurde.

Genau in diesem Augenblick erbebte im nebelverhangenen Wald an der Pazifikküste Nordamerikas ein Brett aus Zedernholz, auf dem noch neun weitere Ahnenschädel lagerten. Und mit dumpfem Geschepper fielen sie dem Sänger vor die Füße.

Der Mann atmete tief durch, ein siegessicheres Lächeln zog über sein Gesicht. Salzige Tropfen hingen in seinem

Schnurrbart, der ihm ungestutzt über die Lippen wuchs. Die drei kreuzförmigen Narben an seiner Schläfe begannen zu glühen und ein Gefühl von Glück rann durch seinen Körper. Er wusste nun, dass seine Bitte erhört worden war. Die Geister hatten sein Lied als Gegengabe angenommen und jetzt würden die Dinge unweigerlich ihren Lauf nehmen. Der Wal hatte sein Haus unter dem Meer verlassen und war auf dem Weg zu ihm. Die Aussicht auf reichlich Fleisch und Walfett für alle erfüllte den Mann mit Stolz. Sein Ruhm würde gefestigt werden, seine Privilegien gesichert, und sein Volk sollte im Verborgenen einen Potlatch feiern, ein Schenkungsfest, wie es seit dem Verbot durch die Missionare keines mehr gegeben hatte.

Der Mann vor dem Walschrein, einem offenen Bau mit einem Dach aus Zedernbrettern, versteckt im Dickicht des Küstenwaldes hinter dem Shi-Shi Beach, war Santianna Buzzell, ein geachteter Walhäuptling der Makah-Indianer. Das Ansehen seiner Familie und sein hoher Rang erwuchsen aus dem Erbe seiner Ahnen, die in ununterbrochener Folge Walfänger gewesen waren.

Schon lange spürte Buzzell, dass sich die Dinge um ihn herum zu verändern begannen, auch wenn er voller Kraft am Bewährten festhielt. Er hatte nur eine Frau, während sein Großvater noch drei gehabt hatte. Sklaven gab es auch nicht mehr. Für die Abschaffung dieser Traditionen waren die Missionare verantwortlich. Ebenso dafür, dass die alten Feste, die Potlatchs, bei denen die Mächtigen ihre Macht demonstrierten, indem sie den Gegner mit Geschenken beschämten, nicht mehr zelebriert werden durften.

Santianna spürte die Drohung, die in der Zukunft lag. Aber die Geister hatten ihn erhört, – das nahm er als gutes Zeichen. Seine Macht war immer noch stark. Er konnte nicht ahnen, dass dies der letzte Wal war, den er mit seinem Gesang anlockte, um ihn später mit der Harpune zu töten. Buzzells Wissen über die Waljagd, das er an seinen Sohn weitergegeben hatte, würde verkümmern. Die Gesänge würden in Vergessenheit geraten, genauso wie die Orte, an denen die Walfänger seiner Familie gebetet hatten. Santianna würde seine Macht und seine Privilegien verlieren.

Aber von all dem konnte Santianna Buzzell noch nichts wissen, als er im Frühling des Jahres 1913 mit seinem Gesang und dem Klang der großen Trommel nach dem Wal rief. Er konnte auch nicht wissen, dass sich genau 86 Jahre später der Kreis schließen würde. Seine Familie sollte zurückerhalten, was ihr genommen war, doch dafür würde seinem Blut ein Opfer abverlangt werden. Denn Macht ist immer mit Opfern verbunden.

1. Kapitel

Hunger und Neugier trieben das junge Grauwalweibchen aus der Lagune von Matancitas auf das offene Meer hinaus in Richtung Norden. Hier, in den warmen Gewässern der Niederkalifornischen Halbinsel vor Mexiko, hatte es mit vielen anderen seiner Art sorglos überwintert.

Dieser karge und beinahe farblose Teil der Küste bestand aus einem Netz von Rinnen und Engpässen zwischen graugelben Dünen ohne Vegetation. Deshalb wurden die Wale, die den Winter hier verbrachten, von den Einheimischen auch „Wale der Wüste" genannt. Die Lagune von Matancitas war eine schmale Wasserzunge, einzig durch die Dünen vom Meer getrennt. Nur einer der Zugänge war tief genug, damit die Wale ihn passieren konnten: Boca Soledad – die Bucht der Einsamkeit. Diese Bucht war jedoch eng und schwer zugänglich, deshalb ließen sich die jüngeren Tiere von den erfahrenen führen, um sich nicht zu verirren oder an einer seichten Stelle stecken zu bleiben.

Auch wenn den Walen in diesem Terrain nur geringe Nahrungsmengen zur Verfügung standen, konnten sie im warmen Wasser ihre Körpertemperatur aufrechterhalten. Hier vollzogen die Grauwale ihre Paarung und trächtige Weibchen brachten in den geschützten Lagunen ihre Jungen zur Welt. Durch das stark salzhaltige Wasser bekamen die Neugeborenen mit Hilfe der Mutter den nötigen Auftrieb, um über Wasser ihren ersten Atemzug machen zu können. Und obwohl das Wasser der Lagune trübe war von den Abwässern der kleinen Stadt und den Abfällen der

Fischfabrik von Matancitas, kamen die Wale immer wieder hierher zurück, – so als wäre der Ort in ihr Gedächtnis gebrannt.

Anfang Februar versiegten die letzten Nahrungsquellen in der Baja California und die Wale begaben sich auf ihre Reise. Auch das Grauwalweibchen hatte über Schallwellen einen Ruf vernommen, einen Ruf, der sich seit tausenden von Jahren ständig änderte und doch immer wieder dasselbe bedeutete: Auf der Suche nach Nahrung musste sie ihre tausende Meilen weite Wanderung nach Norden beginnen, bis hinauf in die arktischen Strömungen der Beringsee und der Tschuktschensee.

Unterwegs würde sie eine dicke Fettschicht ansetzen, den Blubber, den sie brauchte um in den kalten Gewässern ihre Körpertemperatur halten zu können. Hauptmahlzeit auf dem Speisezettel der Grauwale war Krill, ein Gewirr aus winzigen Krebsarten, die sie mit ihren langen Barten aus dem Wasser herausfilterten. Oder sie hielten sich eine Weile in flachen Ufergewässern auf, wo sie auf dem Meeresgrund Krebse, Borstenwürmer und Weichtiere vertilgen konnten.

Vorbei an feinsandigen Dünen verließ die Walkuh ihre sichere Bucht und begab sich ins offene Meer hinaus. Sie war noch jung, erst drei Jahre alt. Das erste Mal hatte ihre Mutter sie auf der großen Reise begleitet, sie beschützt und ihr den Weg gezeigt. Nun kannte sie ihn allein. Sie war alt genug, um Erinnerungen an Strömungen, Buchten und Felsformationen zu haben und sich mit ihrer Hilfe zu orientieren. Bald würde sie ihren Hunger stillen können.

Aber da war auch noch etwas anderes, etwas, das sie verwirrte, weil sie es nicht kannte. Es war ein mysteriöser

Gesang, der so alt war wie das Gedächtnis ihrer Vorfahren. Jenes Lied, das sie mit den unterirdischen Strömungen im offenen Meer erreichte und umspülte, wirkte wie ein Sog. Dem Gesang zu folgen war ihre Bestimmung und würde sie von allen anderen ihrer Art unterscheiden.

2. Kapitel

In einer warmen Sonntagnacht im April stand Irina Scolari am Fenster ihrer Wohnung und blickte in das strahlende Dunkel hinaus. Sie wohnte im siebenten Stock eines modernen Hochhauses am Rande der San Francisco Bay. Auf der anderen Seite der Bucht konnte sie die geordneten Lichter der Oakland Army Base sehen. Aus dieser Perspektive schienen sie eine Verlängerung der Lichterkette der Bay Bridge zu sein, die über acht Meilen Stahl und Beton Oakland mit San Francisco verband.

Vor Irinas Augen verschwammen die verschiedenfarbigen Leuchtpunkte der Stadt zu Linien, die durch die Nacht schlingerten und im Nirgendwo endeten. Genauso chaotisch empfand sie im Augenblick ihr Leben. Wenn sie doch nur durch dieses Fenster gehen könnte wie durch eine Zeitwand, sich dahinter ausruhen und fern von allem sein. Stattdessen fühlte sie sich wie ein Tier in der Falle. Einer Falle, die einen Ausgang hatte. Der allerdings führte in ihren Augen in einen goldenen Käfig.

„Irina!", hörte sie Roberts Stimme aus der Tiefe des Raumes, „Irina, ich rede mit dir. Wo bist du nur mit deinen Gedanken?"

Schwerfällig wandte sie den Kopf, um dem Mann, der ihr soeben einen Heiratsantrag gemacht hatte, in die Augen zu sehen. Sie waren blau und groß und eine einzige Frage sprach aus ihnen.

„Ich muss darüber nachdenken", sagte sie und war sich bewusst, dass Robert ihre Grausamkeit nicht verdient hatte.

Dieser Mann liebte sie. Und seine Hoffnung, dass auch sie ihn liebte, war durchaus berechtigt. Immerhin waren sie seit fünf Jahren ein Paar; fünf schöne Jahre, die wie im Fluge vergangen waren. Eigentlich gab es für Irina keinen Grund, Roberts Antrag nicht anzunehmen. Ihr Verhalten war unerklärlich, denn noch einmal würde Robert sie nicht fragen. So gut kannte sie ihn.

Robert vergrub den Kopf in den Händen und zauste sich in einer verzweifelten Geste sein rötlich krauses Haar, das auf dem Schädel licht zu werden begann. „Irina", seufzte er, „ich habe dich vor zwei Jahren gefragt und du musstest nachdenken. Ich ließ dir ein Jahr Zeit und fragte dich wieder. Aber du musstest immer noch nachdenken. Jetzt frage ich dich ein drittes Mal und langsam komme ich mir verschaukelt vor. Die Entscheidung kann doch nicht so schwer sein: Entweder du möchtest meine Frau werden, mit mir leben und Kinder haben, oder du willst es nicht. Sag mir einfach, woran ich bin. Ich werde versuchen, deine Antwort zu akzeptieren."

„So einfach, wie du es sagst, ist es aber nicht. Du weißt, ich war schon mal verheiratet ..." Irina senkte den Kopf und schämte sich ihrer Ratlosigkeit. Nervös drückte und bog sie ihre Finger. Feiner Schweiß klebte ihre beige Seidenbluse auf der Haut fest. Sie waren in einem teuren Restaurant essen gewesen und Irina hatte die ganze Zeit gespürt, dass Robert ihr etwas sagen wollte. Aber getan hatte er es erst, als sie wieder in ihrer Wohnung waren.

Er stöhnte auf, Ungeduld färbte seine Stimme. „Fang doch nicht schon wieder damit an, Irina, das ist mehr als zehn Jahre her. Ihr wart zu jung und habt überhaupt nicht zueinander gepasst. Mit uns ist es anders. Wir haben unsere Erfahrungen gemacht und kennen uns jetzt seit fünf Jahren. Für mich waren es fünf wunderbare Jahre. Ich finde es aufregend, der Mann an deiner Seite zu sein. Seit ich dich kenne, fühle ich mich viel lebendiger. Ich liebe dich und möchte Kinder mit dir haben. Ich möchte für dich da sein, Irina. Immer."

Er erhob sich, um seinen Worten Nachdruck zu verleihen, aber Irina kam all das vor wie eine Theateraufführung, deren Inhalt sie seltsam unberührt ließ.

Wie war es bloß dazu gekommen? Weshalb musste sie diesen Mann so quälen? Saß in ihrer Brust ein kalter Stein, wo andere ein Herz hatten? Nein, sie hörte ihr Herz pochen, kräftig und laut. Sie hatte Angst oder wollte ihre Verunsicherung nicht zeigen. Warum stellte er sie vor diese Entscheidung und ließ nicht einfach alles so wie es war – wie es gut war?

„Ich frage dich ein letztes Mal", sagte Robert, „willst du meine Frau werden, Irina?"

Sie straffte ihre schmalen Schultern, sah ihm offen ins Gesicht und erwiderte: „Bevor ich dir eine Antwort gebe, muss ich noch etwas tun. Es ist wichtig für mich ... für uns", fügte sie zögernd hinzu.

Robert ließ sich kraftlos in den braunen Ledersessel zurückfallen. „Also gut. Und was wäre das? Klingt ziemlich geheimnisvoll." Er war plötzlich eifersüchtig. Etwas, das ihn heftig und unerwartet befallen konnte, aber auch ebenso schnell wieder verschwand, wenn er eine vernünftige Erklärung bekommen hatte. Vertrauen hielt er für die entscheidende Komponente in einer Beziehung, wenn diese von Dauer sein sollte.

„Ich muss eine Reise machen", sagte Irina. Ihr Blick entglitt in weite Ferne, an einen Ort, an den er ihr nicht folgen konnte.

Seine Nervosität wuchs. „Wohin?"

Sie verschränkte die Arme vor der Brust und antwortete ihm nicht gleich; überlegte noch, ob sie es überhaupt tun sollte. Aber da sie das Gefühl hatte, ihm etwas schuldig zu sein, sagte sie schließlich: „Auf die Olympic Peninsula."

Robert Miller dachte einen Moment nach, dann öffnete er die Hände zu einer Geste, die Resignation ausdrückte: „Es sind die Wale, nicht wahr? Du willst dabei sein, wenn die Indianer von ihrem wiedergewonnenen Recht Gebrauch machen und einen Wal töten."

Irina biss sich auf die Lippen und nickte. Das war nur die halbe Wahrheit, aber für ihn sollte sie vorerst genügen. Es war nicht notwendig, Robert noch mehr zu verunsichern. Bei derartigen Gratwanderungen konnte man den Fuß leicht ins Leere setzen.

„Ich möchte dich begleiten", meinte er, erleichtert darüber, dass das Problem ein Tier und kein Mann war, wie er einen Augenblick befürchtet hatte. Seine leicht entflammbare Neugier und sein Beschützerinstinkt erwachten. Die große Halbinsel im Bundesstaat Washington, mit ihrer zerklüfteten, umwogten Küste, dem feuchtdunklen Regenwald und dem schneebedeckten Gebirge, war die Heimat wilder Tiere und seltsamer Menschen. Menschen, die grünwuchernde Wildnis und unbeständiges Wetter den Annehmlichkeiten der Zivilisation vorzogen.

Letztendlich war es auch nichts Ungewöhnliches, dass er Irina auf ihren dienstlichen Reisen begleitete. Er hatte ein ehrliches Interesse an ihrer Arbeit. Außerdem liebte Robert Abenteuer, deren Gefahren sich in überschaubaren Grenzen hielten.

„Aber ich muss allein gehen", entgegnete Irina fest, „weil ich mir über einige Dinge klar werden will. Außerdem würden dich deine Studenten vermissen. Das Semester ist noch nicht zu Ende." Sie lächelte schwach.

Das war richtig. Er konnte jetzt keinen Urlaub nehmen, ohne Ärger mit seinen Vorgesetzten zu bekommen. Aber er konnte krank werden. Sein Freund Bob würde ihm gewiss ein Attest ausschreiben, wenn er ihn darum bat. Aber eigentlich wollte er das gar nicht. „Du wirst diese Jagd nicht verhindern können – und schon gar nicht allein", brummte Robert.

„Das weiß ich auch. Aber vielleicht kann ich den Menschen dort etwas über Wale erzählen, etwas, das ihr Bewusstsein verändert."

Robert lachte spöttisch auf. „Die Indianer jagen diese Tiere seit tausenden von Jahren, Irina. Und du willst ihnen etwas über Wale erzählen, das sie noch nicht wissen! Verrennst du dich da nicht ein bisschen?"

„Sie haben sie getötet und wir haben sie erforscht." Irina begann vor dem Fenster auf- und abzulaufen, als sinne sie nach plausiblen Gründen für ihr Vorhaben. Dass er ihre Mission nicht ernst nahm, ärgerte sie, denn sie war an sein Verständnis gewöhnt.

Er dagegen wunderte sich über ihre plötzliche Naivität. „Aber die Indianer waren nur in der Lage, die Wale mit ihren primitiven Mitteln zu jagen, weil sie alles über sie wussten."

„Nicht alles, Robert. Nicht einmal wir wissen heute alles. Wenn es so wäre, dann bräuchte ich nicht mehr arbeiten zu gehen", stellte sie richtig.

Er zuckte die Achseln, weil es unmöglich war, sie von etwas abzubringen, das sie sich einmal in den Kopf gesetzt hatte. Schließlich stammten die Vorfahren ihres Vaters aus Italien und ihre Mutter war eine russische Immigrantin. Die Halsstarrigkeit ihres Vaters und das Durchsetzungsvermögen ihrer Mutter, jene Eigenschaften, die letztendlich zur Scheidung der Eltern geführt hatten, waren in Irinas Persönlichkeit zu gleichen Teilen manifestiert.

„Wann wirst du fahren?", fragte er.

„In einer Woche. Ich habe vorher noch einiges im Institut zu erledigen. Ich kann eine Dienstreise bekommen, wenn ich es vorher schaffe, die Diagramme der Buckelwalgesänge auszuwerten."

Irina arbeitete als Cetologin für das Ocean Biosphere Project in San Francisco, einer regierungsunabhängigen Organisation, die seit vielen Jahren das Verhalten von Walen und anderen Meeressäugern erforschte. Gelegentlich hielt sie über dieses Thema Referate vor Studenten, und bei einem dieser Vorträge hatte sie auch Robert Miller kennen gelernt, der an der Golden Gate University amerikanische Geschichte und Kultur lehrte.

„Du hast also alles schon eingefädelt?"

Irina nickte nur, weil sie keine Lust hatte, weitere Erklärungen abzugeben. Sie setzte sich auf einen der beiden Stahlrohrstühle am Fenster und starrte Robert an, oder besser: durch ihn hindurch.

Robert dachte angestrengt nach. Es war nicht das erste Mal, dass Irina ihm dieses Gefühl gab, ausgegrenzt zu sein. Er hatte gelernt, damit zurechtzukommen, wenn sie sich in ihre eigene Welt zurückzog. Aber irgendetwas stimmte diesmal nicht. Ihr Körper vibrierte vor Nervosität.

Und dann wurde es ihm klar: Es war nicht nur der Wal, der Irina Scolari in Richtung Norden rief. Sie hoffte, dort auf jemanden zu treffen, der immer noch mächtiger durch ihre Gedanken geisterte, als sie es sich selbst eingestehen wollte.

Robert hätte ihr zu verstehen geben können, dass er sie durchschaut hatte. Stattdessen erhob er sich, beugte sich zu ihr herunter und küsste sie flüchtig auf die Schläfe. Mit einem gemurmelten Abschiedsgruß verließ er ihre Wohnung, um nach Hause zu fahren.

Er selbst bewohnte ein gemütliches einstöckiges Haus nicht weit von der Universität, das er gerne mit Irina geteilt hätte. Er war sogar bereit, Kompromisse einzugehen, was die Einrichtung betraf. Robert war ein leidenschaftlicher Sammler kurioser Dinge, die er von seinen Reisen mitbrachte. Regale und Ablageflächen in den Räumen seines Hauses waren voll gestellt mit menschlichen und tierischen Figuren aus verschiedenen Materialien. Es gab große Muscheln, die seltsame Auswüchse hatten, und bizarr gewachsene Wurzeln. Gemusterte Steine, Gefäße aus Ton, Holz oder Glas reihten sich aneinander. Dazwischen sammelte sich der Staub, was Irina jedes Mal zum Putztuch greifen ließ, wenn sie sich in seinem Haus aufhielt.

Umgekehrt war es ähnlich. Irinas Art, sich einzurichten, behagte Robert wenig. Sie liebte Großzügigkeit und leere Flächen. Das minimalistische Mobiliar ihres Wohnzimmers – Leder, Stahl, viel Glas und an weißen Wänden zwei Bilder in kräftigen Farben – erschien ihm zu wenig, um sich darin wohl zu fühlen. War er bei ihr, kam er sich jedes Mal vor wie im Büro einer Kunstgalerie.

Robert wollte mit Irina alles teilen. Seine Vorlieben genauso wie die ihren. Seine Träume, seine Lust und seine Zukunft. Doch im Augenblick verspürte er kaum den Wunsch, etwas mit Irina zu teilen, nicht einmal das Bett. Warum hatte sie ihm nicht erzählt, was der wahre Grund für ihre Reise war? Warum konnte sie ihm nicht vertrauen?

Robert fuhr durch die steilen Straßen von San Francisco und wollte weder mit noch neben dieser Frau schlafen, die ihm mit einem Mal sehr fremd erschien.

Als die Tür hinter Robert ins Schloss gefallen war, atmete Irina erleichtert auf. Zum Glück hatte er sie nicht weiter mit Fragen bedrängt, sonst hätte sie jetzt noch ein weiteres Problem.

Sie entkleidete sich, hängte das elegante, ockerfarbene Seidenkostüm sorgfältig auf einen Bügel, und nahm eine Dusche, um wieder klar denken zu können. Im legeren grünen Jogginganzug setzte sie sich in ihrem Arbeitszimmer an den Schreibtisch aus Nussbaumholz und überflog zum wiederholten Male den Artikel, den sie vor ein paar Tagen aus der „San Francisco Times" ausgeschnitten hatte:

MAKAH WALFANG
Die zuständigen US-Behörden und die internationale Walfangkommission IWC haben dem Antrag der Makah-Indianer stattgegeben, wieder fünf Wale im Jahr auf traditionelle Weise jagen zu dürfen. Die Makah waren der einzige Stamm an der amerikanischen Nordwestküste, der bis Ende der 20er Jahre das staatlich verbriefte Recht hatte, Wale zu jagen. Später wurde es ihnen gesetzlich verboten. Die Jagd werde traditionellen und keinesfalls kommerziellen Zwecken dienen, erklärte Keith Jimmicum, Vorsitzender der Makah-Walfangkommission.

Beim Radiosender KIRA in Seattle sind inzwischen Morddrohungen gegen den Stamm eingegangen: „Ein toter Indianer für jeden getöteten Wal." – lautete die Botschaft eines anonymen Anrufers.

Kanadische und amerikanische Tierschützer kündigten an, dass sie versuchen würden, die Jagd mit allen ihnen zur Verfügung stehenden Mitteln zu verhindern.

Irina schluckte beklommen, ihre Kehle war trocken. Was war bloß los mit ihr? Wieso hatte sie Robert nicht einfach sagen können: „Ja, mein Lieber, ich möchte deine Frau werden. Es gibt nichts, was ich mir mehr wünsche."

Denn genauso fühlte Irina, auch wenn sie im Augenblick etwas verwirrt war. Verwirrt durch diesen Zeitungsartikel und die Erinnerungen, die er in ihr hervorrief. Alles war sehr lange her und doch plötzlich nah genug, um sie aus der Fassung zu bringen.

Sie öffnete die unterste Schublade ihres Schreibtisches und holte einen Karton mit Fotos heraus. Zielgerichtet blätterte sie die Sammlung durch und zog fünf Bilder hervor, die sie in Form eines Kreises um den Zeitungsartikel anordnete, als wolle sie eine heidnische Zeremonie abhalten. Eines davon war ihr Hochzeitsfoto mit dem Makah-Indianer Micah Mahone und auf drei anderen waren sie ebenfalls zusammen zu sehen. Ein Foto zeigte ihn allein. Sie nahm es in die Hand und hielt es näher ans Licht. Micah hatte den Kopf zur Seite gelegt und lachte, die Hände in die schmalen Hüften gestemmt. Er hatte eindrucksvolle brombeerfarbene Augen mit leicht asiatischem Einschlag und dichten schwarzen Brauen. Als sie ihn kennen lernte, trug er sein Haar bis auf die Schultern; als sie ihn verließ, reichte es ihm bis zu den Hüften.

Fünf Fotos waren alles, was von ihrer Ehe mit Micah Mahone geblieben war. Im Laufe der Zeit waren die Farben auf dem Glanzpapier verblasst, ihre Erinnerungen jedoch nicht.

Obwohl sie ihn seit über zehn Jahren nicht mehr gesehen hatte, konnte sie sich noch immer an viele Einzelheiten ihres gemeinsamen Lebens erinnern. An den rauen Klang seiner Stimme, wenn er lachte oder sie dazu bringen wollte, ihn zu lieben. Die Art wie er ging, ein wenig wie ein Bär, mit seinem langen Oberkörper und den langen, kräftigen Armen. Die Hände hatte er meist in den Vordertaschen seiner Jeans verborgen, weil sie ihm sonst im Weg waren, so war es ihr jedenfalls vorgekommen.

Sie hatte diesen Mann geliebt, obwohl vieles sie trennte. Oder vielleicht gerade deshalb. Ihre Liebe war wie das Tor zu einer anderen Welt gewesen, aus der Micah Mahone gekommen war. Doch wenn sie den Versuch gemacht hatte, seine Welt zu betreten, hatte er ihr den Zugang versperrt. Es war, als wollte er nicht, dass sie sein wirkliches Wesen erkannte, das untrennbar mit seiner Herkunft verbunden war. Er hatte sich von den Dingen gelöst, die Irina so brennend an ihm interessierten.

Zu Beginn ihrer Beziehung hatte Micah Irina mit kargen Worten von seiner Kindheit im Reservat berichtet und ihr ein paar Indianergeschichten erzählt. Danach war sein Mitteilungsbedürfnis erschöpft gewesen.

Manchmal, so kam es ihr vor, suchte er nach Worten, um dem Durcheinander in seiner Seele Ausdruck zu verleihen. Aber es funktionierte nicht. Irgendwann einmal war er fortgegangen, weil er ein anderer sein wollte. Nun war er ein anderer geworden.

Allen Fragen über seine Familie wich Micah geschickt aus, und von den Traditionen seines Volkes erfuhr Irina nur, dass er sich von ihnen entfernt hatte, weil er davon überzeugt war, dass sie in der heutigen Zeit keine Bedeutung mehr hatten.

Die Tätowierungen an seinen Unterarmen und jene auf seiner Brust, die einen stilisierten Wal zeigte, waren ihm peinlich und er trug immer ein Hemd oder ein T-Shirt, damit Irina die blauen Linien nicht sehen konnte, die sie an seine Herkunft erinnerten. Micah Mahone war ein verlorener Wanderer zwischen den Welten, umgeben von fremden Schatten, die er selbst nicht wahrnahm oder nicht wahrnehmen wollte.

Nachdem der Indianer aus ihrem Leben verschwunden war, mied Irina Männer wie ihn, die imstande waren ihr zu nahe zu kommen und ihre Seele zu berühren. Sie wählte ihre Partner nach vordergründigen Qualitäten aus und fand, dass ihr Leben so viel unkomplizierter, ja angenehmer war. Auf diese Art kamen schwerwiegende Probleme, deretwegen man sich dann ganze Nächte um die Ohren schlagen musste, gar nicht erst auf.

Irina widmete sich intensiv ihrem neuen Job beim Ocean Biosphere Project – einer Arbeit, von der sie während des Studiums immer geträumt hatte – und kletterte die Karriereleiter zwar nicht steil, aber stetig nach oben. Inzwischen war sie Chefin eines Teams, das aus fünf Mitarbeitern bestand, die hervorragende Arbeit leisteten. Das Team war eines der besten auf diesem Gebiet, was ein schöner Ansporn für Irina und ihre Kollegen war.

Ihr gutes Gehalt ermöglichte Irina einen sorgenfreien Lebensstil. Da sie sportlich war, auf ihr Äußeres achtete und amüsant erzählen konnte, mangelte es ihr nie an Männerbekanntschaften. Sie setzte im Grunde das Leben fort, das sie geführt hatte, bevor sie Micah Mahone begegnet war. Nur selten erwachte ihr schlechtes Gewissen, wenn sie daran dachte, wie sie diesen Mann aus ihrem Leben verbannt hatte, so abrupt, dass er keine Möglichkeit gehabt hatte, die Gründe für ihr Verhalten verstehen zu können.

Um sich in Zukunft keine Moralpredigten anhören zu müssen, suchte sie sich Freundinnen, die ebenso lebten wie sie. Die Beziehungen, die Irina zu Menschen hatte, blieben an der Oberfläche und damit ohne Konsequenzen.

Ganz anders verhielt es sich mit ihrem Verhältnis zu Tieren, jenen Wesen, die der Mensch beliebig für seine Zwecke einsetzte. Sei es, um durch sie seine Speisekarte zu vervollkommnen, sie für seine Anschauungs- oder Forschungsprojekte zu benutzen, oder auch nur um einen Partnerersatz zu haben, der menschliches Versagen nicht mit Worten kommentieren konnte.

Tiere, diese wortlosen Lebewesen, hatten freien Zugang zu Irinas Herzen, und es waren die Meeressäuger, die sich fest darin eingenistet hatten. Wale, die Giganten der Ozeane, die Hüter der Geheimnisse des Meeres, waren ihr zur Leidenschaft geworden, zur Besessenheit. Über nichts wusste sie so gut Bescheid wie über diese Geschöpfe, die sie faszinierten und ihr gleichzeitig die größten Rätsel aufgaben.

Doch keiner der Männer, mit denen sie sich einließ, brachte jemals wirkliches Interesse für ihre Arbeit auf. Nicht einer ließ sich von Irinas Leidenschaft beeindrucken und fand wahrhaft Gefallen daran, ihren Fragen über die Wale zu lauschen, auf die es bisher keine Antwort gab, denn sonst hätte Irina sie längst gewusst.

Aus diesem Grund hatte sie gelernt, Fragen über ihren Beruf auszuweichen und die Männer mit Gesprächsthemen zu erfreuen, die von ihr erwartet wurden.

Als Irina Robert Miller kennen lernte, war alles anders als sonst. Sie saßen in der Uni-Mensa am selben Tisch, und obwohl seine körperliche Erscheinung nicht ihrem Wunschdenken entsprach, wirkte seine Ausstrahlung doch irritierend auf sie. Durch Roberts eindringlichen Blick fühlte sie sich ihrer Schlagfertigkeit beraubt und verstummte im Bann seines Interesses, das er an ihr bekundete.

Ihr Gegenüber hatte einen Ansatz zur Glatze und ein sonnengebräuntes, offenes Gesicht. Die Farbe seiner Augen glich der eines Wals, jedenfalls kam ihr das so vor. Opakes Blau. Und wie ein Wal blickte er sie auch an: vollkommen unbefangen, freundlich und doch voller Neugier, mit einer gehörigen Portion Spott. Das verunsicherte sie gewaltig.

Als Irina sich wieder gefangen hatte, begann sie mit ihm zu flirten, auf dieselbe oberflächliche Art, wie sie es immer tat und wie es sich bewährt hatte. Aber Robert ließ sich von ihrem Spiel und dem Gelächter nicht täuschen. Er spürte, dass unter ihrem glatten Äußeren ein Wesen lag, das umherirrte und nach einem Halt suchte, nach wahrer Anerkennung und Wärme.

Am nächsten Tag setzte sich Irina in der Mensa an einen anderen Tisch, um nicht wieder von den unausgesprochenen Wünschen dieses Mannes bedrängt zu werden. Aber Robert hatte nach ihr Ausschau gehalten und kam mit seinem Teller zu ihr herüber. Sein Gang war leicht und federnd, was sie wunderte bei seiner Größe. Jeans und Polohemd waren als Kleidung eines Dozenten an einer Universität wie dieser gerade noch zugelassen und unterstrichen seine Sportlichkeit.

Robert redete mit Irina über ihre Arbeit. Er kannte sich erstaunlich gut aus und wusste genau die richtigen Fragen zu stellen, um ihre Begeisterung aufbrechen zu lassen. Wenn sie von ihren Walen erzählte, dann röteten sich Irinas Wangen und ihre wunderbaren grauen Augen bekamen einen seltsamen Glanz – wie Eis über einem zugefrorenen Bach, das durch die Bewegung des Wassers darunter immer wieder seine Schattierungen änderte.

„Es gefällt mir, wenn eine Frau so begeistert von ihrer Arbeit erzählt", war der magische Satz, mit dem er sie endgültig für sich einnahm. Endlich ein Mann, der nicht nur an ihrem Körper Interesse zeigte, sondern auch daran, was sie zu sagen hatte.

An diesem Tag lud Robert Irina zum Abendessen ein und sie sagte zu. Robert war interessiert und unterhaltsam und der Abend wurde wunderbar – so wie alle folgenden Abende auch.

Als Robert Miller in ihrer ersten gemeinsamen Nacht vor Aufregung versagte, war er vom Scheitern ihrer Beziehung überzeugt. Sein Versagen schien alle Träume zunichte zu machen, jedenfalls glaubte er das in diesem schwierigen Augenblick. Aber er sollte sich irren. Seine Verletzlichkeit öffnete ihm eine Tür zu Irinas Inneren, die ihm anderenfalls womöglich verschlossen geblieben wäre. Zum ersten Mal erkannte er ihre Fähigkeit zu geben. Von diesem Moment an war es gänzlich um ihn geschehen. Er hatte die Frau gefunden, mit der er leben und eine Familie haben wollte. Eine Frau voller Widersprüche und der Garantie, dass es an ihrer Seite niemals langweilig werden würde.

Wann immer es möglich war, nahm Robert sich frei, um Irina auf ihren Forschungsreisen zu begleiten. Wie viel Zeit hatte er schon mit ihr auf irgendwelchen Booten und in stickigen Kajüten verbracht, um endlich einmal die geglückte Paarung eines Walpärchens beobachten zu können? Was bei den Menschen so schnell und unspektakulär vonstatten gehen konnte, war für Wale ein mühseliges, aufwendiges Unterfangen, das am Ende nicht einmal von Erfolg gekrönt sein musste. Wenn Robert den Walen bei ihrer Paarung zuschaute, dachte er jedes Mal an seine erste Nacht mit Irina und fühlte eine eigenartige Verbundenheit mit den männlichen Vertretern der riesigen Meeressäuger.

Doch sein Wunsch schien in Erfüllung zu gehen.

Nach und nach öffnete sich Irina immer mehr und legte ihre glatte Art ab. Sie genoss die Geborgenheit und die Sicherheit, die Robert in ihr Leben brachte, und ihre Verkrampfung löste sich, als sie aufhörte jemanden darzustellen, der sie gar nicht war.

Irina fühlte sich wohl in dieser Beziehung, aber Roberts Heiratsanträge hatte sie bisher abgelehnt. Die Furcht vor einem erneuten Misslingen der Beziehung hinderte sie daran, ihr Jawort zu geben und damit die letzte Hintertür zu schließen, die sie sich immer noch offen gelassen hatte. Robert ahnte das und er war verletzt. Wer liebt verliert, dachte er, wollte aber die Hoffnung nicht aufgeben.

Zwei Tage vor ihrer Abreise in den Norden traf sich Irina mit ihrer Mutter zum Mittagessen. Der Pier 39 an der Fisherman's Wharf bot neben zahlreichen kleinen Läden und Boutiquen auch eine illustre Auswahl verschiedener Restaurants. Irina kam gern hierher, denn hier war sie dem Meer nahe und fand trotz der vielen Touristen immer ein gemütliches Eckchen, in dem sie ungestört speisen konnte.

Mutter und Tochter hatten sich in Antonio's Seafood Grill verabredet. Lena Scolari – sie hatte den Namen ihres Mannes nach der Scheidung beibehalten – saß bereits an einem Tisch hinter einer großen Glasscheibe und studierte die Karte. Die Russin war Mitte fünfzig, wirkte jedoch viel jünger, da sie schlank und zierlich war. Die glatte Gesichtshaut ihrer Mutter führte Irina darauf zurück, dass sie ihr Haar so streng zurückkämmte. Es war von einer seltsamen Farbe: einem silbernen Blond.

Lena trug ein einfach geschnittenes, dunkelgrünes Kostüm, das dezent ihre kühle Würde unterstrich, die sie wie eine Aura umgab.

„Hallo Mama", begrüßte Irina sie und gab ihr einen flüchtigen Kuss auf die Wange. Sie hatte schon als Kind immer „Mama" – die russische Version – benutzt, und niemals „Mom" oder „Mommy" zu ihrer Mutter gesagt, wie ihre Schulkameraden.

Lena setzte die Lesebrille ab, um ihrer Tochter prüfend ins Gesicht zu schauen.

„Du siehst gut aus", kam Irina ihr zuvor, als sie sich ihrer Mutter gegenübersetzte und nun ebenfalls nach der Karte griff.

„Und du ein bisschen müde", erwiderte Lena mit hochgezogenen Brauen, die dunkel geschminkt waren. „Du hast Ringe unter den Augen."

Irina kannte diesen vorwurfsvollen Blick. „Ich habe diese Woche ziemlich viel gearbeitet", meinte sie achselzuckend. Die Kellnerin kam und Irina bestellte sich Heilbutt im Kartoffelmantel mit Salat, ein sehr schmackhaftes Gericht südländischer Küche. Sie ging gerne essen, denn Kochen war keine ihrer Stärken. Dafür hatte sie gelernt, sich schnell zu entscheiden.

Lena wählte die mit Garnelen gefüllte Zucchini, den Tipp des Tages. „Wie geht es Robert?", fragte sie.

„Gut", sagte Irina.

„Wie gut?" Lena mochte Robert, sie hatte ihn sofort ins Herz geschlossen, als Irina ihn ihr das erste Mal vorstellte. Robert Miller verkörperte all das, was ihr geschiedener Mann ihr niemals hatte geben können. Irinas Vater Stefano war ein liebenswerter, aber unbesonnener Mann gewesen. Überschwänglich und vollgestopft mit unzähligen Ideen, wie man auf schnelle Art reich werden könnte, hatte er ihnen stets das Leben schwer gemacht.

Als dann schließlich herauskam, dass Stefano in North Beach eine italienische Geliebte hatte, die ein Kind von ihm erwartete, besann sich Lena auf ihre angeborene Würde und verließ ihn, um sich und ihre Tochter aus dem Kreislauf von Liebe und Hass zu erlösen.

Drei Jahre später wurde Stefano Scolari bei seiner Arbeit im Hafen von einer randvoll mit Eis und Fischen beladenen Kiste regelrecht zerquetscht. Er war nicht sofort tot, und als Irina mit ihrer Mutter im Krankenhaus eintraf, begegneten sie seiner neuen Frau und deren kleinem Sohn Paolo.

Stefano war bewusstlos und starb, ohne noch einmal einen Blick auf seine Kinder und Frauen geworfen zu haben. Lena tröstete die schluchzende Italienerin und Irina schaukelte ihren kleinen schwarzäugigen Bruder auf den Knien.

Sie besuchten Paolo und seine Mutter oft. Aber dann lernte die Italienerin wieder einen Mann kennen und zog mit ihm und Paolo aus San Francisco fort. Zurück blieben Lena und ihre Tochter, wobei Irina bald eigene Wege ging.

Irina blickte auf und sagte: „Es geht Robert gut, Mama, wieso siehst du mich so skeptisch an? Glaubst du mir nicht?"

„Ich merke, wenn etwas nicht stimmt. Mach mir doch nichts vor. Wann habt ihr euch das letzte Mal gesehen?"

Irina schwieg eine Weile, holte tief Luft und sagte schließlich: „Am Sonntag."

„Das ist fünf Tage her", bemerkte Lena.

„Robert hat mir wieder einen Heiratsantrag gemacht." Irina blickte durch die Scheibe in die Bucht hinaus, wo sich am Pier eine Herde von Seelöwen tummelte. Die Tiere wurden von den Besuchern mit Fisch gefüttert, und da sie inzwischen an die einfachen und regelmäßigen Mahlzeiten gewöhnt waren, kehrten sie nach ihrer Brunftzeit, die sie auf den Channel Islands verbrachten, immer wieder hierher zurück, um sich von Schaulustigen verwöhnen zu lassen.

„Er wird es nicht noch einmal tun", sagte Lena.

„Ich weiß."

„Und was hast du ihm geantwortet?"

„Ich habe mir Bedenkzeit erbeten."

Lena lachte kopfschüttelnd auf und kramte nach ihrem Zigarettenetui, um sich eine von ihren langen Marlboro Lights anzustecken. „Du wirst langweilig, Tochter."

„Und du solltest nicht so viel rauchen, Mama."

„Er ist der Richtige, Irina", bemerkte Lena.

„Woher willst du das wissen, Mama? Du bist nicht ich."

„Ich bin nicht du, aber ich kenne dich. Und Robert kennt dich auch, verstehst du?"

Verwundert blickte Irina ihre Mutter an. „Nicht ganz. Erklär es mir!"

„Dieser Mann kennt dich und er liebt dich trotzdem. Er kennt dich und er will dich heiraten. Er macht sich und dir nichts vor, Irina. Das ist das Besondere an ihm."

Irina wusste, dass ihre Mutter sie nur allzu gern mit Robert Miller verheiratet sehen würde, diesem charmanten und verständnisvollen Mann, der noch dazu klug war und gut verdiente. Lena wünschte sich Enkelkinder. Aber bisher hatte sie sich mit diesem Wunsch zurückgehalten, weil ihr klar war, dass sie bei ihrer Tochter damit auf taube Ohren stoßen würde.

„Wie läuft es mit dem Unterricht?", fragte Irina, um vom Thema abzulenken. Seit ihrer Scheidung finanzierte Lena Scolari ihren Lebensunterhalt durch privaten Klavierunterricht. Nach einigen Anfangsschwierigkeiten konnte sie inzwischen gut davon leben, denn die Schüler gingen ihr niemals aus. In Moskau war sie eine viel versprechende junge Pianistin gewesen, die eine glanzvolle Karriere vor sich hatte. Sie nutzte ihre erste Auslandstournee, um in San Francisco zu bleiben, aber hier war ihre Berühmtheit nichts wert und ihr Glanz verkümmerte unter den endlosen Absagen, die sie erhielt. Ihr Können blieb auf dem Stand, auf dem es war, als sie amerikanischen

Boden betreten hatte. Um es zu vervollkommnen, fehlten ihr der nötige Ehrgeiz und die anspornende Wirkung des Beifalls.

Aber der Hauch ihrer Vergangenheit haftete Lena immer noch an und für Klavierstunden reichte ihr Können allemal. Die vielen Neureichen aus den bewachten Wohnsiedlungen schickten gern ihre Kinder in den Unterricht zu dieser gepflegten russischen Dame, die es verstand, sogar dem unbegabtesten Rabauken klangvolle Töne aus den zappeligen kurzen Fingern zu locken.

„Mach dir nur um mich keine Sorgen, meine Liebe, ich habe mehr Schüler als ich verkraften kann. Es geht mir gut, besser ist es mir nie gegangen. Aber was ist mit dir? Du solltest endlich zur Ruhe kommen und eine Familie gründen. Als ich so alt war wie du, hatte ich schon eine vierzehnjährige Tochter."

Das Essen wurde gebracht und Irina ging nicht auf diese letzte Anspielung ein. Sie wusste, dass ihre Mutter Recht hatte, das hatte sie immer. Lena war klug und voller eigentümlicher Weisheiten, und Irina fragte sich manchmal, wie es hatte passieren können, dass ihre Mutter an einen Mann wie Stefano Scolari geraten war.

Vermutlich war es blinde Leidenschaft gewesen, auch wenn es Irina schwer fiel sich das vorzustellen, da sie ihre Mutter jetzt sah, eine Frau, die seit Jahren keinen unüberlegten Schritt mehr getan hatte. Lena kannte Männer, die sie verehrten, aber es war ihr nie in den Sinn gekommen, wieder zu heiraten.

„Ich werde übermorgen in den Norden reisen", sagte Irina, nachdem sie den ersten Bissen hinuntergeschluckt hatte. „Du hast sicher von der bevorstehenden Waljagd der Makah-Indianer gehört. Ich muss dort hin. Vielleicht kann ich etwas bewirken. Ich weiß nicht, wie lange ich wegbleiben werde, ein paar Wochen vielleicht. Wenn ich zurückkomme, werde ich Robert eine Antwort geben."

Lena nahm einen letzten, tiefen Zug aus ihrer Zigarette, dann drückte sie die Glut im Aschenbecher aus. „Er geht dir nicht aus dem Kopf, nicht wahr?", fragte sie ihre Tochter.

Irina hätte so tun können, als wüsste sie nicht, auf wen ihre Mutter anspielte, aber sie hatte keine Lust auf Versteckspiele, denn erfahrungsgemäß führten sie zu nichts. Sie nickte und sagte: „In letzter Zeit musste ich oft an Micah denken."

„Du hast deine Ehe leichtfertig verscherzt."

„Ich weiß, Mama. Ich war zu jung."

„Du hattest es in der Hand."

„Mama, du vergisst, dass er nicht mehr geredet hat."

„Er hatte nur noch dich."

„Das stimmt überhaupt nicht. Micah hatte seine Familie."

Lena horchte auf. „Du hast noch Verbindung zu ihm?"

„Nein. Aber ich weiß, dass er wieder in Neah Bay lebt", erwiderte Irina. „Und ich bin überzeugt, dass er bei dieser Jagd dabei sein wird. Er hat früher manchmal davon geredet. Seine Vorfahren waren Walfänger. Es bedeutete ihm viel, auch wenn er es nie zugeben wollte."

„Wieso tust du das?"

„Ich weiß es nicht, Mama. Ich weiß nur, dass ich ihn sehen muss. Ich bin ihm etwas schuldig", antwortete Irina achselzuckend. „Und außerdem glaube ich, dass man sein Leben nicht in die Hand nehmen kann, wenn man nicht vorher die Geister der Vergangenheit begraben hat."

Lena hatte von Anfang an etwas gegen Irinas Beziehung zu diesem Indianer gehabt. Er war ihr nicht kultiviert genug gewesen, was sich in allen möglichen Kleinigkeiten äußerte, die sie Irina immer wieder vor Augen hielt: In seiner Kleidung, seiner Sprache, seinen Gewohnheiten, die er aus dem Reservatsleben beibehalten hatte, und vor allem in seinem Unglauben an einen Gott. Lena war sicher, dass er an etwas glaubte, an viele Götter vielleicht, oder – was noch schlimmer war: an viele Geister.

Als Lena damals merkte, wie sie Irina durch ihre ablehnende Haltung nur noch enger an Micah Mahone schweißte, gab sie es auf und bemühte sich, den jungen Mann mit den langen Haaren, der dunklen Haut und den Tätowierungen an den Handgelenken zu akzeptieren. Immerhin, aus seinen Augen sprach eine wache Intelligenz, auch wenn er niemals ein College oder eine Universität besucht hatte. Anders als Stefano, war Micah sich seiner attraktiven Ausstrahlung nicht bewusst gewesen, und so hatte diese Tatsache sein Wesen auch nicht geprägt, obwohl Lena das anfangs befürchtet hatte.

Er war nicht der Mann, den sie sich für ihre Tochter erhofft hatte, aber er war auch nicht schlecht. Mit etwas gutem Willen war es vielleicht sogar möglich, ihn zu akzeptieren.

Als Lena dies schließlich gelungen war, ließ sich ihre Tochter von Micah Mahone scheiden. Was Irina nicht wusste war, dass der Indianer nach der Scheidung noch einmal bei seiner Schwiegermutter aufgetaucht war, weil er sich von ihr die Erklärung erhoffte, die er von seiner Frau nicht bekommen hatte.

„Ich weiß es nicht, Micah", hatte Lena ihm damals geantwortet. „Aber vielleicht kann Irina nicht wirklich lieben. Vielleicht bin ich schuld, oder ihr Vater, aber du ganz sicher nicht. Sie hat die Liebe nicht gelernt. Vergiss meine Tochter einfach und fang ein neues Leben an."

In ihrer weisen Voraussicht ahnte Lena, dass ein Wiedersehen zwischen Irina und Micah Mahone auch nach so langer Zeit mit Komplikationen verbunden sein würde. Lena kannte ihre Tochter. Sie wollte dorthin, um sich irgendetwas zu beweisen. Aber durch ihr Talent, das Leben anderer Leute durcheinander zu bringen, waren Schwierigkeiten vorprogrammiert.

„Wenn ich dir einen Rat geben darf", sagte Lena, „dann fahr nicht ins Reservat. Lass Micah das Leben führen, für das er sich entschieden hat. Den Wal wirst du nicht retten können, aber vielleicht dich selbst."

„Ich bin fest entschlossen, Mama. Ich muss es tun. Außerdem ist es jetzt eine Dienstreise. Ich habe den Auftrag von meinem Chef, die Jagd zu dokumentieren. Ich werde dich anrufen, ja?"

Niemand konnte Irina von etwas abhalten, das sie sich einmal fest vorgenommen hatte. Als ihre Mutter wusste Lena das am besten. Sie hoffte, dass Micah Mahone erheblich von seiner Attraktivität eingebüßt hatte, mit einer eifersüchtigen Frau verheiratet war und eine Schar Kinder hatte.

„Wenn ich dich nicht abhalten kann, dann grüß Micah von mir", sagte die Russin nachdenklich. „Und pass auf dich auf!"

Am Abend vor ihrer Abreise wollte Irina Robert in seinem Haus aufsuchen, um sich von ihm zu verabschieden, aber er war nicht da. Eine Weile wartete sie und fuhr dann enttäuscht zurück zu ihrer Wohnung.

Später, sie versuchte es noch einmal am Telefon, meldete sich nur der Anrufbeantworter. Irina sprach ein paar Worte aufs Band und grollte, weil Robert nicht wie erwartet zu Hause saß und Trübsal blies. Insgeheim hoffte sie, er würde mit seinem Freund Henry in den Kneipen an der Fisherman's Wharf unterwegs sein, um sich bei ihm auszuheulen und seinen Kummer im Alkohol zu ertränken.

Am nächsten Morgen verließ Irina mit ihrem vollgepackten Ford die Stadt. Auf dem Highway herrschte schon reger Verkehr, als sie die elf Kilometer lange Golden Gate Bridge überquerte. Brückenzoll brauchte sie in dieser Richtung nicht zu zahlen. Nur wer nach Süden in die Stadt hineinfuhr, musste einen Dollar Mautgebühren entrichten. Es war das Eintrittsgeld in die Stadt der Superlative, die viele Dichter und Songschreiber zu schönen Worten animiert hatte.

Auf der rechten Seite ragte die Insel Alcatraz aus dem morgendlichen Dunst, wie ein Denkmal für ihre unrühmliche, aber spektakuläre Vergangenheit. „Isla de los Alcatraces" – Insel der Pelikane – hatten die Spanier das felsige Eiland genannt, weil es damals von tausenden dieser Vögel bewohnt war, die den grauen Fels zu einem lebendigen Wesen werden ließen. Später errichteten die Amerikaner darauf ein Fort, daraus wurde ein Armeegefängnis, und 1934 schließlich das gefürchtetste Gefängnis der Vereinigten Staaten. Jahrelang waren in den Gefängnismauern der Insel Unschuldige und Gescheiterte zusammen mit Schwerverbrechern unter unmenschlichen Bedingungen gefangen gehalten worden. Eiskaltes Wasser und starke Strömungen zwischen San Francisco und San Pablo Bay, mit Maschinengewehren bewehrte Wachtürme und elektronische Detektoren machten Fluchtversuche unmöglich. Kaum einer kehrte lebend oder als freier Mann von der Insel zurück.

Drei Jahre vor Irinas Geburt wurde das Zuchthaus geschlossen, da die Kosten für die Unterbringung der Gefangenen denen eines Hotelaufenthaltes glichen.

Sieben Jahre später besetzten Angehörige von fünfzig verschiedenen Indianerstämmen die Insel und forderten sie von der Regierung zurück. Die Indianer waren bereit, für die karge Felseninsel 24 Dollar in Glasperlen zu zahlen, genauso viel, wie man 1626 den Ureinwohnern für die Halbinsel Manhattan gegeben hatte. Auf Alcatraz sollte ein indianisches Kulturzentrum und eine eigene Universität entstehen.

Man sperrte den Besetzern – eine Zeit lang waren es bis zu 600 – Strom, Wasser und Telefon, aber sie gaben nicht auf. Doch die Regierung ließ sich nicht erweichen. Achtzehn Monate später wurden die Indianer mit Gewalt vom kalten und windigen Fels vertrieben.

Heute gab es für neugierige Touristen Besichtigungstouren nach Alcatraz. Für knapp zehn Dollar konnte man sich in den alten Gefängnismauern das Gruseln lehren lassen und versuchen herauszufinden, wie sich Al Capone während seines Inselaufenthaltes gefühlt haben musste.

Der Highway One – die Traumstraße Amerikas – zweigte später nach links ab und führte direkt an der Küste entlang. Die Strecke war kurvig, aber Irina kannte sie und wusste ihren Fahrstil dem Rhythmus der Windungen anzupassen. Steile Felsen trotzten den Angriffen des Meeres wie Festungsmauern.

Was kaum jemand wusste: Zwischen 1919 und 1937 hatten Häftlinge aus dem Staatsgefängnis von St.Quentin unter unwürdigen Arbeitsbedingungen die Straße aus dem Fels gesprengt. Kurz hinter Rockport mussten sie aufgeben und die Trasse landeinwärts weiterbauen, so schroff und zerklüftet waren die Uferfelsen. Dort vereinte sich der Highway One wieder mit der U.S. 101, auf der Irina von nun an bleiben würde, bis sie den nördlichsten Zipfel des Landes erreicht hatte.

In Leggett, einem kleinen Ort am Rand der Straße, machte sie eine kurze Rast, um etwas zu essen. Die Einrichtung in dem kleinen Restaurant war abgenutzt und schäbig, aber das Essen schmeckte unerwartet köstlich. Der Salat war frisch, die Hähnchenbrust mit aromatischen Kräutern gewürzt und knusprig. Irina gab ein gutes Trinkgeld, was der rundlichen, wortkargen Wirtin am Ende doch noch ein Lächeln entlockte, als sie die Dollarnoten in dem großen speckigen Portemonnaie verschwinden ließ.

Danach setzte Irina ihre Fahrt fort. Nicht nur die Landschaft änderte sich, als sie weiter nach Norden kam, auch das Klima. In San Francisco waren es tagsüber schon 23 Grad gewesen, was recht warm war für Anfang April. Doch nun sanken die Temperaturen langsam, je weiter sie nach Norden kam.

Schon bald näherte sich die Straße wieder der Küste. Sie wand sich durch grüne Hügel, im Wechsel mit spröden Felsen und baumbestandenen Abhängen. Ein frischer Wind wehte vom Pazifik herüber und die Luft war angefüllt von einem Geruch, der aus den Tiefen des Meeres hervorzukommen schien, als würde ein großes dunkles Tier seinen Atem über das Land blasen.

In Trinidad Head entschloss sich Irina zu einem kurzen Strandspaziergang, weil sie das Gefühl hatte, ihre Beine bewegen zu müssen. Um sie herum stocherten Möwen im Seetang, suchten nach Schalentieren und Muscheln. Auch Irina hielt Ausschau nach Strandgut. Der Blick nach unten, die Wasserlinie entlang, war wie ein Reflex. Auf diese Weise konnte sie kleine Schätze finden und vermied gleichzeitig, auf noch lebendiges Getier zu treten. Irina hasste es, Quallen in den Sand zu drücken oder Panzer von lebenden Krabben unter ihren Sohlen knacken zu hören. Sie war sicher, selbst diese Lebewesen verspürten

Schmerz, auch wenn es noch niemand wirklich nachgewiesen hatte.

Manchmal sann sie darüber nach, ob es einen Unterschied machte, sich diesen Lebewesen zu widmen, die unscheinbar und nicht sonderlich beliebt waren – oder den Walen, die der Sympathie der Menschen sicher waren. Fiel von dieser Sympathie nicht auch etwas auf jene ab, die sich scheinbar selbstlos für die Wale einsetzten?

Ab und zu blieb Irina stehen und starrte angestrengt auf das ruhige Meer hinaus. Wo waren sie, die Wale? Dank der Beobachtungen des Ocean Biosphere Projects wusste sie, dass die meisten Grauwale ihr Winterquartier in der Baja California bereits verlassen hatten und auf dem Weg nach Norden waren. Aber wo hielten sie sich jetzt auf? Wie viele Tage würde es noch dauern, bis einer von ihnen sterben musste, weil er dazu erwählt war, einen kleinen Indianerstamm aus seiner Lethargie zu retten?

Kurz vor der Staatsgrenze zu Oregon suchte Irina nach einem preiswerten Motel und quartierte sich dort für eine Nacht ein. Nachdem sie geduscht hatte, legte sie sich ins Bett und wählte die Nummer ihrer besten Freundin und Kollegin Mary Ann.

„Hi Mary", sagte sie, „hier ist Irina. Kannst du mir sagen, wo meine Schützlinge jetzt sind?" Vor Irinas Abreise hatten sie verabredet, sich gegenseitig über den Stand der Dinge zu informieren. Mary Ann wusste stets, wo sich die Wale auf ihrer Wanderung gerade befanden. Es gab markierte Tiere, deren Bewegungen und Verhalten sehr genau beobachtet wurden.

„Die ersten tummeln sich bei den Channel Islands vor Los Angeles", brummte Mary Ann, die von Irina beim Küssen gestört worden war. „Und wo bist du?"

„Smith River, kurz vor Oregon."

„Nun, dann ist dein Vorsprung ja groß genug."

Irina schwieg einen Moment und versuchte die leichte Verärgerung in Mary Anns Stimme zu deuten. Vorsichtig fragte sie: „Ist Stuart da?"

„Ja, seit einer Stunde."

„Oh, dann grüß ihn von mir. Und – es tut mir Leid."

„Schon gut", erwiderte Mary Ann versöhnlich. „Wir waren erst ganz am Anfang."

Irina lachte leise. „Ich melde mich wieder, okay." Dann legte sie auf.

Mary Ann war seit ungefähr genauso langer Zeit ihre Freundin wie sie Robert kannte. Beide waren ihr zur gleichen Zeit über den Weg gelaufen und hatten sich einen Platz in ihrem Leben gesucht.

Stuart, Mary Anns Ehemann, war Vertreter für Werkzeugmaschinen und viel unterwegs in seinem Beruf. Wenn er dann nach tagelanger Abwesenheit wieder zu Hause war, kamen die beiden kaum aus dem Bett heraus. Mary Ann sah hinterher jedes Mal aus, als hätte sie gerade eine schlimme Krankheit überstanden. Jeder am Institut wusste davon und neckte sie, was ihr aber nichts ausmachte. Nach zehn Jahren Ehe war sie immer noch heftig verliebt in Stuart. Und das Phänomen war: Stuart war ebenso verliebt in Mary Ann.

Doch obwohl Irina dieses wunderbare Beispiel vor Augen hatte, war sie vor Robert geflüchtet, anstatt seinen dritten und vermutlich letzten Heiratsantrag anzunehmen.

Der Verkehr auf dem Highway ließ langsam nach je später es wurde. Irina rollte sich in ihre Decke und versuchte zu schlafen. Das Laken war fadenscheinig und roch nach billigem Waschmittel. Aber es machte ihr nichts aus, in einem derart abgewohnten Motelzimmer zu bleiben, denn sie war es gewohnt. Obwohl ihr Job viel Schreibtischarbeit erforderte – endlose Auswertungen von Untersuchungen, Tabellen und Diagrammen, war sie auch häufig unterwegs, um ihre Beobachtungen und Forschungen vor Ort durchzuführen.

Doch diesmal hatte sie sich nicht auf den Weg gemacht, um das Paarungsverhalten der Wale zu beobachten, ihre Gesänge oder ihre Wanderroute zu erforschen. Am Ende ihrer Reise würde ein Wal tot sein. Getötet durch die Harpune eines Indianers, und das kurz vor Beginn des neuen Jahrtausends. Wie konnten solche Dinge geschehen? Was hielt die Menschen davon ab, nach vorn zu sehen und eine bessere Zukunft zu bauen, statt sich immer wieder an die Vergangenheit zu klammern, die von so vielen schrecklichen Fehlern durchdrungen war. Fehler, die allesamt einem verhängnisvollen Unwissen entsprangen? Warum konnte die Vernunft niemals siegen? Weil die leidenschaftlichen Gefühle stets mächtiger waren als der Verstand?

Tief in ihrem Inneren wusste Irina, dass Robert Recht hatte und sie den Tod des Wales nicht verhindern konnte. Die Frage war: Warum tat sie sich das an? Warum fuhr sie hunderte Meilen, um eines dieser herrlichen Tiere sterben zu sehen, denen sie ihr Leben gewidmet hatte? Wo war der Ansatz für eine plausible Erklärung ihres Verhaltens?

Sie hatte keine. Irgendetwas trieb sie nach Norden als wäre sie selbst ein Wal. Irina spürte, wie sie sich zunehmend von ihrem derzeitigen Leben entfernte und sich ihrer Vergangenheit näherte. Deshalb fühlte sie sich auf einmal unsicher und nicht mehr so gut gerüstet für ihren Kampf gegen die Waljagd, wie es noch vor einigen Stunden der Fall gewesen war. Schon jetzt kam es ihr so vor, als ob sie sich für ihr bloßes Vorhandensein rechtfertigen müsse.

Was sollte sie tun oder sagen? Welches Argument würde die Entschlossenheit der Indianer ins Wanken bringen?

Irina war davon überzeugt, dass Wale eine eigene Intelligenz besaßen. Eine Meeresintelligenz, die sich in den Tiefen des Ozeans auskannte, mit Dingen, die uns Menschen immer ein Rätsel bleiben würden. Doch das vermochte die Indianer vermutlich wenig zu beeindrucken. Ihnen ging es um etwas ganz anderes. Um etwas, von dem sie hofften, es würde ihr Leben verändern.

Irina wälzte sich herum und rollte ihr Kopfkissen fest zusammen. In der langen Dämmerzeit vor dem Einschlafen glitten ihre Gedanken zurück in die Lagune von Matancitas. Tagelang hatte sie dort von einem Boot aus die Paarungsrituale der Grauwale beobachtet. Diese Tiere umarmten sich beim Liebesspiel, und bei der Vereinigung waren ihre Gesichter einander zugewandt. Ihr beinahe zärtlich anmutendes Vorspiel dauerte sehr lange, und die erfolglosen Versuche sich zu paaren, waren häufig. Damit eine Vereinigung glücken konnte, mussten sie ihre Atmung aufeinander abstimmen, um gleichzeitig auftauchen zu können. Was für eine Kunst.

Bei ihren Beobachtungen hatte Irina herausgefunden, dass der Erfolg in der Liebe im Leben eines Wals eine Ausnahme zu sein schien. Vielleicht fühlte sie sich deshalb so wesensverwandt mit diesen Tieren. Vielleicht lebte in allen Wesen derselbe Geist.

3. Kapitel

Die Ebbe hatte ihren niedrigsten Stand erreicht. Der Pazifik glänzte bleiern und bewegte sich schwerfällig gegen das Ufer, als würde er von einer unsichtbaren Macht im Zaum gehalten. Aus Nachmittag war Abend geworden und die blassgelbe Sonne verschwand hinter einer Schicht grauen Nebels. Versteckt in den wabernden Schwaden – der dunkle Atem des Meeres.

Fröstelnd zog Waatla Waa Mahone ihre blaue Steppjacke, durch die der kühle Aprilwind hindurchzuwehen schien, über der mageren Brust zusammen. Ihre greisen Augen blickten über den Strand auf das Meer hinaus; sie ließ die Gedanken mit den Schaumkronen tanzen. Der vergangene Winter – unwirtlich und kalt – steckte ihr noch in den Knochen. Ihre Arthritis wurde schlimmer und machte ihr zu schaffen. Manchmal konnte sie die verkrümmten Finger kaum noch bewegen. Alltägliche Handgriffe wurden immer beschwerlicher und sie selbst zusehends langsamer. Eine besondere Müdigkeit hatte von ihr Besitz ergriffen. Eine Müdigkeit, der auch langer Schlaf nichts mehr anhaben konnte. Wie eine Krankheit bemächtigte sie sich nach und nach ihrer Glieder und Organe. Ihr Körper wurde unbeweglich und immer dünner. Waatla Waa war alt – sehr alt. In ein paar Tagen wurde sie 96.

Aber auch wenn ihr Körper an Kraft verlor, der Geist arbeitete noch schnell und mit gewohnter Findigkeit. Früher, als sie noch jung war, hatte eine überquellende Fantasie oft die Klarheit der Gedanken überlagert. Doch mit zunehmendem Alter erschienen ihr die Bilder der Realität immer intensiver. Das Leben hatte Waatla Waa nichts vorenthalten und sie nicht verschont. Alles war so gekommen, wie es kommen musste. Und das würde es auch weiterhin tun.

Bestimmte Ereignisse werfen ihre Schatten voraus und damit einher geht eine seltsame Unruhe, die alles erfasst. Dinge, die immer gleich waren – jedenfalls in der Vorstellung der Menschen – verändern sich plötzlich.

Auch Waatla Waa wurde von dieser Unruhe gepackt, deren Ursache sie zwar ahnte, aber nicht benennen konnte. Sie träumte wieder viel, manchmal sogar am hellen Tag, und tappte dann wie eine Schlafwandlerin umher. Das seltsame an ihren Träumen war, dass sie die Bilder nur schwarzweiß sah, in denselben dunklen Tönen wie auf den alten Fotografien im Museum.

In den dunklen Gefilden der Nacht erschien Waatla Waa häufig ein Wal. Das weibliche Tier sprach mit menschlicher Stimme zu ihr, in der alten Sprache der Makah. Doch später, am Morgen, wenn sie sich an ihren Traum erinnern wollte, wusste sie nicht mehr, was die Walkuh ihr gesagt hatte. Waatla Waa ärgerte sich über ihre Vergesslichkeit, denn sie war überzeugt, dass die Botschaft des Tieres eine Bedeutung hatte, die in die Zukunft wies.

Noch heute waren Tiere die Verbindung zur Geisterwelt, ohne die ein erfülltes Leben für das Volk der Makah nicht möglich war. Wenn einem im Traum ein Tier erschien, noch dazu ein so mächtiges wie der Wal, dann würde etwas Bedeutungsvolles geschehen. Fand derjenige die Bedeutung nicht rechtzeitig heraus, konnte der Traum sich gegen ihn wenden, oder gegen jemanden, den er liebte.

Warum waren die Gedanken so weit von den Träumen entfernt?, fragte sich die alte Frau. Lag es an dieser neuen Zeit? Früher waren die Dinge im Einklang gewesen, und das Praktizieren der Bräuche hatte keine dunklen Schatten geworfen, die einen später verfolgten.

Ein Seufzer drang aus Waatla Waas dürrer Kehle. Außer diesem Wal-Traum verfolgten sie in letzter Zeit auch Bilder aus der Vergangenheit; der Vergangenheit ihres stolzen und kriegerischen Volkes, das sich selbst Kweedishchaaht nannte, Leute vom Kap, die bei den Felsen und Seemöwen leben. Bilder von Begebenheiten, die weit zurücklagen, liefen vor ihrem inneren Auge so lebendig ab, als würden sie tatsächlich in diesem Augenblick geschehen.

Es war wohl das Alter. Am Horizont ihres langen Lebens zogen sich dunkle Wolken zusammen und verdeckten das Blau des Himmels. Waatla Waa wusste, ihre Tage waren gezählt. Aber noch war es nicht soweit. Noch war sie nicht bereit für die letzte Reise, die sie allein gehen musste. Erst galt es ein Versprechen einzulösen, das sie vor sehr langer Zeit gegeben hatte.

Seit einigen Wochen herrschte große Aufregung entlang der Küste der Olympic Peninsula im Bundesstaat Washington. In Neah Bay, das seit tausenden von Jahren Heimat der Makah-Indianer war, bereitete man sich auf die traditionelle Waljagd vor.

Nach einem Verbot von mehr als achtzig Jahren hatte die Internationale Walfangkommission den Makah im vergangenen Jahr die Erlaubnis erteilt, wieder fünf Wale im Jahr auf traditionelle Weise erlegen zu dürfen. Der erste Versuch, im Herbst vom Kanu aus einen Wal zu töten, war an mangelnder Vorbereitung, durch Störungen von Tierschützern und aufgrund schlechten Wetters gescheitert.

Inzwischen hatten die Makah genügend Zeit gehabt, sich eine Strategie auszudenken, und nun waren die Vorbereitungen für diesen zweiten Versuch in vollem Gange.

Zur gleichen Zeit wurde die alte Waatla Waa von ihren schwarzweißen Erinnerungen heimgesucht. Es waren Bilder aus einer Zeit, als sie noch ein Kind war, und ihr Volk sich von den Früchten des Waldes und des Meeres ernährte. Die Waljagd war ein fester Bestandteil ihres Lebens gewesen und zugleich jedes Mal ein großes Ereignis. Waatla Waa hatte mit anderen am Ufer gestanden, Lieder gesungen und dem Zerteilen des Wales beigewohnt. Jeder bekam etwas ab vom Fleisch und Walfett, niemand brauchte hungern. Die Feste waren rauschend und laut gewesen, voller wirbelnder Klänge, Gesänge und Farben. Es war ein gutes Leben, auch wenn die Regeln streng und der Alltag oft hart waren. Damals erschien ihr die Zukunft als ein klares Bild auf der Linie des Horizontes.

Wie lange war das jetzt her? Sehr lange. Doch Waatla Waas Erinnerungen wanden sich wie ein Seil, das sie sicher zum Beginn ihrer Gedanken und Erfahrungen leitete. Im Jahr 1913 hatten die Makah vor Neah Bay ihren letzten Wal erlegt. Danach war es ihnen verboten worden, weil die Zahl der Grauwale so geschrumpft war, dass man sie auf die Liste der bedrohten Tierarten gesetzt hatte.

Der Bruch im traditionellen Leben war nicht so plötzlich gekommen wie das Walfangverbot. Unbemerkt wie eine schleichende Krankheit hatten sich die Veränderungen im Reservat vollzogen. Nur wenige Alte beklagten, dass lautlos die wichtigen Dinge verloren gingen, während die Jugend nach Erneuerung schrie und versuchte, sich dem Leben der Weißen anzupassen.

Waatla Waa konnte sich noch gut an die letzte Waljagd erinnern. Sie sah ihren Vater und die anderen Männer in dem großen bemalten Kanu. Der Wind trug den Gesang der Männer und ihre Gebete ans Ufer, während sie auf das Meer hinauspaddelten, um einen Grauwal für ihr Volk zu töten. Jeder am Ufer fieberte mit ihnen, denn die Jagd war gefährlich und manchmal kam es vor, dass einer der Männer nicht zurückkehrte oder für immer zum Krüppel wurde.

Weil sie ihr Leben aufs Spiel setzten, um die Gemeinschaft mit wertvollem Öl und großen Mengen Fleisch zu versorgen, genossen die Walfänger großes Ansehen. Ihr Status in der Hierarchie der Stammesordnung war sehr hoch. Über ihnen stand nur noch der Häuptling und in der Regel war er selbst der erfolgreichste Walfänger.

Doch davon war nach all den Jahrzehnten nichts mehr übrig geblieben. Im Volk der Walfänger gab es keine Walfänger mehr. Die Blicke der Männer blieben leer, wenn sie auf das Meer hinausschauten, sogar die Sehnsucht war daraus verschwunden. Waatla Waa dachte an ihren Enkelsohn Micah, der als Fischer sein Dasein fristete und mit immer weniger werdenden Fängen versuchte, sie und seinen zurückgebliebenen Bruder Ryder zu ernähren. Sie dachte daran, wie Micah immer verschlossener und mürrischer geworden war, je mehr er durch unverschuldete Misserfolge an Ehre und Selbstwertgefühl eingebüßt hatte.

Waatla Waa wünschte, er würde sich endlich eine Frau nehmen und Kinder mit ihr zeugen, damit er sein Wissen weitergeben und das Geschlecht der Mahones mit seinen geheimen Gesängen fortbestehen konnte. Aber Micah tat nichts dergleichen. Nachdem seine erste Ehe gescheitert war, schien er sich nicht noch einmal auf ein derartig kompliziertes Unterfangen einlassen zu wollen. In den vergangenen Jahren hatte er nicht ein einziges Mal eine Frau mit nach Hause gebracht, und Waatla Waas Hoffnungen auf eine tatkräftige Hilfe im Haushalt schwanden dahin.

Viele Jahre hatte sie die Haushaltskasse mit dem Erlös ihrer Flechtarbeiten aufgebessert. Aber nun verkrümmten sich ihre Finger immer mehr und sie war außer Stande, dichte Körbe oder Hüte zu flechten, die ihr in Washburnes General Store – dem einzigen Supermarkt im Ort – abgekauft wurden.

Für Micah – und für die meisten anderen seines Volkes auch – war die bevorstehende Waljagd ein Ereignis, das ihr Leben verändern sollte. Diese Jagd, so hofften und träumten sie, würde ihnen zurückgeben, was sie seit langer Zeit verloren geglaubt hatten. Es war die Hoffnung auf ein Leben im Einklang mit den alten Traditionen und eine Zukunft, die ihnen ein Dasein in Würde ermöglichte. Die Makah hatten nie versucht, ein Teil der Welt zu sein. Sie wollten immer nur sie selbst sein, etwas, das ihnen jahrelang verwehrt worden war.

Seitdem die Vorbereitungen auf das große Ereignis liefen, stand Micah Mahone immer häufiger tief versunken am Strand und blickte aufs Meer hinaus, in seinen Augen eine unbestimmbare Sehnsucht. Waatla Waa wusste sehr wohl, woran ihr Enkelsohn dachte und was er sich wünschte. Denn sein Wunsch war ihr Versprechen. Nicht mehr lange, und sie würde es einlösen; nicht mehr lange, und sein Wunsch würde in Erfüllung gehen.

Waatla Waa in ihren gelben Gummischuhen umkreiste mit trippelnden Schritten einen Haufen braunglänzenden Seetangs und verließ den Strand, um zum Haus zurückzukehren.

Micah Mahone stoppte den Motor seines sieben Meter langen Fischerbootes und ließ den Anker fallen. Die See war ruhig, was ihm die Arbeit erleichtern würde. Er ging nach achtern, um die Netze einzuholen. Langsam legte er den Hebel der elektrischen Winde um und sie begann gleichmäßig zu surren.

Nun arbeitete er mit routinierten Bewegungen – es gab keinen falschen Handgriff. Er zog die Netze mit den grünweißen Schwimmkorken über die Reling und lenkte die zappelnde Beute durch die Luke in den Laderaum. Das Fangergebnis war mager: ein paar Heringe und vereinzelt schwarzer Kabeljau. Eigentlich hätte Micah den Kabeljau erst vermessen müssen, um zu garantieren, dass die Fische auch den Fangnormen entsprachen. Aber er war erschöpft und enttäuscht, und so riskierte er die Strafe, sollte jemand von der Fischereibehörde ihn erwischen. Er wusste, ein Verstoß gegen die strengen Fangnormen konnte ihn seine Fishing ID Card kosten. Ohne diese Lizenzkarte durfte er nicht mehr fischen und seinen Fang verkaufen. Aber heute war ihm alles egal. Er sehnte sich nach Wärme und wollte nur noch nach Hause.

Das Fischen war ein harter Job, sogar für einen kräftigen Mann wie ihn. Selbst bei ruhiger See und mit Hilfe der elektrischen Winde blieb das Einholen der Fische Knochenarbeit. Die Netze mussten sofort ordentlich gefaltet werden, um sie beim nächsten Mal ohne Schwierigkeiten ausbringen zu können. Tat er es nicht, verhedderte sich alles und er hatte später die doppelte Arbeit.

Micah faltete die schweren Netze und stieß herausfallende Fische in die Ladeluke. Wie immer in solchen Momenten wünschte er sich, sein Bruder Ryder könne ihm eine Hilfe sein. Ryder war beinahe zwanzig und von kräftiger Statur. Er hatte muskulöse Arme, und Hände, die zupacken konnten. Micahs kleiner Bruder hatte nie eine Schule besucht. Durch Sauerstoffmangel während der Geburt war sein Verstand der eines Kindes geblieben. Trotzdem begriff Ryder eine Menge – wenn er wollte. Doch fischen wollte er nicht. Dabei wurden Lebewesen getötet und damit war er ganz und gar nicht einverstanden. Selbst, wenn es sich nur um stumme Fische handelte, die seit tausenden Jahren die Hauptnahrung der Makah waren.

Ryder liebte und verehrte alles, was sich bewegte. Schon als er klein war, hatte er verletzte, halb verhungerte oder tote Tiere mit nach Hause gebracht, in der Hoffnung, Mutter und Großmutter könnten sie mit ihren zahlreichen Kräutern heilen oder gar wieder zum Leben erwecken. Micah hatte die besondere Beziehung seines kleinen Bruders zu Tieren erkannt. Manchmal schien es, als könne Ryder mit ihnen sprechen, ja ihre Empfindungen erraten.

Aus diesem Grund erschien es ihm grausam und sinnlos, Ryder mit zum Fischfang zu nehmen. Micah wollte seinen Bruder nicht zu etwas zwingen, das ihn unglücklich machen würde. Vielleicht war sein Geist zurückgeblieben, oder er hatte sich einfach nur auf Fähigkeiten konzentriert, die bei anderen Menschen nicht so ausgeprägt waren. Sagte man Blinden nicht auch nach, dass ihre übrigen Sinnesorgane sensibler reagierten, um das Manko zu überbrücken? Möglicherweise war genau das auch bei Ryder der Fall. Diese Hoffnung war Micah ein Trost, eine Hilfe war sie ihm nicht.

Micah Mahone liebte seinen kleinen Bruder, auch wenn dieser ihn manchmal an den Rand der Verzweiflung trieb. Waatla Waa und Ryder waren der Grund für Micahs Rückkehr nach Neah Bay gewesen. Im Makah-Reservat, am nordwestlichsten Punkt des amerikanischen Hauptlandes geboren, hatte er dieses nebelfeuchte Ende der Welt mit achtzehn verlassen, um anderes zu sehen als Meer, Bäume und Felsen und die Armut und Hoffnungslosigkeit seines Volkes. Damals hatte Micah darauf gebrannt zu entfliehen. Er war umhergezogen, hatte in verschiedenen Berufen gearbeitet und sich schließlich im sonnigen Kalifornien niedergelassen.

San Francisco hatte den Ruf, die europäischste, schönste und aufgeschlossenste Stadt Amerikas zu sein. Eine Weile fühlte Micah sich dort auch gut aufgehoben und beinahe zu Hause. Die Welt der Ahnen und der Geister hatte er hinter sich gelassen. Zufrieden stellte er fest, dass er auch ohne sie gut leben konnte. Er verliebte sich und heiratete eine weiße Studentin – was ihm damals ganz normal erschien, denn in den Kreisen, in denen Irina und er verkehrten, war er nicht der Einzige mit dunkler Haut.

Die Geborgenheit ihrer kleinen Gemeinschaft endete jäh, als Irina ihm mitteilte, sie würden nicht zueinander passen, und noch am selben Tag auszog. Die Ehe wurde geschieden, und da es keine Kinder gab, ging jeder seiner Wege. Irina beendete ihr Studium und wurde Biologin. Micah verlor nach der Trennung den Boden unter den Füßen, und welchen Weg er auch einschlug, sie endeten alle in einer Sackgasse. Er begann sich verloren zu fühlen und die Leere, die er als seine Zukunft sah, im Alkohol zu ertränken.

Um diese Zeit, es war vor acht Jahren, starb plötzlich seine Mutter Noreen. Als sie die Schmerzen im Leib zu spüren begann, hatte der Krebs ihre inneren Organe längst zu einer seltsamen Einheit gewuchert, zu einem Knoten, der auch durch Bestrahlung in einem Krankenhaus der Weißen nicht mehr zu lösen war. Am Ende fielen ihr alle

Haare aus und Ryder weigerte sich zu glauben, dass dieses graue, eingefallene Wesen seine Mutter sein sollte.

Noreen Mahone hinterließ ihre betagte Schwiegermutter und den damals elfjährigen Ryder, der von einer Liaison mit einem Hoh-Indianer stammte. Waatla Waa war zu alt und konnte sich um den Jungen nicht kümmern, weil er neben seiner Behinderung auch schwierige Verhaltensweisen zeigte. Für sie selbst hätte man im Ort gesorgt – es gab bezahlte Altenbetreuer und eine Essenausgabe für Bedürftige –, aber Ryders Schicksal wäre ein Heim für geistig behinderte Jugendliche in Port Angeles gewesen.

Für Micah bedeutete der Tod seiner Mutter noch größere Verlorenheit, erwies sich aber gleichzeitig als seine Rettung. Während ihrer Beerdigungszeremonie, oben auf dem Hügel hinter Neah Bay, konnte er die Nähe seines Schutzgeistes spüren und die Kraft, die von diesem Land ausging. Er sah Waatla Waa und Ryder am Rand des Grabes stehen und begriff seine Verantwortung. Da waren zwei Menschen, die ihn brauchten.

Ohne Hilfe der Geister konnte er sich nicht befreien von der Sucht, die ihn krank machte. Und da die Geister nie weit von der Indianerwelt entfernt weilten, kehrte Micah nach Neah Bay zurück, ohne jedoch besonders glücklich darüber zu sein. Anfangs war es nichts weiter als Einsicht in die Notwendigkeit. Von seinen Ersparnissen und einem kleinen Kredit kaufte er sich die ‚Starfish', einen nicht mehr ganz neuen, sieben Meter langen Trawler, und tat, was die meisten Männer in Neah Bay seit jeher taten, um ihre Familien zu ernähren: Er fuhr auf das Meer hinaus und fischte.

Die Arbeit auf dem Boot war hart und mühsam. Durch die Verschmutzung und Erwärmung des Meeres und die Vergabe zu vieler Fanglizenzen an weiße Sportfischer waren die Fischgründe vor der Küste derart dezimiert, dass immer mehr Makahfischer aufgeben mussten. Ihre Boote, die sie meist mit staatlichen Krediten gekauft hatten, wurden gepfändet, weil sie nach schlechten Fängen die Raten nicht mehr bezahlen konnten. Sie mussten versuchen, auf andere Art ihren Lebensunterhalt zu verdienen.

Micah Mahone war einer der wenigen Fischer in Neah Bay, die noch ein eigenes Boot besaßen, weil er es geschafft hatte, den Kredit abzuzahlen. Die Welt der Weißen, mochte er auch an ihr gescheitert sein, hatte ihn einiges gelehrt. Unter anderem auch, wie man mit Geld umzugehen hatte. Die Gewissheit, dass Banken keine Gnade walten ließen, schon gar nicht bei einem Indianer, hatte ihn seine Raten immer pünktlich zahlen lassen, auch wenn ihm dadurch manchmal kaum Geld zum Leben geblieben war.

Micah hatte es geschafft, das Boot gehörte ihm. Diese Tatsache brachte ihm den unterschwelligen Neid und die Missgunst einiger anderer Fischer ein, denn das Konkurrenzdenken der Vorfahren beeinflusste immer noch latent das Leben der Makah. Die alten Fehden und Gebräuche hielten sich mitunter hartnäckig. Hatte jemand Erfolg, versuchten die anderen ihn zu schmälern. Micah Mahone war in Neah Bay aufgewachsen und hatte gelernt, damit zu leben.

Aber selbst er war oft kurz davor gewesen, das Fischen aufzugeben. Manchmal dachte er daran, alles hinzuschmeißen und das Boot zu verkaufen. Wenn er Glück hatte, fand er vielleicht einen Job als Forstarbeiter, mit einem regelmäßigen monatlichen Gehaltsscheck.

Und doch hielt ihn etwas davon ab: Es war das Vermächtnis seiner Vorfahren, die seit tausenden Jahren Fischer und Walfänger waren. Diese Vergangenheit kreiste in seinem Blut und ließ ihn immer wieder hinausfahren aufs Meer, in der Hoffnung, diesmal die Geister des Ozeans gnädig zu stimmen und einen guten Fang einzubringen.

Seufzend wischte sich Micah Mahone die salzige Feuchtigkeit aus dem Gesicht und lichtete den Anker. Er beobachtete die grünen Wellen, die regelmäßig in Richtung Küste liefen. Die einsetzende Flut würde ihm den Weg in den kleinen Hafen von Neah Bay erleichtern.

Im Büro des Makah Tribal Council klingelte das Telefon. Edward Cheeka, der Vorsitzende des Stammesrates, unterbrach sein Gespräch mit Keith Jimmicum, dem jungen Präsidenten der Walfangkommission und nahm den Hörer ab. „Makah Tribal Council“, sagte er freundlich, „was kann ich für Sie tun?"

„Vergesst die Waljagd“, meldete sich eine bedrohlich klingende Männerstimme, „oder es wird ein Unglück geben. Für jeden Wal, den ihr tötet, wird einer von euch dran glauben müssen.“

Cheeka hub an etwas zu erwidern, aber da ertönte schon das Freizeichen. Der unbekannte Anrufer hatte aufgelegt.

„Schon wieder eine Drohung“, wandte er sich betreten an Jimmicum. In den Augen des gutmütigen alten Mannes mit dem stoppeligen weißen Haar glommen Furcht und Zweifel. „Es war ein Mann. Seine Stimme klang weiß.“

Keith Jimmicum presste die Handflächen aneinander und hielt die Hände vor das Gesicht, so dass die Zeigefinger seine Lippen berührten. Seine schulterlangen Haare fielen ihm in Strähnen ins Gesicht. Ein kalter Schauer rann sein Rückgrat hinab, wie jedes Mal, wenn er mit einer dieser Drohungen konfrontiert wurde, die sich in letzter Zeit bedenklich häuften.

Als er in das Amt des Präsidenten der Walfangkommission gewählt worden war, hatte ihn diese Aufgabe mit Stolz erfüllt. Jimmicum entstammte einer Familie von Walfängern, und es lag ihm am Herzen seinem Volk zu helfen, das verschüttete Ehrgefühl zurückzuerlangen.

Mit Feuereifer hatte er sich in diese Aufgabe gestürzt, so leidenschaftlich, wie es nur ein Mann mit Visionen tun konnte. Es hatte Momente gegeben, da war sein Temperament mit ihm durchgegangen, und Situationen, in denen er geneigt gewesen war, zu seinen eigenen Gunsten zu entscheiden. Aber mit der Zeit war er an seiner Aufgabe gewachsen und inzwischen erledigte er sie kompetent und mit erstaunlicher Souveränität. Cheeka war stolz auf den jungen Mann, der sein Volk in der Öffentlichkeit würdig vertrat.

Einst war Keith Jimmicum ausgezogen, um Wirtschaftsrecht zu studieren, doch schon nach einem dreiviertel Jahr kehrte er zurück, weil die weiße Welt ihm zu fremd erschien und ihre Regeln ihm nicht behagten. Eine Zeit lang versuchte er sich als Forstarbeiter und absolvierte später eine Rangerausbildung. Er arbeitete im Fischerei-Management und wurde schließlich mit großer Mehrheit zum Vorsitzenden der Walfangkommission gewählt.

Obwohl Jimmicum durch seine Erfahrungen auf ein fundiertes Wissen zurückgreifen konnte und er sich nach und nach auch der Dinge entsann, die er in den Monaten auf der Universität gelernt hatte, blieben die Probleme natürlich nicht aus.

Schon im Herbst des vergangenen Jahres hatten sich weiße Tierschützer und Walfanggegner in einem billigen Hotel in Sekiu einquartiert, einer kleinen Stadt, die einige Meilen östlich von Neah Bay lag. Von dort aus waren sie täglich mit ihrem Boot ausgefahren, hatten nach Walen

Ausschau gehalten und versucht, sie zu vertreiben. Was ihnen letztendlich auch gelang.

Zwar war das Zedernkanu mit den Makah-Walfängern mehrmals ausgelaufen, aber der erwählte erste Harpunier, ein Mann namens Yallakub, war nicht ein einziges Mal dazu gekommen, die Harpune zu werfen. Der Wal – vom Motorboot der Tierschützer nervös gemacht – tauchte ab und sie kamen ihm mit dem Kanu nicht mehr nahe genug, damit Yallakub den tödlichen Wurf ausführen konnte. So blieb es bis die Herbststürme einsetzten und es den Männern unmöglich wurde, mit dem Kanu aufs Meer zu paddeln.

Für Yallakub war das Ganze eine furchtbare Schmach gewesen. Obwohl eindeutig die Tierschützer schuld waren am Misslingen der Jagd, munkelten die Leute, der erste Harpunier habe sich anscheinend nicht genug vorbereitet, oder, was noch viel schlimmer war: die Möglichkeit, dass Sklavenblut in seinen Adern floss, wurde immer wahrscheinlicher. Eine schreckliche Vermutung, die den Fehlschlag bei der Jagd auf Makah-Weise erklärte.

Keith Jimmicum empfand Yallakubs Scheitern als persönliche Niederlage. Sein Ziel war es, den Männern aus den alten Walfängerfamilien zu ermöglichen, ihre angestammten Privilegien zurückzugewinnen. Doch bei Yallakub war genau das Gegenteil geschehen.

Er und seine Familie lebten seit der missglückten Jagd vollkommen zurückgezogen von der Gemeinschaft am Rande Neah Bays. Was ihm gesellschaftlichen Aufstieg bringen sollte, hatte ihn und die Seinen völlig ins Abseits getrieben. Jimmicum, in seiner Position als Vorsitzender der Walfangkommission, hatte Yallakub gebeten, bei der nächsten Jagd als Steuermann zu fungieren, was seine Ehre wenigstens teilweise wiederhergestellt hätte. Doch Yallakub hatte stolz abgelehnt.

Es war eine vertrackte Situation und der Zeitpunkt für die nächste Waljagd rückte immer näher. Für Jimmicum war es nicht einfach, in dieser Angelegenheit Lösungen zu finden, die der Situation gerecht wurden. Er konnte nicht auf die Erfahrungen eines Vorgängers zurückgreifen, denn es gab keinen. Das Gesetz war neu, sein Amt war neu, und die Probleme waren es auch. Bisher war er relativ gelassen und souverän mit den Anforderungen fertig geworden. Aber nun, angesichts dieser Drohungen, die auch ihn und seine Familie persönlich betrafen, fühlte er sich überfordert. „Rufen wir Bill Lighthouse an", sagte er zu Cheeka, „unser Polizeichef wird schon wissen, was zu tun ist. Wir können das nicht mehr allein durchstehen."

Und zum ersten Mal gestand Jimmicum sich ein, dass er richtig Angst hatte. Angst, ein Sturm könnte sich zusammenbrauen, dessen Flutwelle nicht mehr aufzuhalten war. Eine Welle, die alles mit sich reißen würde, was als gut und bewährt galt.

„Willst du einen Kaffee?", fragte Cheeka, der ahnte, was im Kopf des jungen Mannes vor sich ging.

„Ja, ich glaube, ich kann jetzt einen brauchen."

Chief Bill Lighthouse überließ alle anfallenden Schreibtischarbeiten seinem neuen Sheriff Sam Peterson, griff nach Jacke und Hut und machte sich sofort auf den Weg zum Sitz der Stammesregierung. Edward Cheeka hatte sehr beunruhigt geklungen bei seinem Anruf und bestätigte damit nur, worum sich Lighthouse schon seit einiger Zeit Sorgen machte: Diesmal würde es richtigen Ärger geben. Carl Meyers und seine Gesellschaft zum Schutz der Meeressäuger waren fest entschlossen die Jagd zu verhindern, koste es was es wolle. Inzwischen munkelte man sogar, auch Fred Brooks und seine Truppe hätten sich auf den Weg gemacht, um dem Jagdeifer der Makah Einhalt zu gebieten.

Sheriff Lighthouse verließ Neah Bay in Richtung Westen und fuhr drei Meilen auf der asphaltierten Cape Flattery Road, die am Fuße des Bahokus Peak entlangführte. Auf der rechten Seite erhob sich der bewaldete Berg und links lag die grüne Flussebene des Waatch River. Schließlich bog er rechter Hand durch das graue Metalltor auf das Gelände der Stammesregierung. Vor ihm lag eine Vielzahl von Gebäuden. Es gab einige weißgetünchte Steinbauten, aber zumeist standen hier einstöckige Holzbaracken mit Lattenverkleidung im graublauen Einheitsanstrich.

Früher war das Gelände Stützpunkt einer US-Militärbasis gewesen und die Makah hatten es nach dem Abzug der Armee übernommen. Seitdem waren in den Gebäuden fast alle wichtigen Ämter untergebracht. An erster Stelle der Stammesrat mit dem großen Versammlungsraum und den einzelnen Büros seiner verschiedenen Mitglieder. In den anderen Gebäuden saßen unter anderem das Stammesgericht, das Fish & Wildlife Management und die Forstverwaltung.

Der Sheriff fand, einige Gebäude hätten dringend einen frischen Anstrich benötigt, da der alte vermutlich seit der Übergabe durch das Militär nicht mehr erneuert worden war. Der ganze Komplex wirkte auf Fremde nicht sehr repräsentativ und schmälerte das Ansehen des Stammes. Gerade jetzt, wo das kleine Volk der Makah ungewollt ins Licht der Öffentlichkeit gerückt war, würde man schnell etwas dagegen unternehmen müssen.

Er hielt vor einem der einstöckigen graublauen Gebäude, in dessen Erdgeschoss der Präsident der Makah-Walfangkommission sein Büro hatte. Lighthouse kannte

Jimmicum gut. Beide waren im gleichen Alter und bis zur Highschool zusammen in einer Klasse gewesen. Er achtete den Mann, der dieses schwierige Amt übernommen und bisher alle Hürden mit Würde gemeistert hatte. Immerhin, Interviews mit Jimmicum waren in den vergangenen Tagen in sämtlichen Zeitungen der Olympic Peninsula erschienen. Und seine Worte waren jedes Mal mit Bedacht gewählt, obwohl Keith Jimmicum – wie Lighthouse nur zu gut wusste – auch sehr leidenschaftlich und aufbrausend sein konnte.

Doch nun steckte Jimmicum fest und erhoffte sich die Hilfe der Stammespolizei. Im Grunde hatte Bill Lighthouse nur darauf gewartet, dass man ihn rufen würde. Er hatte seine Augen und Ohren überall und ihm war klar, Carl Meyers und seine Anhänger würden auch diesmal nicht tatenlos zusehen, wenn die Makah versuchten, einen Wal zu töten.

Einmal hatte er Meyers kennen gelernt. Es war bei einer Versammlung der Naturschützer in Aberdeen gewesen, zu der er mit seiner Frau Tomita gegangen war, weil sie sich dafür interessierte und ihn gerne dabeihaben wollte. Sie hatten Annie besucht, Tomitas Schwester, die jetzt mit ihrem Mann in einem Haus am Rand von Aberdeen lebte, und am Abend waren sie zur Versammlung gegangen, die in einem Saal der Gemeindehalle stattfand.

Meyers war ein graubärtiger magerer Mann Mitte fünfzig, mit gutmütigen Augen und einem einnehmenden Lächeln. Lighthouse hatte sich damals gefragt, ob der enorme Zulauf von weiblichen Zuhörern dem Thema oder Meyers Attraktivität anzurechnen war.

Auch Tomitas Augen bekamen ein seltsames Leuchten, als Meyers von den Walen wie von göttlichen Wesen sprach. Das führte dazu, dass der Polizeichef den Tierschützer nicht sonderlich mochte, obwohl das, was er an diesem Abend von Meyers zu hören bekam, durchaus plausibel klang.

Tief in seinem Inneren achtete Lighthouse diesen Mann, der sich so hartnäckig für Wesen einsetzte, deren Gedanken er nicht kannte und nie kennen würde. Er hatte sich zu ihrem Vertreter gemacht. Nun gut, warum nicht.

Menschen wie Meyers hatten den Naturschutz auf ihre Fahnen geschrieben. Aber welche Art Natur stand unter ihrem Schutz? Nur der schöne, der erhabene Teil; jene Lebewesen, welche durch ihre Possierlichkeit, auffallende Größe oder Schönheit die Herzen der Menschen zu berühren vermochten.

Wer zählte schon Erdbeben und Flutwellen und überlaufende Ströme zur erhaltenswerten Natur? Wer kämpfte für Spulwürmer, Spinnen und Kojoten? Das waren nur die allerwenigsten, nur die wirklich Wissenden, denn man konnte sich dabei ziemlich schnell den Ruf einhandeln, verrückt zu sein.

Edward Cheeka und Keith Jimmicum empfingen den jungen Polizeichef mit betretenen Gesichtern.

„Kaffee?“, fragte Cheeka.

„Ja, gern.“

Cheeka schlurfte zur Kaffeemaschine und goss Lighthouse einen Becher voll. „Zucker?“

„Zwei bitte.“

Cheeka ließ zwei Stück Würfelzucker in den Becher fallen, reichte dem Sheriff seinen Kaffee und setzte sich wieder. „Es war nun schon das neunte Mal, dass jemand uns am Telefon droht“, sagte er und berichtete von diesem letzten Anruf.

„Könnte es sein, dass die Anrufe immer vom selben Mann stammen?", wollte Lighthouse wissen und dachte daran, eine Abhöranlage in Cheekas Büro installieren zu lassen.

Jimmicum schüttelte den Kopf. „Ich glaube nicht. Zweimal war eine Frau am Telefon und drei Anrufer drohten mit einer Boykottierung unseres Ortes, aber nicht mit Mord."

Lighthouse hörte genau zu und machte sich Notizen, denn er war ein Mann, der seinen Beruf sehr ernst nahm. Im vergangenen Herbst, kurz nach seiner Hochzeit mit Tomita Ides, war er zum neuen Polizeichef ernannt worden, nachdem Oren Hunter noch vor seiner Pensionierung überraschend zurückgetreten war.

Lighthouse hatte den Entschluss seines Chefs bedauert, denn er achtete den älteren Mann und hätte gerne noch eine Weile mit ihm zusammengearbeitet. Oren Hunter besaß gute Menschenkenntnis und hatte ein besonderes Gespür für die Leute seines Stammes. Aber dann war einer seiner Neffen mit dem Gesetz in Konflikt geraten und er hätte den jungen Mann verhaften müssen. Etwas, das unmöglich war, wenn er seinen Lebensabend in Frieden hier in Neah Bay verbringen wollte. Durch diese Festname, zu der er in Ausübung seines Amtes gezwungen gewesen wäre, hätte er die Achtung seiner ganzen Familie verloren. Sämtliche Verwandte hätten ihn und seine Frau in Zukunft einfach ignoriert. Da Hunter diesen Gedanken nicht ertragen konnte, hatte er vorzeitig den Dienst quittiert und Bill Lighthouse musste den Burschen verhaften.

Wenn es nun vorkam, dass der junge Polizeichef nicht mehr weiterwusste, dann klopfte er manchmal an Oren Hunters Tür und fragte ihn um Rat. Den gab Hunter gerne, denn er hörte nicht auf Polizist zu sein, nur weil er keine

Uniform mehr trug. Er hatte oft bedauert, von seinem Neffen in diese Zwangslage gebracht worden zu sein, die für ihn ein vorzeitiges Ende seiner Dienstzeit bedeutet hatte.

Aber jetzt war Oren Hunter mit seiner Frau für einige Wochen nach Florida geflogen, um bei der dort lebenden Tochter zu sein, die im Februar ein Kind bekommen hatte. Es war das erste Enkelkind der Hunters und sie nutzten diesen Besuch, um ihrer Tochter zu helfen und das sonnig warme Wetter im Süden zu genießen. So blieb Lighthouse auf sich allein gestellt. Das hieß, er hatte immer noch Sam Peterson, seinen jungen Sheriff, der zwar unerschrocken und zuverlässig war, von dem er aber keine tiefgründigen Geistesblitze erwarten konnte. Vielleicht später einmal, so hoffte er, aber im Augenblick fehlte Peterson einfach die Erfahrung für solche Dinge.

Nach diesem Gespräch fuhr Lighthouse in den Ort zurück und ihm war klar, er würde die Anfeindungen seitens fanatischer Tierschützer von nun an ernster nehmen müssen als bisher. Anders als noch im Herbst waren die Stimmen gegen die bevorstehende Waljagd auch in den eigenen Reihen immer lauter geworden, und er befürchtete ernsthafte Komplikationen. Obwohl er selbst mit solchen Dingen keine Erfahrung hatte, denn in seiner bisherigen Dienstzeit war es nie zu irgendeiner Art Aufruhr in Neah Bay gekommen, wusste er sehr gut, wie schnell eine Situation eskalieren konnte, wenn man die Vorzeichen ignorierte.

Die Vorbereitung auf die Waljagd verband die Leute von Neah Bay nicht, im Gegenteil, die Unstimmigkeiten unter ihnen nahmen zu. Einzelne Familien zogen sich aus der Gemeinschaft zurück und schotteten sich ab. Keiner konnte dem anderen mehr trauen. Das war eine Entwicklung, die niemand vorausgesehen hatte, jedenfalls hatte sich keiner, auch nicht die Alten, mit derartigen Befürchtungen zu Wort gemeldet. Niemand hatte geahnt, dass die alte Rangfolge noch einmal Bedeutung erlangen würde.

Vielleicht sind wir Makah doch stärker an die Vergangenheit gebunden, als wir es uns selbst eingestehen wollen, dachte Lighthouse. Im Grunde war das nicht weiter verwunderlich, denn sie lebten auf einem Stück Erde, das den Vorfahren schon vor der Zeit gehörte und von ihren Geistern bevölkert war. Schnelle Autos, Computer und moderne Technik konnten nicht darüber hinwegtäuschen, dass dieses Land auch Heimat übernatürlicher Wesen war, die das Denken und Handeln der Menschen in ihrem Unterbewusstsein beeinflussten.

Aber Bill Lighthouse, der täglich mit den Vergehen gewöhnlicher Menschen zu tun hatte, verspürte wenig Lust, sich auch noch mit übernatürlichen Wesen herumzuschlagen, die er gegebenenfalls nicht einmal festnehmen und einsperren konnte.

Irina Scolari war unterdessen weiter auf der Traumstraße Amerikas unterwegs, einer Wegstrecke, die ihrem Namen alle Ehre machte. Entlang hoher Felsklippen und großer Lagunen, deren Feuchtgebiete die Heimat unzähliger Wasservögel waren, hatte sie sich mit ihrem Ford weiter nach Norden bewegt. Die Berge zogen sich zurück, weite Buchten mit langen Sandstränden säumten das Wasser. Die Kulisse wechselte ständig und brachte immer wieder neue, traumhafte Anblicke hervor.

Inzwischen hatte sie auf der Zollbrücke bei Astoria – der ältesten Hafenstadt des Nordwestens – den mächtigen Columbia River überquert und den Bundesstaat Washington erreicht. Obwohl Irina die Strecke einige Jahre nicht mehr gefahren war, kannte sie sie doch gut. Die kleinen

Orte, die sie passierte, waren ihr vertraut. Auch das Wetter hier oben war ihr vertraut. Der Himmel von tiefen, grauen Wolken verhangen, die Luft feucht und schwer von den balsamartigen Gerüchen der Wälder. Hier schien alles klarer, sauberer und wilder als unten in Kalifornien.

In den gemäßigten Regenwäldern am Fuße der Olympic Mountains hausten Bären und Berglöwen. Es gab Wildkatzen, die so groß wie Kälber waren. Fliegende Eichhörnchen, Hirsche mit spitzen Geweihen und flinke Murmeltiere tummelten sich im Schutz der Wälder und auf den Berghängen, die im Frühling eine unglaubliche Anzahl verschiedener Grüntöne darboten.

Einmal war Irina mit Micah in diese Berge gewandert. Ihm verdankte sie, dass sie überhaupt eine Vorstellung davon besaß, was sich hinter den Wäldern, die die Asphaltstraße säumten, befand. Der wuchernde Regenwald mit seinen Baumriesen, die wie Säulen in den Himmel ragten und deren Spitzen mit den Geistern zu kommunizieren schienen. Unten aber, in der feuchten Finsternis der verschlungenen Äste, der moosbewachsenen Stammriesen und meterlangen Flechten, hatte die Sonne nur spärlichen Zugang. Auf dem Boden herrschte immer Dämmerung. Der modrige Geruch umgefallener Baumstämme erfüllte die Luft. Farne, die wie Federschmuck erhabener Krieger anmuteten, sprossen aus den Rinden der Bäume. Hier gediehen Heidelbeeren, rote und schwarze, deren Sträucher mannshoch wuchsen.

Steile Pfade führten nach oben auf die alpinen Wiesen, die den Übergang zu den baumlosen grauen Bergen bildeten. Dort entfaltete sich eine Farbenpracht, die im Dunkel des Waldes unvorstellbar schien. Es wuchsen Phlox, pinkfarbene und gelbe Affenblumen, blaue Lupinen und beige Bärgrasdolden. Glasklare eiskalte Wasserfälle stürzten in senkrecht abfallenden Schluchten zwischen moosbewachsenen Steinen ins Tal. Spiegelnde Seen verwirrten den Betrachter mit Zerrbildern. Es war eine bunte Zauberwelt, die ihresgleichen suchte. Etwas Ähnliches hatte Irina bisher nur im Meer gefunden. Das diffuse Licht im nassen Grün des Regenwaldes glich auf seltsame Weise dem der Unterwasserwelt.

Irina fuhr, und manchmal drängte sich der Wald mit seinen riesigen Bäumen direkt an das graue Asphaltband der Straße. Dann wieder wurde die grüne Üppigkeit von Lichtungen unterbrochen, die einen trostlosen Anblick boten. Der Holzeinschlag machte auch vor den alten Regenwäldern nicht Halt. Die Aufforstung geschah halbherzig und die winzigen Bäume würden hunderte von Jahren brauchen, um majestätische Größe zu erreichen, wenn sie nicht zuvor hungrigen Hirschen oder gewaltigen Gewittersturzbächen zum Opfer gefallen waren.

Irina dauerten die Bäume, denen viele weder Gefühl noch Seele zubilligten. Aber sie hatte nie Energie dafür aufgewendet, sich für den Erhalt des Regenwaldes einzusetzen, obwohl er zum selben Kreislauf gehörte wie der Wal und sie selbst. Für die Bäume waren andere zuständig. Wenn man etwas erreichen wollte, war es angebrachter, sich auf eine Sache zu konzentrieren und dafür all sein Wissen und seine Energien einzusetzen. Irina wusste, auch die Bäume hatten ihre Lobby, eine sehr rege sogar. Jemand kümmerte sich um die Bäume, so wie sie sich um die Wale kümmerte.

Glücklicherweise gab es im Inneren des Menschen eine ethische Grenze für die Antastbarkeit von Lebewesen und bestimmten Dingen. Sie nahmen Rücksicht auf kostbare

Gegenstände, schützten seltene Bäume und versuchten, das Leiden von Mensch und Tier zu verhindern. In solchen Momenten handelte der Mensch instinktiv.

Aber es gab auch Situationen, da verschwand diese Grenze, weil etwas anderes wichtiger erschien, und weil der menschliche Geist in der Lage war, sich über moralische Barrieren hinwegzusetzen.

Was, fragte sich Irina, mochte in den Makah vorgehen, wenn sie den Wal mit ihrer Harpune töten? Waren sie immun gegen das Leid des Tieres? Konnten sie seinen Schmerz nicht fühlen? Fehlte ihnen die Vorstellungskraft? Oder war ihr eigenes Leid – mit einem Verbot leben zu müssen, das ihr Dasein vollkommen verändert hatte – um so vieles größer?

Kräftiger Regen setzte ein und hörte ebenso schnell wieder auf. Die Stadt Aberdeen mit ihrem großen Holzhafen erschien Irina immer noch so trostlos wie vor einigen Jahren. Hier oben hatte sich kaum etwas verändert.

Die kleinen Ortschaften hatten eigenartige Namen wie: Willapa, Humptulips oder Amanda Park. Flache, farblose Holzhäuser, von deren Dächern die Nässe tropfte, säumten die Straße.

Bis Neah Bay waren es jetzt nur noch ungefähr hundert Meilen, ein Katzensprung für jemanden, der in Amerika aufgewachsen und viel unterwegs war. Seit Irina sich mit den langen Wanderungen der Wale beschäftigte, hatte sich ihr Gefühl für Entfernungen auf ein anderes Maß eingestellt. Weit war ein Wort für Dinge, die hinter der Tausend-Meilen-Grenze lagen.

Um ihre Ankunft noch ein wenig hinauszuzögern, rastete Irina jetzt häufiger und besuchte einige der berühmten

Strände, die in den Touristenführern als einmalig und unbedingt sehenswert angepriesen wurden. Sie wusste, um diese Jahreszeit lockte es noch niemanden dorthin und sie würde allein sein.

Die bleichen Stämme mit ihren riesigen Wurzeln am Strand der Shoalwater Bay waren feucht vom Regen. Wie abgenagte Knochen lagen sie übereinandergeworfen und grotesk verkeilt, als hätte hier vor langer Zeit ein riesiges Ungetüm sein grausiges Mahl genommen.

Irina kletterte über Stämme, die plötzlich lebendig zu werden schienen und ihr Angst einflößten. Eine vom Meer kommende Nebelbank nahm den Strand in Besitz. Irina wurde auf einmal klar: Dies war nicht ihr Land und sie würde hier immer eine Fremde sein. Obwohl sie nicht an Geister glaubte, spürte sie, dass das Unbekannte, das sie umgab, ihr nicht wohlgesonnen war. Die Indianer zogen ihre Kraft aus den Mächten der Erde, des Meeres und des Himmels. Das war kein ferner Aberglaube. Diese Art und Weise mit den Dingen des Lebens umzugehen, hatte sich im Laufe tausender Jahre manifestiert, sie war mächtig und allgegenwärtig.

Die Indianer erschienen Irina genauso geheimnisvoll wie die Wale. Kein Fremder würde je dahinterkommen, was sie wirklich fühlten oder dachten in dieser Zeit, die nicht die ihre war. Für sie waren die Weißen Eindringlinge und daran hatte sich bis heute nichts geändert.

Als die Nebelbank sich wieder auf das Meer zurückzog, blieb ein gespenstischer Schleier über den fernen Felssäulen und gefallenen Stämmen liegen. Dieses düstere, surreale Bild brannte sich in Irinas Netzhaut, bevor sie umkehrte, um nicht länger davon bedrängt zu werden.

Es begann erneut zu regnen. Irina lief zum Wagen zurück und setzte ihre Fahrt fort, immer tiefer hinein in diese geheimnisvolle Welt des Nordens. Sie hielt noch einmal kurz am Ruby Beach, bevor der Highway wieder ein Stück ins Landesinnere führte, durch das Holzfällerstädtchen Forks, mit seinem riesigen Supermarkt der Kette ‚Safeway', und dicht entlang an den berühmten Regenwäldern am Fuße der Olympic Range.

Der Himmel blieb weiter grau und der Regen hörte erst auf, als sie in Sappho den Highway 101 in Richtung Westen verließ und ihren Ford gen Makah-Reservat lenkte. Nun begegneten ihr kaum noch Fahrzeuge auf der Straße. Hier und da deutete ein zerrissenes Plakat darauf hin, dass Tierschützer die Zufahrt zum Reservat als Bühne für ihren Protest benutzten. Innerlich frohlockte Irina. Es tat sich etwas und sie war mit ihrer Meinung nicht allein. Vielleicht konnte sie mit den Tierschützern dieser Region Kontakt aufnehmen, dann würde sie nicht mehr so einsam dastehen in ihrer Mission.

Die asphaltierte Uferstraße führte direkt an der Meerenge von Juan de Fuca entlang, die in dieser nördlichen Ecke das Festland von der Insel Vancouver in Kanada trennte. Schmucke und heruntergekommene Häuser wechselten einander ab. Bescheidener Wohlstand und skurrile Geschmacklosigkeit rangierten hier neben Armut und offensichtlicher Gleichgültigkeit. Für den Reisenden ein leichter Vorgeschmack auf die Zustände im Reservat.

Irina fuhr an einem Motel und einem Fischrestaurant vorbei, sie passierte eine große Bootsanlegestelle, an der wasserdicht gekleidete Familien ihre Boote zu Wasser ließen und gestenreich Erfahrungen miteinander austauschten. Kinder in bunten Regenjacken und Gummistiefeln tobten über die kleine Wiese hinter dem Strand.

Dann gab es keine Gebäude mehr am Rand der Straße, die sich unter dem zartgrünen Dach der Bäume am Ufer entlangschlängelte. Auf einer Einbahnstraße näherte sich Irina dem Ende der Welt.

Das grüne Schild mit der Aufschrift: WILLKOMMEN IM MAKAH INDIANERRESERVAT, war von mehreren Einschusslöchern verziert, was Irina aber nicht weiter beunruhigte. Schilder außerhalb von Ortschaften waren in abgelegenen Gegenden allgemein beliebte Zielscheiben für Hobbyschützen.

Sie hielt auf dem Parkplatz vor dem Makah-Kultur- und Forschungszentrum, zu dem auch ein Museum gehörte. Das Makah-Museum war ein großer flacher Bau mit einem Schindeldach und einer von Sonne und Regen ausgeblichenen Zedernholzverkleidung. Im Inneren hatte man es nach modernsten Gesichtspunkten eingerichtet und es beherbergte eine der wichtigsten archäologischen Sammlungen der Vereinigten Staaten von Amerika.

Vor etwa dreißig Jahren hatte ein Seebeben ein uraltes Walfängerdorf freigelegt, das einige Meilen südlich von Neah Bay lag, aber immer noch zum Reservat gehörte. Hunderte von Jahren hatten die Makah in Ozette gelebt, weil dies der Punkt war, an dem sich die Wale auf ihrer Wanderung am dichtesten der Küste näherten, was die Jagd erheblich erleichtert hatte. 1917 verließen die letzten Bewohner Ozette und siedelten nach Neah Bay um, weil die Regierung unter Strafandrohung verlangte, dass die Makah ihre Kinder zur Schule schickten.

Als vor drei Jahrzehnten die Erde an der Küste bebte, wurden in Ozette vier Zedernplankenhäuser freigelegt, ein Teil des Dorfes also, das vor fünfhundert Jahren von einer verheerenden Mure verschüttet worden war. Für Archäologen, Anthropologen und Ethnologen aus allen Teilen der Vereinigten Staaten wurde Ozette zum begehrten Forschungsobjekt. Viele Fundstücke unter der drei Meter dicken Lehmschicht erwiesen sich als erstaunlich gut erhalten, und so konnte Stück für Stück das Bild einer Kultur nachgezeichnet werden, die zu diesem Zeitpunkt sogar von ihren eigenen Nachfahren vergessen schien.

Mit dem Bau des Museums, durch das die einzigartigen Artefakte nicht nur einer breiten Öffentlichkeit, sondern vor allem auch den Makah selbst zugänglich gemacht wurden, setzte unmerklich ein Wandel unter den Einheimischen ein, mit dem eine Rückbesinnung auf die alten Werte und Traditionen einherging.

Staunend standen junge und alte Makah vor den Werkzeugen, Körben, Gebrauchsgegenständen und Schnitzereien, die ihre Vorfahren mit großem Geschick und künstlerischem Können hergestellt hatten. Mit Hilfe dieser Zeugen der Vergangenheit wurden alte Bräuche und Geschichten wiederentdeckt und belebten die Gegenwart des kleinen Volkes. Als Höhepunkt galt die bevorstehende Jagd eines Grauwals auf traditionelle Art und Weise.

Das Makah-Museum mit seinen Schätzen empfing den Besucher des Reservats am Eingang des Ortes und lieferte ihm alle Informationen, die er für einen Aufenthalt in Neah Bay brauchte. Deshalb – und weil ihr nichts Besseres einfiel – kaufte sich Irina für vier Dollar eine Eintrittskarte, obwohl sie das Museums von früheren Besuchen bereits hinreichend gut kannte und nichts Neues erwartete.

4. Kapitel

Aufgeregtes Stimmengewirr erfüllte den Versammlungsraum des Makah Stammesrates. Ein geschnitzter, grün-weiß-rot bemalter Donnervogel von enormer Größe prangte an der Wand und wachte mit scharfem Blick über die Versammelten des Abends. Abgesehen von zwei Frauen saßen nur Männer an dem langen Tisch in der Mitte des Raumes. Und wäre es nach Mungo Buzzell gegangen, dem mit dreiundzwanzig Jahren jüngsten Mitglied der Runde, hätten auch diese beiden Frauen nicht anwesend sein dürfen. Denn der Walfang war den Makah heilig. Vor allem aber war er Männersache.

Überraschenderweise hatte die Stimme des jungen Mannes kein Gewicht, als in dieser Angelegenheit entschieden wurde. Dreiundzwanzig Großfamilien umfasste das Volk der Makah in Neah Bay. Vertreter dreier Familien hatten sich an diesem Abend hier zusammengefunden, um über Leitung und Hergang der bevorstehenden Waljagd zu entscheiden. Drei traditionelle Walfängerfamilien, deren überliefertes Wissen für die Jagd genutzt werden sollte. Nur was die Mitwirkung der Ehefrauen betraf, war man immer noch unterschiedlicher Meinung. Es wurde behauptet, Frauen dürften nicht mal einen Blick auf das Kanu und die Jagdutensilien werfen, sonst wäre ein Scheitern der Jagd die sichere Folge. Diese Auffassung vertraten Wilson Buzzell, sein Sohn Mungo und noch ein weiterer Mann.

Die Mehrheit jedoch war der Überzeugung, eine Waljagd könne ohne die aktive Hilfe der Ehefrauen nicht stattfinden. Natürlich hatte man sich dabei an strenge Regeln zu halten. Die Frauen durften weder schwanger sein noch menstruieren. Jeder der Anwesenden hoffte, dass dieser Brauch von beiden Frauen beachtet wurde.

Am langen Tisch im Versammlungsraum saßen der Leiter der Walfangkommission Keith Jimmicum, sein Stellvertreter Arnie Parker, die beiden Frauen und acht Männer des Makah-Volkes, die als Paddler an der Jagd teilnehmen durften. Unter ihnen Micah Mahone, der durch den Rang seiner längst verstorbenen Großväter das Privileg genoss, zur Stunde mit an diesem Tisch zu sitzen und Entscheidungen zu fällen.

In einer ähnlichen Zusammensetzung hatte die Versammlung schon einmal vor einem halben Jahr stattgefunden. Damals war Luther Yallakub zum ersten Harpunier gewählt worden. Aber da die Jagd missglückt war, durfte er nicht noch einmal antreten. Das war ein ungeschriebenes Gesetz. Selbst wenn Yallakub mit in der Runde gesessen hätte, niemand hätte ihm mehr seine Stimme gegeben, auch Micah Mahone nicht.

„Ruhe!", schimpfte Keith Jimmicum halblaut, aber mit Nachdruck. „Wenn wir alle durcheinander reden, werden wir nie einen vernünftigen Plan zustande bringen."

Es wurde augenblicklich still. Alle Anwesenden sahen den jungen Mann mit dem runden, sanften Gesicht und den gefährlichen dunklen Augen erwartungsvoll an. Er erhob sich – Jimmicum war mit einssiebzig nicht sonderlich groß – und stützte die Hände auf die blanke Tischplatte. „Bevor wir heute Abend Entscheidungen treffen, möchte ich noch etwas sagen."

Er räusperte sich und holte tief Luft. „Spätestens seit

dem vergangenen Herbst weiß jeder in Neah Bay, dass unser Vorhaben, einen Wal zu töten, nicht nur auf Zustimmung gestoßen ist. Der Vorsitzende unseres Stammesrates hat Morddrohungen erhalten, und ich und meine Familie ebenfalls. Trotzdem werden wir uns vom Geschrei fanatischer Tierschützer nicht einschüchtern lassen. Die Waljagd wurde von uns Makah mit großer Mehrheit beschlossen. Es ist die Fortsetzung einer mehr als 2000 Jahre alten Tradition unseres Volkes. Vielleicht rühren die gesundheitlichen Probleme vieler unserer Leute daher, dass unsere Hauptnahrung nicht mehr aus Meeresfrüchten besteht. Das soll in Zukunft anders werden. Die Wiederbelebung des Walfanges als alte Tradition wird unserer Jugend vielleicht helfen, den Stolz auf ihre Herkunft zurückzuerlangen." Er machte eine kurze Pause und blickte in die schweigende Runde. „Wir werden die Waljagd durchführen. Aber jeder von uns sollte in den nächsten Wochen sehr vorsichtig sein, denn diese Drohungen sind durchaus ernst zu nehmen."

Jimmicum setzte sich. Micah war froh, dass der Leiter der Walfangkommission nichts von schwülstigen Reden hielt. Der Abend würde ohnehin noch lang genug werden, denn es galt, wichtige Dinge zu besprechen und Entscheidungen zu treffen. Mahone hatte vor Einberufung der Versammlung den Vorschlag eingebracht, die Ehefrauen der Walfänger an diesem Abend teilnehmen zu lassen. Er war damit zuerst auf Verwunderung gestoßen, zumal er selbst nicht verheiratet war, aber dann hatte man ihm mehrheitlich zugestimmt.

Nur zwei Frauen waren gekommen, die anderen hatten sich von ihren Männern entschuldigen lassen. Auch Mungos Mutter, die Ehefrau von Wilson Buzzell, dem Mann, der für diese Jagd als neuer Walhäuptling vorgeschlagen worden war. Mahone nahm an, dass Vater und Sohn ihr so lange zugesetzt hatten, bis sie zu Hause geblieben war. Beide Männer waren als sehr traditionsverbunden bekannt, was unter den Makah als positives Zeichen gewertet wurde und ihr Ansehen hob. Möglicherweise hielten die beiden deshalb an Regeln fest, die in der heutigen Zeit sogar bei den Alten als überholt galten.

Aber noch eine weitere Frau war nicht erschienen, für deren Teilnahme sich Micah Mahone eingesetzt hatte: Sally Kallappa. Sally war seit drei Jahren Direktorin des Makah-Museums, eine kluge junge Frau, die zwar keiner Walfängerfamilie entstammte, aber durch ihre Arbeit sehr viel über die Jagd wusste und vor allem über die damals benutzten Utensilien.

Immerhin, im Depot des Museums lagerten uralte Stücke in den Regalen, die kaum ein Makah je zu Gesicht bekommen hatte. Sally war mit diesen Artefakten vertraut wie kein anderer. Wenn man sie darüber tasten ließe, würde sie jedes einzelne Stück mit geschlossenen Augen erkennen. Wegen ihrer unkonventionellen Art war Sally Kallappa sehr beliebt unter den Jugendlichen von Neah Bay. Die Männer des Ortes jedoch betrachteten sie mit Misstrauen, weil sie studiert hatte und einen Beruf ausübte, der mit Prestige verbunden und damit eigentlich einem Mann vorbehalten war.

Micah nahm an, es war versäumt worden, die Museumsdirektorin einzuladen, was er sehr bedauerte. Er fand, sie hätte eine Menge zu sagen gehabt.

Zugegeben, sein Interesse galt nicht nur Sally Kallappas hervorragendem Wissen und ihrer meisterhaften Art mit Vergangenheit und Zukunft umzugehen – sie war gleichzeitig auch die einzige Frau in ganz Neah Bay, die seine Aufmerksamkeit und männliche Neugier erregte. Und das schon seit geraumer Zeit, auch wenn er es sich erst vor kurzem eingestanden hatte.

Vielleicht war Sally nicht auffallend schön, dafür aber auffallend klug. Ihr Humor schreckte die Männer reihenweise ab, weil er immer ein wenig spöttisch aus einer Richtung daherkam, die keiner vermutete. Sally hatte in Harvard Ethnologie studiert und war die Einzige unter den Frauen der Makah, die es zu solchen Ehren gebracht hatte und trotzdem noch im Reservat lebte. Aber das Wort „Harvard" schien sich wie ein unerwünschter Tarnmantel um sie gelegt zu haben, der ihre körperlichen Reize und ihre Familientauglichkeit verdeckte. Sally litt darunter, auch wenn sie sich das nicht anmerken ließ. Sie stürzte sich in ihre Arbeit und machte sie gut. Kein anderer in Neah Bay hätte es besser gekonnt.

Auch wenn Micah sich ein wenig vor Sallys Wissen und ihrer Selbstsicherheit fürchtete, konnte er nicht aufhören an sie zu denken, seit sie beim letzten Tanzfest eine lange Zeit neben ihm gesessen und er ein paar Worte mit ihr gewechselt hatte.

Zuerst war sie ihm gar nicht aufgefallen, bis er plötzlich diese Wärme neben sich gespürt hatte, eine Art Energie, die von Sallys Körper ausgegangen war. Noch jetzt spürte er das Kribbeln unter seiner Haut, wenn er nur daran dachte.

Dass seine Wünsche und Sehnsüchte ein Ziel hatten, war immer noch neu für ihn. Plötzlich hatte sein Leben wieder eine Richtung bekommen und es gab etwas, woran er sich festhalten konnte. Er fühlte sich nicht mehr so einsam wie all die Jahre zuvor. Und das, obwohl Sally bisher nur in seinen Gedanken Einzug gehalten hatte, und nicht etwa in seinem Leben. Es war an der Zeit, das zu ändern.

Mungo Buzzells rebellische Stimme ließ Micah aus seinen Träumen aufschrecken.

„Zeigen wir ihnen, wer wir sind", fauchte der zornige junge Mann mit geballter Faust. „Wenn sie es wagen, auch nur einem von uns ein Haar zu krümmen, dann ..."

„Was dann?", fragte Arnie Parker , der beleibte Stellvertreter von Jimmicum den aufgebrachten jungen Mann ruhig. „Willst du einen Krieg mit ihnen anfangen? Wir wissen ja nicht einmal genau, wer sie wirklich sind."

„Wer soll es schon sein", brummte Wilson Buzzell, Mungos Vater. „Es ist Carl Meyers mit seiner verdammten Gesellschaft zum Schutz der Meeressäuger. Seine Yacht liegt sicher in unserem Hafen und jetzt hetzt er die Leute gegen uns auf. Sie fürchten sich vor uns, die Weißen, deshalb hassen sie uns."

Parker hob beschwichtigend die fleischigen braunen Hände. „Vielleicht mögen sie nicht, was wir da tun, aber sie hassen uns auch nicht. Außerdem ist das Gesetz auf unserer Seite. Wir haben die offizielle Erlaubnis für diese Jagd. Jeder, der auf unlautere Art versuchen sollte, uns davon abzuhalten, bricht das Gesetz."

„Das Gesetz war noch nie auf unserer Seite", bellte Mungo Buzzell. Seine schwarzen Augen funkelten wild und sein langes Haar flog in einer ruckartigen Bewegung über sein Gesicht. Mungo Buzzell war ein außergewöhnlich attraktiver junger Mann, sogar Micah war das aufgefallen. Seine ebenmäßigen Gesichtszüge wirkten beinahe aristokratisch, sofern der Jähzorn sie nicht verzerrte, wie im Augenblick. Buzzell war schlank und muskulös und höher gewachsen als die meisten Männer in Neah Bay. Wenn er durch den Ort ging, drehten sich die Mädchen zwischen dreizehn und dreiundzwanzig nach ihm um, und hin und wieder auch eine der verheirateten Frauen. Micah fragte sich, ob der junge Mann sich seiner Erscheinung bewusst war und das gelegentlich ausnutzte.

„Diesmal schon", erwiderte Parker. „Und jeden Schritt, den wir gehen, werden wir vorher mit unserem Stammesanwalt Tom Cross in Seattle besprechen. Cross ist ein kluger Mann und er wird unsere Belange bestmöglich vertreten."

„Weil er dafür unser Geld bekommt", knurrte Mungo.

„Es ist nun mal üblich, Anwälte für ihre Dienste zu bezahlen", half Keith Jimmicum seinem älteren Stellvertreter. „Arnie hat Recht. So lange wir uns an die Regeln halten, wird uns auch nichts passieren."

Buzzell wurde beschwichtigt. Zu später Stunde stimmten die Versammelten über die wichtigsten Fragen ab und einigten sich in folgenden Punkten: Wilson Buzzell würde bei dieser Waljagd der Walhäuptling sein und war damit auserwählt, die große Harpune zu werfen. Vor der Jagd musste er sich, seiner Stellung angemessen, rituellen Reinigungen und verschiedenen Zeremonien unterziehen. Sein Sohn Mungo und sechs weitere Männer – darunter auch Micah Mahone – würden das Kanu paddeln und die kleineren Harpunen werfen. Einer von ihnen, Leonard Yokum, sollte als Steuermann fungieren.

Das elf Meter lange Kanu war von den Nootka auf Vancouver Island erworben worden, da die Makah kein eigenes Kanu besaßen, das groß genug gewesen wäre, um einen Wal damit zu jagen. Das Walfangkanu befand sich bereits seit September vergangenen Jahres im Besitz der Stammesregierung und wurde an einem sicheren Ort verwahrt. Einem Ort, von dem nur wenige wussten, damit niemand das wertvolle Kanu beschädigen konnte.

Man würde von nun an mit den konkreten Vorbereitungen zur Jagd beginnen. Der genaue Zeitpunkt aber, der mit der Ankunft der Wale zusammenhing, sollte kurzfristig entschieden und somit vor der Öffentlichkeit und der Presse geheimgehalten werden. Auf diese Weise erhoffte man sich einen ungestörten Ausgang der Jagd und der dazugehörigen zeremoniellen Feierlichkeiten.

Nach Beendigung der Versammlung verabschiedeten sich die Zusammengerufenen voneinander und stiegen einer nach dem anderen in ihre vor dem Gebäude geparkten Autos. Die meisten besaßen Pickups oder große amerikanische Wagen, die auch schon bessere Zeiten gesehen hatten. Kaum jemand im Reservat konnte es sich leisten, einen neuen Wagen zu fahren.

Micahs rostiger Jeep stand neben Mungos glänzendem Oldsmobile, und als der Jüngere neben ihm die Tür seines Wagens öffnete, fragte Micah: „Warum ist deine Mutter eigentlich nicht mitgekommen, Mungo?"

Der junge Mann zuckte zusammen, als hätte ihn eine giftige Schlange gebissen. Seine Hände ballten sich zu Fäusten, während er sich langsam zu Micah umdrehte.

„Norma fühlte sich nicht wohl", antwortete Wilson an Stelle seines Sohnes. „Sie wollte sich ins Bett legen."

Wilson Buzzell war ein kräftiger, untersetzter Mann Ende fünfzig. Sein Haar trug er kurz und ein zerfranster grauer Schnurrbart zierte seine Oberlippe. Wilson war das Ebenbild von Santianna, seinem mächtigen Vorfahren, und das wusste er auch, denn es gab alte Fotografien.

Mungo funkelte seinen Vater zornig an. „Warum sagst du ihm nicht die Wahrheit, Dad?", grollte er. „Es ist nicht Brauch, dass Frauen zu Versammlungen der Walfänger erscheinen", klärte er Micah mit heftigen Gesten auf. „Der Walfang ist Männersache."

„Wir tun den ganzen Tag Dinge, die nicht unseren alten Bräuchen entsprechen. Die Zeiten ändern sich und die Bräuche ändern sich auch", erwiderte Micah.

„Aber Bräuche sind nicht dazu da, geändert zu werden", entgegnete Mungo ärgerlich. „Wir beleidigen sonst die Ahnen."

Die Stimme des jungen Mannes hatte etwas Bedrohliches an sich, und Micah hatte keine Lust, sich auf eine Diskussion mit ihm einzulassen, dafür war er viel zu müde. „Trotzdem sind zwei Frauen da gewesen", meinte er spöttisch.

Darauf antwortete Mungo nichts. Er stieg in seinen Wagen und zog die Tür zu. Die Scheinwerfer leuchteten auf und mit quietschenden Reifen brauste der junge Mann mit seinem Vater davon.

Micah sah ihnen kopfschüttelnd nach und fragte sich, was die Ahnen wohl davon hielten, dass ihr wertvoller Nachfahre und zukünftiger Walfänger einen aufgemotzten 80er-Oldsmobile Calais fuhr und auch noch unheimlich stolz darauf war.

Der auf der Versammlung zum Walhäuptling ernannte Wilson Buzzell lebte mit seiner Frau, seinem Sohn und zwei Töchtern in einer kleinen Siedlung direkt am Meer, die im Delta des Hobuck River lag. Wilson war der Enkel von Santianna, dem Mann, der den letzten Wal vor Neah Bay getötet hatte. Aus dem Stolz der Familie war Schmach geworden, die Opfer gefordert hatte. Santianna war hochbetagt, aber in geistiger Umnachtung gestorben. Sein Sohn George – Wilsons Vater – hatte seine Verzweiflung im Alkohol ertränkt und sich dadurch frühzeitig die Leber ruiniert. Sein Körper lag ebenfalls schon seit vielen Jahren unter der Erde, wenn auch nicht vollständig, denn ihm fehlte der Kopf, wie allen anderen männlichen Verstorbenen in Buzzells Ahnenreihe auch.

Doch nun schloss sich der Kreis. Da Yallakub ausgeschieden war, würde Wilson der erste Harpunier sein. Was sein Großvater ihn lehrte, als er noch ein junger Mann gewesen war, hatte er niemals vergessen. Die alten Geschichten waren zu seinem Lebensinhalt geworden und bei seinem Sohn Mungo zur Besessenheit. Die Vergangenheit war ein fester Bestandteil ihres Lebens und sie hofften, sie würde auch ihre Zukunft sein.

Noch bevor die Internationale Walfangkommission den Makah die Erlaubnis zur Jagd erteilt hatte, war Wilson Buzzell mit seinem Sohn zum geheimen Walschrein gegangen und hatte dafür gebetet, dass er der Erste sein würde, der nach all den Jahren einen Wal töten durfte. Es hatte funktioniert und nun war es so weit.

Man hatte ihn, Wilson, zum Harpunier gewählt. Seine Bitten und Gesänge waren von den Geistern erhört worden. Yallakub hatte versagt, weil er, Buzzell, mächtiger war als alle anderen. Weil er als Einziger einen Walschrein besaß und damit die Unterstützung der Totengeister genoss. Das Wissen um diese mächtigen Hilfsquellen stärkte sein Selbstvertrauen. Wenn er nur fest an die Macht der Geister glaubte, dann würden auch seine zukünftigen Pläne in Erfüllung gehen. Daran und an nichts anderes dachte Wilson Buzzell, als er an diesem Abend im Wagen seines Sohnes nach Hause fuhr.

Die übrigen Mitglieder der Versammlung kehrten in ihre Häuser nach Neah Bay zurück, dem Hauptort des Reservats. Neah Bay erstreckte sich knapp zwei Meilen am Ufer entlang, in einer Bucht in der etwa zwanzig Kilometer breiten Meerenge von Juan de Fuca. Auf der gegenüberliegenden Seite konnte man die dunkel bewaldeten Hügel von Vancouver Island sehen.

Außer dem kleinen Hafen gab es das Museum, Washburnes General Store, eine Klinik, die Polizeistation mit einem kleinen Gefängnis, das Gemeindezentrum, eine Tankstelle, zwei Schulen, fünf Kirchen, ein Seniorenzentrum und diverse Motels, Lokale und kleine Souvenirläden. Es war ein verschlafener Ort ohne jeglichen Reiz, wenn man vom Museumsgebäude und einigen ausgeblichenen Totempfählen einmal absah.

Rund tausend Makah und knapp zweihundert Weiße wohnten in Neah Bay. Die übrigen sechshundert Reservatsbewohner lebten im Umland.

Micah Mahone, der am offenen Ozean in der Makah-Bay wohnte, bog als einziger der Versammlungsgäste auf die Schotterstraße ab, die über den Hobuck River führte und sich Makah Passage Road nannte. Später, nach Überqueren des Sooes River, wurde sie zur Sooes Beach Road, machte irgendwann einen scharfen Knick und endete einige Meilen weiter am Gelände der stammeseigenen Fischzuchtanlage.

Das Haus der Mahones stand direkt an der Straße. Überquerte man sie, begann hinter ein paar zerzausten Sträuchern, windschiefen dünnen Kiefern und nach einem schmalen Grasstreifen gleich der breite Strand. Das Meer war nahe, aber es konnte dem Haus und seinen Bewohnern nichts anhaben, selbst dann nicht, wenn einer der gefürchteten Stürme tobte und den Pazifik zum alles verschlingenden Ungeheuer werden ließ.

Auf der linken Seite wurde das Holzhaus mit dem fröhlichen gelben Anstrich von Pappeln, Tannen und dichtem Strauchwerk geschützt. Auf der rechten Seite befand sich ein kleiner Kräuter- und Gemüsegarten, und gut fünfzig Meter entfernt stand das Haus der Nachbarn.

Wenn man diesen Bau überhaupt Haus nennen konnte.

Es war eines der üblichen amerikanischen Billighäuser aus dünnen Leisten und Presspappe, zusammengesetzt aus zwei Teilen. Die meisten Häuser in Neah Bay waren auf diese oder ähnliche Weise gebaut und hatten eine Verblendung aus gestrichenen Holzlatten.

Aber irgendwie hatte man sich bei diesem Haus mit dem Zusammensetzen keine Mühe gegeben. Ein handbreiter Spalt teilte das Gebäude immer noch in zwei Hälften, was seine Bewohner allerdings nicht zu stören schien. Jace, die ewig betrunkene Schwester des Holzschnitzers Adam Bowechop, wohnte hier mit ihrer Tochter Lita. Das Mädchen war ein scheues Wesen mit schrägen, rehbraunen Augen, die es offensichtlich von seinem Vater, einem Nootka von Vancouver Island geerbt hatte. Lita hatte ihn nie kennen gelernt. Man sagte, er wäre zu einem Viertel Chinese gewesen.

Die Makah duldeten seit jeher kein schwarzes oder orientalisches Blut in ihren Adern. Aber Ende des 18. Jahrhunderts waren Chinesen als Arbeitskräfte für die Konservenfabriken nach Vancouver Island gekommen und hatten sich mit den dort lebenden Nootka vermischt. Die Nootka waren ein Volk mit einer ähnlichen Sprache wie die der Makah, mit ähnlichen Bräuchen und engen verwandtschaftlichen Beziehungen. Litas Vater war ein Nachkomme jener chinesischen Einwanderer und sie hatte sein asiatisches Äußeres geerbt: ein flaches, breites Gesicht mit zarten hohen Wangenknochen, einer kleinen Nase und schmalen Augen.

Ihre Mutter Jace, eine zerstörte Frau ohne Halt und Ziel, überließ das tägliche Überleben der fünfzehnjährigen Tochter. Und das schweigsame, in sich gekehrte Mädchen versuchte, sich durch Plastikabfälle, leere Schnapsflaschen, abgenutzte und zersplitterte Möbel einen Weg ins Leben zu bahnen.

Micah fragte sich, woher Jace immer wieder Nachschub bekam, um ihrer Sucht zu frönen, denn in den Läden im Reservat war der Verkauf von Alkohol verboten und ein Auto besaßen die beiden nicht. Litas Los dauerte ihn, und so machte er sich hin und wieder verdrossen auf den Weg zu seinen Nachbarinnen, um wenigstens die notwendigsten Reparaturen am Haus zu erledigen. Wenn es notwendig war, fuhr er Lita zum Zahnarzt in die Stadt und brachte ihre Einkäufe von Washburnes Supermarkt nach Hause. Er war nicht dazu verpflichtet, denn die Bowechops gehörten nicht zu seiner Familie, und jegliche Unterstützung und Hilfe hörte traditionsgemäß hinter den Familiengrenzen auf. Micah tat es trotzdem, denn die übrigen Mitglieder der Familie Bowechop kümmerten sich nicht um Lita und Jace, sie schienen vergessen zu haben, dass es die beiden überhaupt gab.

Micah parkte den Jeep vor seinem Haus und sah den breiten Lichtspalt im Giebel des Nachbarhauses in der Dunkelheit leuchten. Der Spalt kennzeichnete gleichzeitig die Grenze zwischen dem Wohnbereich der Mutter und dem der Tochter. Auf Litas Seite war es sauber und aufgeräumt. Auf der Seite der Mutter siegten Verwahrlosung und Chaos. Ein ständiger Geruch nach Alkohol, kalter Asche und Erbrochenem hing im Haus fest, und war nur zu ertragen durch den ständigen Luftzug, der darin herrschte.

Micah wandte sich ab und betrat sein Haus über die hölzernen Stufen vor der Eingangstür. Der vertraute, schwere Duft von Zedernbast, Sitkagras und Bärgras, dem Material der hiesigen Korbflechter, empfing ihn. Es war der Geruch der Vergangenheit. Zwar standen im Haus noch überall die Behälter mit den verschiedenen Materialien herum, doch Waatla Waa konnte mit ihren von Arthritis verkrüppelten Fingern nicht mehr flechten. Gelegentlich stellte sie noch einen groben Korb aus Weidenruten her, aber für die feineren Materialien, die vor der Verarbeitung behandelt und dann verzwirbelt werden mussten, waren ihre Finger zu steif und zu kraftlos.

Micah begrüßte seine Großmutter und den kleinen Bruder, die beide auf ihn gewartet hatten. Der Fernseher lief im Wohnzimmer, aber weder Ryder noch Waatla Waa hielten sich dort auf. Die Stimmen dienten ihnen nur als Geräuschkulisse. Waatla Waa bereitete in der Küche einen Aufguss aus süßem Kerbelkraut, der Ryders Husten stillen sollte, von dem er seit zwei Tagen geplagt wurde. Ryder saß bei ihr am Tisch und füllte weiße Blätter mit kleinen Zeichnungen verschiedener Tiere. Die meisten von ihnen waren Wale. Der Bleistift kratzte unermüdlich über das Papier, bis die Spitze der Mine brach oder verbraucht war. Dann musste Waatla Waa mit ihren krummen Fingern mühsam den Stift anspitzen, denn Ryder besaß dafür keine Geduld. Seine Finger waren zu nervös, er konnte die Kräfte nicht koordinieren und die Mine brach immer wieder ab.

Micah nahm eines der Blätter in die Hand und besah sich die Zeichnungen genauer. Es waren kleine Figuren aus Licht und Schatten, gezeichnet mit wenigen klaren Linien. Sie wirkten lebendig, als würden sie jeden Augenblick aus dem Papier springen.

„Du hast Talent", sagte er anerkennend zu Ryder, „die sehen richtig lebendig aus. Aber kannst du auch deinen Namen noch schreiben?"

Ryder lachte stolz. „Na klar!" Etwas ungelenk und steif, so ganz anders als bei seinen Tieren, malte er die Buchstaben seines Namens auf das Blatt. Das R am Ende war schließlich doppelt so groß wie das am Anfang, aber er hatte seinen Namen richtig geschrieben.

„Du kannst es", meinte Micah, mit einem Lächeln, das traurig und voller Besorgnis war. „Bald werde ich dir beibringen, wie unser Nachname geschrieben wird."

„Warum?", fragte Ryder, der eigentlich nur Micah zuliebe Buchstaben malte. Niemand sonst hatte es je von ihm verlangt und er wusste auch nicht, wozu es nützlich sein sollte. Tiere konnten schließlich auch nicht schreiben und lesen und führten dennoch ein zufriedenes Leben.

Ryder hustete und feuchte Spritzer landeten auf dem Tisch und den Blättern.

„Weil jeder Mensch in der Lage sein sollte, seinen Namen schreiben zu können", antwortete Micah und versuchte, die Gedanken an die umherschwirrenden Bazillen zu ignorieren. Er konnte es sich nicht leisten, jetzt krank zu werden.

„Aber ich kann es", sagte Ryder, „ich kann es. Ryder, Ryder, Ryder", quäkte er laut. Wenn er aufgeregt war, dann schlug seine Stimme auf unangenehme Weise um.

„Schon gut", brummte Micah, der wusste, dass diese Diskussionen zu nichts führen würden. Jeder Versuch einer Erklärung überstieg Ryders Verstand.

„Bald sind sie wieder da, Micah, ich weiß es", sagte Ryder plötzlich fröhlich und seine dunklen Robbenaugen leuchteten. „Nicht mehr lange und sie sind wieder da."

Micah nickte nachdenklich. „Ja, kleiner Bruder, die Wale kommen zurück." Jedes Jahr im Frühjahr und Herbst erfasste Ryder Mahone die gleiche, eigenartige Unruhe, auf die kurz darauf die Ankunft der Wale vor der Küste folgte. Er war nervös und noch zappeliger als sonst. Alles in ihm schien reine Freude zu sein. Micah kam es manchmal vor, als wäre Ryder einer von ihnen und könnte ebenfalls ihre subtilen Rufe empfangen, die Schallwellen, mit denen sie sich untereinander über hunderte von Meilen verständigten. Vielleicht war Ryder ein Wal in Menschengestalt, das würde zumindest einiges erklären.

Für Micah gab es Momente, da machte sein kleiner Bruder ihm Angst. Es war nicht immer leicht, mit jemandem unter einem Dach zu leben, der ein Zwischenwesen zu sein schien und sich mit den Tieren unterhalten konnte. Vor sehr langer Zeit war diese Gabe allen Makah eigen gewesen. Man hatte gemeinsame Vorfahren, lebte mit den Tieren und paarte sich mit ihnen. So jedenfalls erzählten es die Alten. Doch das war lange vorbei, so lange, dass es nur noch in den Geschichten Erinnerungen daran gab.

Aber Ryder schien die Gabe seiner Vorfahren geerbt zu haben. Er konnte den Schrei des Adlers nachahmen, das Brüllen eines Hirsches und das Pfeifen einer Waldmaus. Manchmal krächzte er in den schwarzen Tönen der Raben oder rief die Wale in ihrer eigenen Sprache.

Wie sollte Micah ihm beibringen, dass dieses Mal ein Wal getötet werden sollte, und dass er – sein Bruder – daran beteiligt sein würde. Wenn alles nach Plan ging, dann würde auch seine Harpune sich in den Leib des Tieres bohren, um es an der Flucht zu hindern und ihm den sicheren Tod zu bringen.

Kurz drängte sich Verzweiflung in Micahs Blick.

„Irgendwelche Neuigkeiten?“, fragte Waatla Waa ihren älteren Enkelsohn. Die alte Frau war immer genau informiert, kannte den neuesten Stand der Dinge. Sie wusste auch vieles, was ihr Micah nicht erzählt hatte. Meist war ihm ihre Informationsquelle ein Rätsel, denn er wusste, dass seine Großmutter nicht gerne telefonierte.

„In zwei oder drei Wochen ist es so weit, denke ich", sagte er, mit einem verstohlenen Seitenblick auf Ryder. „Der Zeitpunkt soll geheim bleiben. Es hat Morddrohungen gegeben, Großmutter." Micah senkte die Stimme. „Ein toter Indianer für jeden getöteten Wal."

Ryder schniefte. Zu seinem Husten hatte sich ein Schnupfen gesellt und er zog den Schleim geräuschvoll nach oben – etwas, das Micah nur schwer ertragen, ihm aber auch nicht abgewöhnen konnte. Mit Appellen an die Vernunft oder Formen des Umgangs war bei Ryder nicht viel auszurichten. Er lebte in seiner eigenen Ordnung. Und die gefiel ihm viel zu gut, als dass er ein Interesse daran gehabt hätte, etwas zu ändern.

„Hm, das ist schlimm." Die alte Frau schüttelte den Kopf und reichte Micah einen Keramikbecher mit heißem Tee. „Das ist sehr schlimm."

Er nahm den Becher entgegen und legte seine Finger darum, um sie zu wärmen. „Ja", erwiderte er, „die Leute haben Angst. Trotzdem wollen sich die meisten von den Drohungen nicht einschüchtern lassen. Leider ist das nicht alles", fuhr Micah fort. „Die Anfechtungen kommen nicht nur von fanatischen Tierschützern und irgendwelchen Weißen, die auf diese Weise ein Ventil für ihren Hass gegen Indianer gefunden haben. Auch ein Teil unserer eigenen Leute scheint seine Meinung über die bevorstehende Jagd geändert zu haben. Möglicherweise nagt die Angst vor Vergeltung an ihnen, aber vielleicht ist es auch etwas anderes."

Vielleicht sehen sie Dinge, die ich nicht sehen kann, weil ich nicht genug weiß, dachte er im Stillen.

Waatla Waa nickte. „Die Zeiten haben sich geändert und auch unser Volk verändert sich. Die Herzen vieler Makah sind gespalten. Sie wissen nicht mehr, welchem Weg sie folgen sollen. Am meisten tut es mir um die Kinder Leid. Aus ihnen werden Menschen mit zwei Seelen. Unserer jungen Generation ist die Ehrfurcht vor den Geistern abhanden gekommen."

Ryder grinste und hielt Micah ein weiteres Blatt vor das Gesicht. „Wale", sagte er und wedelte damit herum. „Wann fahren wir raus, Micah? Ich will sie begrüßen?" Er rieb sich die Nase an seinem Hemdsärmel trocken.

„Bald", erwiderte Micah. Sein Blick wanderte über die Schleimspur auf Ryders Ärmel. Wie der Weg einer Schnecke, dachte er resigniert.

„Wann?", fragte Ryder ungeduldig.

„Sobald sie da sind, Ryder, ich verspreche es dir. Aber jetzt geh ins Bett, es ist schon spät."

„Ich bin noch nicht fertig", protestierte Ryder und zog die Stirn in Falten. Seine riesigen Hände lagen schon wieder auf dem nächsten Blatt, den spitzen Bleistift in der Rechten. Kaum zu glauben, dass er mit dieser Pranke so zarte, lebendige Figuren auf das Papier bringen konnte, während sonst vieles zerbrach, was er anfasste. Sein Ungeschick hatte schon manche Scherbe hervorgebracht.

„Du kannst morgen weitermachen, das Papier läuft dir nicht davon. Und tu mir einen Gefallen: putz dir die Nase, ehe du gehst, dein Geschniefe ist unerträglich."

Nach einigen Überredungskünsten verschwand Ryder schließlich in seinem Zimmer. Auch wenn man sonst nicht gleich etwas von seiner Behinderung bemerkte, sein Gang verriet ihn sofort. Etwas ungelenk, schwankend und unkoordiniert in seinen Bewegungen, trottete er davon.

Im Gegensatz zu Micah, dessen Gesicht streng und männlich wirkte, hatte Ryder die weichen Gesichtszüge seiner Mutter Noreen geerbt. Er war ein hübscher Junge mit seinen dunklen Robbenaugen, und die Mädchen in Neah Bay mochten ihn. War er mit Micah im Ort, dann neckten sie ihn liebevoll und er strahlte jedes Mal einfältig, weil er mit so viel weiblichem Interesse nichts anzufangen wusste. Und außerdem hatte er bereits eine Freundin – oder jedenfalls hielt er seine kleine Nachbarin Lita Bowechop dafür.

Zu ihr konnte er gehen, wann immer er sich allein und unverstanden fühlte. In seinen holprigen Sätzen berichtete er ihr von seinem Kummer und ließ sich von ihr in den Arm nehmen. Weil auch Lita ihm ihr Herz ausschüttete und sich bei ihm ausweinte, hatte alles seine Ordnung. In Ryders Welt waren er und Lita ein Paar. Später würden sie zusammen wohnen und Kinder haben. Wie letztere zustande kamen, darüber hatte sich Ryder noch keine Gedanken gemacht. Er vertraute da ganz auf den Werdegang der Natur und war überzeugt davon, dass Lita das Problem schon in den Griff bekommen würde, wenn es erst soweit war. Die Tiere schafften das schließlich auch, nötigenfalls mit Geschrei.

Manchmal machte sich Micah Sorgen wegen dieser Dinge. Ryder war jetzt ein Mann, zumindest was seine körperliche Entwicklung betraf. Als sein Vormund war Micah dafür verantwortlich, wenn sein Bruder anderen Schaden zufügte, auch, wenn er es nicht beabsichtigte.

Einmal, Ryder war zehn gewesen, hatte er einem Jungen den Arm ausgerenkt, als dieser einen kleinen Waschbären quälte. Wie ein wütender Seelöwe war er auf den drei Jahre älteren und um einen Kopf größeren Jungen losgegangen, der vor Schreck nicht wusste, wie ihm geschah. Wenn es darum ging, Schwächere zu beschützen, dann konnte Ryder ungeheure Kräfte entwickeln. Diese Tatsache beunruhigte Micah mehr als er sich eingestehen wollte, obwohl seit diesem Vorfall mit dem ausgerenkten Arm derartiges nicht mehr vorgekommen war.

Was Ryders Freundschaft mit Lita betraf, hoffte Micah, die Dinge würden sich irgendwann von selbst regeln. Da hatten sich zwei einsame, unverstandene Seelen gefunden und gaben einander Wärme und Mut. Lita Bowechop war zwar wortkarg, aber keineswegs dumm. Sie war jetzt fünfzehn und würde wissen, was sie tat. Ryder war dem Mädchen vollkommen ergeben und im Grunde ein liebenswerter Kerl, wenn man mit seinen Schrullen umzugehen wusste.

Micah seufzte, als seine Gedanken wieder mal für einen Augenblick in die Zukunft vorauseilten. Was sollte aus Ryder werden, wenn Waatla Waa nicht mehr da war? Wer würde sich um seinen kleinen Bruder kümmern, wenn er mit dem Boot auf dem Meer draußen war, um ihrer beider Lebensunterhalt zu verdienen? Ryder war ein friedfertiger Mensch, aber es war nicht gut, ihn über viele Stunden allein zu lassen, denn dann fühlte er sich einsam und kam auf dumme Gedanken.

Welche Frau würde mit ihm leben wollen, fragte sich Micah, wenn da dieses tapsige Familienmitglied umhergeisterte, das ein Leben lang durchgefüttert und betreut werden musste? Gab es eine Frau, die Geduld mit Ryders Kapriolen haben würde? Mit seinen kindlichen Wünschen und den Tieren, die er immer wieder mit nach Hause brachte, ob sie nun verletzt, halb verhungert oder schon tot waren.

Würde Sally Kallappa ihn höflich abweisen, wenn er sie zum Essen einlud?

Waatla Waa wartete, bis Ryder in seinem Zimmer verschwunden war, dann setzte sie sich in ihren Korbschaukelstuhl und begann zu wippen. Das Rohrgeflecht knisterte leise. Micah hatte ihr den Stuhl vor einigen Jahren zum Geburtstag geschenkt, weil er schön leicht war und die alte Frau ihn noch selbst umherschieben und dort platzieren konnte, wo sie ihn gerade brauchte: vor dem Fenster, dem Kamin, oder vor dem Fernseher.

Micah saß am Tisch, trank seinen Tee und blätterte in der Frühjahrsausgabe der „Makah Fisheries News", einem farbigen Magazin, das über die neuesten Statistiken und Regeln informierte und die Mitarbeiter vorstellte, die im stammeseigenen Fischereimanagement tätig waren.

Manchmal besuchte Micah deren Versammlungen, aber meist kam für ihn persönlich nichts dabei heraus und er langweilte sich nur. Doch diesmal gab es gute Nachrichten, abgedruckt im Magazin. Dank einer Studie der Nordwestindianischen Fischereikommission und einer daraus folgenden Schutzzucht, hatten sich die Bestände von Sockeye Lachs und Coho – dem Silberlachs – in den Flüssen des Reservats wieder erholt. Vielleicht würde es dadurch für Micah in den nächsten Jahren etwas leichter werden, seine Familie zu ernähren. Vielleicht war die Waljagd ein gutes Omen und von nun an änderte sich tatsächlich einiges zum Besseren, so, wie viele Makah es sich erhofften.

Waatla Waa hörte auf zu schaukeln. Micah blickte von seiner Zeitschrift auf und betrachtete seine Großmutter. Seit einiger Zeit trug sie ihr dickes graues Haar kurzgeschnitten, weil sie mit ihren arthritischen Händen nicht mehr in der Lage war, sich selbständig einen Zopf zu flechten. Für eine Weile hatte Micah diese Aufgabe übernommen, aber dann wurde es ihr eines Tages zu viel und als er am Abend vom Fischen zurückkehrte, fand er ihren schönen langen Zopf in einer Plastiktüte auf dem Tisch. Inzwischen ruhte das Relikt gut verwahrt in einem Zedernholzkästchen.

„Wer wird es diesmal sein, Micah?", fragte Waatla Waa in die Stille. „Wer darf den Wal töten?"

Er war sicher, dass sie es längst wusste, aber Micah hatte Respekt vor seiner Großmutter. „Wilson Buzzell", antwortete er und lehnte sich zurück. „Buzzell ist diesmal der erste Walhäuptling. Sein Großvater Santianna hat den letzten Wal vor Neah Bay erlegt."

„So so", spottete die Alte, und Micah ärgerte sich, dass er wieder einmal nicht daran gedacht hatte: Waatla Waa war zwar alt, aber nicht vergesslich geworden.

„Ich war dabei", sagte sie. Santianna Buzzell war ein beeindruckender Mann mit grimmigen Gesichtszügen gewesen, vor dem sich alle Kinder gefürchtet hatten. Einige Zeit nach seinem Tod war über Nacht sein Grab geöffnet worden und jemand hatte den Schädel gestohlen. Niemand hatte ein Aufhebens davon gemacht, aber Waatla Waa konnte sich noch gut daran erinnern. Gerüchte von einem geheimen Walschrein waren durch den Ort gegangen.

„Wilsons Sohn Mungo ist einer der Paddler. Er ist der Jüngste von uns", sagte Micah.

Waatla Waa schüttelte sorgenvoll ihr greises Haupt und mit dem rechten Zeigefinger schob sie ihre Hornbrille auf die Nasenwurzel zurück. „Zu jung", entschied sie und begann wieder zu schaukeln.

Micah zuckte die Achseln. „Er ist kräftig und ein guter Paddler. Nicht jeder kommt mit so einem großen Kanu zurecht. Bei den Wettkämpfen war er oft Sieger."

„Sein Blut ist hitzig", brummte die Alte und schaukelte schneller. Das Korbgeflecht knisterte.

Micah fragte sich, woher sie das wusste. „Aber Mungo verehrt die alten Bräuche und hat Respekt vor den Älteren." Er räusperte sich. „Jedenfalls sagen die anderen das."

„Hm. Ich will hoffen, dass es so ist. Sein Urgroßvater

Santianna war ein mächtiger Mann. In seinen besten Zeiten tötete er vier Wale im Jahr. Die meisten haben ihn gefürchtet. Nur mein Vater nicht. Er war ebenso mächtig." Über den schwarzen Rand ihrer Brille sah sie ihren Enkelsohn an. „Das nächste Mal wirst du die Harpune werfen."

„Ich?", fragte Micah verwirrt.

„Ja, du. Es ist dein angestammtes Recht, das Privileg deiner Familie. Mein Vater war ein Walhäuptling und der Vater deines Großvaters Moses auch. Genauso wie ihre Väter und Großväter zuvor."

Micah schüttelte abwehrend den Kopf. „Aber die Linie ist unterbrochen."

„Dein Großvater Moses war Paddler, so wie du es jetzt sein wirst. Er war noch zu jung, um die große Harpune zu stoßen. Aber er war dabei. Er kannte die Lieder und durfte sich Walfänger nennen."

„Ich meine nicht Großvater. Ich rede von ... mein Vater war kein Walfänger." Missbilligend presste er die Lippen zusammen. „Mein Vater war nicht mal ein guter Fischer."

„Ja", erwiderte Waatla Waa voller Schmerz, „aber nur, weil ihm der Stolz genommen war. Wir durften keine Wale mehr jagen, und dein Vater hat es nicht ertragen nur ein einfacher Fischer zu sein, der seine Familie nicht richtig ernähren konnte. In einem Walfangboot zu sitzen, verleiht Stärke und Ansehen. Alle Makah waren Fischer, aber nur wenige wurden erfolgreiche Walfänger. Dein Vater hatte nie die Chance dazu."

Sie führten diese Diskussion nicht zum ersten Mal und Micah ließ sich auch diesmal nicht überzeugen. „Wenn einem der Weg, den man gehen möchte, verschlossen bleibt, muss man sich nach anderen umsehen. Es gibt sie immer."

Waatla Waa hörte abrupt auf zu schaukeln und das Knistern verstummte. „Hm, vielleicht ist es so", erwiderte sie.

„Aber für deinen Vater standen böse Geister auf all diesen Wegen. Deshalb fing er an zu trinken. Und weil er keinen Schutzgeist hatte, holten ihn die Geister des Meeres zu sich."

Sie glaubt es immer noch, dachte Micah. Oder wollte sie es glauben?

5. Kapitel

Waatla Waa Mahone hatte eine Tochter und zwei Söhne gehabt, von denen Lukas – Micahs Vater – ihr jüngster gewesen war, ein Nachzügler. Sie und ihr Mann Moses erzogen die Kinder in Liebe und vermittelten ihnen Respekt vor allem, was eine Seele hatte.

Moses Mahone war ein sehr traditionell denkender Mann, und was die Einhaltung überlieferter Werte betraf, ließ er eine gewisse Strenge walten. Aber die Zeit, in der die Kinder aufwuchsen, war eine schwierige, denn sie war voller Veränderungen. Moses Mahone hatte Probleme, diese Veränderungen und seine Traditionen in Einklang zu bringen, um eine Linie für seine Erziehung zu finden.

Als Kenneth, Waatla Waas erster Sohn geboren wurde, asphaltierte man gerade die Zufahrtsstraße von Neah Bay. Ein Jahr später ordnete der Staat Washington den Bau zweier Schulen an und sorgte mit Kontrollen dafür, dass jedes Indianerkind eine dieser staatlichen Schulen besuchte.

Der Hafen wurde ausgebaut, was ebenso wie die neue Straße mehr Menschen nach Neah Bay brachte und das bis dahin ruhige, abgeschiedene Leben der Makah unwillkürlich veränderte.

An einem trüben, nebelverhangenen Vormittag waren Kenneth und seine jüngere Schwester Olivia auf einer Fahrt nach Port Angeles tödlich verunglückt. Ihr Wagen kam auf offener Straße von der Fahrbahn ab und prallte gegen einen Baum. Niemand wusste warum. Die Straße war trocken und die Bremsen des Wagens waren in Ordnung gewesen. Waatla Waa und Moses verloren auf einen Schlag zwei Kinder. Aber während sie stark war, das Leben organisierte und sich um Lukas, den Jüngsten kümmerte, wurde Moses über dem Verlust seiner Kinder krank und starb im Winter darauf, als eine Grippewelle das Reservat heimsuchte.

Waatla Waa verschmerzte auch diesen Verlust, denn schon als junges Mädchen war sie von ihrem Vater darauf vorbereitet worden, dass solche Dinge geschehen konnten, wenn man mit einem Walfänger verheiratet war. Ihr war ein Sohn geblieben, für den sie zu sorgen hatte, und dessen Zukunft die ihre war.

Lukas war ein schwieriges Kind, schön, eigensinnig und störrisch, aber Waatla Waa liebte den ihr Verbliebenen mit einer Stärke, die eigentlich für drei hätte reichen sollen. Als Lukas Mahone zwanzig war, versuchte er sich als Fischer und heiratete die damals siebzehnjährige Noreen, die Tochter eines einfachen Mannes ohne Privilegien. Mit einundzwanzig war er Vater eines Sohnes, den er Micah nannte.

Zuerst war Waatla Waa skeptisch, was die niedere Herkunft ihrer Schwiegertochter betraf, aber Noreen erwies sich als gute Hausfrau und Mutter. Sie war für ihren Mann da, wann immer er sie brauchte. Dennoch schien es, als wäre ihm das, was er von ihr bekam, nicht genug.

Lukas Mahone ertränkte seinen Kummer im Alkohol, vernachlässigte seine junge Frau und konfrontierte seinen kleinen Sohn Micah mit Dingen, die dieser nicht einzuordnen wusste.

Hatte sein Vater es wieder einmal geschafft, sich Alkohol zu organisieren, war er überschwänglich und voller Zukunftspläne. Er konnte aber auch schnell wütend werden. Seine Wut richtete sich gegen die Weißen, die in seinen

Augen schuld waren an seiner Misere und der seines Volkes. Niemals jedoch richtete sich Lukas' Zorn gegen seine Frau und seinen Sohn. Keinen von beiden hatte er je geschlagen, das wäre ihm nie in den Sinn gekommen, nicht mal, wenn der Alkohol sein Hirn vernebelte.

War er aber im Delirium, dann sprach er von Geistern und Göttern und uralten Vermächtnissen, die sich erfüllt und seine Familie heimgesucht hatten. Und er prophezeite, dass es noch nicht zu Ende war.

Micah erinnerte sich noch sehr gut an jenen Tag, als er und sein Vater mit dem Boot draußen auf dem Meer gewesen waren. Lukas schien fröhlich und guter Laune, und er selbst, damals zehn Jahre alt, war glücklich, weil es ein schöner Tag war und sie einen guten Fang gemacht hatten. Seine Mutter und Großmutter Waatla Waa würden stolz auf seinen Vater sein, und Micah war es auch.

Doch plötzlich kam ein Sturm auf und sie mussten an Land gehen, weil sie es mit ihrem kleinen Boot nicht mehr bis zum Hobuck Beach geschafft hätten, ohne sich in Gefahr zu bringen. In einer Halbhöhle unter einem Felsen machten sie ein Feuer und warteten im Trockenen den Sturm ab.

Unvermutet begann Lukas wild zu lachen und wirres Zeug zu reden. „Diesen Sturm haben böse Hexen aus dem Ort geschickt, um uns zu töten, Micah", sagte er zitternd.

„Aber warum?", fragte der Junge mit großen Augen, überrascht von der plötzlichen Veränderung seines Vaters.

„Weil du und ich mächtig genug sind, einen Wal zu töten. Wir kennen das Geheimnis. Wir sind stärker als alle anderen. Deshalb müssen wir sterben, so wie Onkel Kenneth, Tante Olivia und Großvater Moses."

Draußen tobte der Sturm und das Meer wütete in gigantischer Schwärze. Das Knarren der Baumstämme und das

Pfeifen des Windes ließen Micah glauben, dass tatsächlich böse Mächte am Werk waren. Er saß verängstigt bei seinem Vater, dem der Sinn für die Realität immer mehr abhanden kam, weil sein Körper nach Alkohol verlangte. Glänzender Schweiß lief ihm über die Stirn und rann in seine Augen, wo er brannte und das Weiß rötete.

„Aber ich kann gar keinen Wal töten, Dad", sagte Micah weinerlich, „ich bin viel zu klein."

„Du kannst es, weil du schlauer bist als er und weil du die Macht der Geister besitzt. Großvater Moses hat mir davon erzählt als ich so klein war wie du: Die anderen neiden uns diese Macht, deshalb versuchen sie, uns unschädlich zu machen."

Micah fing an zu weinen. „Aber ich will gar nicht sterben, Dad", wimmerte er.

Lukas lachte mit verzerrtem Gesicht. Micah sah die Funken des Wahnsinns in den geröteten Augen seines Vaters und fürchtete sich noch mehr. Er kam sich unendlich einsam und verlassen vor und wünschte sich nach Hause zu Mutter und Großmutter zurück.

„Sieh dich um, Micah!", rief sein Vater mit glühenden Augen und wirrem Haar, das ihm wie schwarzer Tang ins Gesicht hing. „Sieh dich um, der Tod lauert überall. Aber in seinem Reich ist alles gut und wir werden einander wiedersehen. Dann kannst du deine Tante, deinen Onkel und deinen Großvater kennen lernen. Ich vermisse sie so sehr", schluchzte er. Ein Krampf schüttelte seinen Körper.

„Aber ich will da nicht hin", schrie Micah, sprang auf und rannte aus der Höhle, weg von seinem Vater, der ihm mehr Angst machte als das Unwetter. Das Tosen tiefen Wassers bemächtigte sich seiner Sinne. Eine Böe riss ihn fort und an alles Weitere konnte er sich nicht mehr erinnern.

Als der Sturm vorüber war, suchte man nach ihnen. Schon zog Dunkelheit über den Strand, da entdeckten die Männer Micah zusammengekauert in der ausgewaschenen Höhlung unter den Wurzeln eines Baumes. Seinen Vater aber fand man nie. Auch das Boot blieb verschwunden. Es gab keine Beerdigung und die Trauer der Familie war eine Art Schwebezustand, der alles lähmte.

Der Tod des Vaters war eine große Bürde für einen kleinen Jungen wie Micah. Er fehlte ihm, auch wenn sich Micah gut daran erinnern konnte, dass er sich zuletzt vor ihm gefürchtet hatte. Micah wusste genau, was geschehen war, bevor der Sturm den Vater verschluckt hatte.

Als einige Tage später eine weiße Eule in den Zweigen der Kiefer neben dem Haus am Hobuck Beach saß, erklärte Waatla Waa ihrer Schwiegertochter und ihrem Enkelsohn, dass Lukas Mahone, ihr einzig verbliebener Sohn, im Meer ertrunken war. Seit Anbeginn der Zeit glauben die Makah, dass diejenigen, die ertrunken waren, sich in weiße Eulen verwandeln und so zu ihren Lieben zurückkehren.

Für Micah war das kein Trost, denn er fühlte sich schuldig am Tod seines Vaters. Vermutlich hatte Lukas nach ihm gesucht, nachdem er kopflos davongelaufen war. Dabei hatte ihn wahrscheinlich eine Flutwelle verschluckt. Anders konnte sich Micah die Dinge nicht erklären. Im Laufe der Zeit waren seine Schuldgefühle in Wut umgeschlagen. Er war wütend auf seinen Vater, weil der nicht in der Lage gewesen war, sein Leben zu meistern. Damals hatte Micah sich geschworen, niemals so zu werden wie sein Vater.

Erst später kam ihm der Verdacht, dass der Tod seines Vaters vielleicht gar kein Unfall gewesen war. Möglicherweise war Lukas Mahone freiwillig ins Meer gegangen, um von der Last des Lebens befreit zu sein. Schließlich konnte er alles auf die Verwünschungen der Hexen aus Neah Bay schieben. Was er sich selbst nicht eingestehen wollte, schrieb er den Hexen und Geistern zu. Und der wütende Sturm bewahrte ihn davor, nach seinem Tode vor seiner Familie und den anderen als Feigling zu gelten.

Waatla Waa ahnte, was in ihrem Enkelsohn vor sich ging. Sie seufzte und sagte: „Dein Vater war nicht sehr stark, Micah. Ich glaube, er hatte keinen Schutzgeist. Das ist das Schlimmste, was einem Mann passieren kann. Als dein Vater jung war, hat er mehrmals versucht, einen zu finden, aber ich fürchte es war vergeblich. Die Geister haben nicht zu ihm gesprochen. Er hat es mir nie erzählt, aber ich habe es immer gewusst. Es war, als stünde er mit jedem Bein auf einer anderen Eisscholle, von denen eine die Vergangenheit und die andere die Zukunft war. Sie drifteten auseinander und er konnte sich nicht entscheiden, auf welche er springen sollte. Schließlich fiel er ins Wasser und ertrank im Meer der Unentschlossenheit."

Ein treffendes Bild, dachte Micah, denn manchmal glaubte er genauso zu fühlen, wie sein Vater es getan haben musste. Nur an Selbstmord hatte er noch nie gedacht. Dafür liebte er das Leben zu sehr. Er war immer neugierig auf das, was noch kommen würde. Außerdem hatte er einen starken Schutzgeist an seiner Seite: einen schwarzen Wolf.

Micah schürte das Feuer im Kamin, schob die brennenden Scheite zusammen, dass Funken stieben und legte neue auf. Er erinnerte sich zurück an jenen kalten Wintertag im Wald, als ihm sein Schutzgeist zum ersten Mal erschienen war. Er war siebzehn und schon verfolgt von der Furcht, es könne ihm wie seinem Vater ergehen, der ein Leben lang umsonst darauf gewartet hatte, eine übernatürliche Gabe der Geister zu empfangen.

An diesem Tag aber dachte er an etwas ganz anderes. Micah war verliebt in ein Mädchen mit wunderschönen dicken Zöpfen und klaren dunklen Augen. Ihr Name war Jace Bowechop. Jace mochte Micah auch und sie umflatterte ihn wie ein schöner Schmetterling die begehrte Blüte. Doch das tat sie auch mit anderen Jungen.

Es war Eifersucht, die Micah Mahone in den Wald trieb. Er liebte Jace so tief und aufrichtig, wie er es mit seinen siebzehn Jahren vermochte. Jace war schön und begabt. Mit ihren Händen verstand sie es, wunderbare Dinge zu schaffen. Sie stammte aus einer Künstlerfamilie und ihre Ideen waren die Vorlage für die Schnitzarbeiten ihres Vaters oder ihrer beiden Brüder.

Jace hatte einfach Glück. Sie musste sich ihr Können nicht erarbeiten. Es war eine Gabe, die in ihrem Blut lag. An einem verborgenen Ort, tief in ihrem Inneren, entstanden die Farben und Formen, die zu Figuren aus der Vergangenheit zusammenflossen. Jace Bowechops Hände verliehen diesen Figuren ein neues Gesicht. Sie war so jung und schon eine Künstlerin.

Micah konnte Jace nicht haben, denn sie zog es vor, allen zu gehören. Deshalb war er an einem kalten Februartag in den Wald gelaufen, um seiner Enttäuschung Raum zu geben. Der Winter war die Zeit der Tabus. In den kalten Monaten konnten die Geister mühelos herbeigerufen werden. Doch daran dachte Micah nicht, während nasse Nadelzweige sein Gesicht streiften und das Grau des Himmels alle Farben zu verschlingen schien.

Plötzlich hörte er ein seltsames Geräusch, ein leises Bellen, das ein wenig wie das heisere Lachen eines alten Mannes klang. Abrupt drehte er sich um und erkannte gerade noch einen großen schwarzen Wolf, dessen Fell seltsam bläulich schimmerte. Micah erstarrte und schloss die Augen. Der bläuliche Schimmer war ein untrügliches Zeichen dafür, dass er es nicht mit einem gewöhnlichen Wolf zu tun hatte. Seltsame Gedanken rasten durch seinen Kopf und plötzlich fühlte er sich ganz leicht und befreit von seinem Groll auf Jace. Er spürte wie er ohnmächtig wurde und sank ins nasse weiche Gras.

Als er erwachte und sich verwundert aufrappelte, fand er ein paar schimmernde Haare vom Fell des Wolfes, genau dort, wo er ihn gesehen hatte. Micah nahm sie an sich und vollzog eine rituelle Handlung, wie er es von seiner Großmutter gelernt hatte. Waatla Waa hatte Micah schon vor langer Zeit auf diesen Augenblick vorbereitet.

Voller innerer Euphorie kehrte er nach Hause zurück, sich darüber im Klaren, dass er niemandem von dieser Begegnung erzählen durfte. Geglaubt hätte ihm ohnehin niemand, denn es gab keine Wölfe mehr im Küstenwald von Neah Bay. Außerdem war es unklug herauszuposaunen, wenn man seinen Schutzgeist gefunden hatte, weil man ihn sonst wieder verlieren konnte. Micah verschwand in seinem Zimmer und schloss sich darin ein, um ungestört seinen Gedanken folgen zu können.

In der darauffolgenden Nacht erschien ihm der schwarze Wolf im Traum, und da wusste er, dass er sich nicht geirrt hatte: Der Wolf war zu seinem Schutzgeist geworden. Das Tier lehrte ihn geheime Gesänge, Zeichen und Ornamente, die Micah niemals vergessen durfte, weil er sonst die Fähigkeit, geistige Macht auszuüben, verlor.

Micah übte und erprobte das Erlernte, versuchte aber nie es einzusetzen. Erst Jahre später, in San Francisco, als er fürchtete sich selbst zu verlieren, rief er seinen Schutzgeist zu Hilfe und erbat sich Beistand von ihm. Die Antwort war leise, aber sie führte Micah zurück zur Quelle seiner Kraft und zu jenen Geistern, die ihm wohlgesonnen waren.

Doch erst jetzt, während der Vorbereitungen zur Waljagd, begriff er das Ausmaß seiner Möglichkeiten ganz. Vor langer Zeit, so erzählten die Alten, waren die Wale manchmal ans Ufer gekommen und hatten sich in Wölfe verwandelt. Welch unendliche Macht verbarg sich hinter dieser Verwandlung. Micah hatte diese Macht auf seiner Seite. Aus ihm würde ein guter Walfänger werden. Schon bald.

Micah sah seine Großmutter kurz an, dann wandte er den Blick von ihr. „Es gibt Momente, da kann ich gut verstehen, was mein Vater getan hat", sagte er bitter.

Etwas in Micahs Stimme ließ die alte Frau aufhorchen. „Dein Vater ertrank im Sturm, Micah", sagte sie. „Er hatte die Orientierung verloren."

„Vielleicht, vielleicht aber auch nicht."

Micah hatte niemals mit jemandem über seine Vermutungen gesprochen. Er hatte Waatla Waa und seiner Mutter nicht weh tun wollen und deshalb darüber geschwiegen. Nun schien Zeit für die Wahrheit zu sein.

„Hm, dann weißt du etwas, was keiner sonst weiß", brummte Waatla Waa. Sie war alt und ihr Mann und ihre Kinder schon lange tot. Bald würde sie wieder mit ihnen vereint sein. Auf diesen Augenblick freute sie sich schon seit geraumer Zeit. Eine Offenbarung von Geschehnissen, die so weit zurücklagen wie der Tod ihres Sohnes, konnte sie nicht mehr erschüttern. Sie hatte zu lange ohne ihn und ihre anderen beiden Kinder auskommen müssen.

„Er redete wirres Zeug", offenbarte ihr Micah. „Ich war zehn und er sagte: Sieh dich um, Micah, der Tod ist überall."

„Das war dumm von ihm, aber du bist nicht wie er", entgegnete Waatla Waa scharf. „Die Schollen, auf denen du stehst, haben vielleicht einen Riss, aber sie driften nicht auseinander, denn du hältst sie mit deiner Lebensenergie zusammen. Du bist stark. Das Blut deiner Ahnen in dir ist stark. Dein Schutzgeist ist es auch, ich weiß es. Du wirst die Tradition der Walfänger in unserer Familie fortsetzen. Die Zeit der Wiederkehr der guten Dinge ist gekommen. Du erhältst eine Chance, die dein Vater nie hatte. Du kannst den Wal jagen wie deine Großväter es taten. Und eines Tages wirst du die große Harpune werfen. Das habe ich meinem Vater und deinem Großvater versprochen."

Micah schüttelte den Kopf, denn die Worte seiner Großmutter überzeugten ihn nicht. Das alles war Vergangenheit. Und was redete sie da überhaupt? Welches Versprechen? Auf einmal wusste er, was die alte Frau am Leben erhielt und was sie sich am meisten wünschte.

„Du hast mir viel erzählt", sagte er, „und ich habe all deine Geschichten auch nicht vergessen. Aber jetzt, wo es auf einmal ernst wird und alles in Aufruhr gerät, habe ich das Gefühl, als wüsste ich gar nichts."

Wie konnte er zum großen Geheimnis vordringen, wenn ihm der Weg dorthin verschlossen blieb? Wozu hatte die Großmutter ihn die geheimen Lieder der Familie gelehrt, wenn sie immer noch Dinge zurückhielt, die er brauchte, um ein guter Walfänger zu werden? Seine Seele suchte das alte Wissen, es drängte ihn, die ganze Wahrheit zu erfahren.

Waatla Waa schluckte ihren Tee und schnaufte. „Denkst du vielleicht, Wilson Buzzell und seinem heißblütigen Sohn ergeht es anders? Beide sind viel zu jung, um Erinnerungen an die letzte Jagd haben zu können. Die Erinnerungen an das Wissen sind unsere Geschichten, die in unserem

Blut sind. Es ist das Blut unserer Ahnen. Selbst dein Vater hatte es in sich. Ich habe es an ihn weitergegeben. Er konnte mit diesen Erinnerungen zwar nichts anfangen, weil die Umstände es ihm verwehrten, aber er gab sie an dich weiter. Wenn die Zeit gekommen ist, und du mit den anderen im Kanu hinauspaddelst, um den Wal zu erlegen, wirst du im entscheidenden Augenblick genau das Richtige tun. Einfach, weil du gar nicht anders kannst. Mit den Liedern ist alles Wissen auf dich übergegangen, auch wenn du jetzt glaubst, von manchen Dingen keinen Schimmer zu haben."

Micah warf seiner Großmutter einen seltsamen Blick zu. Dann ging er zum Schaukelstuhl, in dem die alte Frau saß, und hockte sich vor ihr nieder. „Du musst mir genau erzählen wie es war, Großmutter. Was dein Vater getan hat, bevor er den Wal jagte. Und du musst mir erzählen, was sein Vater getan hat und dessen Vater. Ich glaube, in all den Jahren hast du mir immer nur die Hälfte erzählt, nur das, was jeder Makah weiß, der jemals aufmerksam den Geschichten der Alten gelauscht hat. Aber mir ist es nicht genug. Jetzt nicht mehr, verstehst du?"

Waatla Waa schloss die Augen, und einen Augenblick lang glaubte Micah, sie würde ihm nicht antworten wollen. Er überließ sie ihren Gedanken und wartete.

„Es gibt Dinge, die sollten besser im Verborgenen bleiben", grummelte Waatla Waa schließlich und sah ihn wieder an.

„Ja, vielleicht. Aber ich muss alles wissen, damit ich verhindern kann, dass die Jagd zu einem Desaster wird." Er machte eine leidenschaftliche Geste zum Fenster hin, hinter dem die Nacht lauerte. „Da draußen geschehen Dinge, die wir nicht mehr unter Kontrolle haben. Deshalb müssen wir stark sein und auf alles vorbereitet."

Eine Weile war es sehr still, dann sagte die Alte: „Ohne Beistand werdet ihr es nicht schaffen."

„Beistand? Wen meinst du?"

„Geister", sagte sie und starrte ins Leere, als verlasse sie die Gegenwart, um in den tiefsten Winkel der Vergangenheit zu wandern. Als suche sie nach etwas, das sie vor langer Zeit verloren hatte.

„Großmutter!"

„Also gut", sagte Waatla Waa schließlich, lehnte sich in ihrem Sessel zurück und begann zu schaukeln. „Ich will dir erzählen, wie es wirklich war. Aber vielleicht kannst du dich dazu etwas bequemer hinsetzen."

Micah erhob sich gehorsam und setzte sich in einen Stuhl gegenüber, um seiner Großmutter zuzuhören.

„Seit Beginn unserer Erinnerungen, und schon sehr lange davor, waren wir Makah ein Volk der Walfänger", begann Waatla Waa. „Der Geist von má ak, dem Wal, lebte mit uns und unter uns. Seine ständige Gegenwart machte aus uns das, was wir waren: Ein stolzes Volk mit unvergleichlichen Fähigkeiten und strengen Regeln; ein Volk, dem es so gut ging, dass es niemals hungern musste.

Unsere Vorfahren glaubten, Wale hätten menschliche Gestalt und lebten in Häusern auf dem Meeresgrund. Wenn wir sie riefen, verwandelten sie sich in Wale, kamen herauf und ließen sich von uns jagen, damit ihr tierischer Körper uns mit Nahrung und wichtigen Materialien versorgen konnte. Nach der Jagd kehrten sie in menschlicher Gestalt in ihre Siedlungen zurück und berichteten den anderen, ob wir alle Regeln und Zeremonien korrekt eingehalten und ihre Körper mit Respekt behandelt hatten. Gab es Verstöße, verweigerten uns die Wale ihren Tierkörper und blieben aus.

Jedes Jahr im Frühjahr, wenn die Stürme vorüber waren, oder im Herbst, wenn sie noch nicht begonnen hatten, war eine gute Zeit, um die Wale zu rufen. Wir bereiteten uns darauf vor, eines dieser riesigen Ungetüme des Meeres zu jagen – von einem Zedernholzkanu aus, mit einer Harpune, deren Schaft mehr als fünf Meter lang war und so stark wie ein Männerarm.

Einige Makahfamilien gehörten zu den Walfängern. Es gab natürlich auch Leute anderen Ranges: Korbflechter oder Holzschnitzer, Heiler und Sänger, – aber die Walfänger waren die Angesehensten. Der Erfolgreichste unter ihnen nannte sich Walhäuptling, weil er sein Leben aufs Spiel setzte, um für den ganzen Stamm Fleisch und wertvolles Öl zu beschaffen.

Unsere Feinde fürchteten uns, denn wir waren ein kriegerisches Volk. Unsere Männer kehrten oft mit Sklaven oder den Köpfen der Besiegten von ihren Kriegszügen zurück. Doch für bestimmte Leute war der Krieg zweitrangig. Wer ein guter Walfänger war, der zog nicht in den Krieg, der musste sich nicht beweisen, indem er Menschen tötete oder versklavte.

Das Töten des Wales aber war dem obersten Walhäuptling vorbehalten. Er musste sich dafür zuvor speziellen Reinigungszeremonien unterziehen. Viermal badete er bei zunehmendem Mond in kaltem Wasser und geißelte sich dabei mit Nesseln und heiligen Pflanzen. Es mussten kalte Bäder sein, denn er durfte dabei nicht schwitzen, weil der Körpergeruch das Bad verunreinigt und den Wal vertrieben hätte. Später badete er weitere vier Male bei zunehmendem Mond im Meer. Wichtig war, die Reihenfolge von Ritual und Pausen genau einzuhalten, sonst gab es ein Unglück.

Der Walhäuptling tauchte, schwamm und tauchte wieder auf, so, wie es der Wal auch tun sollte. Dabei betete er zu den vier Häuptlingen – dem Horizont, dem Land, dem Himmel und der Unterwasserwelt, dass sie ihn während der Jagd mit seiner Harpune neben den Wal kommen ließen. Für dieses Ritual hatte jede Walfängerfamilie ihren eigenen Meerestümpel, den nur sie benutzen durfte. Auch die Gesänge und das geheime Jagdwissen gehörten den Familien und kein anderer durfte davon hören.

Zu seinem Betplatz ging der Häuptling langsam und verließ ihn auch auf diese Weise wieder, damit der Wal später ebenfalls langsam sein möge.

Manchmal war während dieser Zeit seine Frau mit ihm, denn es hing auch von ihrem Verhalten ab, ob die Jagd ein Erfolg wurde. War sie bei ihm, durfte sie weder ihre Mondblutung haben noch schwanger sein, sonst war der Geist des Wales verärgert und konnte die Männer töten.

Lag ein Kanu am Strand und eine schwangere Frau ging daran vorbei, musste es gründlich gereinigt werden. Kein weibliches Wesen durfte die Utensilien berühren, die zur Jagd benötigt wurden. Diese Dinge waren nur für Männerhände und -augen bestimmt.

Auch die übrigen Jäger, die später das Kanu paddelten, mussten sich zeremoniellen Reinigungen unterziehen. Sie badeten ebenfalls lange in kaltem Wasser, zerkratzten sich die Haut am Felsen, wie der Wal es tat, und geißelten sich mit heiligen Pflanzen. Allerdings waren ihre Reinigungen nicht so intensiv und ausdauernd wie die des Häuptlings.

Sobald der Tag der Jagd herangekommen war, kleidete sich der Häuptling in sein Bärenfell und trug ein Stirnband aus roter Zedernrinde. In seinem Gesicht hatte er geheime Male und Narben, die ihn als Walhäuptling auswiesen.

Acht Männer bestiegen das Kanu. Der Walhäuptling, ein Steuermann und die sechs Paddler, die in Zweierreihen hinter ihm Platz nahmen. Auf ihren Sitzen verschmolzen sie mit dem Kanu, es wurde zu ihrem Tierkörper. In Begleitung kleinerer Boote paddelten sie hinaus auf das Meer und es konnte sehr lange dauern, bis die Männer in ihrem großen Zedernkanu seitlich an den Wal herankamen. Sie mussten leise sein, damit das Tier nicht gewarnt wurde.

Während dieser Zeit lag die Frau des Walhäuptlings still unter neuen Decken in ihrem Bett und rührte sich nicht, um den Wal ruhigzuhalten und ihn nicht fortschwimmen zu lassen.

Wenn der Wal mit dem Kanu erreicht war, versuchten die Männer auf seine linke Seite zu kommen, so, dass das Tier die Jäger nicht sofort sehen konnte. Der richtige Augenblick zum Harpunieren war gekommen, wenn der Wal zum Untertauchen ansetzte, mit seinen Schwanzflossen unter Wasser, damit er im ersten Todeskampf das Kanu nicht zerschmettern konnte.

Der Walhäuptling harpunierte immer zuerst. Er stand im Bug, mit dem rechten Bein auf der vorderen Ruderbank, und wenn ihm der Steuermann das erwartete Zeichen gab, stieß er die fünf Meter lange Harpune hinter die vordere Schwimmflosse des Tieres. Dabei schwangen die Paddler das Kanu scharf nach links, weg vom Wal, und die erste Schwimmblase aus Seehundfell, befestigt an einer weiteren Harpune, wurde vom Paddler hinter dem Häuptling ausgeworfen. Er musste schnell in die Hocke gehen und sich ducken, um der Leine auszuweichen, die an der Schwimmblase befestigt war. Schlang sich die Leine um einen Arm oder ein Bein, war derjenige augenblicklich amputiert oder wurde in die Tiefe gerissen.

Nun hielt der nächste Paddler hinter ihm sein Paddel unter die Leine, damit sie langsam ausglitt und sich nicht verhedderte. Danach warfen alle anderen ihre Harpunen. Die Zeit, bis alle Schwimmblasen draußen waren, war der gefährlichste Moment der Jagd. Wie schnell konnte sich jemand in einer Leine verheddern oder das Boot im ersten heftigen Kampf des Wales zerschlagen oder umgekippt werden.

Jedes Unglück, das während einer Jagd passierte, schob man auf die Nichtachtung von Tabus oder eine falsche Ausführung von Ritualen. Fand man den Übeltäter, wurde er meist streng bestraft, in der Regel mit dem Tod.

War aber der erste Coup gelungen, beteten die Männer und sangen Lieder, um den jetzt schwachen Wal zu töten. Wenn er wieder auftauchte, durchschnitt der erste Paddler die Schwanzsehnen des Wals und stieß seine Lanze unter der Schwimmflosse in das Herz des Tieres.

Der Wal war tot.

Jetzt musste schnell gehandelt werden. Ein Paddler sprang ins Wasser, tauchte, und schnitt dem Wal Löcher in die Oberlippe und den Unterkiefer. Dann nähte er ihm das Maul zu, damit der Wal nicht untersank. Das Tier wurde vertaut und zum Strand geschleppt. Das musste in großer Eile geschehen, denn innerhalb eines Tages konnte das Walfleisch verderben.

Der tote Wal wurde auf ein Stück Land geschleppt, das dem Walhäuptling gehörte. Dort begannen die Männer das Tier zu zerlegen.

Das beste Stück vom Wal, das Rückenstück, der sogenannte Sattel, gehörte dem ersten Harpunier, – ebenso wie die Augen. In einer Prozession, geleitet von seiner Frau, wurde beides zu seinem Haus gebracht. Das Rückenstück hängte er über einen Stab und schmückte ihn mit Adlerfedern, um den Wal zu ehren. Daneben wurden die Augen befestigt.

Das restliche Fett und Fleisch des Wals wurde an die übrige Bevölkerung verteilt. Danach versammelte sich die Crew und sang vier Nächte. Dabei tranken sie Wasser aus einer speziellen Quelle. Die Schale, aus der sie tranken, war mit Federn geschmückt. Das alles geschah im Auftrag des Wals. Es war die Behandlung, die er sich von den Menschen wünschte. Nach vier Tagen gab es dann einen großen Potlatch."

Damit endete die alte Frau ihren Bericht. Sie schwieg eine Weile, dann sah sie ihren Enkelsohn nachdenklich an. „Und bald wird es wieder ein großes Fest geben."

Waatla Waa hörte die Tür knarren und drehte sich um. Ryder verharrte mit schreckgeweiteten Augen im Türspalt. Er lauschte. Sein Mund stand offen und ein Speichelfaden führte zu einem nassen Fleck auf seinem dunkelblauen Frotteeschlafanzug, der ihn wie einen großen Jungen aussehen ließ.

Als Micah gedankenverloren aufblickte und ihn ebenfalls entdeckte, lief Ryder davon und sie hörten die Tür seines Zimmers zuschlagen.

„Besser, er hört und sieht solche Dinge nicht", bemerkte Waatla Waa. „Für ihn sind Wale seinesgleichen. Er wird es nicht verstehen."

„Ja, ich werde dafür sorgen", versprach ihr Micah. Er bedankte sich bei seiner Großmutter für ihren ausführlichen Bericht. War ihm auch nichts zu Ohren gekommen, was er nicht schon kannte, so hatte er doch diesmal anders zugehört als sonst.

Zuvor waren das alles für ihn nur Geschichten gewesen und die Erinnerungen einer alten Frau, die sich von der Vergangenheit nicht lösen konnte. Doch diesmal hatte Micah das Geschehen vor seinem inneren Auge ganz deutlich gesehen und sich den Ablauf eingeprägt. Zwar hatte er von seiner Großmutter nicht das erfahren, was er sich erhofft hatte, aber ihr Bericht gab ihm ein beruhigendes Gefühl des Wissens.

Er ging noch einmal zum Zimmer seines Bruders, öffnete die Tür und fragte leise: „Ryder?"

Falls sein kleiner Bruder etwas gehört haben sollte, das ihn jetzt nicht schlafen ließ, wollte er mit ihm darüber reden.

Aber Ryder antwortete nicht, Micah hörte nur die gleichmäßigen Atemzüge seines Bruders. Natürlich wusste er, dass Ryder sehr wohl in der Lage war sich schlafend zu stellen, trotzdem schloss er die Tür leise wieder und beließ es dabei.

In der Nacht hatte Micah einen seltsamen Traum. Er war mit seinem Boot draußen auf dem Meer und kenterte plötzlich, von einer grünen Woge überrascht. Er fiel ins Wasser, sank aber nicht in die Tiefe. Mit beiden Beinen stand er auf festem Grund, obwohl er wusste, dass das Meer an dieser Stelle dunkel und tief war. Schließlich merkte er: kräftige Hände hielten seine Fußgelenke umklammert und stützten ihn.

Ein starker Sonnenstrahl leuchtete ins Wasser und erhellte die dunklen Tiefen. Micah stand auf den Schultern seines Vaters, der ihn anlächelte. Unter seinem Vater stand Großvater Moses und darunter ein noch älterer Mann.

Es dauerte eine Weile, bis Micah begriff, dass es seine Ahnen waren, die ihn hielten und stützten. Solange er ihnen und ihrem Vermächtnis vertraute, würde er auch nicht untergehen.

Am Wochenende, wenn viele Touristen das Makah-Museum besuchten, hatte Sally Kallappa keinen Dienst. Oft kam sie trotzdem und arbeitete in ihrem kleinen Büro unter dem Schindeldach des Museumsgebäudes. Was sollte sie auch tun an diesen langen Wochenenden, wo sie doch keine Familie zu versorgen hatte und nicht mal eine Verabredung auf sie wartete. Mittlerweile hatte sie die Lust verloren, in Büchern nach dem tieferen Sinn des Lebens zu forschen. Das Geschriebene spiegelte immer nur die Erfahrungen und Erkenntnisse des Verfassers wieder, aber keiner von ihnen war je in einer Welt aufgewachsen, die der ihren glich. Neah Bay war ein Universum für sich. Die Antwort, warum sie hierher zurückgekommen war, konnte sie nur bei sich selbst finden.

Sally, die immer auf der Suche nach Schönheit war, hatte sie hier gefunden. Es war keine reine Schönheit. Durchdrungen von der jahrelangen Orientierungslosigkeit ihres Volkes und den falschen Wegen, die es gegangen war, hatte sie Kratzer und andere Beschädigungen zurückbehalten. Und doch war es eine ganz eigene Art von Schönheit, die sie nur hier finden konnte, weil alles Leben auf diesem Land aus den Seelen ihrer Vorfahren erwuchs.

Zurzeit war Sally Kallappa mit den Vorbereitungen für eine Ausstellung über die Flechtkunst der Makahfrauen beschäftigt, die in fünf Wochen eröffnet werden sollte. Es war eine Sache, die ihr sehr am Herzen lag, und der sie viel Zeit und Mühe widmete.

Für diese Sonderausstellung hatte sie wertvolle alte Exponate und erstaunlich kunstvolle neue Arbeiten zusammengetragen. Oft war es mühsam gewesen, die Stücke auszuwählen und sich für das eine oder andere zu entscheiden.

Aber inzwischen hatte sie eine Sammlung von Flechtarbeiten in den Vitrinen, die einzigartig war und sich sehen lassen konnte.

Sally hatte sich vorgenommen, für diese Ausstellung einige der alten Korbflechterinnen des Stammes aufzusuchen und sie zu interviewen. Sie wollte Fotos von ihnen vergrößern lassen, sie an den Wänden hinter den Vitrinen aufhängen, und darunter Auszüge aus den Gesprächen anbringen.

Die Idee zu dieser Sonderausstellung war ihr gekommen, als der Stamm überraschend die Erlaubnis zur Waljagd erhalten hatte, und einige Männer der Makah sich plötzlich so enorm wichtig fühlten, dass ihr Gebaren groteske Züge annahm. Und das nur, weil vielleicht ihr Großvater oder Urgroßvater in einem Walfangkanu gesessen hatte.

Immerhin waren es die Frauen mit ihren weithin berühmten Flechtarbeiten gewesen, die in der Zwischenzeit – als der Walfang verboten war – ihre Familien ernährt hatten. Auch heute taten sie das noch. Sally fand, diese Frauen hatten eine Menge zu sagen. Es schien genau der richtige Zeitpunkt zu sein, ihnen Gehör zu verschaffen und ihre wunderschönen Arbeiten zu würdigen.

An diesem Sonntag jedoch hatte Sally keine Lust, Schilder zu schreiben und die Interviews auszuwerten, die sie bisher aufgezeichnet hatte. Sie schloss ihr Büro und mischte sich unter die Besucher des Museums, beobachtete sie und lauschte ihren Gesprächen. Das konnte sehr aufschlussreich sein für jemanden wie Sally, die sich intensiv mit den Belangen und Problemen ihres Volkes befasste. Sally Kallappa nahm ihren Beruf als Museumsdirektorin sehr ernst. Sie hoffte Vermittlerin sein zu können zwischen der alten Welt, die nicht vergessen werden durfte, und der neuen Welt, die es zu meistern galt, wenn die Makah als Volk überleben wollten.

An diesem Nachmittag fiel Sally eine braunhaarige schlanke Frau auf, die sich schon seit zwei Stunden im Museum aufhielt. Von ihrem Fenster aus hatte Sally sie auf dem Parkplatz gesehen und war verwundert, die Frau nach so langer Zeit noch in den Räumen vorzufinden. Sie schien sich besonders für die alten Walfangutensilien zu interessieren, denn sie betrachtete alles sehr genau und machte sich Notizen. Das war im Grunde nichts Ungewöhnliches. Viele, die hier ans Ende der Welt kamen, um dieses interessante Museum zu besichtigen, hatten spezielle Interessen. Sie brauchten Informationen für ihre Doktorarbeiten, für Vorträge oder Examensarbeiten. Aber wer auch immer aus einem dieser Gründe hierher kam, der tat es wochentags. Denn Montag bis Freitag war die offizielle Arbeitszeit der Museumsdirektorin und man hatte gute Chancen, präzise Auskünfte von ihr zu bekommen.

Die fremde Frau stellte keine Fragen. Die Artefakte, stumme Zeugen der Vergangenheit, schienen ihr Auskunft genug zu geben. Sally bemerkte die teure, aber schlichte Kleidung der Frau. Ganz gewiss kam sie aus einer Großstadt. Seattle vielleicht oder Portland, möglicherweise war sie sogar noch weiter gereist.

Nachdem die Fremde lange und sorgfältig gewählt hatte, kaufte sie sich im Museumsshop ein Buch mit alten Schwarzweißfotos von den Makah und Neah Bay. Sie sprach kurz mit Rosie, der Kassiererin, dann verließ sie das Museum.

Sally beschloss, ebenfalls Feierabend zu machen, denn es war Sonntag und sie wollte sich und ihrem Vater einen

Tee kochen und ein wenig mit ihm plaudern. Seit dem Tod seiner Frau war Emmett Kallappa still geworden und nur die Gegenwart seiner Tochter schien ihn noch aufzuheitern. Er liebte es, wenn sie sich Zeit für ihn nahm, mit ihm über ihre Gedanken und Sorgen sprach. Sally war sein Grund weiterzuleben, sein ganzer Stolz.

Als Sally sich von der Indianerin an der Kasse verabschiedete, fragte sie beiläufig nach der jungen Frau: „Sie ist lange im Museum gewesen. Wollte sie etwas Bestimmtes?"

Rosie zuckte die Achseln. „Eigentlich wollte sie nur wissen, ob auf dem Campingplatz am Hobuck Beach noch Hütten vermietet werden. Ich habe ihr gesagt, ich wüsste es nicht genau, weil doch der alte Mann vom Zeltplatz erst vor ein paar Wochen gestorben ist. Ich riet ihr, es im Cape Resort Motel zu versuchen. Dort sind die Zimmer sauber und ordentlich. Die meisten Weißen übernachten dort, wenn überhaupt einer von ihnen mal länger als einen Tag bleibt."

Sally nickte. Vermutlich war die weiße Frau nicht zum ersten Mal in Neah Bay. Sie schien sich auszukennen im Reservat, was immer das auch bedeuten mochte. Seit sich die Kunde von den Morddrohungen der Walschützer im Ort verbreitet hatte, sah man in jedem Fremden nicht nur den Touristen, der möglicherweise ein paar Dollar Eintrittsgelder im Museum ließ oder sich im Souvenirshop ein mit Makah-Motiven bedrucktes T-Shirt kaufte. Jeder Fremde konnte auch ein Gegner der Waljagd sein und Böses im Sinn haben.

Besonders verdächtig waren zurzeit jene Weißen, die sich länger als eine Nacht in Neah Bay und Umgebung einquartierten. Die meisten Touristen verschlug der Zufall hierher und in der Regel entschied sich kaum einer, länger zu bleiben. Selbst der unsensibelste Reisende merkte schon bald, dass seine Anwesenheit zwar geduldet, aber nicht sonderlich willkommen war. Es gab Andeutungen von Tourismus in Neah Bay, doch meist waren sie halbherzig. Motels, Souvenirläden und Restaurants wirkten von außen nicht sehr verlockend und von innen noch weniger. Die Makah blieben lieber unter sich. Sie wollten nicht am Kommerz hängen wie ein Fisch am Haken.

Aber dafür, dass die meisten Geschäfte in Neah Bay von Weißen betrieben wurden, gab es auch noch einen anderen Grund. Einem Makah war es unmöglich, ein guter Verwandter zu sein, der seinen Leuten half, und gleichzeitig ein Geschäftsmann, der gewinnbringend arbeitete. Das ließ sich mit dem Ehrenkodex der Makah nicht vereinbaren. Deshalb gab es keinen blühenden Tourismus in Neah Bay, er kränkelte vor sich hin und das störte kaum jemanden im Ort.

Von diesen Dingen erfuhr der Fremde natürlich nichts, wenn er sich für kurze Zeit im Reservat aufhielt. An einem Tag wurden das Makah-Museum und der Aussichtspunkt am Cape Flattery absolviert. Meist genügte das schon und man reiste wieder ab. Es gab aber auch Leute, die von den „Seastacks", den bizarren Steinskulpturen vor der Küste des Shi-Shi Beach gehört hatten, einem der schönsten und einsamsten Strände der gesamten Westküste.

Wer sich von Schildern nicht abschrecken ließ, die mit hohen Strafen für unerlaubtes Parken auf privatem Land drohten oder gar Vandalismus ankündigten, der kam nach einer Zweimeilenwanderung durch dichten Laub- und Tannenwald an einen Ort, der viel zu bieten hatte: Lange sandige Strände und aus dem Meer aufragende Felsspitzen, die im Nebel wie Geister aussahen. Gezeitentümpel, in denen man neben vielen anderen Bewohnern auch bunte Seesterne, Kamm-Muscheln und Seeanemonen fand. Ausgebleichtes Schwemmholz türmte sich wie Knochen von Fabeltieren hinter dem Strand und markierte die Trennlinie zu einem uralten, von salzigen Stürmen und tosenden Wellen gezeichneten Küstenwald.

Doch selbst hier blieben die wenigsten für längere Zeit. Ein paar Studenten vielleicht, die einige Nächte am Strand ihr Zelt aufschlugen, um die Abgeschiedenheit zu genießen. Menschen, denen es nichts ausmachte, auf den gewohnten Luxus zu verzichten und die dafür lieber die Dunkelheit an einem Ort erlebten, der eine natürliche Kraftquelle war.

Sally Kallappa liebte den Shi-Shi Beach, weil er unberührt war von den Händen der Zivilisation. Noch gehörte der Strand den Makah und ihren Geistern, gehörte dem unergründlichen Pazifik, den Stürmen und den Lebewesen des Meeres. Wie unlösbar sie selbst mit all diesen Dingen verbunden war, wusste Sally tief in ihrem Herzen. Weil sie fortgegangen war und in einer anderen Welt gelebt hatte; in Cambridge, Massachusetts, mehr als dreitausend Meilen von zu Hause entfernt. Und – weil sie zurückgekommen war.

Ethnologie war Sallys Hauptfach in Harvard gewesen, sie hatte aber auch ein paar Semester amerikanische Geschichte studiert. Dass sie ein Stipendium an dieser renommierten Hochschule – der ältesten der USA – bekommen hatte, war zwei Umständen zu verdanken: Erstens war sie mittellose Vertreterin der Ureinwohner ihres Landes, und zweitens waren ihre Leistungen so hervorragend, dass sie sämtliche Mitbewerber um dieses Stipendium mühelos aus dem Feld geschlagen hatte.

Während ihrer Studienzeit war sie aufgrund der großen Entfernung nur einmal nach Hause gekommen, und das war zur Beerdigung ihrer Mutter gewesen, die an einer zu spät erkannten Stoffwechselkrankheit zugrunde gegangen war. Noch heute machte Sally der Umstand zu schaffen, dass sie zu spät gekommen war. Sich von ihrer Mutter verabschieden zu können, hätte ihr viel bedeutet.

Nach erfolgreicher Beendigung ihres Studiums stand Sally Kallappa die Welt offen. Sie bekam gute Angebote, die sie in Städte wie New York, San Francisco oder Chicago geführt und ihr ein gutes Gehalt gesichert hätten. Aber Sally hatte genug gesehen und erlebt und sie wusste mehr als andere, weil sie an einem Ort aufgewachsen war, den man mit keinem anderen auf der Welt vergleichen konnte. Dorthin kehrte sie im vollen Bewusstsein ihrer Wahl zurück, und nahm die Stelle als Direktorin des Museums an, eine Aufgabe, die nur auf sie gewartet zu haben schien.

Als Sally über den Parkplatz des Museums lief, hielt ein alter blauer Jeep Cherokee neben ihr und Micah Mahone stieg aus dem Wagen. „Hallo Sally", begrüßte er sie und strich sich das lange Haar über die Schulter. „Dein Vater sagte mir, dass du hier bist."

„Hi", sagte sie lächelnd, „ich wollte gerade gehen. Willst du tatsächlich zu mir?" Sie tippte mit dem Finger auf ihre Brust und drehte sich ungläubig um nach einer Person, die er vielleicht meinen könnte, die aber nicht da war.

Verlegen blickte er sie an. „Ja, ich wollte zu dir. Ich würde mir gerne einige Stücke genauer ansehen, die man damals in Ozette gefunden hat. Vor allem die Walfangutensilien. Im Museum war ich schon mehrere Male und ich dachte, mit deiner Erlaubnis kann ich vielleicht einen Blick ins Depot werfen." Er wies auf ein Gebäude, das dem Museum angeschlossen war.

Sallys nussbraune Augen blitzten belustigt auf. Im vergangenen Monat war Micah Mahone vier- oder fünfmal im Museum gewesen, ohne sie auch nur einmal angesprochen zu haben. Aber sie zügelte den Spott, der schon auf ihrer Zunge saß. Es kam nicht oft vor, dass so ein sympathischer und noch dazu unverheirateter Mann wie Micah eine Bitte an sie richtete. Offensichtlich war es ihm nicht leicht gefallen, sie hervorzubringen. Trotz seiner Größe und der kräftigen Statur wirkte er ein wenig verloren.

Für die Dauer eines Lidschlags blieb ihr Blick an der fast sechs Zentimeter langen Narbe hängen, die seine Stirn zerstörte. Ein heller gezackter Strich vom Scheitel bis über die linke Augenbraue, die in zwei Hälften geteilt war.

„Heute ist es schon ziemlich spät", sagte sie freundlich, „und ich will nach Hause zu Vater; er war schon den ganzen Tag allein. Aber wenn du morgen in der Mittagszeit kommst, dann schließe ich die Halle für dich auf und du kannst dich im Depot umsehen. Ich habe mich schon gewundert, dass noch niemand von den Männern danach gefragt hat."

Leiser Nieselregen setzte ein und Micah zog fröstelnd die Schultern nach oben. Er war kurzärmelig. Seine Jacke lag im Wagen. „Außer mir wird wohl niemand weiter kommen", sagte er. „Gestern war Versammlung der Walfänger. Von den eingeladenen Frauen kamen nur zwei. Ich hätte es gut gefunden, wenn du auch dabei gewesen wärst. Du hast einen anderen Blickwinkel auf die Dinge."

Fragend sah er sie an.

„Niemand hat mir etwas gesagt", erwiderte Sally, sichtlich enttäuscht. „Es hätte mich sehr interessiert, was dort besprochen wurde. Ich will die Waljagd für die Universität in Seattle dokumentieren."

Mahone nickte bedauernd. „Sie haben Angst, dass eine Frau alles verderben könnte."

„Aber du bist zu mir gekommen, um dir die Walfanggeräte anzusehen", erwiderte sie und betrachtete ihn prüfend, mit leicht zusammengekniffenen Lidern. Er war ein hochgewachsener Mann mit langen Muskeln und kräftigen Handgelenken. Ein Fischer, wie die meisten anderen Männer in Neah Bay auch. Mit dem Unterschied, dass die meisten anderen Männer in seinem Alter bereits verheiratet waren und eine Schar Kinder hatten.

Und noch etwas war anders an ihm. Seine brombeerfarbenen Augen verrieten eine seltsame Scheu und eine Art Verletzlichkeit, die sie neugierig machte. Vielleicht war er einfach nur schüchtern, vielleicht stimmte aber auch etwas nicht mit ihm. Es war an der Zeit, es herauszufinden.

„Ich glaube nicht an solche Sachen", erklärte er achselzuckend.

Wie tröstlich, dachte sie. Der Regen wurde heftiger. Sally blickte stirnrunzelnd in den grauen Himmel und fragte: „Kannst du mich nach Hause fahren?"

„Klar", sagte er, ging um den Wagen herum und öffnete ihr höflich die Beifahrertür. „Ist dein Auto kaputt?"

Sie lachte. „Nein, ich bin zu Fuß hier. Es ist überhaupt nicht weit von meinem Haus bis zum Museum, nur ein paar Straßenecken. Warum sollte ich da mit dem Auto fahren?"

„Ich weiß nicht", Micah hob die Schultern. „Alle fahren mit dem Auto, und wenn es bloß bis zum Nachbarn eine Straße weiter ist."

„Ich laufe gern", erklärte ihm Sally lächelnd, „aber ich werde nicht gerne nass."

Er kletterte auf den Fahrersitz, legte den Gang ein und wendete den Jeep. Keiner von ihnen sagte mehr etwas. Aber da waren sie schon vor dem kleinen gepflegten Haus angelangt, in dem Sally mit ihrem Vater lebte. Es stand an einer Nebenstraße mitten im Ort, zwischen einer alten, baufälligen Lagerhalle auf der einen, und einem verwilderten Grundstück auf der anderen Seite.

Kinder hatten auf der breiten Straße achtlos ihr Plastikspielzeug und ihre Fahrräder liegen lassen. Wäsche hing an der Leine im Garten gegenüber und eine junge Frau raffte sie eilig in einen Korb, denn die Regentropfen wurden größer und kamen schneller. Auf der Scheibe liefen sie zu langen Wasserfäden zusammen, nachdem Micah Scheibenwischer und Motor abgestellt hatte.

Hinter den meisten Häusern stapelte sich Gerümpel jeglicher Art, ein typischer Anblick für die Gärten von Neah Bay. Das Grundstück hinter Sallys Haus machte einen gepflegten Eindruck. Kurzer Rasen und kein Gerümpel, dafür drei Beete mit schwarzer Erde und eine kleine Sitzgruppe aus weißen Plastikmöbeln. Am Zaun stand ein Räucherhaus, aus dem durchsichtiger blauer Rauch aufstieg.

Das kleine Haus, in dem Sally mit ihrem Vater wohnte, leuchtete in einem frischen hellblauen Anstrich. Über der Tür war ein großer geschnitzter Donnervogel angebracht, eine Arbeit von Paul Bowechop, dem ältesten Holzschnitzer des Ortes, dessen Handschrift unverkennbar war.

Sally bedankte sich und lud Micah zu einer Tasse Tee ein, doch er lehnte ab. Die Einladung kam ihm zu überraschend. Er hätte womöglich reden müssen und darauf wollte er vorbereitet sein. Denn obwohl er die Worte wiedergefunden hatte, seit er wieder auf seinem Land lebte, kamen sie ihm immer noch schwer über die Lippen, besonders in Gegenwart einer Frau.

Sally huschte durch den Regen zu ihrer Haustür und verschwand. Micah startete den Wagen, aber einen Augenblick lang saß er noch da, lauschte dem Geräusch der Scheibenwischer und ärgerte sich plötzlich über seine Feigheit.

Ein Blick ins Innere des Hauses hätte ihm vielleicht einen Hinweis geben können, was ihn erwartete, wenn er sich um Sally bemühte. Was wusste er schon von ihr, außer, dass sie in Harvard studiert und als eine der Besten abgeschlossen hatte. Auf Männer wirkte sie unnahbar, was ihr von vielen als Arroganz ausgelegt wurde. Niemand ging zweimal mit ihr aus, aber es gab auch keiner der Männer zu, warum das so war. Hinter vorgehaltener Hand redeten die Männer von ihrem IQ, als würden sie über ihre Figur sprechen.

Micah hielt Sally nicht für arrogant. Zu ihm war sie immer freundlich gewesen, sogar damals, als er während des Festes neben ihr gesessen und nur stotternd Worte hervorgebracht hatte.

Heute hatte er sie zum ersten Mal genauer angesehen und was er sah, gefiel ihm. Sally schminkte sich nicht, sie versuchte auch nicht, ihr Haar zu färben oder zu frisieren. Es war geschmeidig und fiel ihr glatt auf die Schultern. Durch ihre einfache Kleidung – meist trug sie auch im Museum nur Jeans und T-Shirt – unterschied sie sich nicht von den anderen Frauen im Ort. Abgesehen davon, dass ihre Jeans nicht aus dem Kaufhaus stammten und immer gut saßen und ihre T-Shirts oder Hemden stets makellos sauber und gebügelt waren. Letzteres hielt er für angemessen, schließlich war sie die Direktorin des Museums.

Für Micah war diese Frau genauso geheimnisvoll wie das Meer. Nur zu gerne hätte er gewusst, was sich unter der Oberfläche, in den dunklen Tiefen und Strömungen ihres Wesens verbarg.

Irina Scolari hatte sich auf dem Campingplatz am Hobuck Beach eine kleine Holzhütte gemietet und eine Woche im Voraus bezahlt. Sie hatte die Gasheizung aufgedreht und die Bettdecke zurückgeschlagen, damit sie warm wurde.

Nachdem sie sich umgezogen und frisch gemacht hatte, war sie zu einem Strandspaziergang aufgebrochen, von dem sie jetzt zurückkehrte. Sie hatte ein paar schöne Muscheln und drei unbeschädigte Sanddollar gefunden – flache, runde Kalkgebilde, mit einem symmetrischen, blütenblattartigen Muster auf der Oberfläche. Diese den Seeigeln verwandten Stachelhäuter ernährten sich, indem sie durch ein kleines Loch in ihrer Unterseite Wasser aufnahmen und ihm winzige Tiere und Pflanzen entzogen. Wenn sie abstarben, scheuerte der Ufersand ihre Stacheln ab und übrig blieb eine hornfarbene Scheibe mit einem hübschen Muster.

Irina klaubte ihre Schätze aus der Anoraktasche. Nie kam sie mit leeren Händen von einem Strandgang zurück. Es war die Faszination des Meeres, das manchmal ein Stück seines Geheimnisses auf den Strand warf, während es andererseits Dinge gab, die für immer in seinen Tiefen verborgen blieben. Anders als in der San Francisco Bay war das Wasser des Ozeans hier oben sauber und klar. Es atmete den würzigen Geruch von Algen, Fischen und anderen Meerestieren aus. Der Brandungssaum war eine Linie von Wasserpflanzen und zerbrochenen Muschelschalen. Irina hatte kaum Abfälle dazwischen gefunden, obwohl ein paar hundert Meter weiter nördlich eine kleine Siedlung aus farblosen Holzhäusern am Ufer stand.

Den Weg zurück war Irina gerannt. Sie mochte es, ihren Körper ab und zu richtig zu verausgaben, denn das vertrieb Trübsinn, schaffte Klarheit im Kopf und erhielt ihr die Figur. Sie trat unter die Dusche, schloss die Augen und ließ den heißen Strahl über sich hinweggehen. Endlich war sie angekommen. Angekommen an einem Ort, den sie zehn Jahre lang gemieden hatte, als könne er ihr etwas anhaben.

Später kochte sie sich einen Tee und bevor sie ins Bett ging, schrieb sie noch ein paar Zeilen in ihr Tagebuch. Die Fahrt von San Francisco nach Neah Bay war anstrengend gewesen, obwohl sie unterwegs einmal übernachtet hatte, und jetzt war sie sehr müde. Kaum hatte sie sich in die frischen, steifen Laken gewickelt, war sie auch schon eingeschlafen.

Draußen, am Hobuck Beach, schlugen die Wellen tosend gegen das flache, sandige Ufer. Gegen Mitternacht hatte die Flut ihren höchsten Stand erreicht. Irina wachte auf und glaubte, jeden Moment würde ihr Bett von kalten, salzigen Fluten umspült, so nah fühlte sich das Meer an, so gewaltig. Dabei trennten ein Baumstreifen und mehr als hundert Meter Wiese das Holzhäuschen von dem lauten Ungetüm, das hier oben im Norden eine andere Sprache zu sprechen schien als unten in Kalifornien.

Die drei Gezeitenzyklen – der tägliche, monatliche und jährliche – bildeten sich durch die vom Mond ausgeübte Schwerkraft auf die Erde und ihre großen Gewässer. Die zeitliche Veränderung der Tiden erfolgte im Uhrzeigersinn und richtete sich nach den Mondphasen. Irina hatte sich aus dem Museum einen Gezeitenkalender mitgenommen, um bei ihren Strandwanderungen nicht von der Flut überrascht zu werden.

Doch jetzt, in der Nacht, schien es unglaublich, dass sich die Mächte der Natur nach einem Kalender richteten. Draußen herrschte ein voller Mond, sein Licht sickerte durch die Vorhänge des kleinen Raumes. Die Dachbalken der Hütte knarrten im Wind. Zweige von Büschen kratzten über die Schindelwand, an der sie schlief. Ein loses Brett klapperte irgendwo gegen eine andere Wand. Irina warf sich im Bett herum und seufzte. Geräusche waren oft schwer zuzuordnen, wenn man sich an einem ungewohnten Ort befand.

Doch eigentlich gab es keinen Grund zur Sorge, denn schließlich war sie nicht allein. Fünf dieser kleinen Häuser standen in einer Reihe am Rande des Waldes, zwei davon waren vermietet und im dritten wohnten die neuen Besitzer des Campingplatzes, Marge und John Loomis, ein Makah-Ehepaar, das die Sechzig bereits überschritten hatte.

Irina hatte sich kurz mit Marge unterhalten, als sie sich eingemietet hatte. Die alte Frau war die Schwester des vor einigen Wochen verstorbenen Campingplatzbesitzers. Sie und ihr Mann waren aus Olympia, einer Stadt nahe Seattle, hierher gezogen, um den Campingbetrieb am Hobuck Beach aufrechtzuerhalten. Marge und John wussten, dass hier nie viel los sein würde, auch nicht in der Hauptsaison, aber sie waren nun alt und der Platz am Meer gefiel ihnen. Die tägliche Arbeit auf dem Campingplatz hielt sich in Grenzen. John fuhr zweimal am Tag zu den beiden verwitterten Plumpsklohäuschen mitten auf der Wiese, reinigte sie und befreite sie von Spinnweben. Duschen oder andere sanitäre Anlagen für Camper gab es nicht. Nur einen Messingwasserhahn, der auf einem Rohr mitten aus der Wiese ragte, damit die Camper sich mit Trinkwasser versorgen konnten.

Marge kümmerte sich um die Hütten, hielt sie sauber und wusch die Bettwäsche.

Irina hatte Marge ganz unbefangen nach der bevorstehenden Waljagd befragt, aber die alte Indianerin hatte nicht viel erzählt. Ganz offensichtlich war sie den Fragen der fremden weißen Frau geschickt ausgewichen. „Der Wal tut mir sehr Leid", hatte sie schließlich gesagt, und sich wieder ihrer Arbeit zugewandt.

Immerhin, dachte Irina erfreut, ich habe hier jemanden gefunden, dem der Wal Leid tut.

Bis weit nach Mitternacht lag Irina wach, starrte an die Holzdecke über ihrem Bett und grübelte darüber nach, wie es sein würde, wenn sie Micah Mahone wiedersah. Gewiss war er erneut verheiratet und hatte eine Schar Kinder. Micah hatte Kinder gern. Als sie damals heirateten, wollte er am liebsten gleich welche haben. Aber er akzeptierte ihren Wunsch, erst das Studium zu beenden. Sonst wäre sie jetzt vielleicht Mutter eines Teenagers mit brauner Haut und dunklen Haaren. Manchmal bedauerte Irina, dass es nicht so gekommen war. Vielleicht hätte ihr Leben einen ganz anderen Weg genommen. Vielleicht hätte sie nicht so viel an sich selbst denken können.

Mit Unruhe sah sie dem Wiedersehen entgegen. Micah wohnte immer noch in seinem Haus an der Sooes Beach Road, das hatte sie inzwischen herausgefunden. Möglicherweise hatte er sich jedoch so sehr verändert, dass sie Schwierigkeiten haben würde, ihn wiederzuerkennen. Und wie würde er reagieren, wenn er sie sah? Vielleicht gleichgültig oder abweisend. Es konnte durchaus sein, dass er nichts mehr mit ihr zu tun haben wollte. Alles war möglich.

Plötzlich erinnerte sie sich an Episoden aus ihrem gemeinsamen Leben. Während ihrer Ehe waren sie ein- oder zweimal im Jahr hier herauf nach Neah Bay gefahren und hatten Micahs Familie, seine Mutter Noreen, Bruder Ryder und Großmutter Waatla Waa besucht. Micah war stets mit gemischten Gefühlen ins Reservat gefahren, obwohl er seine Familie sehr liebte. Erfüllt von einem zurückhaltenden Stolz, hatte er Irina die verborgenen Stellen dieses wilden, wunderschönen Landes gezeigt, ohne jemals irgendwelche Erklärungen abzugeben. Er wirkte verändert, als ob etwas von ihm Besitz ergriff, das ihm Angst machte und ihn zugleich in eine seltsame Art von Trauer versetzte. Nach ein paar Tagen war Micah jedes Mal froh gewesen, wenn er den schäbigen Holzhäusern von Neah Bay den Rücken kehren und ins sonnige Kalifornien zurückfahren konnte.

Nun lebte er schon seit acht Jahren wieder hier. Allein diese Tatsache musste ihn verändert haben. An niemandem ging es spurlos vorüber, wenn er so abgeschieden von der übrigen Welt lebte, noch dazu auf einem Land, das wie geschaffen war für Geister und Mythen.

Von einem gemeinsamen Freund hatte Irina damals erfahren, dass Micah Mahone für immer nach Neah Bay zurückgekehrt war, um sich nach dem Tod seiner Mutter um die alte Großmutter und den behinderten Bruder zu kümmern.

Nach all den Jahren war sie nun hier, um ihn wiederzusehen. Die Gründe dafür waren ihr selber nicht ganz klar. Der Wal war ein Grund – oder doch eher ein Vorwand? Sie wusste es nicht. Natürlich erhoffte sie sich etwas von dieser Begegnung. Etwas, dass ihr eine wichtige Entscheidung leichter machen sollte.

Nach Mitternacht begann sich das Meer vom Strand zurückzuziehen und es wurde ruhiger. Mit dem sanften Rauschen der einsetzenden Ebbe schlief Irina endlich wieder ein.

6. Kapitel

Weil er eine Verabredung mit Sally Kallappa hatte, fuhr Micah an diesem Tag nicht zum Fischen auf das Meer hinaus. Einen Augenblick bedauerte er es, denn der Morgen war sonnig und für die Jahreszeit ungewöhnlich warm. An solchen Tagen empfand er seine Arbeit auf dem Boot weniger schwer, als bei unruhiger See und endlosem Regen.

Das Wetter hier an der Pazifikküste war unberechenbar. Die Sommer blieben oft kühl, die Winter waren regenreich, aber mild. Minusgrade zeigte das Thermometer nur selten.

Manchmal regnete es tagelang, ja wochenlang hintereinander, ohne dass dieser Umstand den Makah sonderlich aufgefallen wäre. Wolken konnten sich dicht über den Boden legen und alles verhüllen. Früher war es vorgekommen, dass Entdeckerschiffe dicht an Inselgruppen und aus dem Meer aufragenden Felsennadeln vorbeifuhren, ohne deren Existenz überhaupt wahrzunehmen.

An anderen Tagen erwärmte die Sonne die Luft so stark, dass im Wald das Atmen schwer fiel und man glaubte, in einem Treibhaus zu sein. Auf diese Weise war der Regenwald entstanden, der entlang der Pazifikküste und zu Füßen der Olympic Mountains wuchs, jenen hohen Bergen, die das Herz der Halbinsel bildeten. Auf ihrem Weg vom Pazifik über den Regenwald nach Osten wuchsen die Wolken schnell. Trafen sie auf die vergletscherten Berge, kühlten sie ab und es regnete. In den Höhen fiel Schnee. Der größte Teil der Wolken verlor seine Nässe beim Überqueren der

Berge und machte den darunter wachsenden Wald zur nassesten und dunkelsten Gegend Amerikas.

Micah blickte auf seine Armbanduhr und stellte fest, dass er noch etwas Zeit hatte, bevor er sich mit Sally im Museum treffen konnte. Keinesfalls wollte er zu früh erscheinen, um nicht den Eindruck zu erwecken, als hätte er nichts zu tun. Er fuhr nach Neah Bay zum Hafen und überprüfte die ‚Starfish'. Das graue Leichtmetallboot mit dem Kunststoffdeck lag sauber und bereit zum Auslaufen an seinem Liegeplatz. Dieses Boot war sein Stolz und sicherte den Lebensunterhalt seiner Familie.

Micah begrüßte die anderen Fischer, die an ihren Booten bastelten, Motoren reparierten und Netze flickten. Sie tauschten sich darüber aus, wo derzeit Schwärme von Hering und Stint standen und wo größere Mengen Heilbutt vermutet wurden. Die Auskünfte blieben vage, denn niemand gab freiwillig den Standort von Fischbänken preis, deren Lage seit Hunderten von Jahren ein Geheimnis der jeweiligen Familien war.

Die Stimmung der Männer war gedämpft, trotz des ersten sonnigen Wetters seit vielen Tagen. Die Fischsaison war eröffnet worden, doch die großen Fänge blieben aus. Die Küste vor Neah Bay und Vancouver Island war überfischt, selbst die sichersten Fischbänke erwiesen sich als leer oder brachten nur eine karge Ausbeute. Es gab dafür auch natürliche Ursachen, denn auf das Meer einwirkende Kräfte konnten Richtung und Stärke der Meeresströmungen verändern. Grund zur Sorge waren jedoch die schädlichen Umwelteinflüsse und die Erwärmung der Erdatmosphäre, durch die auch das Meerwasser immer wärmer wurde. Die Fische schwammen viel tiefer als sonst und erschwerten den Fischern damit eine reichhaltige Beute. Zudem schien der Wellengang auf dem Pazifik auf unerklärliche Weise zugenommen zu haben und die Arbeit der Männer auf den kleinen Booten wurde noch komplizierter und gefährlicher.

Doch über diese Dinge sprach man in Neah Bay nicht gerne, obwohl sie das ganze Volk bedrückten. Viel lieber redete man über die bevorstehende Waljagd und hoffte auf ein baldiges Auftauchen der Meeressäuger. Grauwale migrierten dicht an der Küste, um nach kleinen Bodenkrebsen zu suchen. Die Gewässer an der Nordwestküste bargen reichlich Nahrung, deshalb hielten sich die Wale längere Zeit hier auf, manche blieben sogar den ganzen Sommer. Das war die Chance der Makah-Walfänger. Diesmal waren sie gut gerüstet und vorbereitet. Dieses Mal würde ihnen der auserwählte Wal nicht entkommen.

Die in Alarmbereitschaft stehenden Tierschützer dagegen befürchteten, dass die Makah bei ihrer Jagd eines der drei Tiere töten könnten, die sich permanent in einem kleinen Seegebiet vor British Columbia und Washington aufhielten. Jene Tiere waren inzwischen an Menschen gewöhnt und zur Attraktion von Walbeobachtungsausflügen geworden. Carl Meyers und seine Gesellschaft zum Schutz der Meeressäuger hatten den Tieren Namen gegeben: Buddy, Neah und Monica. Die Tatsache, dass Tiere, die einen Namen hatten, vielleicht getötet werden könnten, brachte auch jene Menschen gegen die Waljagd auf, die sich sonst kaum für Artenschutz und dergleichen interessierten.

Es würde schwer werden, die Jagd erfolgreich durchzuführen, das wussten alle in Neah Bay.

Als endlich die Mittagszeit anbrach, machte Micah sich auf den Weg zum Museum. Bis auf einen blauen Van aus Minnesota war der Besucherparkplatz leer. Micah parkte seinen Jeep neben dem Kleinbus und betrat das Museum durch die Schwingtür.

Er hätte an der Kasse gleich nach Sally fragen können, aber zuerst bezahlte er zwei Dollar, den Eintrittspreis für Einheimische. Die junge Kassiererin tippte den Preis in die Kasse und gab ihm seine Eintrittskarte. „Sally ist oben", sagte sie lächelnd. Micah stieg die teppichbelegte Treppe zu Sallys Büro nach oben, doch sie kam ihm bereits entgegen und begrüßte ihn erfreut. Ihr Lächeln war offen und er fand, dass sie heute besonders schön aussah. Ihr schwarzes Haar glänzte seidig im Licht der einfallenden Sonne und zum ersten Mal bemerkte er diesen rötlichen Schimmer darin. Sally trug eine helle Khakihose und ein eng anliegendes dunkelgrünes T-Shirt, das ihre Figur betonte. Sie war nicht dünn, eher ein wenig mollig, aber die Rundungen ihrer Schultern, Brüste und Hüften zeichneten die Figur einer Frau, die mit sich und ihrem Körper in Einklang lebte. Alles an ihr war weich und voller Wärme, etwas, wonach er sich schon lange sehnte.

Sally nahm sich Zeit für ihn, das machte ihn verlegen und die Narbe auf seiner Stirn pochte vor Erregung.

„Gehen wir gleich nach drüben", schlug sie vor, „ich habe jetzt Zeit."

Er nickte, fest entschlossen ihr überallhin zu folgen. Sie verließen die Museumshalle und liefen über einen asphaltierten Platz zum Nebengebäude. Sally schloss die schwere, metallene Tür auf und führte Micah durch einen Gang, der mit Kisten und Verpackungsmaterial vollgestellt war. Da standen Plastiktüten voller Holzwolle, die wie Eingeweide aus einigen Löchern quoll, und Tüten mit kleinen Chips aus Polystyrol, die wie zu bleich geratene Kartoffelkräcker aussahen.

Schließlich betraten sie die Halle mit den Metallregalen, in denen jene Artefakte lagerten, die nicht im Museum ausgestellt waren. Sally schaltete das Licht an und Micah sah sich um. Zwei Feuchtigkeitsmesser kontrollierten die Raumtemperatur und auf einem kleinen Schreibtisch in der Ecke stand ein Computer.

Im nüchternen Licht der Leuchtstoffröhren schienen die uralten Zeugen der Vergangenheit jeglicher Geheimnisse beraubt. Jedes Stück war sorgfältig nummeriert und katalogisiert. Micah hatte das Gefühl, als stünde er in einer Leichenhalle. In den Regalen die sterblichen Überreste der Vergangenheit seines Volkes, einbalsamiert und nummeriert für die Nachwelt. Konnte man diese toten Dinge zum Sprechen bringen? Und wenn ja, würden sie nicht vielleicht Dinge erzählen, die er gar nicht hören wollte? Er hatte plötzlich Zweifel.

An den Betonwänden lehnten Holzschnitzereien, die jüngeren Ursprungs zu sein schienen. Aber in den Regalen lagen jene Stücke, die von einer längst vergangenen Zeit erzählten: Fragmente von Korbflechtarbeiten und Zedernmatten. Teile von Fischfanggeräten, seltsam gebogene Angelhaken mit Widerristen, Harpunen und Muschelspitzen verschiedener Lanzen und Messer. Die Planken eines alten Walfangkanus hatte man ebenso sorgfältig konserviert wie die verzierten Teile alter Truhen, Körbe, Webstühle und kleiner Kultgegenstände.

Langsam ging Micah durch die Regalreihen, immer wieder versucht, die Stücke zu berühren, was er dann doch nicht tat. Vielleicht hatte er Angst, eine Berührung könne etwas in ihm auslösen, das nicht mehr rückgängig zu machen war. Hände waren Vermittler zwischen den Dingen und dem Bewusstsein. Durch sie konnten Botschaften empfangen werden, die Augen und Ohren nicht wahrnahmen. Aus Furcht vor unliebsamen Antworten verschwanden Micahs Hände in den vorderen Taschen seiner Jeans, dort konnte er sie besser im Zaum halten.

Sally hatte sein Zögern bemerkt. „Du kannst alles anfassen", sagte sie. „Nach der Behandlung mit Kunstharz sind die Stücke nicht mehr so zerbrechlich, wie sie vielleicht scheinen."

Nach dieser Aufforderung glitten Micahs Hände ehrfurchtsvoll über hölzerne Schüsseln, Pfeile und Speerspitzen, über verzierte Kanureste und Paddel mit eingelegten Muschelstücken. Die Dinge schienen unter seinen Händen lebendig zu werden und mit ihm zu reden. Bildfetzen jagten durch sein Hirn, Sequenzen aus längst vergangenen Zeiten. Es waren Szenen aus dem Leben seines Volkes, die nicht seiner eigenen Erinnerung entstammen konnten.

Verunsichert nahm Micah seine Hände wieder von den alten Stücken, um ihrer Magie zu entkommen, bevor Sally merkte, dass er durcheinander war. Würde er mit ihr darüber reden können? Oder hatte sie in Harvard so viel weißes Wissen abbekommen, dass es in ihrem Kopf keinen Platz mehr gab für Dinge, die man nicht mit dem Verstand erklären konnte?

Er kam zu einem Regal, an dem ein Schild mit dem Zeichen für „weiblich" angebracht war. Der kleine Kreis mit dem Kreuz darunter war rot durchgestrichen.

„Was hat das zu bedeuten?", fragte er Sally und wandte sich zu ihr um.

„Das heißt, ich darf diese Dinge nicht anfassen und auch keine andere Frau sonst. Das sind Teile alter Walfangutensilien, die mit keinem weiblichen Wesen in Berührung kommen dürfen, sonst wären sie entweiht."

„Aber wieso?"

Sally schmunzelte und sagte: „Es ist die Angst der Männer vor der weiblichen Lebenskraft. Früher glaubte man, dass Frauen, die ihre Menses haben, besondere Macht besitzen."

„Wenn man früher an so was glaubte, wieso ist das Schild dann immer noch da?"

Sally hob schweigend die Schultern, lustige Funken in den Augen.

„Ist das dein Ernst?" Ungläubig schüttelte er den Kopf.

„Ja. Oder was glaubst du, wozu dieses Schild gut ist? Mit einigen Geboten, die aus der Vergangenheit stammen und die längst überholt sind, nehmen unsere Leute es sehr genau. Andere Regeln wiederum, die auch in unserem heutigen Leben hilfreich und gut wären, hat man einfach vergessen."

„Zum Beispiel?", fragte Micah und dachte an Mungo Buzzell.

„Zum Beispiel hat unser Volk in der Vergangenheit nie Drogen oder Halluzinogene benutzt, um Bewusstseinserweiterungen herbeizuführen. Wir hatten andere Möglichkeiten, mit den Geistern in Verbindung zu treten. Aber inzwischen sind viele von uns drogenabhängig oder Alkoholiker. Sie haben auf die einfachen, aber schädlichen Mittel zurückgegriffen."

Ein kurzer Stich fuhr durch Micahs Brust. Wollte Sally ihn testen? Sein Vater war ein Trinker gewesen und die meisten in Neah Bay wussten noch davon. Emmett Kallappa würde es ganz bestimmt wissen. Hatte er seine Tochter gewarnt?

Misstrauisch musterte er Sally von der Seite, aber sie verhielt sich ganz normal und machte nicht den Eindruck, als wolle sie ihm ein Geheimnis entlocken. Niemand hier konnte wissen, wie nahe dran er selbst einmal gewesen war, dem Alkohol zu erliegen. Nur seine Rückkehr nach Neah Bay hatte verhindert, dass diese Krankheit von ihm Besitz ergreifen und ihn zerstören konnte. Seit er zurück war, hatte er keinen Alkohol mehr angerührt.

Doch es gab andere, die kamen nicht so davon wie er. Ihr Schutzgeist war nicht stark genug oder sie hatten gar keinen. Viele Makah tranken Alkohol aus Verzweiflung oder weil sie vergessen wollten, was aus ihnen geworden war. Es gab Kinder, die tranken schon mit acht oder neun Jahren, weil ihre Eltern es ihnen vormachten.

Eine Handvoll Männer und Frauen aus dem Ort sahen sich für diese Kinder verantwortlich und kümmerten sich um sie. Micah hatte ihnen seine Unterstützung angeboten, denn seit er wieder ins Reservat zurückgekehrt war, fühlte er sich dem Schicksal seines Volkes näher als je zuvor. Obwohl er draußen am Strand lebte, war er einer von ihnen und die Gemeinschaft trug ihn. Sie waren nur noch anderthalbtausend. Nicht jeder von ihnen war es wert, dass man sich um ihn sorgte. Aber die meisten Makah mühten sich um ein Leben in Würde und im Einklang mit der Natur. Auch wenn latentes Machtgehabe und Konkurrenzdenken immer wieder zu Streitigkeiten führten: Gegen den Rest der Welt hielt das kleine Volk zusammen. Das war schon immer so gewesen.

Besonders große Sorgen machte sich Micah um seinen Bruder. Er hatte Angst, Ryder könne in falsche Gesellschaft geraten, nur um Anerkennung zu erlangen, die nichts wert war. Wenn er nur wüsste, was er tun konnte, um die Dinge für sich und sein Volk zu ändern.

Micah sah sich die alten Stücke in den Metallregalen genau an. Konnten sie ihm eine Antwort geben? Würde es helfen, die alten Bräuche wiederzubeleben? Oder war es gefährlich, weil dadurch auch etwas geweckt werden konnte, das besser im Verborgenen blieb? Würde Sally ihn auslachen, wenn er ihr von seinen Befürchtungen erzählte?

Micah verlor sie nie aus den Augen, so sehr er sich auch auf die alten Stücke in den Regalen konzentrierte. Sally blieb bei diesem seltsamen Rundgang still im Hintergrund, nur wenn er sie ansprach, beantwortete sie geduldig seine Fragen. Sally Kallappa hatte auf vieles eine Antwort und das imponierte ihm gewaltig. Sie versuchte nicht, mit ihrem Wissen zu glänzen, sondern gab ihm nur das weiter, was von Interesse und Wichtigkeit für ihn zu sein schien. Es war eine ganze Menge. Ihre Worte öffneten ihm Türen, durch die er mit erstaunlicher Klarheit Dinge sehen konnte, die ihm bisher verborgen geblieben waren.

Micah fragte sich, was in Sallys kompliziertem Geist vor sich ging, während sie einem einfachen Mann wie ihm ihre Zeit opferte. Würde es eine Ebene geben, auf der sie einander begegnen und etwas Gemeinsames aufbauen konnten? War diese Waljagd eine Chance für ihn, seiner Einsamkeit zu entkommen?

Sie verließen die kühle Halle mit dem künstlichen Licht nach einer knappen Stunde. Sally verschloss die schwere Eisentür wieder und sah Micah fragend an, weil sie wissen wollte, ob er zufrieden war mit dem, was er erfahren und gesehen hatte.

Zu ihrem Erstaunen brachte er eine Einladung hervor.

„Die alten Sachen haben mich hungrig gemacht", sagte Micah. „Wie steht es mit dir? Ich lade dich ein." Es war an der Zeit, einen Schritt nach vorn zu wagen. Außerdem hatte er den Wunsch, noch eine Weile mit ihr zusammen zu sein.

„Ja, warum nicht", erwiderte Sally und ließ sich ihre Freude ganz offen anmerken. „Termine habe ich im Augenblick nicht und eine Stunde Mittagspause steht mir zu. Ich sage nur schnell Rosie Bescheid."

Sally meldete sich bei der Kassiererin ab und sie fuhren mit Micahs Jeep ins Makah Maiden Café. Dort gab es immer guten Fisch und manchmal recht leckere Nachspeisen. Das kleine Restaurant mit einer Fassade aus blaugestrichenen Holzschindeln stand auf dem schmalen Landstreifen zwischen Straße und Strand. Die Einrichtung bestand aus den für amerikanische Cafés üblichen, vinylbezogenen Bänken, die an Sitze aus Eisenbahnwaggons erinnerten. Man saß wie in einem Zugabteil, mit Blick auf die Insel Vancouver in Kanada, abgetrennt durch die Seestraße von Juan de Fuca.

Sally setzte eine Brille mit dünnem schwarzen Drahtgestell auf, um die Speisekarte studieren zu können. Micah hatte sie noch nie mit Brille gesehen und erschrocken stellte er fest, dass sie aussah wie eine seiner Lehrerinnen, in die er sich mit neun Jahren unglücklich verliebt hatte.

Sein Mut verließ ihn für einen Augenblick. Aber dann, nachdem sie ihm einen vielsagenden Blick über den Brillenrand zugeworfen hatte, steckte Sally die Brille wieder ins Etui zurück und bestellte gebackenen Heilbutt mit Makah-Kartoffeln. Micah orderte gebratenen Lachs mit Reis und Salat. Das Dessert bestand diesmal aus Zitronencremepudding.

„Vielen Dank für die interessante Führung", sagte er schließlich. „Ich habe eine Menge erfahren, von dem ich noch nichts oder kaum etwas wusste. Trotzdem gibt es immer noch ein paar Dinge, von denen ich keine Vorstellung habe. Manchmal überkommt mich das Gefühl, ich müsste ein Puzzle zusammensetzen, für das mir die Vorlage verlorengegangen ist." Er hatte sich zurückgelehnt, die Arme vor der Brust verschränkt und die kräftigen Hände in den Achselhöhlen versteckt.

Sally nickte. „Alles scheint vergangen und sehr weit weg, nicht wahr? Und auf einmal soll es wieder zu unserem Leben gehören. Aber so ist es nun mal. Unser Dasein ist ein Puzzle, für das es keine Vorlage gibt. Ansonsten wäre das Leben doch langweilig, oder?"

„Schon möglich", sagte er.

Micah Mahone war aus der Übung, was Konversation mit Frauen betraf. Er suchte in ihren Augen, versuchte herauszufinden, was Sally über ihn dachte. Ihre braune Iris schimmerte weich, aber ihr Blick blieb ihm verschlossen.

„Du hast mir die alten Stücke gezeigt und geduldig meine Fragen beantwortet, Sally. Aber du hast mir nicht gesagt, was du über die Waljagd denkst und all die Dinge, die hier passieren?", sagte er und betrachtete sie. Ihre Nase hatte einen leichten Knick und auf dem Nasenrücken schimmerte eine Narbe, ein dünner weißer Strich. Sally hatte gebogene Wimpern, die dicht ihre großen Augen überschatteten. Ohrringe aus daumenlangen, elfenbeinfarbenen Dentaliumschnecken betonten ihren langen Hals.

„Interessiert dich denn, was ich denke?", fragte sie.

„Ja, natürlich", erwiderte er verwundert.

Sally lächelte. Ihr Interesse galt ganz ihm und ihre Gedanken konzentrierten sich auf die Antwort, die sie ihm geben würde. Ein warmes Gefühl breitete sich in Micahs Innerem aus und die Dinge um ihn herum begannen sich zu verändern. Seine Einsamkeit ließ plötzlich nach.

„Ich bin aufgeregt und sehr neugierig auf den großen Augenblick", gab ihm Sally schließlich nach einigem Zögern zur Antwort. „Ich glaube, die Aufregung hat inzwischen jeden von uns erfasst. Keiner weiß, ob es diesmal gelingen wird; ob unsere Männer überhaupt noch die Fertigkeiten besitzen, den Wal mit der Harpune zu erlegen."

„Das ist wahr", Micah nickte, „aber für alle Fälle haben wir ja das Gewehr."

Sally sagte ernst: „Ich finde diese Regelung gut. So muss der Wal nicht leiden. Ein fairer Kompromiss. Gefährlich kann es trotzdem werden." Ihr Blick streifte kurz die lange Narbe auf seiner Stirn, die seine Augenbraue in zwei Hälften teilte. „Hast du keine Angst?"

Er schüttelte lächelnd den Kopf und tippte an den hellen Wulst. „Seit ich dem Meer nicht mehr traue, passiert mir auch nichts. Aber was ist mit dir? Befürchtest du nicht, dass es Ärger in Neah Bay geben könnte? Keith Jimmicum und die anderen des Rates haben Morddrohungen erhalten. Ein toter Indianer für jeden getöteten Wal."

Die Bedienung kam mit dem Essen und beide schwiegen, bis sie wieder gegangen war. Sally war nicht überrascht von Micahs letzten Worten, also musste sie von den Drohungen gewusst haben. Sie teilte nachdenklich ihren Fisch. Die Kartoffeln auf ihrem Teller ähnelten knollenartigen Wurzeln. Es waren Makah-Kartoffeln, eine Delikatesse.

Schließlich neigte sie den Kopf zur Seite und sagte: „Menschen, die sich für etwas Umstrittenes einsetzen und es so mit Nachdruck vertreten wie Keith und die anderen, werden immer Feinde haben. Es kommt darauf an, dass wir jetzt zusammenhalten, wie wir es stets getan haben, wenn es notwendig war."

Micah schluckte seinen Bissen herunter. „Aber selbst unter uns gibt es welche, die gegen die Jagd sind. Sie sagen, die Zeiten haben sich geändert und wir hätten jetzt anderes

Fleisch, das wir essen können. Und auf das Öl wären wir auch nicht mehr angewiesen. Sie sagen, es bestehe keine Notwendigkeit, einen Wal zu töten."

Während sie aßen, merkte Sally, dass Micahs Mutter oder seine Großmutter ihm die Makah-Tischmanieren gut eingetrichtert hatte. Er kaute sein Essen so, dass man die Zähne dabei nicht sehen konnte. Innerlich lächelte sie darüber, bevor sie seine schwierige Frage beantwortete. „Das mag schon sein, aber diese Jagd nach mehr als achtzig Jahren Pause hat wohl mehr symbolischen Charakter, als dass unsere Leute mit Nahrung versorgt werden müssten. Sie ist eine Art Ritual, eine Therapie für unser Volk. Unsere Mythen sind Geschichten, die den tieferen Sinn unseres Lebens zum Ausdruck bringen. Ein Ritual bedeutet das Erleben eines Mythos. Und jeder, der will, kann daran teilhaben. Niemand wird dazu gezwungen."

„Aber was ist, wenn dieses Ritual unser Volk spaltet?", fragte Micah. „Noch vor zwei Jahren war die Mehrheit des Stammes für die Wiederaufnahme der Waljagd. Inzwischen haben einige ihre Meinung geändert. Sie sagen es nicht offen, weil sie Angst haben ausgestoßen zu werden, aber im Grunde stehen sie auf der Seite der Tierschützer."

„Ich denke, die Vorbereitungen zur Jagd werden uns eher zusammenschweißen als spalten", entgegnete Sally. „Wir haben einen gemeinsamen Gegner: Carl Meyers und seine Anhänger. Mit seiner Gesellschaft zum Schutz der Meeressäuger wird er uns in den nächsten Wochen das Leben schwer machen. Diesen Leuten geht es nicht nur um die Waljagd. Sie hetzen gegen uns Indianer. Sollte die Jagd aber einen Spalt durch unser Volk ziehen, war der Riss schon vorher da."

Einen Riss kann man kitten, dachte Micah, aber ein Spalt würde immer breiter werden und am Ende zwei Teile zurücklassen. Eine Spaltung ihrer kleinen Gemeinschaft barg größere Gefahr als alle Unbilden, die ihnen die Natur oder das Erscheinen der Weißen auferlegt hatten.

Er blickte Sally an und entdeckte einen Schatten auf ihrem Gesicht.

„Vielleicht ist unser Volk den Herausforderungen des modernen Lebens einfach nicht gewachsen", sagte sie mit einem Anflug von Resignation in der Stimme.

„Glaubst du das wirklich?"

Sie hob die Schultern. „Manchmal kommt es mir so vor. Vielleicht ist das der Grund dafür, warum wir uns so nach der Vergangenheit sehnen. Allerdings ...", sie zögerte.

„Allerdings was?"

„Viele Jugendliche in Neah Bay scheren sich einen Dreck um die Vergangenheit. Sie sehen sich lieber Terminator-Videos an, trinken Alkohol und lungern herum. Wenn ich sie sehe, macht es mich ganz krank. Vielleicht ist die Vergangenheit unseres Volkes ihre Zukunft. Wir müssen es versuchen, uns bleibt gar keine andere Wahl."

Er zog sein Dessert zu sich heran und begann, die schaumig-süße Zitronencreme zu löffeln. Micah Mahone mochte Süßes, hielt sich aber meistens zurück, weil er wusste, das Zeug war klebrig und ungesund. „Ich fürchte, eine Menge von dem, was in Neah Bay passiert, bekomme ich gar nicht mit", sagte Micah. „Da draußen am Hobuck Beach gibt es bloß das Meer und hin und wieder ein paar Touristen, die den Weg zum Shi-Shi Beach suchen."

Sally lachte leichthin. „Oh, dann hast du es gut. Keine Angst, aber du verpasst nichts, jedenfalls nichts von Bedeutung. Bei dem großen Ereignis wirst du ja in erster Reihe dabei sein." Sie hob den Kopf und musterte ihn eindringlich. „Ich habe gehört, du bist einer der Paddler im Walfangkanu."

„Das stimmt“, sagte Micah. „Meine Vorfahren waren Walfänger. Deshalb bin ich dabei.“

„Du musst ziemlich stolz sein?“

„Ich fühle mich eher hilflos“, gab er zu. „Meine Großmutter hat mir von besonderen Reinigungsritualen der Walfänger erzählt. Ich weiß, dass Wilson Buzzell und sein Sohn Mungo die Angelegenheit sehr ernst nehmen. Man sagt, sie bereiten sich schon seit einiger Zeit auf die Jagd vor, obwohl bis zur letzten Versammlung noch gar nicht feststand, wer diesmal Walhäuptling sein wird.“ Micah wurde verlegen. „Ich bin mir nicht sicher, ob ich tatsächlich Meeresbäder nehmen soll, nur weil die Tradition es so vorschreibt. In dieser Jahreszeit kann man sich dabei leicht den Tod holen.“

Sally lachte herzlich über sein betretenes Gesicht und wenn sie lachte, dann leuchtete alles an ihr und sie war wunderschön. „Aber die Bäder müssen kalt sein“, sagte sie, „sonst sind sie wirkungslos. Die Geister hassen Körpergeruch. Allerdings ist es gefährlich. Früher kam es ab und zu vor, dass ein Häuptling im kalten Wasser erfroren ist, weil er den Zeitpunkt zum Aufhören verpasst hat. Deshalb haben sich die meisten einen Helfer mitgenommen, der sie aus dem Wasser zerren konnte, wenn sie allein dazu nicht mehr in der Lage waren.“ Der Spott in ihrer Stimme verlor sich, weil sie merkte, wie ernst es Micah mit dieser Sache war. „Reinigungsbäder oder nicht, das ist etwas, das du mit dir selbst ausmachen musst. Niemand wird dich später danach fragen.“

„Aber sollte der Wal wieder entkommen, wie im Herbst, werde ich mich vermutlich schuldig fühlen. Waatla Waa behauptet, wenn einer sich nicht an die Regeln hält, wird die Jagd misslingen.“

Sallys Wimpern warfen halbmondförmige Schatten auf

ihre Wangen. „Das alles ist ungeheuer wichtig für dich, nicht wahr?"

Micah nickte. „Ja, das ist es. Stört es dich?"

„Nein. Ich finde nur, wir Makah machen es uns in dieser Hinsicht manchmal sehr einfach. Wenn wir versagen, dann rechtfertigen wir es damit, dass irgendwelche geheimnisvollen Mächte uns hindern. Aber genauso gut schreiben wir ihnen auch unsere Stärke zu. Ist das nicht seltsam?"

Während er darüber nachdachte, wischte sie sich die Lippen mit einer Papierserviette und blickte bedauernd auf ihre Armbanduhr. „Tut mir Leid, Micah, ich hätte mich sehr gerne noch länger mit dir unterhalten, aber ich muss gehen, die Stunde ist um. Um 15 Uhr habe ich eine Führung mit jungen Parkrangern. Gordon Malarek ist gestern hier angekommen und wird mir dabei ein wenig unter die Arme greifen."

Malarek, der drahtige Anthropologe mit dem weißen Zopf im Nacken, war jedem in Neah Bay ein Begriff. Im Jahr 1970, als er bei den Ausgrabungen in Ozette mit seiner Forschungsarbeit begann, war Sally gerade geboren worden. Zehn lange Jahre arbeitete er fast ununterbrochen an der Ausgrabungsstätte. Inzwischen kam er nur noch sporadisch, aber bei seinem letzten längeren Aufenthalt vor zwei Jahren waren die beiden gute Freunde geworden. Dank Malarek wusste Sally so viel über Ozette und die Grabungen, als wäre sie selbst dabei gewesen. Beide konnten stundenlange Diskussionen über berufliche Fragen führen, ohne dass ihnen jemals langweilig dabei wurde. Sally freute sich, dass Malarek gerade jetzt gekommen war, denn es gab ein paar Dinge, die sie mit ihm besprechen wollte.

Micah zahlte das Essen und fuhr Sally zum Museum zurück. Beide stiegen aus und er reichte ihr zum Abschied die Hand. Ihr Händedruck war kräftig und warm und er hielt ihre Hand ein wenig länger als notwendig gewesen wäre. „Viel Glück mit deinen Rangern, und grüß den alten Mann von mir", sagte Micah.

„Du kennst Malarek persönlich?" Sally war überrascht.

„Ja, sehr gut sogar. Als ich Kind war, kam er oft in unser Haus und fragte Großmutter über die alten Bräuche und den Walfang aus. Einmal hat er mich nach Ozette mitgenommen, ich war damals zwölf, glaube ich. Er benutzte einen supermodernen Hochdrucksauger um die Fundstücke vom Schlamm zu befreien. Ich durfte die Schläuche halten und war ziemlich beeindruckt von allem, was er tat. Eine große Hilfe war ich ihm wohl kaum. Schätze, er brauchte mich damals als Medium."

„Als Medium?", fragte Sally verwundert.

„Ja, ich sollte mich in Trance versetzen und ihm erzählen, wie unsere Vorfahren lebten."

Neugierig sah sie ihn an. „Und, hat es funktioniert?"

„Nein", lachte Micah. „Vermutlich war ich als Medium nicht geeignet. Aber Malarek kam immer wieder. Er mochte Waatla Waa, glaube ich. Und mich mochte er auch ein bisschen. Er hat uns immer Geschenke mitgebracht." Micah lächelte versonnen. „Wenn er heute in Neah Bay angekommen ist, wird er spätestens morgen bei uns am Hobuck Beach auftauchen. Sag ihm, wir erwarten ihn."

„Das werde ich. Und – danke für das Essen, Micah. Ich würde mich gerne revanchieren, du hast einen Wunsch frei." Sally blickte ihn ganz offen an.

Micah dachte, er könne sich jetzt alles mögliche wünschen, und seine Wünsche, die Sally Kallappa betrafen, waren plötzlich zahlreich und vielschichtig. Am liebsten hätte er sie auf der Stelle geküsst. Aber dafür war es wohl noch zu früh. Er wollte sie nicht erschrecken.

„Okay", meinte er schließlich, „es wäre schön, wenn du mal mit mir zum Fischen rausfahren würdest."

Einen Moment lang schien sie zu glauben, er wolle sie auf den Arm nehmen, aber nach einem Blick in seine Augen wusste sie, wie ernst er es damit meinte. Sie durfte jetzt keinen Fehler machen, wenn sie ihn noch einmal wiedersehen wollte. „Prima", sagte sie betont fröhlich, „fischen wir."

„Ist dir der Samstag recht?"

„Ja, Samstag ist okay."

„Dann also um 6 Uhr bei der ‚Starfish' im Hafen. Du findest sie am zweiten Anleger, ganz hinten."

Sally lächelte. „Ich werde da sein." 6 Uhr war ziemlich früh für einen Samstag, aber sie wollte nicht schlafmützig erscheinen. Vielleicht wurde die Sache ganz aufregend. Immerhin würden sie zu zweit auf seinem Boot sein und einen Tag miteinander verbringen. Das war mehr als sie sich erhofft hatte.

Während des Essens hatte sie versucht herauszufinden, was Micah Mahone von ihr erwartete. Hatte er mit seiner Einladung ins Makah Maiden Café nur höflich sein und sich dafür erkenntlich zeigen wollen, dass sie ihm das Depot gezeigt hatte, oder war es ein zaghafter Versuch gewesen, sich ihr zu nähern? In der kurzen Zeit hatte Sally keine Antwort darauf gefunden. Ihr war aufgefallen, wie schwer Micah Mahone das Reden fiel. Trotzdem hatte er versucht offen zu sein, etwas, das sie sehr an ihm schätzte.

Micah winkte Sally und stieg in seinen Wagen. Dann sah er jemanden auf der Holzbank vor der Museumstür sitzen, der offensichtlich auf Sally gewartet hatte. Als sie die

Überdachung erreichte, stand der Mann auf und ging auf sie zu. Es war Adam Bowechop, ein junger Holzschnitzer aus Neah Bay. Er legte Sally seine Hand auf die Schulter und küsste sie demonstrativ auf die Wange.

„Wo bist du mit Mahone gewesen?", fragte Adam Sally, die vor ihm das Museum betrat.

Sie sagte: „Micah Mahone ist einer der Walfänger und ihn haben die Jagdutensilien interessiert. Ich habe ihm die alten Stücke im Lager gezeigt und zum Dank dafür hat er mich zum Essen eingeladen." Zugegeben, das war eine ziemlich lange Erklärung für ein einfaches Essen, so als ob sie sich schuldig fühlte. Doch das wollte sie nicht. Sie hatte Micahs Aufmerksamkeit genossen und hoffte, noch viel mehr davon zu bekommen.

„Als ich dich das letzte Mal zum Essen einlud", erwiderte Adam grimmig, „hast du abgesagt."

„Du weißt, weshalb es nicht möglich war. Mein Vater war damals krank." Sie lief eilig die Stufen hinauf in ihr Büro und er folgte ihr.

„Aber jetzt ist er wieder gesund."

Sally blieb stehen und drehte sich zu ihm um. „Adam", sagte sie leise, „mach es mir nicht so schwer."

„Ich muss mit dir reden, Sally, bitte!" Seine schwarzen Augenbrauen zogen sich über der Nasenwurzel zusammen und es machte den Eindruck, als wolle ein Vogel seine Schwingen ausbreiten.

„Also gut, aber jetzt habe ich wirklich keine Zeit. Gleich beginnt eine Führung. Ich rufe dich an, okay?"

„Okay", antwortete er, ohne sie weiter zu bedrängen. Sally gab ihm den Schlüssel für jenen Raum, in dem die Musterstücke lagerten, die er restaurieren sollte. Adam Bowechop nahm sie wortlos und ging.

7. Kapitel

Am nächsten Tag fuhr Micah mit der ‚Starfish' hinaus und brachte einen guten Fang ein. Der Wind und die Strömungen hatten ihn mitten in einen dicken Fischschwarm getrieben. Fünfmal hatte er die gefüllten Netze eingeholt.

Seinen Fang verkaufte Micah an die Makah Seafood Company, die eine kleine Fischfabrik im Hafen betrieb. Die Fische wurden dort an Ort und Stelle weiterverarbeitet und danach in die Städte gebracht. Mahone war froh über diesen erfolgreichen Tag, denn er brauchte das Geld, um die Gasrechnung zu bezahlen und neue Netze zu kaufen. Außerdem benötigte Ryder dringend eine neue Hose und Unterwäsche. Der kleine Bruder legte zwar überhaupt keinen Wert auf Kleidung, aber Micah sorgte immer dafür, dass Ryder ordentlich angezogen war, zumindest, wenn er aus dem Haus ging. Wie er dann jedes Mal aussah, wenn er von seinen abenteuerlichen Erkundungen zurückkehrte, war eine andere Sache.

Möglicherweise blieb von dem Geld auch noch etwas übrig und er konnte der Großmutter eine Flasche Kräuterlikör kaufen, den sie so gerne trank. Ein Schlückchen am Abend, dann schlief sie besser. Er selbst fand das Zeug scheußlich, aber Waatla Waa schwor darauf. Sie behauptete, der Likör würde ihre Arthritis lindern.

Der Gedanke an seine alte Großmutter versetzte Micah einen Stich. Bald wurde Waatla Waa sechsundneunzig, und er hatte die Veränderung längst bemerkt, die mit ihr vorging. Sie war müde geworden. Zwar kommandierte sie immer noch in gewohnter Weise, aber manchmal ertappte er sie auch dabei, wie sie in Gedanken sehr weit weg war. So weit, dass er sie schon manchmal im Paradies der Nordwestküstenleute wähnte. Als er ein Kind war, hatte er geglaubt, sie würde ewig leben. Doch jetzt tröstete ihn der Gedanke nicht mehr.

Micah liebte die alte Frau, die ein Leben lang für ihn da gewesen war. Auch jetzt hatte Waatla Waa noch großen Anteil an seinem Leben. Er teilte seine Sorgen mit ihr und manchmal fragte er sie um Rat. Sie kümmerte sich um Ryder, wenn er unterwegs war, und ihre Kochkünste waren immer noch unvergleichlich. Was sollte er tun, wenn sie nicht mehr da war?

Micah reinigte gründlich sein Boot von Tang und Fischresten, dann fuhr er zu Washburnes Supermarkt und besorgte ein paar Lebensmittel, um die Waatla Waa ihn gebeten hatte. Mit zwei vollen Papiertüten unter dem Arm ging er über den Parkplatz zu seinem Jeep, da stand plötzlich jemand vor ihm, mit dessen Erscheinen er in diesem Augenblick am wenigsten gerechnet hätte. Beinahe wären ihm die Tüten aus den Händen gerutscht und er wankte einen Augenblick.

Doch sie war genauso erschrocken wie er.

„Hallo Micah“, sagte Irina, „ich hätte wissen müssen, dass wir uns hier über den Weg laufen. Washburnes General Store ist immer noch das Zentrum des gesellschaftlichen Lebens von Neah Bay.“

„Irina?“, stieß er zweifelnd hervor, als könne er nicht glauben, wen er sah. Er starrte sie an, als wäre sie ein Gespenst.

„Habe ich mich so sehr verändert?“, fragte sie lächelnd, „dass du mich nicht mal mehr erkennst? Du hast dich kaum verändert.“ Irinas Blick blieb an der Narbe hängen, die seine Stirn verunstaltete und die sie noch nicht kannte. Narben waren unauslöschliche Spuren der Vergangenheit; einer Vergangenheit, aus der sie ausgeschlossen war.

„Das kommt von unserem Wetter. Es hält frisch“, sagte Micah, nachdem er sich wieder einigermaßen gefangen hatte. Er ging einen Schritt auf sie zu und fragte: „Irina, was zum Teufel machst du hier in Neah Bay?“

Irina öffnete den Mund, um ihm zu antworten, aber er unterbrach sie. „Nein, sag nichts, ich weiß es auch so. Es sind die Wale. Du bist wegen der Jagd hier. Ich hätte es mir denken können.“ Wenn ich dich nicht gerade vollkommen vergessen hätte, dachte er.

Irina nickte erleichtert, noch ganz befangen von seiner rauen, gutturalen Sprechweise, die sie daran erinnerte, dass sie mit diesem Mann einmal verheiratet gewesen war. Das Bild des tätowierten Wals auf seiner Brust tauchte vor ihren Augen auf. Eine leichte Röte überzog ihre Wangen. „In erster Linie ja“, sagte sie.

In diesem Moment wehte Irina ein leichter Wind ins Gesicht und sie merkte, dass Micah nach Fisch roch. Seine Jeans hatten schmierige dunkle Flecken und die Kordjacke Löcher. Früher war er nie so nachlässig gewesen, dachte sie, aber hier, im Reservat, schien ordentliche Kleidung keinen Stellenwert zu besitzen. In dieser Aufmachung und mit der furchtbaren Narbe auf der Stirn, sah Micah fremd und verwegen aus. Wie jemand, dem man nicht trauen durfte.

Mit einer kleinen Verrenkung blickte Micah auf seine Armbanduhr. „Ich muss los, zu Hause warten sie auf das Essen.“ Er deutete mit dem Kinn auf die Lebensmitteltüten in seinen Armen.

„Können wir uns später sehen?", fragte Irina. „Ich muss mit dir reden, Micah."

„Wo kann ich dich finden?"

„Ich habe eine der Hütten draußen am Hobuck Beach gemietet", sagte sie und nickte mit dem Kopf in Richtung Berge, über denen die Sonne stand.

Verblüfft stieß er Luft durch die Zähne. Sie wohnte praktisch vor seiner Nase. „Seit wann?"

„Seit Sonntag."

„Warum bist du nicht vorbeigekommen? Hast du vergessen, wo mein Haus steht?"

„Ich hatte Angst."

„Vor mir?", fragte er stirnrunzelnd.

Irina sah ihm traurig in die Augen. „Wirst du dabei sein, wenn der Wal sterben muss?"

Er hob die Schultern und sagte: „Wir sehen uns heute Abend gegen acht. Ich komme zu dir. Aber jetzt muss ich wirklich gehen."

Auf dem Nachhauseweg musste Micah einem streunenden Hund ausweichen und wäre beinahe in ein anderes Auto gefahren, so durcheinander war er. Er hatte diese Frau schon lange erfolgreich aus seinem Gedächtnis verbannt und nun stand sie plötzlich vor ihm, ohne Warnung, ohne Ankündigung. Irina hatte sich kaum verändert, nur ihr Haar trug sie jetzt kürzer und tönte es dunkler. Sie war noch schlanker als damals und wusste sich gut zu kleiden.

Diese Frau hatte er einmal geliebt. Es gab Augenblicke, da erinnerte er sich an diese Liebe und fühlte seine Verwundbarkeit von damals wieder, als er gezwungen war, seine Gefühle abzutöten. Er hatte sehr lange dazu gebraucht. Und bis heute war ihm nicht klar, warum Irina die Beziehung so abrupt beendet hatte.

Sie würden nicht zueinander passen, hatte sie ihm gesagt. Aber davon hatte er bis zu diesem Zeitpunkt nichts bemerkt. Sicher, es gab Meinungsverschiedenheiten, doch darauf hatte er sich eingestellt, als er mit ihr vor den Friedensrichter getreten war. Es gab auch Differenzen, die auf ihre unterschiedliche Herkunft zurückzuführen waren. Aber dieses Problem war ihm bereits klar gewesen, als er sie das erste Mal ins Kino eingeladen hatte. Damals glaubte er an eine Liebe, die über alle Grenzen hinweg möglich war.

So war Micah vollkommen vor den Kopf geschlagen, als Irina ihn eines Tages bat, die Scheidungspapiere zu unterschreiben. Obwohl er verletzt war und sich wie ein Versager fühlte, versuchte er nicht, um sie zu kämpfen. Aus irgendeinem Grund wollte sie ihn nicht mehr und er akzeptierte es.

Zwar hatten sie sich vorgenommen, freundschaftlich verbunden zu bleiben, aber verschiedene Lebenswege trieben sie auseinander und außerdem merkte Micah, dass die Wunde schneller heilte, wenn er Irina nicht mehr sah.

Nach zehn langen Jahren stand sie nun plötzlich vor ihm und Micah spürte, der Schmerz, den die Erinnerung an sie bei ihm auslöste, war irgendwie verblasst. Was wollte Irina in Neah Bay, ausgerechnet jetzt, wo er sie überhaupt nicht gebrauchen konnte? Sein Kopf war angefüllt mit Gedanken an die bevorstehende Waljagd; sein Herz erfüllt von dem Wunsch, mit Sally Kallappa zusammen zu sein.

Micah brachte die Tüten mit den Lebensmitteln ins Haus und stellte sie auf den Küchentisch. Den Plastikbeutel mit den Fischen, die er von seinem Fang übrigbehalten hatte, legte er ins Spülbecken.

„Hast du was eingebracht?“, fragte Waatla Waa, die Micahs Schweigen falsch deutete.

„Ja, eine Menge. Die Netze waren voll.“

„So so, die Netze waren voll. Wieso freust du dich dann nicht, hm, und machst stattdessen ein missmutiges Gesicht?“

„Ich freue mich, Großmutter“, sagte Micah, „ich bin nur etwas müde. Es war ein harter Tag.“ Im Mark seiner Knochen spürte er noch die schwere Arbeit auf dem Trawler, vor allem aber den Schrecken, den Irinas Auftauchen ihm versetzt hatte.

„Eine heiße Dusche wird vielleicht helfen“, schlug sie aufmunternd vor, „dann riecht es hier auch besser.“

Micah ging ins Bad und befolgte Waatla Waas Rat. Unter dem Fluss des heißen Wassers löste sich die Verkrampfung aus seinen Gliedern. Er seifte sich ein und wusch seine Haare. Der salzige Fischgeruch spülte von seiner Haut. Micah legte den Kopf in den Nacken, schloss die Augen und ließ den Wasserstrahl übers Gesicht sprühen, bis das Vibrieren seiner Nerven aufhörte. Ein Handtuch um die Hüften geschlungen, rasierte er sich das Kinn. Sein Bartwuchs war nur spärlich, aber Micah erinnerte sich sehr gut daran, dass Irina etwas gegen die weichen Stoppeln hatte. Schließlich ging er in sein Zimmer, zog sich frische Sachen an und kam wieder in die Küche.

„Besser?“, fragte die Alte und blickte über den Rand ihrer Brille.

„Ja.“

Waatla Waa bereitete die Fische zu, die Micah von seinem Fang mitgebracht hatte. Es duftete köstlich. Micah half ihr den Tisch zu decken, als sie sagte: „Gordon Malarek war heute da. Er hat nach dir gefragt.“ Ihre Augen leuchteten. Micah wusste, wie sehr seine Großmutter den alten Mann mochte. Er war die späte Liebe ihres Herzens.

Vor fast dreißig Jahren, als sie sich in ihn verliebt hatte, war er noch verheiratet gewesen. Waatla Waa hatte da ihre Prinzipien. Als Malareks Frau vor zehn Jahren starb, war Waatla Waa bereits 86 und befand sich zu alt für Dinge, die über eine harmlose Schwärmerei hinausgingen.

„Malarek ist wieder in Neah Bay, ich weiß. Wir werden uns schon noch begegnen."

„Er wohnt im Cape Resort Motel. Schätze, er will mit dir reden. Sollst ihn mal besuchen, wenn du Zeit hast."

„Mach ich", sagte Micah. Er ging nach oben, um Ryder aus seinem Zimmer zu holen. Sein kleiner Bruder lag bäuchlings auf dem Bett und sah sich ein Buch an, in dem Fotografien exotischer Tiere abgebildet waren. Micah hatte ihm dieses Buch zum fünfzehnten Geburtstag geschenkt und es gehörte noch immer zu Ryders liebsten Schätzen. Er wurde nie müde es anzusehen und Micah über die verschiedenen Tiere auszufragen.

Elefanten, Tiger und Zebras faszinierten Ryder Mahone. Er wollte sie sehen, lebendig und nicht nur auf dem Papier. Micah versuchte ihm zu erklären, wie weit Afrika weg war, und dass sie nicht das Geld hatten, um dorthin zu fliegen. Aber Ryder wollte das nicht akzeptieren.

Waatla Waa machte den Vorschlag, es mit dem Zoo in Seattle zu versuchen. Aber Micah konnte sich noch sehr gut an einen lang zurückliegenden Zoobesuch mit Ryder und Irina erinnern. Der Anblick der exotischen Tiere in ihren Käfigen und Gehegen hatte seinen kleinen Bruder nicht in Entzücken versetzt, sondern ihn tieftraurig gemacht. Es war, als hätten die Löwen, Zebras und Elefanten ihm von ihrem Unglück und ihrer Sehnsucht erzählt. Ryder wollte sie befreien und er schrie und strampelte, bis Micah ihn gewaltsam aus dem Zoo fortbrachte.

Und obwohl Irina sich stundenlang um ihn bemühte, dauerte es Wochen, bis er dieses Erlebnis aus seinem Gedächtnis verbannt hatte.

„Na komm!“, lockte Micah seinen Bruder, „das Essen ist fertig.“

„Wann fliegen wir nach Afrika?“ Ryder schlug das Buch zu und sah Micah fragend an.

„Ich weiß nicht, Ryder, vielleicht später einmal.“

Brummelnd und unzufrieden mit der Antwort trottete Ryder seinem Bruder hinterher in die Küche. Waatla Waa hatte wilden Reis gekocht, die Fische zu Filetstücken geschnitten, paniert und in der Pfanne gebraten. Auf diese Weise zubereitet, verspeiste sogar Ryder den Fisch mit großem Appetit. Denn so konnte er zwischen den knusprigen Stücken auf seinem Teller und den silbrigen Fischen im Meer keinen Zusammenhang herstellen.

Ryder sabberte und ein zäher Spuckefaden tropfte von seinem Kinn, während er das Essen mit den Fingern in sich hineinstopfte, das Gesicht knapp über dem Tellerrand.

Wortlos sah Micah darüber hinweg. Er hatte nicht mehr die Kraft, seinem Bruder sinnlose Reden über Tischmanieren zu halten, die ja doch nichts fruchteten. Seine Gedanken weilten ohnehin woanders. Was erwartete ihn in der Hütte am Hobuck Beach? Was wollte Irina tatsächlich von ihm?

Nach dem Essen zog Micah seine neue Jeansjacke über. „Ich gehe noch ein Stück, ich muss nachdenken“, sagte er.

Waatla Waa nickte besorgt und ließ ihn fraglos ziehen. Der frische Duft von Old Spice war ihr nicht entgangen.

Micahs Beziehungen zu Frauen waren das Einzige, worüber er mit seiner Großmutter nicht sprechen wollte.

Wenn sie das Thema in diese Richtung lenkte, redete er einfach von etwas anderem. Seit ihn seine weiße Frau verlassen hatte, war er nie wieder eine feste Bindung eingegangen.

Damals, als Micah aus San Francisco nach Neah Bay zurückgekehrt war, frisch geschieden und von dieser tödlichen Schweigsamkeit befallen, da fürchtete Waatla Waa, er könne in der weißen Welt seine Seele verloren haben. Er redete nur, wenn er unbedingt musste. Unfähig, seine Wünsche, Gedanken und Gefühle zu artikulieren, war ihr Enkelsohn wie ein Fremder für sie geworden.

Ryder war es zu verdanken, dass Micah nicht zum schweigsamen Einsiedler geworden war. Ryder machte damals Schwierigkeiten. Er wollte den großen Bruder als neue Autoritätsperson nicht akzeptieren und gebärdete sich wild und uneinsichtig. Weil es Micah fern lag, körperliche Gewalt gegen seinen kleinen Bruder einzusetzen, war er gezwungen gewesen, wieder zu reden.

So kamen die Worte zu ihm zurück. War Ryder traurig, musste Micah auch über Gefühle sprechen. Inzwischen war Waatla Waa sehr zufrieden mit ihm, was seine Qualitäten als Gesprächspartner betraf. Man merkte ihm nicht mehr an, dass er unter Weißen gelebt hatte und vom Weg abgekommen war. Man merkte auch nicht mehr sofort, wie geschickt er den Kontakt zu Frauen mied, fast so, als würden sie ihn tatsächlich nicht interessieren.

Natürlich lebte er nicht abstinent, dessen war sich die alte Frau sicher. Ein junger, kräftiger Mann wie er hatte schließlich seine Wünsche und der Körper forderte irgendwann sein Recht.

Manchmal blieb Micah zwei oder drei Tage fort, gab aber dazu keine Erklärungen ab. Waatla Waa ahnte, was sich in dieser Zeit abspielte. Ihr Enkelsohn verbrachte die Nächte mit irgendwelchen Frauen, die er nie mit nach Hause bringen und die nie eine Rolle in seinem Leben spielen würden.

Doch seit einigen Monaten blieb Micah nicht mehr fort und eine seltsame Veränderung ging mit ihm vor. Er lächelte häufiger, war nachsichtiger mit seinem kleinen Bruder, und wenn er mit seiner Großmutter redete, dann hörte er manchmal gar nicht richtig zu, sondern war mit seinen Gedanken woanders.

Waatla Waa ahnte, der Grund für die Veränderung war eine Frau. Einerseits stimmte sie das froh, denn nun würden ihre Hoffnungen auf einen Fortbestand der Familie vielleicht doch noch in Erfüllung gehen. Andererseits beunruhigte es sie, dass ausgerechnet jetzt, so kurz vor der Waljagd, eine Frau in Micahs Leben getreten war. Wer immer sie auch war, sie schien Micah etwas zu bedeuten, und das konnte ihn durcheinander bringen und von dem ablenken, was zur Zeit das Wichtigste war: die Jagd.

Wenn er doch nur mit ihr darüber reden würde, dachte Waatla Waa, dann könnte sie ihm mit ihrer Lebenserfahrung helfen. Sie war zwar alt und ihre Wünsche konzentrierten sich inzwischen auf einige wenige, sehr einfache Dinge, aber es hatte eine Zeit gegeben, in der das anders gewesen war. Waatla Waa hatte diese Zeit nie vergessen.

Micah ließ seinen Wagen stehen und lief die eine Meile bis zum Hobuck Beach Campingplatz am Strand entlang. Es war Ebbe und der Sand feucht und fest. Salziger Wind erfasste seine Haare und riss sie ihm über das Gesicht. Er holte ein Gummiband aus seiner Hosentasche und nahm sie im Nacken zusammen. Micah glaubte an die Macht der Haare, deshalb trug er sie lang, wie die meisten Männer und Frauen in Neah Bay. Lange Haare symbolisierten für sein Volk die Nabelschnur zur Erde; durch sie war er mit ihr verbunden. Auch damals, in Kalifornien, hatte er sich niemals die Haare schneiden lassen. Allerdings hatte ihm das nicht viel genützt.

Unter den Profilsohlen seiner Turnschuhe knirschten die Kiesbänke und knackten Muschelschalen. Der herumliegende Seetang war noch nass von der Flut. Die plastikschlauchartigen Kelpstängel glänzten im Abendlicht. Schließlich dämmerte es und auf dem Meer lauerten dunkle Schatten. Der Horizont blieb unscharf, war kaum zu erkennen. Es war eine dieser seltsamen Stimmungen, die selbst einen unerschrockenen Mann wie Micah Mahone schneller gehen ließen.

Plötzlich hörte er ein Geräusch hinter sich und wandte sich um. Was er sah, ließ seinen Atem stocken. Es war ein dunkles Boot, ein Kanu, das gen Strand lief. Darin saßen sieben oder acht menschliche Gestalten mit Federkronen auf den Köpfen. Obwohl Micahs Verstand dagegen ankämpfte, ahnte er, dass er es mit übernatürlichen Wesen zu tun hatte. Sein erster Impuls war davonzulaufen. Schon stolperte er einen Schritt zurück und drehte sich in Fluchtrichtung. Aber dann wurde ihm klar, dass man Geistern nicht davonlaufen konnte. Micah kniff die Lider fest zusammen und versuchte, nüchtern zu denken. Als er sich ein zweites Mal nach den Gestalten umwandte, waren sie verschwunden. Er lauschte in die Nacht und ihm war, als könne er in den Wellen des Meeres das Lachen von Männern und Frauen hören, die seine Ahnen waren. Die Gespenster der Vergangenheit griffen mit ihren dunklen Armen nach ihm. Sein Herz trommelte wild gegen die Brust.

Das metallische Krächzen eines Raben riss Micah aus der Lähmung, die ihn befallen hatte. Auf den letzten hundert Metern zum Campingplatz führte er ein inniges Gespräch mit seinem Schutzgeist, dem schwarzen Wolf. Er versuchte, seine Gedanken auf Dinge zu richten, die real waren: das Meer, den Strand, den hüfthohen Stacheldrahtzaun, über den er steigen musste, um vom Strand auf den Campingplatz zu gelangen.

Zwei Wohnmobile standen auf der Wiese und der Geruch von brennendem Treibholz stieg Micah in die Nase. Er hörte einen Mann lachen. Beides schien ihm ungeheuer tröstlich. Er überquerte die Wiese mit langen Schritten und steuerte auf die Hütten zu.

Micah klopfte bei Marge Loomis und fragte, in welchem Häuschen Irina wohne. Sie wies auf das letzte in der Reihe, direkt am Rande des Dickichts.

„Du kennst diese Frau?" Marge sah ihn neugierig an. Weil er ihr nicht gleich antwortete, sagte sie: „Lass die Finger von ihr, sie passt nicht zu dir."

„Das weiß ich", erwiderte Micah schließlich. „Ich war nämlich mal mit ihr verheiratet."

Irina hatte schon auf Micah gewartet und bat ihn herein. Sie trug einen grauen Jogginganzug, ihre Abendbekleidung, die ihn an gemeinsame Zeiten erinnerte. Und sie machte darin immer noch dieselbe gute Figur. Micah wusste, der Anzug hatte sie mindestens hundertfünfzig Dollar gekostet, denn Irina kleidete sich niemals billig. Sie kaufte gern teure Kleidung und trotzdem sah es immer so aus, als würde sie kaum interessieren, was sie am Leibe trug.

„Setz dich", sagte Irina, und deutete einladend auf einen der beiden Sessel.

Die Einrichtung des kleinen Wohnraumes war einfach und abgewohnt. Es gab eine Couch und zwei Polstersessel mit gestreiftem Kunstfaserbezug; eine Kommode, auf der Irina ihre persönlichen Dinge abgestellt hatte, und einen

Kleiderschrank. Auf dem niedrigen Tisch brannten Kerzen, deren warmes Licht dem Raum dennoch zu etwas Gemütlichkeit verhalf. Neben einer Flasche kalifornischen Rotweins standen zwei Saftgläser. Micah setzte sich und Irina schenkte ein.

Er legte seine Rechte auf das zweite Glas und schüttelte den Kopf. „Danke, aber ich trinke nicht."

Erstaunt sah sie ihn an. „Es ist roter Zinfandel, dein Lieblingswein. Ich habe ihn extra für dich mitgebracht."

Micah nahm ihr die Flasche behutsam aus der Hand und stellte sie auf den Tisch zurück. „Ich mag ihn immer noch, aber er wäre mir beinahe zum Verhängnis geworden. Ich will nicht, dass das noch mal passiert."

„Okay", sagte sie, „dann hole ich dir einen Orangensaft." Irina verschwand in der kleinen Küche und kam mit einem Tetrapack zurück. Sie goss das dickflüssige Getränk in Micahs Glas, reichte es ihm und prostete ihm mit ihrem Weinglas zu. „Auf den Wal!", sagte sie.

„Auf den Wal!", wiederholte er, was immer sie damit gemeint haben mochte.

Jetzt, da Irina ihm gegenübersaß, konnte Micah sie genauer ansehen. Ihre Gesichtszüge hatten an Sanftheit verloren. Die vergangenen zehn Jahre waren auch an Irina Scolari nicht spurlos vorübergegangen, davon zeugten einige harte Linien in ihrem Gesicht. Trotzdem war sie immer noch eine Schönheit. Er überlegte kurz und rechnete sich aus, dass sie jetzt vierunddreißig sein musste. Nicht mehr ganz so jugendlich und unbekümmert wie damals, als er sie kennen gelernt hatte. Aber immer noch gefährlich attraktiv. Ihre Ausstrahlung hatte in den vergangenen Jahren einige interessante Facetten dazugewonnen. Sie war eine reife, begehrenswerte Frau. Was aber wollte sie wirklich von ihm?

Micah trank einen Schluck Orangensaft, stellte das Glas auf den Tisch und lehnte sich in seinem Polstersessel zurück. „Du wolltest mit mir reden, Irina. Nun, da bin ich."

„Was ist mit deiner Stirn passiert?", fragte sie.

Micah fasste sich instinktiv an die Narbe, deren Wülste immer noch empfindlich waren. „Hm", brummelte er. „Ich hatte einen kleinen Unfall auf meinem Boot. Der Sturm kam überraschend und eine Welle hätte mich beinahe über Bord gerissen. Ich bin an einem Heilbutthaken hängen geblieben."

Irina verzog das Gesicht.

„Aber das war sicher nicht der Grund, warum du mich sprechen wolltest", bemerkte er und musterte sie misstrauisch.

„Nein, natürlich nicht", seufzte sie. „Es ist nicht leicht, aber ich will es versuchen. Auch wenn du nie viel geredet hast, ein guter Zuhörer bist du schon immer gewesen." Natürlich hatte sie auch wahrgenommen, dass er jetzt rasiert war. Er trug saubere Levi's, ein gebügeltes Hemd und duftete angenehm nach Old Spice. Seinem Rasierwasser war er demnach treu geblieben.

Irina erzählte ihm von ihrer Arbeit für das Ocean Biosphere Project in San Francisco, dass sie dort seit Jahren das Verhalten der Wale erforschte und dabei immer wieder zu neuen Erkenntnissen gelangt war, aber auch noch vor vielen Geheimnissen stand. Sie machte ihm deutlich, wie sehr ihr diese Tiere am Herzen lagen und wie wichtig es war, sie zu schützen.

„Als ich in der Zeitung den Artikel über die bevorstehende Waljagd deines Volkes las, wusste ich, du würdest dabei sein. Ich dachte, ich könnte vielleicht mit dir reden, dir begreifbar machen, dass diese Tiere nicht getötet werden dürfen, weil sie Wunderwerke der Natur sind."

Micah bekam augenblicklich ein schlechtes Gewissen und ärgerte sich darüber. Laut hörbar atmete er ein. „Mit anderen Worten: Ich soll unsere Leute überzeugen, von der Jagd Abstand zu nehmen, hm? Was denkst du, wer du bist, Irina? Glaubst du, du könntest etwas erreichen, was nicht einmal militante Tierschützer geschafft haben?"

Irina senkte den Kopf. „Es klingt absurd, ich weiß. Aber irgendwie hatte ich die Hoffnung, ich könnte auf Vernunft stoßen."

„Vernunft, so so. Willst du damit sagen, wir Makah sind ein Haufen unmündiger, unvernünftiger Kinder, die sich ihr Spielzeug zurückerobert haben, nachdem es jahrelang im Keller eingeschlossen war?" Micah dachte an sein Erlebnis am Strand vor wenigen Minuten und daran, wie sehr er sich gefürchtet hatte. Wenn sie es wüsste, würde sie darüber lachen. Irina Scolari stammte aus einer anderen Welt. Er war sehr froh, nicht mehr mit ihr verheiratet zu sein.

„Nein", antwortete sie, „das wollte ich nicht sagen."

Micah sah Irina in die hellgrauen Augen, die ihn schon immer fasziniert hatten. Eine Iris aus Eis. Solche Augen hatte er nie wieder bei einem Menschen gesehen. Es fiel ihm schwer, ruhig zu bleiben. „Ich kann dir nicht helfen, Irina, denn du hast Recht: Ich bin einer der Männer, die mit dem Kanu ausfahren werden, um diesen Wal zu töten. Ich werde eine Harpune werfen. Du weißt auch warum."

„Nur, weil deine Urgroßväter Walfänger waren?", fragte Irina aufgebracht.

Micah wurde klar, dass sie ihn nie ganz vergessen haben konnte, wenn sie sich noch an seine Geschichten erinnerte.

„Ja, weil meine Urgroßväter Walfänger waren und ich dieses Privileg geerbt habe", erwiderte er, auch auf die Gefahr hin, sich in ihren Augen lächerlich zu machen. Weiße hatten mitunter eigenartige Vorstellungen von Traditionen.

Irina hob erregt die Hände. „Mein Urgroßvater war ein Ganove, ein kleiner Mafioso, und landete schließlich im Gefängnis. Später endete er auf dem Friedhof und da war er noch nicht alt. Meinst du, es ist meine Pflicht, in seine Fußstapfen zu treten? Glaubst du nicht auch, dass unsere Ahnen Erbarmen mit uns haben werden, wenn wir einen anderen Weg gehen als sie?"

Micah blieb ruhig. Sein Inneres lauschte auf die entfernte Brandung, das half meistens, wenn er wütend war. Er sagte: „Deine Vorfahren und meine miteinander zu vergleichen, ist unmöglich. Deine Vorfahren verließen ihre Heimat. Sie kamen aus Italien und Russland nach Amerika, weil sie sich hier ein besseres Leben erhofften. Sie haben ihr Land, die Quelle ihrer Kraft verlassen. Dein Urgroßvater ist das beste Beispiel dafür, was daraus geworden ist. Aber meine Vorfahren lebten schon seit Tausenden von Jahren hier, genau hier an diesem Ort. Und genauso lange jagt mein Volk den Wal."

„Ich weiß", sagte Irina schlicht, „aber die Zeiten haben sich geändert. Ihr braucht das Walfleisch nicht, um zu überleben. In Washburnes Kühlregalen liegt Fisch, Rind, Schwein und Geflügel. Jedes eurer Häuser hat einen Stromanschluss. Ihr braucht das Walfett nicht mehr, um Öl für eure Lampen herzustellen. Ihr wollt den Wal töten, um euch selbst und der Welt etwas zu beweisen."

„Du weißt eine Menge, Irina", erwiderte Micah , „aber auch nicht alles. Weil du nur siehst, was an der Oberfläche ist. Ich bin mit den Geschichten vom Walfang aufgewachsen. Jedes Jahr im Frühling träumte ich davon, wie ich im Kanu auf das Meer hinauspaddele und einen Wal töte. Das war schon lange so, noch bevor wir die Erlaubnis zur Jagd erhalten haben. Es hat nicht nur etwas mit dem Fleisch zu tun, das der Wal uns gibt. Fleisch ist vergänglich, es verschwindet in unseren Mägen und nichts bleibt. Da ist noch etwas anderes, das sehr wichtig für uns ist, etwas, das du nicht verstehen kannst, weil du weiß bist. Der Wal hat das Leben unseres Volkes geprägt, und als man ihn daraus verbannte, blieb nicht viel übrig. Glaub mir, mein Volk weiß sehr genau, was es tut und es wird seine Entscheidung nicht rückgängig machen. Unsere Welt ist anders als eure."

Irina sah ihn an und aus seinen Augen blickte die lange Reihe seiner Ahnen. Ihr gegenüber saß nicht nur Micah Mahone, sondern mit ihm all seine Vorfahren, sein ganzes Volk. Diesen Kampf konnte sie nicht gewinnen.

„So fanatisch kenne ich dich gar nicht", sagte sie spitz.

„Ich bin nicht fanatisch, ich bin ein Makah", entgegnete er, durch ihre Worte noch mehr gereizt. „Stell dir vor, es gibt auch manches an der Art der Weißen, das uns Indianern fremd und bizarr erscheint. Ihr haltet eure Kinder in dem Glauben, das Essen käme aus dem Supermarkt. Ihr esst euer Fleisch ohne dem Tier zu danken, das dafür sterben musste. Nicht mal die Vegetarier unter euch haben ein Recht, auf uns Makah zu schimpfen. Es gibt ein paar landwirtschaftliche Praktiken, durch die werden mehr lebendige Kreaturen getötet, als durch Jagd oder Fischfang. Man zerstört einfach ihren Lebensraum und kein Hahn kräht danach."

„Willst du damit sagen, dass Indianer die besseren Menschen sind?", fragte sie.

Micah schüttelte den Kopf. „Nein, ganz bestimmt nicht. Du weißt genauso gut wie ich, dass es nicht so ist. Aber deine Einstellung zeigt mir, wie wenig ihr Weißen euch die Mühe macht, uns richtig kennen zu lernen."

„Weil ihr uns keine Chance gebt", erwiderte Irina und auf ihrem Gesicht erschien ein Ausdruck trauriger Resignation. „Ich wollte dich wirklich kennen lernen, Micah, aber du hast es einfach nicht zugelassen."

„Das ist lange her", sagte er nach einer Weile des Schweigens, „und lässt sich nicht zurückholen. Aber du kannst jetzt versuchen, mein Volk zu verstehen." Micah machte eine kurze Pause, dann fragte er: „Weißt du, wie viele tote Wale vergangenes Jahr an unsere Küsten gespült worden sind?"

„24, glaube ich", erwiderte sie lakonisch.

„Und", wollte er wissen, „woran sind sie gestorben?" Er hatte gelesen, dass man in ihren Mägen Plastikbeutel und allerlei anderen Unrat gefunden hatte. Micah spürte Wut im Bauch, wenn er nur daran dachte.

„Zum Teil durch Verschmutzung des Wassers. Manchmal gibt es dafür auch keinen offensichtlichen Grund. Sie schwimmen zum Strand und sterben einfach", antwortete Irina. „Vermutlich haben sie die Orientierung verloren."

„Ja", sagte er, „so wie unser Volk."

Irina leerte ihr Glas und goss sich nach. „Eins muss man dir lassen, Micah, du redest viel mehr als damals."

„Du hast mich provoziert", brummte er in müder Gereiztheit und lehnte sich zurück.

„Das tat ich damals auch, aber da hat es nichts genützt." Der Ausdruck in ihren Augen war intensiv und wirkte wie eine Warnung auf ihn. Es war an der Zeit zu gehen, bevor die Dinge einen Verlauf nahmen, den er nicht mehr beeinflussen konnte.

Micah stemmte sich aus dem durchgesessenen Polster und stand auf. Er war müde von einem harten Tag auf See und verwirrt durch die seltsame Begegnung, die er am Strand gehabt hatte. Das Gespräch hatte ihn sehr angestrengt. In Irinas Gegenwart musste er ständig wachsam bleiben, denn noch war ihm nicht ganz klar, was sie wirklich hier wollte.

„Ich muss ins Bett", sagte er, „tut mir Leid. Wie lange wirst du in Neah Bay bleiben?"

Sie zuckte die Achseln. „Weiß ich noch nicht."

„Tja, dann sehen wir uns vielleicht noch mal."

Irina blieb in der Tür stehen, den Kopf an den Rahmen gelehnt. „Wartet eine Frau auf dich?", fragte sie, als er schon über die Veranda ging.

„Ja", knurrte er und hielt inne.

„Oh", meinte sie, beinahe enttäuscht. „Ist sie schön?"

Micah dachte an seine Großmutter, die vermutlich kein Auge zumachen würde, bevor er nicht wieder zu Hause war. So seltsam, wie er sich vorhin verhalten hatte, ahnte sie bestimmt etwas. „Sie war es mal", sagte er.

Irina lächelte mühsam. „Soll ich dich nach Hause fahren?"

Micah blickte über die Wiese, wo die Glut des verlassenen Feuers schwelte. Im Wohnwagen brannte warmes Licht. Er dachte an die schwarzen Gestalten, die er gesehen hatte und war kurz geneigt, Irinas Angebot anzunehmen. Aber dann erinnerte er sich an die Worte seiner Großmutter. Ohne Unterstützung der Geister würde es nicht funktionieren, hatte sie gesagt. Jetzt waren sie gekommen, ihm zu helfen. Warum sollte er sich dann vor ihnen fürchten?

„Ich laufe gern", hörte Irina ihn noch sagen, bevor er in den salzigen Nebeln verschwand, die in gespenstischen Schwaden über der nassen Wiese hingen.

Nach dieser Begegnung mit Micah Mahone geriet Irinas Welt aus den Fugen. Nun hatte sie das Gefühl, vollkommen den Überblick verloren zu haben. Sie war in dem Glauben hierher gekommen, erst etwas beenden zu müssen, bevor sie etwas Neues anfangen konnte. Sie wollte frei sein von Micah Mahone, bevor sie sich endgültig an Robert band. Aber nun war sie sich auf einmal nicht mehr sicher, ob sie Robert Miller wirklich liebte. Da waren viele Dinge, die sie gemeinsam hatten, aber es gab auch eine Menge Meinungsverschiedenheiten, die wohl immer wieder Anlass zu Auseinandersetzungen geben würden.

Würde es ihr mit Robert genauso ergehen wie damals mit Micah Mahone? War sie überhaupt fähig, eine dauerhafte Bindung einzugehen, oder würde sie sich immer nach dem sehnen, was sie nicht bekommen konnte? Vielleicht war es besser allein zu bleiben und diesen wunderbaren Mann nicht unglücklich zu machen, indem sie etwas vorgab, was sie nicht erfüllen konnte.

Längst war Irina klar geworden, dass sie ihrem Vater mehr ähnelte als ihr lieb war. Aber sie hatte auch ein paar Wesenszüge ihrer Mutter geerbt. Manchmal spürte sie, wie in ihrem Inneren beide gegeneinander kämpften. Es schien, als würde sich der Ehekrieg ihrer Eltern in ihr fortsetzen. Wenn sie selbst innerlich so zerrissen war, wie sollte sie dann eine gute Partnerschaft führen können?

In Micah Mahones Gegenwart hatte ihr Herz schneller geschlagen, ihre Seele war in Aufruhr geraten. Er sah immer noch verteufelt gut aus, trotz dieser zackigen Narbe, und zudem konnte er – der grundsätzlich lieber schwieg als etwas zu sagen – plötzlich reden. War es fair, Robert zu heiraten, wenn sie sich von einem anderen Mann derart leicht aus der Fassung bringen ließ?

Irina, du kriegst kalte Füße, meldete sich eine Stimme in ihrem Inneren. Alte Geschichten auszugraben, konnte mitunter verwirrend sein. Sie hätte besser auf ihre Mutter hören und nicht hierher zurückkommen sollen. Aber da war schließlich nicht nur der Mann, sondern auch der Wal, an den sie denken musste; an den zu denken sie sich jetzt zwang.

Micah hatte knapp und wirkungsvoll gegen ihre Einwände argumentiert und ihr war klar, dass sie es nicht schaffen würde, ihn zu überzeugen. Seine gespenstische Logik passte zu diesem Land, auf dem er lebte. Aber noch hatte sie ihm nicht alles erzählt, was sie während ihrer Arbeit mit den riesigen Meeressäugern herausgefunden hatte. So schnell würde sie nicht aufgeben. Sie musste Micah wiedersehen und noch einmal mit ihm reden. Vielleicht konnte sie dann auch etwas mehr über ihn erfahren – wie er lebte und womit er seinen Lebensunterhalt verdiente. All diese Dinge interessierten Irina plötzlich brennend.

Um sie herauszufinden, war es notwendig ihre Gedanken zu sammeln und sich eine Strategie auszudenken. Es sollte ihr wenigstens gelingen, Micah Mahone ins Grübeln zu bringen über das, was er bald tun würde: Einen harmlosen Meeresriesen töten, der sich in Gesellschaft von Menschen wohl fühlte.

Micah kehrte wohlbehalten und unbehelligt von Geistern in sein warmes Haus zurück. Waatla Waa saß in ihrem Sessel, sie war eingenickt. Wie vermutet hatte sie auf Micah gewartet. Die Brille war ihr bis zur Nasenspitze gerutscht und ihr Mund stand leicht offen. Sie schnarchte leise. Als Micah ins Wohnzimmer trat, wachte sie auf. Ihr Schlaf war nicht mehr tief.

„Warst lange weg, hm?" Ihr vorwurfsvoller Blick traf ihn wie ein Pfeil.

„Ich war am Strand, Großmutter. Ich bin gelaufen und ich habe etwas gesehen." Waatla Waa war die Einzige, der Micah etwas von seiner nächtlichen Begegnung mit den gefiederten Gestalten erzählen konnte. Sie würde ihn nicht auslachen. Wer wenn nicht sie konnte wissen, ob die

Erscheinung eine Bedeutung barg, oder ob seine Phantasie ihn zum Narren gehalten hatte?

„Was hast du gesehen?“, fragte Waatla Waa, plötzlich hellwach.

Micah druckste herum.

„Spuck es aus, mich kann nichts erschrecken!“

„Ich sah Männer in einem schwarzen Kanu. Sie trugen Federn auf den Köpfen. Es war schon dunkel, aber ich konnte sie ganz deutlich erkennen. Das Kanu schwebte über dem Wasser.“

Waatla Waa schien erleichtert zu sein, was Micah wunderte. „Keine Männer“, sagte sie mit Bestimmtheit. „Schätze, das waren die Ya'i-Geister.“

„Ya'i-Geister?“ Er nahm ihre Behauptung mit großer Skepsis zur Kenntnis. Als Kind hatte er einige Geschichten über diese Wesen gehört. Aber dass sie sich nun, da er achtunddreißig war und bald das Jahr 2000 beginnen würde, am Strand herumtreiben sollten, schien ihm doch ein wenig weit hergeholt.

„Ja“, sagte Waatla Waa. „Sie leben in den Wäldern am Meer und in der Nacht sind sie mit dem schwarzen Kanu unterwegs. Sie sehen aus wie Menschen, haben jedoch Kopffedern und Schnäbel.“

Schnäbel, dachte er und fühlte sich überfordert. Micah wäre wohler gewesen, wenn seine Großmutter ihm Halluzinationen bescheinigt hätte.

„Aber was tun sie da draußen?“, fragte er, weil er nicht mehr im Geringsten daran zweifelte, genau das gesehen zu haben: Menschliche Gestalten mit Federn auf den Köpfen.

Möglicherweise hatte sich jemand einen Scherz erlaubt.

„Wenn man eine übernatürliche Eingebung hat, und nicht weiß, was man tun soll, kann man sterben“, offenbarte ihm Waatla Waa. „Die Geister der Makah sind nicht von Natur aus wohlwollend und sie verteilen ihre Gaben nicht wahllos."

Die Antwort der alten Frau brachte Micah endgültig aus der Ruhe. Seine Müdigkeit war verflogen. Düster blickte er drein.

Waatla Waa entschied, ihrem Enkelsohn nicht mehr zuzusetzen, als er verkraften konnte. Sie sagte: „Die Ya'i sind gute Geister, es sei denn, man erzürnt sie. Sie können uns wichtige Dinge geben, wenn wir uns ihrer würdig erweisen. Lieder zum Beispiel, oder Reichtum. Sie können auch Kraft für die Heilung einer Krankheit geben. Aber was du vor allem wissen solltest: Sie helfen uns bei der Waljagd."

Überrascht sah Micah auf. „Ist das wahr?" Sollte das der Grund sein, warum sich die Ya'i ihm gezeigt hatten? Oder hatten Wilson Buzzell und sein Sohn Mungo den Bezug zur Realität verloren und trieben da draußen ihr Unwesen in seltsamer Gestalt? Aber er hatte sieben oder acht Männer gesehen – und nicht nur zwei.

„Denkst du, ich phantasiere, weil ich alt bin und nicht mehr weiß, was ich rede, he?", brummte Waatla Waa beleidigt.

„Nein, natürlich nicht", versuchte Micah seine Großmutter zu besänftigen. „Es ist nur nicht so leicht ..."

„Zu glauben, was du gesehen hast?", fragte sie spöttisch. „Das solltest du aber. Jedenfalls, so lange du hier bist, auf diesem Land. Dass sie sich dir gezeigt haben, hat einen Grund. Du musst ihn herausfinden."

„Aber wie?"

„Ich weiß es nicht. Du wirst von allein drauf kommen, wenn du dich diesen Dingen nicht mehr verschließt."

Waatla Waa erhob sich ächzend aus ihrem geliebten Korbsessel und trippelte zu einem verschnörkelten Mahagonischrank, der das Wohnzimmer zierte. Er war alt und zerschrammt, aber nicht ohne Charme. Waatla Waa liebte den Schrank, weil er das Hochzeitsgeschenk ihres Mannes war. Das eigentümliche Stück war damals nicht billig gewesen.

Sie zog eine Schublade auf, wühlte darin herum und holte etwas hervor, das sie Micah in die Hand drückte. Es war ein kleiner Lederbeutel an einer Zedernbastkordel. Beutel und Kordel glänzten dunkel vom vielen Tragen.

„Es gehörte deinem Großvater Moses", begann sie feierlich. „Er trug dieses Amulett bei Tag und bei Nacht und es beschützte ihn. Jetzt wird es dich beschützen."

Micah betastete den Beutel und fühlte etwas Hartes. „Was ist da drin?", fragte er, dunkle Falten auf der Stirn.

„Hol es raus!", forderte sie ihn auf.

Micah zögerte.

„Nun mach schon, es beißt nicht."

Keine Geheimnisse mehr an diesem Abend, darüber war Micah froh. Er zog die Öffnung des Beutels auseinander und holte einen durchscheinenden Kristall heraus, fünfeckig mit einer kurzen Spitze.

„Ein Quarzkristall", stellte er erleichtert fest.

„Ein Hina", verbesserte ihn Waatla Waa. „Nur Häuptlinge, Walfänger oder Schamanen dürfen solch einen Stein besitzen. Dein Großvater holte ihn aus einer Höhle in den Bergen. Es war gefährlich, denn dort oben haust Tota, der große Donnervogel, der erste Walfänger. Der Kristall hat vibriert und gesummt, als dein Großvater ihn brach. So stark war seine Kraft und sie ist es noch heute."

Jedes Kind in Neah Bay kannte die Geschichte vom Donnervogel, der weit oben in einer Höhle in den Bergen lebte und manchmal herunterkam, um Wale zu jagen, von denen er sich ernährte. Sein Flügelschlag war der Donner, sein Gürtel war Lightning Snake, der Blitz.

Micah stöhnte. Wenn er die Ya'i-Geister gesehen hatte und an ihre Existenz glaubte, dann musste er auch an den Donnervogel glauben – und an alles andere. Das ist ziemlich viel verlangt, dachte er. Es war ein Unterschied, ob man sich an Traditionen hielt und Rituale vollzog, oder ob man an Wesen glaubte, die nicht von dieser Welt waren. Bisher war Micah nie in Bedrängnis geraten zwischen dem, woran er glaubte, und dem, was zu glauben er ablehnte. Aber er hatte die Ya'i-Geister gesehen. Dass jemand sich einen Streich erlaubt hatte, bezweifelte er. Wozu auch der Aufwand? Am Abend hielt sich niemand mehr am Strand auf, jedenfalls nicht zu dieser Jahreszeit. Keiner hatte gewusst, dass er heute zum Campingplatz gehen und diesen Weg wählen würde. Einen kurzen Augenblick erwog er die Möglichkeit, dass Irina nicht allein ins Reservat gekommen war, aber für solch eine Inszenierung hielt er sie nicht clever genug.

Micah steckte den Quarz zurück in den Beutel, zog ihn zu und hängte ihn um seinen Hals. Waatla Waa blinzelte mit zusammengekniffenen Lippen. Er nahm den Beutel und schob ihn unter sein Hemd, wo er vor den Blicken der anderen verborgen bleiben würde. Waatla Waa nickte zufrieden.

„So ist es gut", sagte sie. „Nun kann dir nichts mehr passieren. Wenn du Dinge siehst, die du nicht erklären kannst, gebrauche einfach deine Sinne. Öffne dich!"

Wenn es nur so einfach wäre, dachte Micah Mahone und legte die rechte Hand auf seine Brust, wo er unter dem Flanellstoff seines Hemdes die Härte des Kristalls spürte.

8. Kapitel

Im Büro des Vorsitzenden der Makah-Walfangkommission saßen fünf Männer zusammen und berieten über die weitere Vorgehensweise hinsichtlich der bevorstehenden Jagd.

Es waren Edward Cheeka, der Stammesratsvorsitzende, Keith Jimmicum und sein Stellvertreter Arnie Parker, Polizeichef Bill Lighthouse und der einzige Weiße unter den vier Indianern – Tom Schaff von der Küstenwache. Jeder einzelne von ihnen war sich des Ernstes der Lage voll bewusst. Der Konflikt mit den fanatischen Tierschützern spitzte sich immer mehr zu und es bestand die Gefahr, dass die Dinge aus dem Ruder liefen.

Inzwischen hatte die Küstenwache drei Boote der Gesellschaft zur Rettung der Meeressäuger konfisziert, weil die Tierschützer öffentlich angedroht hatten, sich damit in den Walfang einzumischen. Ein Personenschiff und zwei Schlauchboote lagen gut bewacht in der Basisstation der Küstenwache in Port Angeles. Da sie als Beweismittel galten, würden sie so lange zurückgehalten werden, bis Instruktionen von der US–Staatsanwaltschaft aus Seattle kamen.

„Heute Nacht haben die Protestierer um Carl Meyers und Fred Brooks an der Gangway unseres Küstenwachtkutters ‚ACTIVE‘ eine Botschaft hinterlassen“, sagte Tom Schaff. „Sie fordern darin die Herausgabe der beschlagnahmten Boote. Es ist verrückt, aber nun richtet sich der Protest der Tierschützer sogar gegen die Küstenwache.“

Chief Lighthouse nickte bestürzt. „Ich hatte heute Vormittag dienstlich in Forks zu tun. Vor der Einkaufshalle von Safeway stand eine Frau mit einem großen Plakat, auf dem stand: DIE US–KÜSTENWACHE TÖTET. Eine Menge Leute interessierten sich für das, was die Frau zu sagen hatte."

Einen Augenblick herrschte betroffenes Schweigen.

„Ihr wisst, warum die Leute so denken", bemerkte Schaff. „Es liegt an diesem Artikel von Ben Johnson, durch den die Bevölkerung der Halbinsel erfahren hat, was hier vor vier Jahren los war."

Die Männer nickten. Jeder wusste, wovon Schaff sprach. Vor vier Jahren war einem Makah-Fischer ein verendeter Wal ins Netz gegangen. Er schleppte ihn an den Strand, aber kaum jemand aus Neah Bay interessierte sich damals für seinen Fang. Niemand wusste mehr, wie ein Wal geschlachtet wurde, geschweige denn, wie Fleisch und Blubber verarbeitet werden sollten. Schließlich riefen die Makah einen Spezialisten der Fischereibehörde zu Hilfe, der ihnen beibrachte, wie man das Tier zerlegt.

Aber in Johnsons Artikel stand nicht nur das. Durch ihn erfuhren die Bewohner der Olympic Peninsula von japanischen Geldgebern, die das Volk der Makah mit Harpunen für den Walfang ausgerüstet hatten. Vertreter der Nationalen Fischereibehörde hatten die Walfänger in der Handhabung dieser Harpunen trainiert und ihnen den Umgang mit 50-Millimeter-Gewehren beigebracht.

Das hatte die weiße Bevölkerung nicht nur gegen die Makah aufgebracht, sondern auch gegen die Fischereibehörde und die Küstenwache.

„Es ist einfach absurd, was für eine Wendung die Sache nimmt", sagte Keith Jimmicum schließlich. „Ich hätte nie gedacht, dass wir mit der Jagd eines Wals so viel Aufsehen erregen werden. Schließlich haben wir Makah sofort mit dem Töten aufgehört, als die Wale auf die Liste der bedrohten Tierarten gesetzt wurden. Es gibt Länder, die haben sich nie an die Verbote der Internationalen Walfangkommission gehalten. Einige sind vor ein paar Jahren sogar ausgetreten. Norwegen, Japan und Island töten mit ihren Fangflotten immer noch tausende Wale jedes Jahr. Es ist ein regelrechtes Abschlachten, das unter dem Deckmantel wissenschaftlicher Untersuchungen stattfindet."

Schaff, der nicht zum ersten Mal mit wichtigen Mitgliedern des Makah-Stammesrates zu tun hatte, warf ein: „Carl Meyers agiert mit seiner Gesellschaft zur Rettung der Meeressäuger auf der ganzen Welt. Er ist überall dort, wo Wale und Delphine getötet werden. Unter dem Druck seiner Organisation hat Island den Walfang inzwischen aufgegeben. Die Aktionen der Gesellschaft werden von Greenpeace unterstützt. Sehr viele Menschen auf der ganzen Welt finden gut, was Carl Meyers da macht."

„Aber Greenpeace hat sich eindeutig nicht gegen uns gestellt", meinte Jimmicum. „Sie tolerieren, was wir tun."

„Sie finden es nicht gut", sagte Schaff achselzuckend, „aber sie halten die Sache auch nicht für schwerwiegend genug, um dagegen vorzugehen. Sie sind wachsam, weil sie fürchten, es könnte nicht bei dieser Fangquote bleiben."

Nach diesen Worten blieb es eine Weile still im Raum. Schaff hatte ein heikles Thema angesprochen. Wie jeder der Männer wusste, hatten inzwischen auch andere Nordwestküstenstämme ihr Recht eingeklagt, wieder Wale töten zu dürfen. Bei einigen Eiferern unter den Makah-Jägern waren Stimmen laut geworden, die Jagd wieder kommerziell zu betreiben. Immerhin, für Walfleisch und -öl gab es genügend Absatzmärkte in Übersee. Der Wert eines Grauwales konnte bis zu einer halben Million Dollar betragen, was für die am Rande der Armut lebenden Makah eine enorme Einnahmequelle bedeuten würde.

Jimmicum sagte mit rigoroser Stimme: „Eine kommerzielle Waljagd ist absolut kein Thema, das wissen wir alle. Würden wir es auch nur versuchen, wir hätten den Rest der Welt gegen uns, und das können wir uns einfach nicht leisten. Es würde alles zunichte machen, was wir uns bisher mühsam erkämpft haben. Und solange ich Leiter der Walfangkommission bin, wird das nicht passieren, das schwöre ich."

Die Männer nickten zustimmend. Chief Lighthouse seufzte. „Aber die einfachen Leute, die Meyers aufgehetzt hat, sie kümmern sich nicht um die Hintergründe. Sie können die Dinge nicht in einem größeren Zusammenhang sehen. Ein Wal soll sterben und wir Makah sind schuld, alles andere interessiert sie nicht."

„Ja", bekräftigte Arnie Parker, „sie scheren sich einen Dreck darum, was tatsächlich mit den Walen geschieht, weil ihnen die Tiere eigentlich egal sind. Hauptsache, es gibt mal wieder einen Grund, gegen uns Indianer zu hetzen."

Schaff nickte. „Vielleicht denken nicht alle so, die etwas gegen eure Waljagd haben, aber ich fürchte, der Chief hat Recht. Sieht so aus, als würde sich die Sache hochschaukeln. Darum scheint es mir besser, wenn ihr schon jetzt euren Stammesanwalt einschaltet."

Schaff war groß und breitschultrig. Mit seinem roten Haar und den enorm abstehenden Ohren unterschied er sich sehr deutlich von den übrigen Männern im Raum. Aber niemand ließ ihn das merken und dafür war er dankbar. Schaff übernahm gern Aufgaben, die ihn ins Reservat nach Neah Bay führten. Am Eingang des Ortes standen drei umzäunte gelbe Backsteinbauten, der nordwestlichste

Stützpunkt der US–Küstenwache, in dem er oft zu tun hatte.

Meistens nutzte er die Gelegenheit, um nach seinem Dienst lange Wanderungen an den Stränden zu unternehmen, bevor er nach Salt Creek zurückkehrte, wo er allein in einem kleinen Blockhaus wohnte. Schaff mochte die Makah, auch wenn er hin und wieder Zwistigkeiten zwischen ihnen und den nicht ortsansässigen Bootsbesitzern zu regeln hatte.

Edward Cheeka, Chief Lighthouse und einige andere hatte er als vernünftige Männer kennen gelernt, die durchaus bereit waren, Angelegenheiten zu beider Zufriedenheit zu regeln, ohne stur auf den Stammesrechten zu beharren. Kompromiss war das Zauberwort für ein künftiges Zusammenleben von Weißen und Ureinwohnern. Die alten Zeiten ließen sich nicht zurückholen, aber einige Dinge lagen durchaus im Rahmen des Möglichen.

Tom Schaff war, was die Waljagd betraf, auf der Seite der Indianer. Er war sogar bereit, Spott und Anfeindungen aus den eigenen Reihen in Kauf zu nehmen, um das gesetzlich verbriefte Recht der Makah durchzusetzen. Seine klare Position, die er am Anfang des Gesprächs geäußert hatte, rückte ihn den dunkelhäutigen Männern, die er im Stillen bewunderte, weil sie etwas besaßen, das sie verteidigen konnten, ein Stück näher.

„Was sollen wir nun tun?", fragte Parker.

Schaff wandte sich an Cheeka. „Ihr könnt noch heute versuchen, euren Anwalt Tom Cross zu erreichen und ihn von den neuen Umständen in Kenntnis setzen. Am besten er kommt hierher und überzeugt sich vor Ort. Chief Lighthouse sollte noch einmal persönlich mit jedem der Männer reden, die für das Walfangkanu vorgesehen sind. Sie müssen besonders wachsam sein." Er hob die Schultern und fuhr fort: „Ansonsten sagt euren Leuten, dass sie jeden melden sollen, der fremd ist im Ort und sich auffällig benimmt. Mehr können wir vorerst nicht tun."

Lighthouse lächelte spöttisch. „Alle, die fremd sind im Ort, benehmen sich auffällig. Sie fragen sich, wo sie hingeraten sind."

Die Männer lachten leise. Lighthouse hatte Recht. Obwohl sich die Touristen in Neah Bay besser benahmen als ihr Ruf. Statt neugierig in alle Ecken zu kriechen und lauthals zu demonstrieren, dass ihnen jede Welt gehört, so fremdartig sie auch war, schlichen die Besucher mit verhaltenen Stimmen im Museum herum oder drückten sich hinter die Regale des Souvenirladens. Niemand verirrte sich in die hinteren Straßen des Ortes, es sei denn, er war hoffnungslos neugierig. Das endete dann meist mit nachdrücklichem Ärger der Anwohner. Neah Bay war so klein und übersichtlich, so abgelegen vom Rest der Welt, dass jeder Fremde sofort auffiel und misstrauisch beobachtet wurde.

Arnie Parker hob die Hände, um die Aufmerksamkeit der Männer zu gewinnen. „Ich fürchte", sagte er, „es wird auch noch andere Schwierigkeiten geben. Paul Bowechop ist ärgerlich, weil wir das Walfangkanu für viel Geld von den Nootka gekauft haben. Einige Leute sind seiner Meinung. Sie behaupten, wir hätten das Geld auch vernünftiger verwenden können."

„Aber wie solltet ihr denn sonst zu einem Kanu kommen?", wunderte sich Tom Schaff.

Parker hob die Schultern. „Bowechop und sein ältester Sohn Adam arbeiten seit drei Jahren an einem Zedernkanu. Der alte Mann ist der Meinung, wir Makah wären einmal hervorragende Kanubauer gewesen, würden uns aber nun nichts mehr zutrauen."

„Und warum habt ihr nicht das Kanu von Bowechop genommen?“, wollte Schaff wissen.

„Es ist noch lange nicht fertig und außerdem ist es zu klein für die Waljagd“, erklärte Jimmicum. „Wir brauchen ein Kanu, in dem sieben oder acht Männer und die gesamte Ausrüstung Platz haben. Trotzdem hat der alte Schnitzer Recht. Ein wichtiger Grund für diese Jagd ist, den Walfängerfamilien etwas von ihrem Stolz und ihrem Ansehen zurückzugeben. Genauso gibt es Familien unter uns, deren Vorfahren die Technik des Kanubauens beherrschten und die sehr stolz darauf waren. Sie müssen auch eine Chance bekommen, sonst wird alles unglaubwürdig.“

Arnie Parker schüttelte energisch den Kopf. „Wir Makah sind nie hervorragende Kanubauer gewesen, weil wir nicht die Möglichkeiten dazu hatten“, sagte er, und alle blickten ihn verwundert an. „Mein Vater hat mir davon erzählt“, fuhr er fort. „Schon unsere Vorfahren haben ihre Kanus von den Clayoqot oder den Nitinat eingehandelt, weil deren Kanus wirklich meisterhaft gefertigt und seetüchtig waren. Wir konnten selbst keine Walfangkanus bauen, weil uns auf unserem Land nur minderwertiges Zedernholz für kleine Kanus zur Verfügung stand. Daran hat sich bis heute nichts geändert.“

Keith Jimmicum rieb sich nachdenklich das Kinn. Die Schwierigkeiten nahmen kein Ende, im Gegenteil, es wurden immer mehr. Die Rückkehr zu einer alten Tradition erwies sich viel komplexer als er jemals geahnt hatte. Die meisten Amerikaner hatten bisher nicht einmal gewusst, dass es den Stamm der Makah überhaupt gab, und nun schlugen die Wellen, die der umkämpfte Wal verursachte, sogar bis nach Europa.

Auf seinem Schreibtisch lagen Faxe von Tierschützern aus Deutschland, England und Frankreich. Die E-Mail-

Adresse des Stammes war lahm gelegt, weil zu viele Protestrufe und Anfragen auf einmal eingegangen waren.

Schon im Sommer des vergangenen Jahres hatte Jimmicum eine umfassende Internetseite eingerichtet, die Gründe, Umstände und Ablauf der Jagd genau erläuterte. Darin waren alle Fragen ausreichend beantwortet. Aber niemand schien sich darum zu scheren. Die Beweggründe der Makah blieben bedeutungslos, wenn es darum ging, mit viel öffentlichem Geschrei das Leben eines einzelnen Wals zu retten.

Inzwischen gab es auch Anschreiben von Indianerstämmen aus Montana, South Dakota und Arizona. Darin wurde vorsichtig darauf hingewiesen, dass die Waljagd dem Image der Indianer als Hüter der Natur erheblich schaden könnte. Solche Briefe grämten Jimmicum weitaus mehr als die der Tierschützer aus Europa. Völker wie Cheyenne, Lakota oder Navajo mussten es eigentlich besser wissen. Auch sie kämpften um den Erhalt und die Ausübung ihrer Traditionen, nur sahen diese eben anders aus als die von Küstenbewohnern. Schließlich gab es für die Präriestämme immer eine Möglichkeit, an Büffelfleisch heranzukommen, wenn sie es nur wollten. Sie töteten und aßen gezüchtete Büffel bei ihren Festen, doch Wale ließen sich nun mal nicht züchten.

Gerade von den roten Brüdern und Schwestern hatte sich Jimmicum mehr Verständnis und Unterstützung erhofft.

Er erhob sich und sagte: „Ich werde selbst zu Paul Bowechop gehen und mit ihm reden. Vielleicht kann ich ihm klarmachen, wie die Dinge liegen."

Cheeka stand ebenfalls auf, womit die Sitzung beendet war. Er wandte sich an Jimmicum: „Sag Paul und seinem Sohn, dass ich bereit bin, eine Zeder zu kaufen, die groß genug ist, um daraus ein Walfangkanu zu bauen. Sag ihnen, sie können anfangen, sich auf der Halbinsel nach dieser Zeder umzusehen."

Jimmicum nickte bedächtig. Er sah Parker an, dann den Chief und zuletzt Bill Lighthouse. Alle drei nickten ihm unmerklich zu. Schließlich sagte er zu Schaff: „Der Termin der Jagd soll geheim gehalten werden, Tom. In den nächsten Tagen werden die Wale eintreffen, sie sind jetzt an der Shoalwater Bay gesichtet worden. Wir werden die Küstenwache informieren, sowie das Kanu und die anderen Boote unterwegs sind."

„In Ordnung", der Officer legte Jimmicum eine Hand auf die Schulter. „Vielleicht haben wir Glück und können Ärger vermeiden."

„44", nannte der weiße Besitzer des Cape Resort Motel Micah die Zimmernummer des Anthropologen. „Aber er ist nicht da. Ist heute morgen schon ziemlich zeitig weggefahren. Glaube, er wollte nach Ozette. Soll ich was ausrichten?"

„Nein, nicht nötig", sagte Micah. „Ich komme wieder."

Er wollte gerade in seinen Jeep steigen, da hielt Malareks Dodge vor dem Motel. Der kirschrote Kleinbus mit den verspiegelten Scheiben beherbergte einen kompletten Haushalt, diverse Werkzeuge und Grabungsutensilien, und bot dem alten Mann außerdem noch ausreichend Platz, um darin schlafen zu können, wenn gerade kein preiswertes Motel in der Nähe war.

Die Tür ging auf und Malarek kletterte vom Fahrersitz. Er war vielleicht nicht mehr ganz so beweglich wie vor zwei Jahren, als Micah ihn zuletzt gesehen hatte, aber sonst war er ganz der Alte: Ein drahtiger kleiner Mann mit dünnem weißen Haar, das er im Nacken zu einem Zopf geflochten hatte. Seine blauen Adleraugen blickten missmutig drein, bis er Micah entdeckte und sein faltiges Gesicht sich sofort aufhellte. Die Wiedersehensfreude der beiden Männer führte zu einer kurzen Umarmung.

„Na, alter Freund, warst du mal wieder auf der Suche nach einer Vision?", spöttelte Micah.

„Ja ja, aber es war zu nass. Die Knochen wurden mir klamm da draußen, deshalb bin ich lieber umgekehrt. In meinem Alter ist damit nicht zu spaßen." Gordon Malarek war 68 und noch versessen genug, um mit Leidenschaft seiner Arbeit nachzugehen, auch wenn das oftmals den Verzicht auf jegliche Bequemlichkeit bedeutete. Dafür hatte er seinen Van, in dem alles Lebensnotwendige verstaut war.

„Es regnet aber doch gar nicht." Micah breitete belustigt seine Hände aus. Der Himmel war grau und überall standen Pfützen, doch im Augenblick fiel kein Tropfen.

„Bis eben hat es geregnet. Versuch nicht, mich zu veralbern. Fahren wir an den Strand, okay, dann koche ich uns einen Kaffee."

Micah stieg in den Van und sie fuhren das kurze Stück bis an den Strand von Neah Bay. Malarek warf seinen Gaskocher an und braute einen herrlich duftenden starken Kaffee. Der Kaffee des gebürtigen Polen war der Beste, den Micah jemals getrunken hatte, und daran hatte sich in den vergangenen zwei Jahren auch nichts geändert.

„Wie geht es dir?", fragte Malarek. Sie saßen nebeneinander, jeder einen dampfenden Kaffeebecher in der Hand und blickten hinüber nach Vancouver Island. „Waatla Waa sagt, du wärst ein bisschen durcheinander."

„So, sagte sie das?" Micah schüttelte den Kopf und lachte in sich hinein.

„Ja, sie sagte, es gäbe da einiges, womit du zu kämpfen hast."

„Zum Beispiel?"

„Wale und Geister. Frauen auch."

Micah schluckte und fragte sich, wie seine Großmutter auf Letzteres gekommen war.

„Sie hat wie immer Recht", gab er schließlich zu. „Acht Jahre lang gibt es nichts Aufregenderes in meinem Leben als den Fischfang und dann passiert alles auf einmal."

„Du machst dir Sorgen wegen der Waljagd?"

„Auch. Aber schlimmer ist, dass ich mich wieder verliebt habe, und ausgerechnet jetzt Irina plötzlich auftaucht."

Der alte Mann lachte. „Will sie dich wiederhaben?"

„Keine Ahnung. In erster Linie ist es wohl der Wal, der sie hergelockt hat. Jedenfalls behauptet sie das."

Malarek brummte und schlürfte seinen heißen Kaffee. „Die Wege der Frauen sind unergründlich, genauso wie ihre Gedanken. Sei vorsichtig, mein Freund. Schätze, die Frau will dir Ärger machen."

Gordon Malarek war dreißig Jahre mit derselben Frau verheiratet gewesen, bis sie vor zehn Jahren bei der Gartenarbeit verunglückt war. Gret hantierte mit Unkrautex, als es sich plötzlich durch Unachtsamkeit entzündete und sie schlimm verletzte. Drei Tage später erlag sie im Krankenhaus ihren schweren Verbrennungen.

Nach anfänglicher Trauer und wildem Schmerz hatte Gordon festgestellt, dass er ohne Gret auch leben konnte und sich auf einmal frei fühlte. Er kaufte sich den Van und war von nun an die meiste Zeit unterwegs. Wehmut befiel ihn nur manchmal, wenn er nach langen Wochen heimkehrte und niemand auf ihn wartete.

Deshalb kam Malarek gern nach Neah Bay. Hier fühlte er sich mehr zu Hause als in seinem eigenen Trailer, der an einem See in Idaho stand. Schon des öfteren hatte er daran gedacht umzusiedeln, aber zwei Dinge, die nicht zueinander passten, hatten ihn davon abgehalten: das feuchte Wetter in Neah Bay und sein fortschreitendes Alter.

„Ich hatte dich früher erwartet", sagte Micah.

„Ich komme gerade eben aus Yucatan. Sie haben an den Uxmal-Ruinen neue Gräber gefunden und mich hinbeordert. Da unten in Mexiko war es weitaus wärmer als hier."

Micah lachte. „Beleidige unsere Wettergötter nicht."

Malarek winkte brummelnd ab.

Dann wurde Micah ernst: „Es gibt ziemlichen Ärger wegen der Jagd. Die Tierschützer sitzen uns wieder im Nacken. Diesmal drohen sie mit Mord."

„Hm, hab schon gehört."

„Und in diesem Jahr gibt es noch weniger Fisch als im vergangenen. Manchmal fahre ich ganz umsonst raus. Da kommt nicht mehr zusammen als ein Abendessen für Waatla Waa, Ryder und mich." Micah schüttelte den Kopf. „Weißt du, was die Japaner sagen? Sie behaupten, die Wale fressen uns den Fisch weg."

„Das stimmt in gewisser Weise. Aber Grauwale fressen keinen Fisch."

„Nein. Aber jeder dreht und wendet die Sache wie's ihm recht ist."

Malarek schüttete seinen Kaffeesatz in den Sand und nickte. „Das ist schon immer so gewesen, Micah." Er spülte sie mit sauberem Wasser aus einem Kanister aus und stellte sie in seinen Geschirrkasten zurück.

„Die Japaner haben euch eine Menge Geld gegeben für den Walfang. Aus dem einfachen Grund, weil sie selbst davon profitieren, wenn ihr wieder Wale jagt. Von dem Geld konntet ihr das Kanu kaufen, ein modernes Gewehr und gute Harpunen."

„Du meinst, der Zweck heiligt die Mittel."

Malarek zuckte die Achseln. „Schon möglich. Eigentlich hattet ihr keine andere Wahl."

„Wilson Buzzell wird keine japanische Harpune benutzen, sondern seine eigene", sagte Micah.

„Das ist gut", erwiderte Malarek und seine blauen Augen leuchteten. Der Anthropologe erwachte in ihm.

„Ich habe euch lange nicht gesehen", sagte er nach einer Weile, „und bin froh, dass es euch gut geht – trotz der Schwierigkeiten."

„Großmutter ist alt geworden", bemerkte Micah.

„Ja, aber sie hat wieder mit mir geflirtet als wäre sie ein junges Mädchen. Alter Mann – sagt sie zu mir."

„Sie wird den nächsten Winter nicht überleben." Micah war erleichtert, endlich einmal mit jemandem darüber reden zu können.

„Wie kommst du darauf?"

Malarek redete nicht wie ein Weißer. Er akzeptierte einfach, was Micah sagte.

„Ich spüre es."

„Was wirst du dann tun? Mit Ryder, meine ich."

„Dasselbe wie bisher: mich um ihn kümmern."

„Du brauchst eine Frau, mein Junge."

„Du hast auch keine Frau, Gordon, und es geht dir so gut wie nie zuvor."

„Ja ja, aber ich bin alt. Du nicht. Du brauchst eine Frau. Du hast gesagt, du wärst verliebt. Kenne ich die Glückliche?"

„Hmm", Micah druckste herum.

„Na komm schon, vor mir brauchst du doch keine Geheimnisse zu haben."

„Es ist Sally. Sally Kallappa."

Malarek pfiff anerkennend durch die Zähne. „Sally also.

Ein prachtvolles Weib. Üppig und klug, genau die richtige Mischung für einen Mann wie dich."

„Red nicht solchen Unsinn, das würde ihr nicht gefallen", knurrte Micah.

„Weiß sie es schon?"

„Ich fürchte, nein. Wir waren erst einmal zusammen essen."

Malarek lachte sein gutmütiges dunkles Lachen, der Adamsapfel hüfte den dünnen Hals auf und ab. „Sally Kallappa ist eine harte Nuss. Sie ist mit ihrer Arbeit verheiratet."

„Ja, aber vielleicht nicht freiwillig. Wir sind am Samstag zum Fischen verabredet."

„Wie romantisch", bemerkte Malarek trocken.

„Ich bin was ich bin: ein Fischer."

Der Anthropologe lachte. „Ich hoffe, sie weiß das."

„He", sagte Micah gekränkt, „bei uns ist das eben nicht so einfach wie bei euch Weißen."

Malarek schüttelte den Kopf: „Es ist dasselbe. Es klingt nur so lustig, wenn du es sagst."

„Ehrlich gesagt, ich habe überhaupt keine Erfahrung mehr mit Frauen."

„Ich auch nicht, mein Lieber." Malarek klopfte Micah freundschaftlich auf die Schulter. „Wenn du Rat brauchst, dann hast du dir den Falschen ausgesucht."

„Keine Frauen mehr?", fragte Micah und musterte den alten Kauz ungläubig.

„Ach", winkte der ab, „Frauen schon, aber nur fürs Bett."

Jetzt lachte Micah.

„Das traust du mir nicht zu, oder?"

„Doch doch. Es klingt nur so lustig, wenn du es sagst."

Sie liefen noch ein Stück am Strand entlang, genossen ihr Zusammensein und erzählten einander, was in den vergangenen zwei Jahren wichtig gewesen war, um die alte Vertrautheit wieder herzustellen. Es bedurfte keiner Eile und hastiger Zusammenfassungen. Gordon Malarek hatte vor, lange zu bleiben. Er wollte einen wissenschaftlichen Bericht darüber schreiben, wie sich die Waljagd auf das Leben der Makah auswirken würde, und ob das Ereignis tatsächlich dazu führen konnte, die gegenwärtigen sozialen Probleme des Stammes zu mildern. Micah fragte sich zwar, für wen das von Interesse sein sollte, außer für die Makah selbst, aber er sagte nichts dazu. Nicht am ersten Tag ihres Wiedersehens. Auch die Sache mit den Ya'i-Geistern, beschloss Micah seinem väterlichen Freund vorerst zu verschweigen, obwohl er wusste, das Malarek diese Geschichte brennend interessiert hätte.

In den abgedunkelten Räumen des Makah-Museums hielten sich zur Zeit nur wenige Gäste auf. Sally Kallappa saß in ihrem Büro, hatte die Brille auf der Nase und arbeitete an den Texten zur Sonderausstellung des Museums über Makah-Korbflechterinnen, die in einem Monat eröffnet werden sollte.

Mit vier der sechs ausgewählten Frauen hatte Sally schon gesprochen. Jede von ihnen war über siebzig Jahre alt. Nun fehlten ihr noch Vida Green und Waatla Waa Mahone, die mit sechsundneunzig Jahren die älteste der Korbflechterinnen war. Mit Vida hatte sie schon einen Termin ausgemacht, aber mit Micahs Großmutter musste sie sich noch einigen.

Seit seinem Besuch im Museum wusste Micah von Sallys Ausstellung, aber sie hatte ihm noch nicht erzählt, dass sie auch seine Großmutter interviewen wollte. Von Waatla Waa sagte man, sie sei eine eigensinnige alte Dame, die nicht immer bereit war das zu tun, was man von ihr erwartete. Eine Tatsache, die der alten Frau Sallys Sympathie einbrachte, die aber auch bedeuten konnte, dass sie mit ihrem Anliegen vielleicht abgewiesen wurde.

Kurzentschlossen griff Sally nach dem Telefonhörer und wählte die Nummer der Mahones. Eine Männerstimme meldete sich mit einem abgehackten: „Ja?"

„Micah, bist du es?", fragte sie, „hier ist Sally."

„Micah nicht zu Hause", kam es durch den Hörer. Danach wurde sofort aufgelegt und das Freizeichen ertönte.

Sally saß einen Augenblick da und starrte den Hörer an, bevor sie ebenfalls auflegte. Das konnte nur Ryder gewesen sein. Sie wusste nicht viel über Micahs kleinen Bruder, nur dass sich ständig jemand um ihn kümmern musste. Damals, bei diesem Tanzfest im Gemeindehaus, hatte Ryder sich unter die Tanzenden gemischt und durch den Klang der Trommeln war er in Ekstase geraten und hatte einen Tisch mit Gläsern umgeworfen. Das hatte ziemlichen Aufruhr verursacht.

Aber Micah war ruhig geblieben, hatte geduldig auf den verstörten Ryder eingeredet und ihm keine Vorwürfe gemacht. Micah hatte die kaputten Gläser bezahlt und war mit Ryder bis zum Ende des Festes geblieben.

Damals war Sally auf Micah aufmerksam geworden, hatte aber keine Möglichkeit gesehen, ihm wieder zu begegnen, ohne dass ihre Absichten deutlich geworden wären.

Durch ihre Ausstellung hatte sie endlich einen Grund gefunden, in sein Haus zu kommen und zu sehen, wie er mit seinem Bruder und seiner alten Großmutter lebte. Aber nun war Micah ihr zuvorgekommen und sie hatten sogar schon eine Verabredung. Sallys Herz schlug schneller, wenn sie nur daran dachte.

Micah hatte sie für morgen zum Fischen eingeladen, was nicht unbedingt romantisch war, aber besser als nichts. Vielleicht konnte sie mit ihm über ihr Vorhaben, seine Großmutter zu interviewen, sprechen und herausfinden, wie er darüber dachte. Immerhin, schon zwei der alten Korbflechterinnen hatten es abgelehnt mit ihr zu reden und sich von ihr fotografieren zu lassen. In solchen Dingen waren alte Indianerfrauen mitunter sehr eigen. Sie ließen sich nicht einfach überreden, auch nicht von einer Indianerin.

Sally ging nach unten in den noch verschlossenen Raum des Museums, wo die verschiedenen Flechtarbeiten in den Vitrinen verteilt waren. Für fast jeden Korb, Hut, jede Puppe oder Dose, hatte sie den Namen des Herstellers herausgefunden. Doch zwei besonders schöne, kunstvolle neue Stücke: ein farbig verzierter Walfängerhut und ein Korb aus Zedernbast mit dem Donnervogelornament, würden ohne Namen bleiben. Hersteller unbekannt, musste Sally auf das weiße Schild schreiben. Und das, obwohl sie genau wusste, von wem diese Arbeiten stammten. Sie hatte sogar bei ihrer Entstehung zugesehen. Der geschickte Künstler, der seinen Namen nicht preisgeben wollte, war Emmett Kallappa, ihr eigener Vater.

Kallappa hatte begonnen das Flechten von seiner Frau zu erlernen, als er sein Fischerboot verkaufen musste und nur noch durch Gelegenheitsarbeiten etwas zum Familienunterhalt beitragen konnte. Erst hatte er sich verstärkt darum gekümmert, Sallys Mutter das Material zu besorgen und es gebrauchsfertig zu bearbeiten. Aber dann probierte Emmett heimlich selbst, die Fasern zu drehen und dicht zu verflechten. Er fand Freude daran und entdeckte seine Fähigkeiten. Die fertigen Stücke verkaufte er jedoch unter dem Namen seiner Frau.

Später, als Sallys Mutter gestorben war, arbeitete ihr Vater nur noch heimlich und beauftragte Sally damit, die Arbeiten zu verkaufen, was im Museum auch ganz gut funktionierte. Nur mit Mühe konnte sie ihn dazu überreden, sich an der Ausstellung zu beteiligen. Fand jemand aus dem Ort heraus, womit er sein Geld verdiente, würde man über ihn lächeln. Ein Mann und Flechten, das passte einfach nicht in das Bild, das Makah-Männer von sich selber hatten.

Sally hatte gehofft, ihren Vater davon zu überzeugen, dass ihm das Gerede der anderen egal sein konnte, weil er ein geschickter Korbflechter war und sie mächtig stolz auf ihn. Aber Emmet Kallappa war zu alt, um sich dem zu stellen. Er hatte einfach nicht die Kraft, sich über die alten Wertvorstellungen hinwegzusetzen. Sein Kummer darüber, dass seine Frau, die so viel jünger gewesen war als er, vor ihm gegangen war, hatte ihn zu einem kranken Mann ohne Mut werden lassen.

Wie viele andere freute er sich auf das bevorstehende Ereignis der Waljagd, obwohl er wusste, der Ruhm der anderen würde an ihm vorübergehen wie eine ferne Nebelwand. Für Emmett Kallappa würde sich durch die Tatsache, dass ein Wal sterben musste, nichts am Leben ändern.

Nachdem Irina von ihrem morgendlichen Strandspaziergang zurückgekehrt war, wählte sie Roberts Nummer in San Francisco. Um diese Zeit war Robert meist zu Hause, aber er nahm nicht ab. Der Anrufbeantworter schaltete sich ein. Sie hörte Roberts vertraute Stimme und sehnte sich plötzlich nach ihm. „Hier ist Irina", sprach sie auf das Band. „Ich wollte dir nur sagen, es geht mir gut und du brauchst dir keine Sorgen um mich zu machen. Ich melde mich wieder."

Obwohl Robert wusste, dass Irina ihr Handy meistens bei sich trug, hatte er noch nicht einmal versucht sie zu erreichen. Diesmal ist er wirklich sauer, dachte sie, und das zu Recht. Schon spürte sie ein flaues Gefühl in der Magengegend, die ersten, untrüglichen Zeichen von Verlustangst.

Irina rollte sich auf ihr Bett und wählte als nächstes die Nummer ihres eigenen Büros am Institut.

„Ocean Biosphere Project San Francisco, Büro Mary Ann Tanner, was kann ich für Sie tun?", meldete sich eine vertraute Frauenstimme.

„Guten Morgen, Mary Ann", sagte Irina.

„Irina, wie geht es dir?", rief Mary Ann erfreut.

„Ich dachte, es ist besser, wenn ich dich im Büro anrufe", antwortete Irina, „dann bekomme ich wenigstens keinen Ärger mit Stuart."

Mary Ann lachte. „Im Augenblick ist er mal wieder für eine Woche im Yakima County unterwegs. Außerdem weißt du, dass Stuart dir gar nicht böse sein kann. Aber nun sag schon, wie ist es dir ergangen?"

„Tja, meine Unterbringung ist nicht sonderlich luxuriös, aber ich habe meine Ruhe und alles was ich brauche. Die Gegend ist wunderschön. Alles andere ist weniger erfreulich. Die Menschen hier sind fest entschlossen das zu tun, was ihnen gesetzmäßig zusteht: Sie werden einen Wal töten, um ihn aufzuessen."

„Du kannst dich damit nicht abfinden, oder?"

„Nein. Aber ich muss es wohl geschehen lassen." Irina hatte mit Mary Ann stundenlang über dieses Thema diskutiert und feststellen müssen, dass die Freundin Verständnis für das Vorhaben der Makah aufbrachte, obwohl auch sie Biologin war. Manchmal fiel es schwer, die Dinge von jener Seite aus zu betrachten, auf der man gerade nicht stand.

„Ich hoffe, du machst keine Dummheiten, Irina. Wetten, dass die Indianer keinen Spaß verstehen. Wer so in die Ecke gedrängt wird wie sie, der verliert jeglichen Humor."

„Ja, du hast Recht. Was hier passiert, ist eine verdammt ernste Angelegenheit. Am meisten graust es mir vor dem Gedanken, es könnte nicht bei den fünf Walen im Jahr bleiben. Was, wenn die Indianer auf den Geschmack kommen? Was, wenn das Töten des Wals berauschend auf sie wirkt und sie es immer und immer wieder tun wollen?"

Sally hörte Mary Ann lachen. „Du sprichst von Jägern, Irina, nicht von Serienmördern. Diese Indianer müssen dich ziemlich durcheinander bringen, sonst kämst du nicht auf solche Gedanken."

„Ich bin durcheinander", gab Irina zu.

„Und, hast du ihn schon gesehen?"

Mary Ann wusste über eine Menge Dinge in Irinas Leben Bescheid. Natürlich wusste sie auch von Micah Mahone.

„Ja, gestern bin ich ihm begegnet und er ist am Abend bei mir gewesen."

„So so?"

„Nicht was du denkst, Mary. Wir haben nur geredet. Er ist mit von der Partie, wie ich es mir gedacht habe. Er wird den Wal harpunieren."

„Wie du es sagst, klingt es ziemlich abartig."

„Es ist abartig."

Mary Ann seufzte. „Nur gut, dass ihr nicht mehr verheiratet seid. Spätestens jetzt wäre es zu Mord und Totschlag gekommen."

Irina lachte. Mary Ann schaffte es noch jedes Mal sie

aufzuheitern. „Wenn wir noch verheiratet wären, würde er ganz gewiss nicht auf die Idee kommen, mit einer steinzeitlichen Harpune nach einem Tier zu werfen, dessen Erforschung ich mein Leben gewidmet habe."

„Nein", kicherte die Freundin am anderen Ende der Leitung, „ganz sicher nicht."

„Er sieht immer noch gut aus", sagte Irina, „und ich glaube, er ist nicht verheiratet."

„Komm nach Hause, Irina", sagte Mary Ann plötzlich sehr ernst. „Ich habe Robert getroffen und er sieht wirklich schlecht aus. Er vermisst dich."

„Warum ruft er mich dann nicht an oder nimmt ab, wenn ich ihn anrufe?"

„Weil er verletzt ist, du Närrin. Es gibt so vieles, das dir wichtiger ist als dieser wunderbare Mann. Wach endlich auf, Irina!" Mary Ann schwieg eine Weile, dann sagte sie: „Deine Mutter hat auch angerufen."

Irina stöhnte. „Was wollte sie?"

„Enkelkinder, vermute ich."

„Veralbere mich nicht."

„Sie will auch, dass du nach Hause kommst."

„Aber ich muss bleiben, bis sie es getan haben", sagte sie.

„Dir ist nicht mehr zu helfen."

„Wo sind sie jetzt eigentlich, unsere Schützlinge?"

„Bei uns", brummte Mary Ann, „sie tummeln sich vor der Stadt. Aber drei oder vier haben es eilig und sind schon im Bundesstaat Washington."

„Schon so nah", seufzte Irina.

„Ja, nicht mehr lange und sie werden bei dir auftauchen. Abgesehen davon habe ich noch mehr schlechte Nachrichten. Sieht so aus, als ob nichts mehr den Bau der Salzgewinnungsanlage in der Lagune verhindern kann. Das mexikanische Umweltministerium wartet nur noch auf das letzte

Gutachten. Ich denke, sie werden nachgeben und den Bau genehmigen."

„Das ist wirklich schlimm", sagte Irina traurig.

„Ja, viel schlimmer als ein toter Wal in den Bäuchen der Indianer."

Nach diesem Telefonat mit Mary Ann war Irina so niedergedrückt wie lange nicht mehr. Ziellos fuhr sie im Reservat umher und landete am Ende doch wieder am Strand, um mit dieser weiteren Niederlage auf ihre Weise fertig zu werden.

Irinas Institut hatte sich mit allen Mitteln gegen den Bau der Salzgewinnungsanlage in der mexikanischen Lagune eingesetzt. Aber es schien, als hätte der japanische Multikonzern den längeren Atem bewiesen.

Die Aussichten waren deprimierend. Obwohl der Konzern versichert hatte, dass keine Schiffe die Lagune befahren würden, und dass das abgepumpte Wasser nur weniger als ein Prozent dessen betragen würde, was ohnehin durch den Gezeitenwechsel ausgetauscht wurde, würde es doch erhebliche, irreparable Veränderungen zu Ungunsten der Wale geben.

Große Bereiche des angrenzenden Naturschutzgebietes würden verbaut und damit ein einmaliger Lebensraum für seltene Tier- und Pflanzenarten zerstört werden. Der Lärm der Salzgewinnungsanlage würde die Wale unweigerlich stören und verunsichern. Die Verringerung des Salzgehaltes im besonders tragfähigen Lagunenwasser würde womöglich zu Komplikationen nach der Geburt der Walkälber führen, weil diese noch nicht seetüchtig waren und zum Atmen von ihren Müttern nach oben gebracht werden mussten.

In der Baja California gab es zwei von den Grauwalen bevorzugte Lagunen. In einer davon befand sich bereits eine Salzgewinnungsanlage. Und nun sollte den Walen auch noch die letzte Möglichkeit genommen werden, ihre Jungen weitgehend unbeeinträchtigt von den Auswirkungen der Zivilisation zu gebären.

Irina liefen Tränen über die Wangen, als sie auf das Meer hinausblickte. Wieso war es so furchtbar schwierig, einen gemeinsamen Nenner für die Zukunft zu finden? Die Erde war ein Lebensraum von Millionen verschiedener Arten, aber er war begrenzt. Während ein rasantes Artensterben seinen Lauf nahm, pflanzte sich nur eine Spezies explosionsartig fort: der Mensch.

Wenn wir so achtlos weiterleben, wie wir es derzeit tun, werden unsere Nachfahren sehr einsam sein, dachte Irina. Vielleicht können unsere Kindeskinder Wale und tausende andere Tier- und Pflanzenarten dann nur noch auf Fotos und alten Videos betrachten. Ein grausiger Zukunftsblick, vor allem für eine Biologin.

Irina war klar: Die traditionelle Waljagd der Makah konnte die Population der Grauwale nicht derart schädigen, dass sie schon bald wieder vom Aussterben bedroht sein würden. Aber der Bau einer weiteren Salzgewinnungsanlage in der Baja California konnte das schon. Nichts war verhängnisvoller für eine Tierart, als ihre Kinderstube zu zerstören. Aber nachweislich geschah dies genau dort, wo Biosphärenreservate und Wirtschaftszonen so hart aufeinander prallten, wie es in der Baja California der Fall war.

Es begann zu regnen und Irina schob sich die Kapuze ihres Anoraks über den Kopf. Rennend trat sie den Rückweg zu ihrer Behausung an, die zwar nicht gemütlich, aber wenigstens trocken war. Ihr Gefühl sagte ihr, wenn sie Neah Bay erst verließ, um nach San Francisco zurückzukehren, würde der Kampf um das Überleben der Grauwale erst richtig beginnen.

9. Kapitel

Wie so oft am Morgen hingen tiefe Wolken in den Bergen, welche den Hobuck Beach von der Neah Bay trennten. Vollgesogen mit grauer Nässe streiften sie die Wipfel der Hemlocktannen, die auf den Bergen wuchsen. Manchmal hielten sich die Wolken dort tagelang und nur auf der anderen Seite der Bucht war die Sonne zu sehen. Das Wetter konnte an diesen beiden Orten, die nur sechs Meilen auseinander lagen, vollkommen verschieden sein.

Aber diesmal riss am späten Vormittag die Wolkendecke auf und die Frühlingssonne zeigte ihr freundliches Gesicht. Als die warmen Sonnenstrahlen, die durch sein Fenster fielen, Ryder an der Nasenwurzel kitzelten, hielt ihn nichts mehr im Haus. Er schlüpfte in seine Turnschuhe, zog eilig die Windjacke über und rannte davon. Waatla Waa sah ihm kopfschüttelnd nach. Ryder Mahone, ihr Enkelsohn mit dem kindlichen Verstand und dem Körperbau eines Mannes, schien ein Sohn des Windes und der Bäume zu sein. Er war eins mit den nassen Steinen, den Vögeln im Sturm, den hohen Wolken und dem endlosen Himmel. Vielleicht war sein Vater ein Geist und kein Waldarbeiter vom Stamm der Hoh, wie ihre Schwiegertochter Noreen es versichert hatte.

Manchmal, wenn Waatla Waa miterlebte, wie Ryder seinen Bruder Micah zur Verzweiflung trieb, hielt sie den Knaben für einen Fluch. Vielleicht war er die Antwort auf einen Fehler, den jemand aus ihrer Familie gemacht hatte. Aber dann wiederum, wenn sie seine leuchtenden Augen sah, strahlend zwischen dem schwarzen Haar, das ein hübsches Gesicht rahmte, fühlte sie etwas ganz anderes.

Vermutlich gab es einen Grund dafür, warum er so kindlich, ungeduldig und voller Übermut war. Waatla Waa glaubte, Ryder wurde so geboren, weil er die Menschen an etwas erinnern sollte, an etwas, das sie verloren hatten. Es war die Unschuld aller, die er verkörperte. Im Wesen eines jeden Menschen hatte es einmal eine solche Seite gegeben, die von Naivität, purer Freude und wahrhaftem Frieden mit allen anderen Lebewesen geprägt war. Irgendwann verloren sie dann den Glauben an diese Dinge. Damit verloren sie auch einen Teil von sich selbst.

Ryder konnte das nicht passieren. Sein Verstand reichte nicht aus, um hinter die Fassade menschlicher Gesichter zu blicken, die Verlogenheit von Worten zu erkennen und die Gesten der Menschen zu durchschauen. Deshalb brauchte er besonderen Schutz. Waatla Waa hoffte, Micah würde immer für Ryder da sein, auch dann, wenn er sich endlich dazu entschloss, eine eigene Familie zu gründen.

Ryder lief hinüber zu seiner Freundin Lita und klopfte stürmisch an ihre Zimmertür, bis sie herauskam. „Komm, Lita, komm! Gehen wir in den Wald! Heute ist ein guter Tag."

„Ich muss Hausaufgaben machen", brummte das Mädchen, das über schwierigen Matheaufgaben brütete. Manchmal wünschte sie, Ryder wäre schlau und würde mit ihr zur Schule gehen. Dann bräuchte sie nicht mehr allein auf der Bank zu sitzen und könnte ihn um Hilfe bitten, wenn sie etwas nicht begriff. Leider verstand Ryder Mahone überhaupt nichts von Mathematik. Sein Zahlenverständnis reichte nicht weiter als er Finger an den Händen hatte.

„Morgen", sagte er. „Morgen kannst du deine Aufgaben machen. Morgen regnet es."

„Woher weißt du das?", fragte sie, schon wieder besänftigt.

„Weil ich will, dass es morgen regnet. Weil ich will, dass du heute mit mir in den Wald kommst."

Lita lächelte. Sie konnte ihm nichts abschlagen, ihrem Freund, dem einzigen, den sie hatte. „Na gut. Ich mache uns nur ein paar Sandwiches, dann komme ich."

Er folgte ihr in die Küche, die aufgeräumt war und blitzte vor Sauberkeit. Damit hatte Lita den vergangenen Nachmittag verbracht. Die Haut ihrer Hände war noch spröde und rissig von den Putzmitteln.

Sie belegte Brote und wickelte sie in Folie. Meist dauerte es nicht lange und Ryder hatte Hunger, kaum dass sie eine halbe Meile gelaufen waren. Lita zog wetterfeste Kleidung an, schrieb ihrer Mutter einen Zettel und verließ mit Ryder das zweigeteilte Haus. „Wohin gehen wir?", fragte sie neugierig, bereit, sich auf jedes Abenteuer einzulassen.

Ryder machte ein ernstes Gesicht und zeigte die Straße hinunter. Lita nickte und sie liefen los. Es war egal, wohin Ryder mit ihr ging. Fast immer führte er Lita zu Orten, die sie noch nicht kannte. Die Ausflüge mit ihm waren jedes Mal ein Erlebnis. Trotz seiner Behinderung besaß Ryder Mahone eine ausgezeichnete Orientierung, eine Art mentale Landkarte, die ihn immer wieder an den Ausgangsort seiner Ausflüge zurückbrachte.

Schlimm wurde es nur, wenn er dabei zufällig auf ein totes oder verwundetes Tier stieß. Dann schlug seine meist heitere Stimmung augenblicklich um. Die Trauer über den Tod oder das Leiden des anderen Lebewesens brach in Schluchzern aus ihm heraus, er führte seltsame Tänze auf, die wie das Taumeln eines tödlich Verwundeten anmuteten. Dann hob er das Tier unter Tränen auf, barg es behutsam unter seiner Jacke und kehrte sofort um, in der Hoffnung, seine Großmutter könne helfen. Im Laufe der Jahre hatte er unzählige kleine sterbende und tote Tiere mit nach Hause gebracht. Der Waldrand hinter dem Haus war zu einem Friedhof geworden. Unzählige Seelen kleiner Tiere hockten in den Zweigen der Bäume und behüteten das Haus.

Micah hatte versucht, seinem kleinen Bruder zu erklären, dass Sterben nicht Verschwinden war, sondern nur ein Wechsel der Welten. Doch davon wollte Ryder nichts wissen. In jedem verängstigten kleinen Tier sah er sich selbst. Er glaubte, einer von ihnen zu sein.

Vielleicht lag sein Glauben, mehr den Tieren als den Menschen anzugehören, auch an dieser Geschichte, die er sich von seiner Großmutter immer wieder erzählen ließ. Es war die Geschichte von KwáLti und seinen Leuten, die die Vorfahren der heutigen Tiere waren. KwáLti war ein zwergenhafter Mann, der die Gewohnheit hatte, undeutlich durch die Zähne zu sprechen. Er war ein Schelm und die meiste Zeit verbrachte er mit Späßen. Noch heute sagen die Leute, wenn ihnen ein Streich gespielt wurde: „Oh, es ist nur KwáLti, er treibt seine Späße."

Es kam der große Verwandler und verwandelte alle Leute in Tiere. Aus diesem Grund behandelte Ryder die Tiere als wären sie verwandelte Menschen. Manchmal ging er allein zu einem felsigen Riff nahe dem Waatch River. Man sagt, KwáLti, der vom großen Verwandler die Gestalt eines Nerzes bekommen hatte, solle heute noch dort hausen. Wenn Ryder laut KwáLtis Namen rief, hatte er schon mehr als einmal: „Ich bin hier unten und esse Muscheln!", zur Antwort bekommen. Jedenfalls behauptete er das. Aber gesehen hatte er KwáLti noch nie.

Nach einer Weile erreichten Lita und Ryder das niedrige eiserne Tor am Ende der Straße, hinter dem ein wilder Pfad zum Shi-Shi Beach führte. Ryder lief schnell, obwohl sein kräftiger Körper bei jedem Schritt nach rechts und links schwankte als wäre er betrunken. Aber die Störungen seiner Steuerungsfähigkeit schienen sein Lebensgefühl in keiner Weise zu beeinträchtigen. Lita, mit ihren muskulösen Beinen, fiel es nicht schwer, sich seinem Tempo anzupassen.

Niemals konnte sie sich mit Ryder über wichtige Probleme unterhalten, aber das machte ihr nichts aus. Die Dinge mit seinen Augen zu sehen, den rationalen Verstand für einen Moment abzuschalten, eröffnete ihr ungeahnte Sichtweisen. In Ryders Gegenwart fühlte sie sich wohl und gab sich unbeschwert. Das kam sonst nur selten vor. Ryder war der einzige Mensch in Neah Bay, der Lita Bowechops warmes Lachen kannte. Kaum jemand sonst hatte je dieses kullernde Glucksen gehört, das geradewegs aus ihrem Inneren kam.

Ryder beleidigte Lita nie, er verspottete sie nie und versuchte nicht, ihr durch die Kraft seines Körpers seine Überlegenheit zu zeigen. Darin unterschied er sich grundlegend von den jungen Männern aus dem Ort, deren Bekanntschaft Lita bisher gemacht hatte. Ihre Zurückgezogenheit machte sie einsam. In der Schule war sie schweigsam, hatte keine Freunde. Lita mochte die Menschen nicht, sie waren ihr zu laut, zu wenig verständnisvoll. Früher war sie deshalb unglücklich gewesen und hatte ihre Mutter dafür verantwortlich gemacht. Inzwischen hatte sie sich mit diesem Leben abgefunden, hatte gelernt ihre Gefühle zu beherrschen und sich in Gesellschaft anderer so unsichtbar wie möglich zu machen.

Wurde Lita von Mitschülern ausgelacht, versetzte sie

das nicht mehr in Panik. Sie hatte sich eine Welt gebaut, in der ihr die Boshaftigkeit der anderen keinen Schaden mehr zufügen konnte. Lita hatte Zukunftspläne, von denen niemand etwas wusste. Sie waren ihr Geheimnis und ließen sie eine Menge ertragen.

Wirklich fröhlich und entspannt war Lita nur in Ryders Gegenwart. Bei ihm musste sie nicht auf der Hut sein vor kleinen Gemeinheiten. Ryder war einfach, aber stark in seiner Güte. Er hatte nie darüber nachgedacht, wodurch er sich von den Vögeln, den Rehen und den Fischen im Meer unterschied. Für ihn war alles, was sich bewegte, von großer Einzigartigkeit. Er wusste, auch Dinge, die reglos und stumm waren, besaßen eine Seele. Das machte Ryder zu einem besonderen Menschen für Lita.

Zusammen liefen sie einen Weg durch den Mischwald nach Süden. Gestürzte Baumstämme lagen quer über dem Pfad wie Schranken, die unliebsame Wanderer abhalten sollten. Manchmal wurde der Untergrund sumpfig und sie mussten ins dichte Gestrüpp ausweichen, damit sie nicht in schwarzem Morast versanken. Aber Ryder kannte alle Pfade in diesem Wald, sogar die der Tiere.

Eichhörnchen jagten die Baumstämme hinauf und hinunter und Ryder wäre ihnen am liebsten hinterhergesaust. Kleine Nager mit scharfen Zähnen rannten raschelnd durchs wilde Erdbeerlaub und Vögel kämpften lautstark um ihre Reviere.

Irgendwann blieb Ryder abrupt stehen und verlangte von Lita ein Sandwich. Sie lächelte, als sie eines der belegten Brote auspackte und ihm reichte. Essen war für Ryder von enormer Bedeutung. Wenn er mehr als zehn Minuten lang Hunger verspürte, ohne dass dieser gestillt wurde, konnte seine Laune sehr schnell in Trübsinn umschlagen.

Nur sein rastloser Bewegungsdrang verhinderte, dass er Fett ansetzte.

„Schling nicht so, Ryder", ermahnte sie ihn. „Sonst bleibt dir das Brot noch im Hals stecken."

Er kaute kräftig und seine Augen traten vor Wonne weit hervor. Lita lachte ihr glucksendes Lachen, weil sie wusste, er war jetzt vollkommen glücklich. Ein Sandwich zwischen den Zähnen, ihre Gegenwart und um ihn herum nichts als Wildnis. Das war alles, was Ryder Mahone brauchte.

Nach etwa zwei Meilen führte der Pfad hinab zum Shi-Shi Beach. Das grelle Licht des Meeres blendete die beiden. Aus den grünen Wellen ragten vorgelagerte steile Felseninseln, die seltenen Seevögeln als Nistplatz dienten.

„Bald kommen die Wale", keuchte Ryder und seine Hände zappelten vor Erregung. „Vielleicht können wir sie sehen!"

Lita starrte auf die milchige Linie in der Ferne, dort wo Himmel und Meer aufeinander lagen. Aber sie konnte nichts erkennen. „Es ist noch zu früh", sagte sie.

„Nein", meinte er, „bald, bald, bald."

„Ja, Ryder, sie kommen bald", pflichtete sie ihm traurig bei. Lita hasste, was im Ort vor sich ging. Ebenso wie Ryder fühlte sie eine tiefe Verbundenheit zu den Walen. Der Gedanke, dass eines dieser Tiere getötet werden sollte, raubte ihr den Schlaf. Ein Wal war ihr Schutzgeist. Doch davon wusste niemand etwas, nicht einmal Ryder Mahone.

Sie schickte sich an, den Pfad hinabzusteigen, aber Ryder packte sie an der Kapuze und hielt sie zurück. Der Strand war nicht sein Ziel. Er blieb oben auf dem Rand und versuchte, weiter ins Innere des Küstenwaldes vorzudringen, obwohl es keinen Pfad mehr gab. Hier wuchsen Tollkirschen, Moosfarne und Schachtelhalme. Der großblättrige Ahorn streckte seine grünfingrigen Blätter nach ihnen aus. Brombeerranken verhakten sich in ihren Kleidern. Es schien, als wolle der Frühling in seinem Erwachen nach ihnen greifen.

„Wohin willst du?", fragte Lita zwischendurch. Angst, sich zu verirren, hatte sie nicht. Ryder fand immer wieder nach Hause. Statt einer Schrift, die in der Schule gelehrt wurde, konnte er die Sprache der Bäume, der Steine und des Meeres lesen. Es gab einzelne Bäume in diesem Wald, denen er Namen gegeben hatte. Er redete mit ihnen wie mit alten Bekannten, wenn er an ihnen vorüberkam. Lita wusste das.

„Komm mit!", sagte er nur und stürzte durch immergrünes Gesträuch und nassen Farn, vorbei an Tannen, deren Nadeln und Rinde vom Meereswind gesalzen waren. Lita ahnte, dass Ryder irgendein Ziel anstrebte. Sie war bereit, sich überraschen zu lassen.

Nach weniger als hundert Metern stießen sie tatsächlich auf einen schmalen Pfad, der freigeschnitten und begangen war. Noch vor kurzem musste jemand hier gewesen sein. Die frischen Schnitte an den Zweigen machten Lita stutzig. Bisher hatte Ryder sie immer nur an Orte geführt, die noch nie ein Mensch betreten zu haben schien. Aber diesmal war es anders. Irgendetwas hatte seine Aufmerksamkeit erregt und nun wollte er die Entdeckung mit ihr teilen.

Ryders Beine schienen niemals müde zu werden. Lita folgte ihm schnellen Schrittes, bis sie plötzlich Männerstimmen hörte. Reflexartig griff sie nach Ryders Arm und riss ihn zurück. Noch ehe er einen verblüfften Laut ausstoßen konnte, hatte sie ihm eine Hand auf die Lippen gelegt. „Psst!", flüsterte sie, „da ist jemand. Wir müssen sehr leise sein. Kann sein, er hat Böses im Sinn."

Ryder, der durchaus den Unterschied zwischen Gut und Böse kannte, gab keinen Mucks von sich und lauschte. Er wusste, wer die Männer waren, denn er hatte schon zweimal beobachtet, wie sie diesen Weg gegangen waren. Aber er hatte es nicht gewagt, ihnen bis zu ihrem Ziel zu folgen. Dazu brauchte er die Unterstützung seiner unerschrockenen Freundin Lita Bowechop.

Einander an den Händen haltend verließen sie den ausgetretenen Pfad und machten einen Bogen um den Ort herum, von dem die Stimmen zu kommen schienen. Im Schutz der immergrünen Sträucher und Farne schlichen sie sich heran. Ryder immer dicht hinter Lita, darum bemüht, keinen Laut von sich zu geben.

Schließlich sahen sie, was die beiden Männer veranlasst hatte, hierher zu kommen: Unter einem maroden Bretterdach, angelehnt an den riesigen Stamm einer gefallenen Zeder, standen dort lebensgroße Figuren aus Holz; Figuren mit riesigen Köpfen und menschlichen Gesichtern. Einige waren so verwittert, dass ihre Beine und Körper verfault und sie nur noch halb oder viertel so groß waren wie die anderen.

Ein paar der Holzfiguren waren eindeutig jüngeren Ursprungs, eine schien ganz neu zu sein, denn das Holz leuchtete in frischem Beige. Die beiden Männer, die dort in hölzerner Gesellschaft eine geheime Zeremonie abhielten, waren Wilson Buzzell und sein Sohn Mungo.

Fasziniert beobachteten Lita und Ryder die Szenerie im gründunklen Licht des Waldes. Obwohl ein frischer Wind wehte, agierten beide Männer barfuß und mit freiem Oberkörper. Wilson Buzzell sang ein langsames Lied mit langgezogenen Tönen und in jeder Pause folgte ein dramatisches Stöhnen und Heulen, das den beiden Lauschern im Dickicht eine Gänsehaut über den Rücken jagte.

Lita kam es vor, als hätte sich ein Stück Vergangenheit aufgetan, an dem sie unerlaubterweise teilhaben durfte. Ein heißer Stoß ging durch ihren Körper und verteilte sich bis in die winzigsten Adern. Ihr war, als würden die Enden ihrer Gliedmaßen zu brennen beginnen. Lita rief ihren Schutzgeist, weil sie spürte, wie die Magie des Ortes sie zu überwältigen drohte.

Für einen Augenblick verlor sie hinter geschlossenen Lidern die Verbindung zur Realität. Sie war eine Walkuh und jemand rief nach ihr. Wie im Nebel folgte Lita diesem Ruf. Bis die armdicke Harpune mit der Eisenspitze durch ihren Leib fuhr und der Nebel zur Morgenröte wurde, dem schäumenden Blut ihres Körpers.

Lita krümmte sich in einem überraschten Atemzug, ihre Lider flogen auf. An der Szenerie vor ihren Augen hatte sich nichts geändert. Neben ihr kauerte Ryder und starrte auf die Holzfiguren, deren strenge, einfach geschnittene Gesichter ihm Furcht einflößten. Sein Mund stand offen und Speichel lief ihm über das Kinn. Ryder schien nicht mehr bei Sinnen zu sein.

Aber plötzlich hob der am Boden kniende Wilson etwas auf, das weiß und rund war und dunkle Löcher hatte. Der Mann sang wieder in der alten Sprache. Was er dem Himmel in Richtung Meer entgegenstreckte, war ein menschlicher Schädel.

Lita reckte sich ein Stück und sah auf dem Boden vor den Holzfiguren eine ganze Reihe ausgeblichener Schädel liegen. Es mussten mindestens ein Dutzend sein. Sie begann zu zählen, aber inzwischen hatte auch der vollkommen arglose Ryder erkannt, was Wilson Buzzell da in der Hand hielt. Seine Augen weiteten sich vor Schreck und schon gurgelte es in seiner Kehle. Lita presste ihm geistesgegenwärtig die Hand auf den Mund und blickte so bestürzt drein, dass Ryder den wilden Schrei hinunterschluckte, der seinen Körper in schrecklicher Angst erbeben ließ.

„Besser, wir verschwinden hier", flüsterte sie. „Versuch so leise zu sein wie du kannst. Sie dürfen uns nicht bemerken."

Auf Händen und Füßen zogen sie sich im Schutz der nassen Farne zurück, immer dicht am feuchten Boden. Ryders übergroße Todesangst ließ ihn ausnahmsweise einmal genau das Richtige tun.

Der stechende Geruch von faulem Laub und verrottendem Holz stieg ihnen in die Nase. Es war der Geruch der uralten Wälder, geheimnisvoll und tröstend zugleich. Farnkräuterwedel streiften ihre Gesichter in sanfter Liebkosung und versteckten ihre Leiber. Aber dann knackte ein Ast unter Ryders Gewicht und Mungo Buzzell wandte sein Gesicht in ihre Richtung. Seine glitzernden Augen suchten im Gewirr des Dickichts und der Blätter nach dem Verursacher des Geräusches. Für einen Moment trafen sich seine Augen mit denen Litas. Sie sah die Bestürzung im Blick des jungen Mannes, aber auch noch etwas anderes, das ihr eine ungeheure Angst einjagte.

„Was war das?", fragte Wilson Buzzell seinen Sohn. „Irgendetwas beobachtet uns, ich spüre es."

„Da war nichts", erwiderte Mungo, „nur eine Hirschkuh, die im Dickicht geschlafen hat."

Lita und Ryder krochen weiter zurück. Schließlich standen beide gleichzeitig auf und tobten davon. Zweige schlugen ihnen ins Gesicht und hinterließen rote Male. Dornen zerrten an ihren Kleidern. Sie rutschten im Schlamm aus, schlugen lang hin, rappelten sich wieder auf und hasteten weiter, als wäre Tsonoqa, die Wilde Frau des Waldes hinter ihnen her.

Aber während Ryder die Furcht vor den bleichen Schädeln vorwärts trieb, ahnte Lita, dass sie sich eines unverzeihlichen Vergehens schuldig gemacht hatte. Sie, ein weibliches Wesen, hatte einem Walhäuptling bei einer heiligen Zeremonie zugesehen. Selbst wenn sie und Ryder an diesem Tag unversehrt nach Hause kommen sollten, würde sie von nun an nicht mehr schlafen können, aus Angst vor der Rache der Geister.

Am frühen Morgen desselben Tages trafen sich Micah und Sally im Hafen von Neah Bay. Er lachte, weil sie in ihrem gelben Ölzeug aussah wie ein Arbeiter auf einer Bohrinsel. Zumindest war sie nicht in normalen Sachen gekommen, sondern hatte sich gekleidet, wie man es von jemandem erwartete, der zum Fischen hinausfuhr.

„Lachst du mich aus?“, fragte sie verunsichert und doch ein wenig kokett, denn in dieser Verkleidung fiel ihr das nicht schwer.

„Nein, ich bin nur froh, dass ich dir nicht eine meiner Gummihosen borgen muss. Sie stinken ziemlich nach Fisch.“

Micah reichte Sally die Hand und half ihr ins Boot. Es war ein warmer, fester Griff. Er löste die Leinen der ‚Starfish‘ und holte den Steg ein. Mit gleichmäßig tuckerndem Motor verließen sie den Hafen und ließen die Küste vorbeigleiten. An einem bestimmten Punkt hielten beide lauernd die Nase in den Wind. Micah beobachtete Sally dabei und lächelte zufrieden in sich hinein. Jeder Fischer in Neah Bay kannte die Regel: Wenn du hinaus zum Fischen fährst und an diesem Punkt eine frische Brise spürst, dann fahr zurück und bleib zu Hause.

Micah gefiel der Gedanke, dass Sally diesen Ort kannte.

Aber es gab keine Brise und sie tuckerten hinaus aufs offene Meer. Einige kleinere Boote begleiteten sie auf ihrem Weg. Doch später, als sie die Meerenge von Juan de Fuca verlassen hatten, schien es, als wären sie ganz allein auf dem weiten Ozean, der größten Wasserfläche des Erdenballs. Sally hatte ihre Kapuze über den Kopf gezogen und stand an der Reling. Sie mochte es, auf dem Meer draußen zu sein, seinem Seufzen zu lauschen und sich vorzustellen, wie ihre Vorfahren in einfachen Zedernkanus gefischt und Robben gejagt hatten.

Der Himmel war bedeckt, aber es sah nicht nach Regen aus. Micah stand am Steuer und beobachtete den Flug der Seemöwen, die jähzornige Schreie ausstießen. Er tastete nach dem kleine Kristall im Lederbeutel, der verborgen unter der Kleidung auf seiner Haut lag. Vielleicht hatte es eine Bedeutung, dass seine Großmutter ihn ausgerechnet jetzt an ihn weitergegeben hatte.

Er sah sich nach Sally um, die vollkommen in Gedanken versunken an der Reling stand. Dass sie bei ihm war, stimmte ihn zuversichtlich. Heute würde er sicher einen guten Fang einholen.

Sie fuhren eine Weile ohne zu reden. Micah kannte sich auf der See aus, kannte jedes Riff, jede Strömung. Ebbe und Flut waren der Rhythmus, dem sich auch sein Körper angepasst hatte. Der Wechsel der Gezeiten bestimmte seinen Tagesablauf und beeinflusste seine Stimmungen. Er konnte sich nicht mehr vorstellen, woanders zu leben als am Meer. Und er konnte sich sehr gut vorstellen, Sally für immer an seiner Seite zu haben.

Nach einer Stunde hatten sie das Kap umfahren und waren mit dem Boot an jener Stelle angelangt, an der Micah größere Heringsschwärme vermutete. Er sah die Lachse an der Oberfläche schwimmen. Wo es Lachse gab, würden auch Heringe sein, denn Lachse machten Jagd auf Heringsschwärme.

Micah löste die Sperre der elektrischen Seilwinde und ließ die Netze langsam ins Wasser sinken. Gleich darauf stand er wieder am Steuer und beschrieb mit dem Boot einen weiten Bogen, damit die Strömung ihm besonders viele der silbrigen Fische in die Netze treiben konnte.

Als die Netze draußen waren, ließ Micah den Anker fallen. Eine Weile würde er warten und dann die Netze am Boden schließen. Er überprüfte ihre Position, kontrollierte die Vorgewichte und wandte sich schließlich Sally zu. „Bist du schon oft zum Fischen draußen gewesen?“, fragte er, während er die innere Haut eines Tintenfisches als Köder an die Haken einer Doppelangel steckte. Auf diese Weise ließ sich der Heilbutt am besten anlocken.

„Ja, früher ziemlich oft“, erwiderte Sally, der die Frage seltsam vorkam, denn schließlich war sie eine Makah und das Meer ebenso ihre Heimat wie das Festland. „Mein Vater war Fischer wie du. Er hat mich häufig mitgenommen, wenn er rausfuhr. Aber dann konnte er seine Raten für das Boot und die Fischlizenzen nicht mehr bezahlen. Er musste sein Boot verkaufen.“

„Und wovon lebt er jetzt?“

„Ich sorge für ihn“, log Sally, um das Geheimnis ihres Vaters zu wahren. „Er kümmert sich um den Haushalt und den Garten. Trotzdem bleibt er ein Fischer ohne Boot.“

Micah hörte das Bedauern in ihrer Stimme. Es beruhigte ihn ungemein, dass Sally durch ihren Vater wusste, mit welchen Sorgen er täglich zu kämpfen hatte. „Ja“, sagte er, „es wird immer schwieriger. Jedes Jahr zahle ich eine Menge

Geld für meine Heilbuttlizenz, obwohl es manchmal eine ganze Saison lang keinen Heilbutt gibt. Aber wenn ich meine Lizenz einmal abgebe, dann bekomme ich nie wieder eine. Die Bestimmungen für die Zuteilung werden immer strenger."

Sally musterte ihn eindringlich. „Du hast Angst, es könnte dir eines Tages so gehen wie meinem Vater, nicht wahr?"

Micah nickte. „Es ist meine größte Sorge. Wer soll sonst Ryder und Waatla Waa ernähren?"

„Du könntest etwas anderes tun als fischen."

Seine Augen wurden schmal. „Schon möglich. Aber dann müsste ich von hier fort und das kann ich nicht."

„Du hast bis jetzt durchgehalten, also wirst du es auch weiter tun", versuchte sie ihn zu ermutigen. „Ich weiß, du wirst es schaffen."

„Hm", brummte Micah, „manchmal bin ich mir nicht mehr so sicher. Es gibt Zeiten, da spüre ich meine Knochen, als wäre ich ein alter Mann. Ich könnte Hilfe gebrauchen auf dem Boot. Aber Ryder eignet sich nicht. Er erträgt es nicht, wenn die Fische sterben."

Sally dachte an ihren Vater. Emmett war jetzt fast sechzig und nicht mehr sehr kräftig. Aber nicht, weil er krank gewesen wäre, sondern weil er müde war und lange keine schwere körperliche Arbeit mehr getan hatte. Emmett Kallappa war einmal ein guter Fischer gewesen und wusste eine Menge Tricks. Sie beschloss ihren Vater zu fragen, ob er Micah Mahone auf dem Boot helfen würde. Vielleicht war es eine Möglichkeit für beide. Für Micah eine Hilfe und für ihren Vater ein Ansporn.

Micah blickte in den wolkenverhangenen Himmel und prüfte die Windrichtung. Ein leichter Ostwind wehte. Mahone erkannte das kommende Wetter durch den Klangwechsel der Wellen, die gegen Felsen schlugen oder an den Strand plätscherten. Die Position und die Wanderung der Wolken waren wie Schriftzeichen für ihn. Konnte Micah in der Ferne die hohen, schneebedeckten Berge der Olympic Mountains sehen, dann herrschte Westwind und die weißen Wolken befanden sich auf der anderen Seite der Berge. Bei Ostwind blieben die Wolken auf dieser Seite, so wie jetzt. Den Südostwind konnte man hören, sehr laut. Kleine Wellen schlugen ans Ufer, wenn er wehte. Er brachte meist verheerende Stürme mit sich. Orkane, die die Wellen aufwühlten und mit zerstörerischer Kraft gegen das Ufer schleuderten.

Die Makah sagen, der Südostwind sei der Furz eines alten Mannes. Manche Vögel und Tiere konnten versuchen ihn zu stoppen, indem sie Lieder für ruhigeres Wetter sangen. Wer diesen Gesang hörte, der sollte versuchen, so schnell wie möglich einen trockenen, sicheren Ort zu erreichen.

Hielt man sich an diese Regeln, hatte man nichts zu befürchten. Doch Micah traute der See nicht mehr, seit der Heilbutthaken seine Stirn zerrissen hatte und er beinahe ins Meer gespült worden war. Seither war er immer darauf gefasst, dass der Pazifik blitzartig seine Launen ändern und zu einem wilden Tier werden konnte.

Nach einer Weile überprüfte Micah die Angel und holte einen großen Heilbutt an die Wasseroberfläche. Mit einem spitzen Eisen, das wie eine Hacke an einem Holzstiel befestigt war, holte er aus, spießte den Fisch auf und hob das flache, sich windende Tier an Deck. Das weiße Unterteil des Fisches schimmerte wie Perlmutt. Ein Schlag mit einer Holzkeule beendete den Todeskampf.

Micah sprach leise Worte auf Makah. Er redete voller Hochachtung mit dem Geist des Fisches, den er getötet hatte. Tat er es nicht, konnte der Geist des Heilbutts sich irgendwann auf grausame Art rächen.

Später ging Micah nach achtern, um die schweren Netze wieder einzuholen. Er schaltete die Winde an und die Netze kamen langsam herein. Mit Sallys Hilfe faltete er die Netze und stieß mit schnellen Tritten herausfallende Fische in die Ladeluke. Danach lichtete Micah den Anker und suchte nach einem anderen Schwarm, damit er die Prozedur wiederholen konnte.

Gegen Mittag riss die Wolkendecke auf und die Sonne zeigte sich für eine Weile. Das seltsam intensive Licht des Meeres blendete die beiden. Sally stand neben Micah und hoffte insgeheim, er könnte vielleicht den Arm um sie legen. Aber er tat es nicht, er rückte nur noch ein Stück näher an sie heran, als wolle er sich versichern, dass sie auch wirklich da war.

Am späten Nachmittag, sie waren schon auf dem Weg zurück in den Hafen, schlug das Wetter plötzlich um. In Sekundenschnelle tauchten Wolken auf und schoben den Himmel zu. Der Wind wehte heftiger, der Geruch des Meeres wurde so intensiv, als käme er aus dunklen Tiefen herauf. Bis jetzt waren die Wellen gleichmäßig in Richtung Küste gelaufen, aber nun warf der Wind sie gegen das Boot. Die Wellen wurden von Böen aufgepeitscht und wuchsen rasch an. Seevögel sangen mit kreischenden Stimmen gegen den Südostwind.

Sally bemerkte die Unruhe in Micahs Bewegungen, aber gleichzeitig spürte sie auch, dass sie bei ihm sicher sein konnte. Die Launen des Pazifik machten ihm keine Angst.

„Geh nach drinnen!", sagte er barsch, „du wirst sonst ganz nass."

Sally schüttelte störrisch den Kopf. „Vielleicht kann ich dir helfen. Ich werde nicht nass."

Die ‚Starfish' hatte einen spitzen Bug und wenig Tiefgang, deshalb schaukelte sie auch schneller. Am Heck brachen sich die Wellen und Micah versuchte nun, sie schräg mit dem Bug zu nehmen. Es gelang ihm, denn er kannte sein Boot wie er sich selbst kannte. Die ‚Starfish' erreichte den Eingang der Meerenge und die Wellentäler wurden kleiner.

Als das Boot in den kleinen Hafen von Neah Bay lief, regnete es in Strömen. Kalter Wind und eisige Nässe erschwerten das Entladen der Fracht an der Fischfabrik, aber irgendwann hatten sie es geschafft. Es wurde schon dunkel, und als Micah das Deck schließlich mit einem kräftigen Wasserstrahl aus dem Schlauch gereinigt hatte, waren beide völlig erschöpft.

Trotzdem war Sally guter Laune. Sie hatte das Gefühl, auf die Probe gestellt worden zu sein und bestanden zu haben. Mit einem Mal wusste sie, sie würde Micah Mahone lieben können, wenn sie es nur zuließ. Er war Fischer und hatte nicht studiert wie sie, aber es gab etwas, das sie gemeinsam hatten: Sie waren beide weggegangen aus Neah Bay. Und sie waren wiedergekommen.

Micah fuhr Sally nach Hause und schlug ein weiteres Mal ihre Einladung aus. „Ich muss duschen und mich umziehen", sagte er, „ich bin nass bis auf die Knochen. Schätze, du solltest auch schnell ein heißes Bad nehmen. Ich will nicht, dass du krank wirst. Sonst bekomme ich noch Ärger mit deinem Vater und darf dich nicht wiedersehen. Ich will nicht, dass er mich für einen verantwortungslosen Mann hält."

Sally beugte sich zu Micah herüber und küsste ihn flüchtig auf den Mund. „Danke für diesen schönen Tag", sagte sie lächelnd und stieg aus.

Verblüfft blickte er ihr nach, bis sich die Haustür hinter ihr schloss. Mit der Zunge fuhr er über seine Lippen, um herauszufinden, wonach Sally Kallappa schmeckte.

Emmett Kallappa saß im gemütlichen Wohnzimmer und hatte auf seine Tochter gewartet. Sally duschte heiß und zog sich trockene Sachen an. Währenddessen brühte ihr Vater einen Tee und später saßen sie in behaglicher Wärme beieinander.

„Du siehst erschöpft aus", stellte Emmett fest, „aber auch glücklich."

„Das bin ich, Vater. Es geht mir gut."

Kallappa betrachtete seine Tochter zärtlich. „Du siehst aus wie sie." Sally ähnelte ihrer Mutter sehr und für ihren Vater war sie eine lebendige Erinnerung an seine Frau. Sally mochte es nicht, wenn ihr Vater sie so ansah.

„Ich glaube, Micah Mahone mag mich", sagte sie, um dem Gespräch eine andere Wendung zu geben.

„Du glaubst es?"

„Er ist sehr schüchtern."

„Aber was wird jetzt aus Adam?", fragte Emmett.

„Ich habe ihm gesagt, dass aus uns nichts werden kann. Das war schon lange, bevor ich mich in Micah verliebt habe."

„Das ist gut", nickte der alte Mann zufrieden. „Man muss immer ehrlich bleiben, auch auf die Gefahr hin, jemanden zu verletzen."

„Ja, aber manchmal ist es nicht leicht." Sally erzählte ihm noch ein wenig von ihrem Tag auf dem Meer und was für ein guter Fischer Micah war. „In kurzer Zeit hat er vier riesige Heilbutte an der Angel gehabt."

„Welchen Köder hat er benutzt?", fragte Emmett, dessen Interesse geweckt war. Seine Augen begannen zu leuchten.

„Tintenfischhaut", sagte Sally. „Er muss recht zeitig auf den Beinen gewesen sein, um sie zu besorgen."

Kallappa nickte lächelnd. Die innere Haut des Tintenfisches war der beste Köder für den Heilbutt. Man musste ziemlich ausgeschlafen sein, um bei Ebbe an die Kalmare heranzukommen, die sich in Höhlungen unter den Steinen versteckten. Dieser Micah Mahone wurde Emmett immer sympathischer, je mehr er über ihn erfuhr. Und Sally war so schön, wenn sie glücklich war.

„Micah könnte Hilfe gebrauchen auf dem Boot", sagte sie schließlich. „Er schafft es manchmal nicht mehr alleine."

Emmett schwieg eine Weile, dachte über Sallys Worte nach und fragte: „Was ist mit seinem Bruder? Er ist zwar nicht sehr helle, aber ein kräftiger Junge."

„Ryder mag es nicht, wenn Micah Fische tötet. Er wäre unglücklich auf dem Boot. Ich dachte, vielleicht könntest du ...", sie zögerte.

„Ich bin ein alter Mann, Sally."

„Wenn du noch dein eigenes Boot hättest, dann würdest du nicht so reden", entgegnete sie vorwurfsvoll.

Emmett schlürfte seinen Tee und versuchte sich vorzustellen, wie es sein könnte, wieder zum Fischen hinauszufahren. Sein Mut war müde geworden, aber seine Erfahrung nicht. „Ich werde darüber nachdenken", beendete er das Thema leise.

Später lag Sally in ihrem Bett und war das erste Mal seit langem wieder bereit, mit Vertrauen an die Zukunft zu denken. Bisher hatte sie einfach jeden Tag genommen wie er war und sich keine Gedanken darüber gemacht, was aus ihrem Leben werden sollte. Es konnte nicht so weitergehen in dieser engen Symbiose mit ihrem Vater, das wusste sie selbst.

Einen anderen Weg schien es jedoch nicht zu geben. Bis zu dem Tag, an dem Micah Mahone vor dem Museum aufgetaucht war mit seiner Bitte, ihm die Walfangutensilien zu zeigen. Sally hatte sofort erkannt, dass er sich viel mehr von ihr erhoffte, als eine Führung durch die Lagerhalle des Museums.

Mit großer Macht kehrte die Sehnsucht nach einer erfüllten Partnerschaft zu ihr zurück. Schon einmal hatte sie geglaubt, in der Beziehung zu einem Mann Erfüllung zu finden. Aber damals war alles Illusion gewesen und die Wirklichkeit so hart, dass Sally heute noch mit schlimmen Erinnerungen zu kämpfen hatte. Die tiefe Enttäuschung hatte einen bitteren Nachgeschmack hinterlassen und sie gelehrt, sich nie mehr ganz zu öffnen, wenn sie mit einem Mann zusammen war.

Zu ihrer Zeit als Studentin hatte Sally Freundschaften mit Jungen gehabt, die jedes Mal bis zu dem Tag hielten, an dem die jungen Burschen versuchten, sie ihren Eltern vorzustellen. Anfangs dachte Sally noch, es müsse überall ein paar engstirnige Leute geben, deren Söhne zu schade für ein Indianermädchen waren. Aber als sie merkte, dass auch jene Familien, die sie freundlich empfingen, nur den Schein wahrten, gab sie es auf, einen Freund haben zu wollen, der nicht mit derselben Hautfarbe geboren war wie sie.

Doch so ein Studium ist lang und sie war so unendlich weit weg von zu Hause. Die indianischen Studenten, die es bis nach Harvard geschafft hatten, konnte sie an zwei Händen abzählen. Fünf davon waren Frauen, einer war verheiratet, ein anderer hatte eine feste Freundin und der dritte, Charlie Redwing aus Oklahoma, wog 120 Kilo. Sally hoffte, Charlie könne ihr vielleicht ein Freund sein, aber er mochte sie zu sehr, als dass er die Freundschaft platonisch durchgehalten hätte.

Niemand war da, dem Sally sich anvertrauen konnte, mit dem sie über ihr Problem hätte reden können. Bis Al Carter auf dem Campus auftauchte, der neue Professor für Indianische Literatur. Carter war vierzig, sah aber aus wie Anfang dreißig. Er hielt seinen Körper fit, hatte einen bemerkenswerten Humor und kannte sich überraschend gut aus in seinem Fach. Zudem war er ungeheuer attraktiv und alle Herzen flogen ihm zu. Die Studentinnen flirteten mit ihm, aber er verstand es, in dieser Angelegenheit unantastbar zu bleiben. Sein tiefgründiger Humor rettete ihn aus jeder brenzligen Situation.

Sally mochte Carter gern und auch er schien Freude daran zu haben, sich mit ihr zu unterhalten. Anfangs drehten sich ihre Gespräche um neue indianische Literatur, die vom Leben im Reservat erzählte. Doch später redeten sie über alles, was damit zusammenhing und landeten schließlich bei sich selbst.

Es tat Sally gut, sich ihre Kümmernisse von der Seele zu reden und bei Carter fand sie immer ein offenes Ohr. Dann starb ihre Mutter, und als Sally von der Beerdigung nach Harvard zurückkehrte, saß Al Carter zufällig im selben Flieger. Sally weinte und er versuchte sie zu trösten. Später setzte er den Versuch in seiner Wohnung fort, und als Sally endlich aufhörte zu weinen, war sie schwanger.

In der nächsten Zeit trafen sie sich heimlich weiter. Sally spürte ein Begehren, das sie bisher nicht gekannt hatte. Al war ein sinnlicher, erfahrener Mann, ganz anders als die Knaben, mit denen sie bisher gegangen war. Mit

Carter konnte sie über alles reden. Er hörte aufmerksam zu und seine Antworten waren nie dahingesagt. Al bedachte sie mit kleinen Geschenken, sie verreisten gemeinsam an den Wochenenden, und als sie ihm von ihrer Schwangerschaft erzählte, fiel er auch nicht aus allen Wolken.

Aber er freute sich auch nicht wie ein werdender Vater sich freuen sollte. Ihre Beziehung hielten sie immer noch geheim, denn Sally hatte bei Carter Unterricht und wenn alles herauskam, würde er seine Stelle verlieren.

Sally war im fünften Monat, da begann sich sein Verhalten ihr gegenüber unmerklich zu ändern. Er hörte nicht mehr so interessiert zu, wenn sie mit ihren Sorgen zu ihm kam. Manchmal war er ungehalten und gereizt und schrie sie an. Dann wiederum nahm er sich plötzlich für sie Zeit, stellte ihr seltsame Fragen und sie erwischte ihn später dabei, wie er ihre Antworten in seinen Computer tippte. Das öffnete Sally schließlich die Augen. Al Carter hatte sie nur benutzt, für ihn war sie nichts weiter als ein willkommenes Versuchsobjekt gewesen. Er hatte ihre Beziehung aufrechterhalten, um seine Studien zu treiben.

Sally war enttäuscht und so wütend, dass sie Carter auf dem Campusgelände zur Rede stellte. Er war ungehalten darüber, wie sie es wagen konnte, ihn in Verruf zu bringen und stieß sie zornig von sich. Als sie taumelnd versuchte ihr Gleichgewicht wiederzuerlangen, stieß Sally mit einem Radfahrer zusammen, der ihr nicht mehr ausweichen konnte. Im Krankenwagen fing sie an zu bluten, später hatte sie eine Fehlgeburt, und als sie aus dem Krankenhaus entlassen wurde, war sie nicht mehr dieselbe. Einzig sichtbares Zeichen ihrer Verletzung war die schiefe Nase mit der winzigen weißen Narbe darüber. Die anderen Wunden heilten sehr viel schwerer und niemand konnte die Narben sehen, die auf ihrer Seele zurückgeblieben waren.

Al Carter hatte die Universität verlassen, wenn auch nicht freiwillig, wie sie später erfuhr. Sally nahm ihr Studium wieder auf, sie schloss sich regelmäßig in ihrem Zimmer ein und lernte wie eine Besessene. Sie ging nicht mit den anderen ins Kino, kam nicht zu deren Partys und redete kaum noch. Aber ihren Abschluss schaffte sie als eine der Besten.

Von diesen Dingen wusste niemand hier in Neah Bay, nicht einmal ihr eigener Vater. Niemandem hatte Sally je erzählt, wie tief sie verwundet war, wie hart die Jahre in Harvard für sie gewesen waren, und wie sehr sie der Verlust ihres Kindes schmerzte. Das war jetzt alles schon beinahe fünf Jahre her, aber manchmal tat es weh, als wäre es erst gestern gewesen.

Gut verborgen hinter ihrer spröden, kumpelhaften Art suchte Sally nach dem Mann, der erkannte wie sie wirklich war, der sie liebte und in die Arme nahm, um für immer zu ihr zu halten.

Mit Adam Bowechop hatte sie geschlafen, weil ihre Sehnsucht nach Zärtlichkeit unerträglich geworden war. Es war Sally nicht schwer gefallen, denn sie mochte Adam und er hatte einen schönen Körper. Aber Adam war nicht der Mann, mit dem sie leben wollte. Zwar machte es ihm nie etwas aus, dass sie in Harvard studiert hatte und somit gebildeter war als er, der nicht mal ein College besucht hatte. Sally war froh gewesen, wie gut Adam damit zurechtkam, ohne in seiner männlichen Würde gekränkt zu sein.

Aber dann stellte sie fest, dass er es nicht akzeptierte, wie sie gehofft hatte, sondern ihre Bildung glattweg ignorierte. Er war sehr still, wenn sie von ihrer Arbeit erzählte und wurde erst munter, wenn sie ihn nach seiner fragte. Irgendwann wurde Sally bewusst, dass Adam nicht aus seiner angestammten Rolle, seiner Tradition ausbrechen konnte, und sie hörte auf, sich mit ihm zu treffen. Ihre Entscheidung lag jetzt vier Wochen zurück, das war keine lange Zeit, und Sally verstand, warum Adam sich nicht so schnell abfinden wollte. Sie würde zu ihm gehen und ihm sagen müssen, dass sie sich in einen anderen verliebt hatte.

Ryder und Lita erreichten das zweigeteilte Haus am späten Nachmittag. Beide waren völlig erschöpft und durchnässt, nachdem sie auf dem Rückweg auch noch von strömendem Regen überrascht worden waren. Litas Mutter lag betrunken auf dem Sofa und war außerstande Fragen zu formulieren, auch wenn sie der Anblick ihrer dreckverschmierten Tochter und des zitternden Ryder in Schrecken versetzte.

Lita duschte und zog sich um. Während ihrer behutsamen Versuche, auch Ryder vom gröbsten Dreck zu befreien, redete sie ernst auf ihn ein. „Du musst vergessen, was du gesehen hast, Ryder. Mungo und sein Vater haben irgendetwas gemacht, von dem keiner wissen darf und was keiner sehen oder hören sollte, – schon gar nicht du und ich."

Ryder stöhnte und wimmerte vor Furcht und Entsetzen. „Mungo jemanden totgemacht", brabbelte er.

Lita rubbelte ihm die Haare trocken. „Mungo hat niemanden totgemacht, Ryder", versuchte sie ihn zu beruhigen. „Die Schädel waren alt, sehr alt, hörst du!" Sie umarmte ihn und streichelte über seinen Kopf. „Geh jetzt nach Hause, ja. Und erzähl niemandem, was du gesehen hast, Ryder, auch deinem Bruder nicht. Versprich es mir!"

Ryder nickte, aber er weigerte sich, die wenigen Schritte bis nach Hause allein zu gehen. Lita musste ihn schließlich begleiten, ging aber nicht mit ins Haus. Sie fühlte sich im Augenblick nicht stark genug, Micah Mahones neugierige Fragen zu beantworten.

Es dämmerte bereits, als Lita Bowechop zu ihrem Haus zurückkehrte. Mit langen Schritten lief sie die unbefestigte Straße entlang. Plötzlich hörte sie etwas. Sie blieb stehen, um zu lauschen. Es war ein leiser Gesang, der vom Meer herüberwehte. Es regnete immer noch und Lita hatte ihre Kapuze tief ins Gesicht gezogen, aber der Gesang war deutlich zu hören.

Ein schmaler Baumstreifen, der die Straße vom Strand trennte, wurde von lichten Stellen unterbrochen. Lita näherte sich langsam einem dieser Durchgänge und suchte nach den Männern, aus deren Kehlen der Gesang kam.

Auf einmal sah sie ein schwarzes Kanu auf dem Strand, darin mehrere Gestalten mit Federn auf den Köpfen. Das Kanu war nicht mehr auf dem Wasser, es schwebte dicht am Boden über den nassen Sand, die Ruder schwenkten durch die Luft.

Lita kniff die Augen zusammen und rannte davon. Bis zu ihrem Haus waren es nur noch wenige Meter. Als sie es erreicht hatte, schlüpfte sie hinein und riegelte erleichtert die Tür hinter sich zu. Sie verfluchte den Spalt, der das Haus durchteilte und der den sonderbaren Wesen vielleicht ermöglichte hineinzugelangen.

Micah merkte unterdessen sofort, dass mit seinem kleinen Bruder etwas nicht stimmte. Zwar war es nichts Ungewöhnliches, wenn Ryder schmutzig und nass von seinen Streifzügen heimkehrte, aber dann war er fast immer fröhlich und plapperte munter drauflos. Diesmal war Ryder still und wirkte vollkommen verstört. Angst verzerrte sein hübsches Gesicht.

Micah nahm Ryder am Arm und zog ihn in sein Zimmer, damit Waatla Waa, die in ihrem Stuhl vor dem Kaminfeuer saß und sich wärmte, sie nicht hören konnte.

„Was ist los, Ryder, woher stammen die Kratzer in deinem Gesicht? Was ist passiert?“, fragte Micah.

„Ni…hichts“, schniefte Ryder. „G…g…gar ni…hichts.“

Immer wenn er anfing zu stottern, war etwas geschehen, das Ryders Welt ins Schwanken brachte. Das bedeutete nicht zwangsläufig, dass man sich Sorgen machen musste, denn Ryders Welt geriet auch schon mal wegen einer Kleinigkeit aus dem Gleichgewicht. Doch diesmal war Micah beunruhigt.

„Ich bin dein Bruder“, versuchte er es liebevoll, „mit mir kannst du doch reden. Habe ich dir nicht immer geholfen?“

Das stimmte wohl, aber Ryder wandte sich ab und schwieg. Was Micah auch versuchte, er konnte aus seinem kleinen Bruder nichts herausbekommen.

In der Nacht wurde Micah von einem schrecklichen Schrei aus Ryders Zimmer aufgeweckt. Sofort war er die wenigen Schritte bei seinem Bruder. Völlig aufgelöst kauerte Ryder in der Ecke des Bettes und Micah hörte, wie seine Zähne klappernd aufeinander schlugen.

„Sie w…wollen mi…mich holen, Micah“, wimmerte er, die starken Hände zu Fäusten geballt und unter das Kinn gepresst.

Micah setzte sich auf das Bett und zog Ryder zu sich heran, der genauso groß und kräftig war wie er selbst. „Wer will dich holen, kleiner Bruder, wer?“

„Viele“, stammelte Ryder. „Viele aus Holz und viele aus Knochen.“

„Du hast nur geträumt“, versuchte Micah ihn zu beruhigen. „Du hattest einen Albtraum.“

„Aber Lita war auch im Traum“, meinte Ryder schniefend, bevor er tatsächlich ruhiger wurde.

„Na klar, es ist nichts Ungewöhnliches, wenn man von Menschen träumt, die man gern hat. Nun leg dich wieder hin und schlafe. Es kann dir nichts passieren. Ich bin da und beschütze dich.“

Ryder griff nach dem Arm seines Bruders und hielt ihn fest, mit einer Kraft, die Micah nicht für möglich gehalten hätte. Er sagte nichts, aber aus seinen Augen sprach nackte Angst.

„Also gut“, brummte Micah und gab sich geschlagen. „Ich hole nur meine Decke, dann schlafe ich mit in deinem Bett.“

Nachdem er dieses Versprechen gegeben hatte, ließ Ryder ihn los.

10. Kapitel

Mungo Buzzell verließ in der Nacht sein Zimmer und kletterte auf die Klippen des Kaps. Oben, auf dem Fels, zündete er sich eine Zigarette an. Den ersten Zug holte er tief in die Lungen. Seine wehenden langen Haare muteten wie Nachtflügel an, als wäre er ein Wesen, das sich aus dieser Zeit davonmachen wollte, weil sie ihm nicht mehr gefiel.

Drinnen, im Haus, durfte Mungo nicht rauchen. Sein Vater verabscheute dieses Laster und strafte ihn mit Nichtachtung, wenn er ihn dabei erwischte. Mungo nahm noch einen tiefen, aufbegehrenden Zug. Die Glut war ein winziger Leuchtpunkt in der Nacht. Unter ihm schäumte und spritzte die weiße Gischt der Flut gegen die Felsen.

Er dachte darüber nach, was heute geschehen war. Sie waren von dem Mädchen und ihrem Freund – dem Idioten – bei ihrem Ritual beobachtet worden. Frauen, so war es ihm von seinem Vater eingetrichtert worden, hatten in der Nähe eines Walschreins nichts zu suchen und die heiligen Lieder der Familie durfte kein Fremder jemals hören. Aber genau das war passiert und er hatte geschwiegen. Er hätte seinem Vater von Lita und Ryder erzählen müssen, doch aus irgendeinem Grund hatte er es nicht getan.

War nun die ganze Jagd gefährdet? Seinetwegen? Würde der Wal ihnen entkommen, wie er im Herbst zuvor Yallakub entkommen war? Zusammen mit seinem Vater hatte Mungo dafür gebetet, dass Yallakub scheitern möge. Es war ihnen gelungen. Alles musste schließlich seine Richtigkeit haben. Santianna Buzzell hatte den letzten Wal gejagt, und sein Enkel sollte nun der Erste sein, der nach langen Jahren wieder einen Wal töten würde. Das Leben war ein Kreis, auch wenn man manchmal ein wenig nachhelfen musste, um ihn zu schließen.

Eine erfolgreiche Jagd würde auch Mungo eine gehörige Portion an Ruhm und Ehre einbringen. Endlich konnte er seinen gebührenden Platz einnehmen – als Erbe der Privilegien seines Vaters. Das waren Dinge, die weit jenseits von schulischen Leistungen lagen, die nie so gut gewesen waren, dass sie Mungo Beachtung eingebracht hätten. Dinge, die jenseits der alltäglichen Aufgaben des Lebens lagen, die ihn langweilten und überflüssig schienen. Endlich konnte er seinem Vater und allen anderen beweisen, dass er ein richtiger Mann war, ein würdiger Nachfahre Santianna Buzzells, seines verehrten Großvaters.

Und Lita? Lita würde ihm dankbar sein, weil er sie nicht verraten hatte. Gewiss würde sie ihm nun jene Aufmerksamkeit schenken, die er sich seit langem von ihr erhoffte. Er würde sie besitzen, sich in sie hineinzwängen – und es würde ihr gefallen.

Nicht ein einziger Mensch in Neah Bay ahnte, dass Mungo Buzzell ein Auge auf Lita Bowechop geworfen hatte, das stille Mädchen mit den Schlitzaugen. Ihre Schweigsamkeit reizte ihn, ihre kühle Ablehnung brachte sein hitziges Blut zum Kochen. Ihr biegsamer brauner Körper geisterte durch seine nächtlichen Wünsche.

Auf einmal sah Mungo sich dem Ziel seiner Träume ein ganzes Stück näher gerückt. Am Ende würde er der Sieger sein. Mit einem triumphierenden Lächeln auf den Lippen blickte er über die Bucht. Auf der anderen Seite stand das zweigeteilte Haus und in seinem Inneren brannte noch Licht.

Mungo umfasste das lederne Amulett, das um seinen Hals hing und in dem er getrocknete Würmer aufbewahrte.

Maden waren die Speise der Geister und sie sollten ihm bei seinem Vorhaben helfen.

Mungo schloss die Augen und beschwor die Geister der Nacht. Die Welt der Makah gefiel ihm nicht mehr. Es musste sich bald etwas ändern. Er wollte mehr sein als er vermochte. Sein Dasein sehnte sich nach Bedeutung.

„Gebt mir die alte Welt zurück!“, flüsterte er in den Wind. „Befreit mich aus meinem Schattenleben! Gebt mir die alte Welt zurück!“

Am Morgen nach dem Zwischenfall im Küstenwald hinter dem Shi-Shi Beach hatte sich Ryders Zustand nicht verändert. Im Gegenteil, sein Verhalten war noch besorgniserregender als am Abend zuvor. Erst wollte er gar nicht aus dem Bett kommen, in dem er mit Micah eine unruhige Nacht verbracht hatte. Ryder hatte geträumt und um sich geschlagen. Das Bett war nass von seinem Schweiß.

Schließlich hockte Ryder verängstigt in der Ecke auf der Küchenbank und schaukelte mit dem Oberkörper – etwas, das nur selten vorkam. Wimmernd klagte er über Bauchschmerzen, die Arme verschränkt und gegen den Magen gepresst. Vor ihm auf dem Tisch stand eine Schale mit matschigen Cornflakes. Auf seiner Stirn hatten sich Schweißperlen gebildet und als Micah fühlte, war sie heiß.

„Was ist los mit ihm?“, fragte Waatla Waa und blickte streng über den Rand ihrer Hornbrille. Sie machte sich große Sorgen. Weniger um Ryder, der mit der Sonne einen starken Schutzgeist hatte, als vielmehr darüber, dass Dinge im Gange waren, die ein Eigenleben zu entwickeln schienen und alles durcheinander bringen konnten.

„Ich weiß es nicht“, antwortete Micah. „Er war gestern den ganzen Tag mit Lita unterwegs. Irgendetwas muss passiert sein, aber ich weiß nicht, was. Er redet nicht. Er hat Angst."

„Dann geh zu dem Mädchen und frag sie!", sagte die alte Frau in einem Tonfall, der keine Widerrede duldete.

Micah war unausgeschlafen und ärgerte sich über den Befehlston seiner Großmutter. Er hatte nicht die geringste Lust ins zweigeteilte Nachbarhaus zu gehen, den Geruch von abgestandenem Alkohol und Zigarettenqualm einzuatmen und eine verstockte Fünfzehnjährige auszufragen. Außerdem wollte er Jace nicht begegnen, der Frau, die wie ein Gespenst aussah, und in keiner Weise mehr an jenes geheimnisvolle Mädchen mit den dicken schwarzen Zöpfen erinnerte, in das er einmal verliebt gewesen war.

Aber Micah wagte nicht, seiner alten Großmutter zu widersprechen. Was sie sagte, hatte er zu respektieren. Das Alter und die Erfahrung ihres langen Lebens gaben ihr das Recht, Dinge von ihm zu fordern, die keiner Erklärung bedurften.

Waatla Waa kochte für Ryder einen Tee aus dem Wurzelextrakt des Spitzkiels, um seine Bauchschmerzen zu lindern. Micah ahnte, gegen diese Art Magenkrämpfe würde der Sud machtlos sein, aber er sagte nichts. Nach dem Frühstück ging er hinüber zum Nachbarhaus. Jace, mit verquollenem Gesicht und tränenden Augen, öffnete ihm.

„Ich muss mit Lita sprechen", sagte er.

Jace ließ ihn herein und schlurfte davon. Es interessierte sie nicht, was Micah mit ihrer Tochter zu besprechen hatte. Er ging nach oben zu Lita und fragte sie, was am gestrigen Tag geschehen war.

„Nichts", antwortete das Mädchen mit dem ernsten Gesicht einer erwachsenen Frau. Ihre Augen waren nur noch schmale Schlitze, durch die sie Ryders Bruder konzentriert betrachtete. Micah Mahone war ein Mann und er war einer der Walfänger. Obwohl sie ihn gern hatte, konnte sie ihm nicht trauen. Niemandem konnte man mehr trauen, seit die Gebote, die in grauer Vorzeit einen Sinn gehabt haben mochten, sich wieder in das Leben der Makah geschlichen hatten.

„Aber Ryder ist völlig verstört", sagte Micah mit einem Anflug echter Verzweiflung. „Er isst nicht und hat Angst. Ich kann ihm nicht helfen, wenn ich nicht weiß, was los war."

„Er hat einen toten Hirsch gesehen, das ist alles. Er wird sich schon wieder beruhigen."

„Wo war das, Lita? Wo seid ihr gewesen? Ich muss das tote Tier den Rangern melden."

„Bei der Fischzuchtanlage", sagte sie, den Blick zu Boden gerichtet.

Micah überlegte eine Weile, dann sagte er enttäuscht: „Du lügst, Lita. Was ist so schrecklich, dass du mich anlügen musst?"

Die Bewegungen des Mädchens wurden fahrig. Sie war verunsichert und hatte Angst. Die Ereignisse des gestrigen Tages hatten sie die ganze Nacht nicht schlafen lassen. Ihre Augen blickten genauso müde wie seine. Eigentlich mochte sie Micah, weil er gut zu seinem Bruder und zu ihr immer fair und freundlich war. Vor einiger Zeit noch hatte ihr junges Herz schneller geschlagen, wenn er in ihrer Nähe war. Lita beschloss, Micah zu vertrauen. Sie flüsterte: „Wir haben etwas gesehen, was wir nicht hätten sehen dürfen. Jedenfalls ich nicht", fügte sie verstört hinzu.

„Was habt ihr gesehen?"

„Einen heiligen Ort, mit Holzfiguren und Totenschädeln. Mungo Buzzell und sein Vater waren dort." Tränen liefen über die braunen Wangen des Mädchens und hinterließen glitzernde Spuren.

Langsam konnte sich Micah zusammenreimen, was Lita und Ryder gesehen hatten. „Was haben die beiden dort gemacht?“, fragte er.

„Gesungen und gebetet. Es war Makah, aber einiges habe ich verstanden. Sie riefen den Wal.“

„Haben sie euch gesehen?“, fragte er besorgt.

„Warum lässt du mich nicht einfach in Ruhe, Micah Mahone?“, sagte Lita bitter.

„Weil ich mir Sorgen um Ryder mache“, antwortete er, „und um dich.“ Er streckte die Hand aus, um ihr väterlich über den Kopf zu streichen, aber Lita wich zurück.

„Ich komme gut allein zurecht“, war die ruppige Antwort auf seine Geste.

„Ja, klar“, erwiderte er.

Micah dachte angestrengt nach. „Kannst du mich hinbringen?“, fragte er nach einer Weile, als er beschlossen hatte, etwas zu unternehmen.

Entsetzt schüttelte Lita den Kopf. „Niemals. Niemand wird mich je wieder an diesen Ort bringen. Auch du nicht.“ Für Lita war dieser Ort mit Albträumen verbunden und sie wollte ihn nie wieder betreten.

„Dann sag mir wenigstens, wo es ist.“

Störrisch blickte sie auf die abgeschabten Dielen zu ihren Füßen.

„Bitte!“, sagte Micah. „Ich muss Ryder beschützen, wenn du dir schon nicht helfen lassen willst.“

„Lauf den Shi-Shi Trail bis zum Ende“, sagte Lita, „und dann einfach geradeaus weiter in den Wald. Es gibt einen Pfad. Er ist sehr versteckt, aber irgendwann siehst du ihn.“

Micah nickte und wandte sich zum Gehen. In der Tür drehte er sich noch einmal um. „Du musst keine Angst vor

Männern haben, nur weil sie mitunter merkwürdige Dinge tun. Wir sind auch nur Menschen, glaub mir das. Wenn du Hilfe brauchst, Lita, ich bin immer für dich da."

Als er schon fast draußen war, ließ ein leiser Ruf ihn innehalten. Lita hatte seinen Namen gerufen. Micah ging zurück in ihr Zimmer, wo sie mit gesenktem Kopf am Fenster stand.

„Was ist, Lita?", fragte er sanft, denn er merkte, dass sie plötzlich ihre Furcht zugab und Vertrauen suchte.

„Ich habe noch etwas anderes gesehen, gestern Abend, am Strand." Lita blickte auf, ihre Augen wanderten umher als schäme sie sich.

„Was hast du gesehen? Rede mit mir, ich werde dich nicht auslachen."

„Draußen war ein schwarzes Boot auf dem Strand, mit Männern darin, die Federn auf den Köpfen trugen. Sie sangen und ruderten." Lita schluckte und es kostete sie große Mühe, den letzten Satz herauszubringen. „Sie ruderten durch die Luft."

Micah ging zu ihr und fasste sie tröstend am Arm. Er war erleichtert, nicht mehr der Einzige zu sein, der diese Gestalten gesehen hatte. Vielleicht war er doch nicht verrückt. „Du hast die Ya'i-Geister gesehen", sagte er ruhig, als wäre das die natürlichste Sache der Welt. „Neulich, des Nachts, sind sie auch mir begegnet. Es sind gute Geister, du brauchst dich vor ihnen nicht zu fürchten."

„Aber ...", mit großen Augen starrte sie ihn an.

„Frag mich nicht nach einer Erklärung, Lita", sagte Micah seufzend. „Manchmal sehen wir eben Geister, gekleidet in Formen der Natur. Und manchmal sehen wir etwas, wofür es keine Erklärung gibt. Um das Leben unseres Volkes zu ändern, wollten wir in unsere Vergangenheit zurückgehen. Jetzt ist die Vergangenheit zu uns gekommen. Nun müssen wir stark genug sein, um damit fertig zu werden."

Lita wandte sich wortlos ab und blickte aus dem Fenster, hinaus in den Regen, der alles in trauriges Grau verwandelte.

Nachdenklich kehrte Micah in sein Haus zurück. Ein vertrauter Duft führte ihn sofort in die Küche. Drinnen saßen Irina und sein Bruder am Tisch. Ryder hatte aufgehört zu schaukeln, aß frische Cornflakes mit Milch und wirkte kaum noch verängstigt. „Irina ist da", sagte er zu Micah und zeigte mit dem Finger auf sie.

Ryder war damals zu klein gewesen, und sein Erinnerungsvermögen war auch nicht so gut ausgeprägt, als dass er die einstige Frau seines Bruders wiedererkannt hätte. Aber Irina konnte schon damals gut mit ihm umgehen und daran hatte sich nichts geändert.

„Das sehe ich." Micah stellte den Wasserkocher an, um sich noch eine Tasse Kaffee zu brühen. Irina hatte einen Becher mit dampfendem Tee vor sich stehen, den Waatla Waa zubereitet hatte, wie die Gastfreundschaft es verlangte.

„Danke für die herzliche Begrüßung", meinte sie spöttisch.

„Ich bin nicht sonderlich gut drauf heute", brummte Micah. „Wir haben ein kleines Problem."

„Kann ich helfen?", fragte Irina.

„Wohl kaum."

„Na komm schon, Micah, sei nicht so störrisch", sagte sie. „Ich helfe wirklich gern."

Er war kurz davor grob zu werden, als ihm klar wurde, was für einen großen Anteil Irina daran hatte, dass Ryder wieder normal war. Vielleicht war die Idee, nicht allein zum Shi-Shi Beach gehen zu müssen, gar nicht so schlecht. Ihm war selbst ein wenig unheimlich vor dem, was ihn dort erwartete. Möglicherweise waren im Wald noch ein paar andere übernatürliche Wesen unterwegs, die den Menschen nicht so wohlgesonnen waren wie die Ya'i-Geister. Deshalb konnte es nicht schaden, eine Begleitung zu haben, die gegen Makah-Zauber immun war. Zugeben durfte er das natürlich nicht.

„Okay", knurrte Micah schließlich unwirsch, „dann komm mit, ich werde es dir erzählen."

Sie fuhren mit dem Jeep bis zum grauen Tor und stellten ihn dort ab. Im Wagen hatte Micah Irina kurz erklärt, worum es ging. Sie hielt die Angelegenheit für ein Hirngespinst der beiden jungen Leute und war einfach nur froh, Micah ein paar Stunden für sich allein zu haben. Von den Ya'i-Geistern, die dort in den Wäldern möglicherweise ihren Hauptwohnsitz hatten, erfuhr Irina allerdings nichts.

Regen tropfte von den Zweigen, die über dem Pfad zusammenwuchsen. Der schwere Geruch von moderndem Holz und feuchtem Laub lag in der Luft. Es war nass, aber nicht wirklich kalt, und schon nach wenigen Schritten begann Irina zu schwitzen, weil sie für einen Marsch zu warm gekleidet war.

„Hast du eine Ahnung, was es sein könnte, das Ryder und dieses Mädchen gesehen haben?", fragte sie Micah, um das Schweigen zu brechen.

„Hörte sich so an, als wäre es ein Walfängerschrein. Leider weiß ich fast nichts über diese Schreine, nur, dass es sie gegeben hat. Es waren Orte, an denen die obersten Walhäuptlinge beteten."

„Aber was ist so furchtbar daran, dass es die beiden derart verschreckt haben könnte?", wollte Irina wissen, während sie zu tun hatte, Micahs schnellen Schritten zu folgen. Ihre Beine waren nicht so lang wie seine.

„Zur Ausstattung eines Walschreins gehörten die sterblichen Überreste der Vorfahren des Walhäuptlings", sagte Micah. „Ryder hat etwas von Schädeln gestammelt."

Irina blieb abrupt stehen, weil etwas ihr die Kehle zuschnürte. „Na prima! Davon hast du vorhin nichts gesagt." Sie schniefte und japste – vor Empörung. Vorwurfsvoll sah sie ihn an.

„Möchtest du umkehren?", fragte er ungeduldig. „Bitte!"

Irina blickte den Pfad zurück, auf dem sie schon fast eine halbe Meile gelaufen waren. Eine tropfnasse grüne Wildnis, mit Lauten, die sie nicht zu deuten wusste. Vögel flogen kreischend aus dem Geäst eines Baumes und flatterten mit lautem Flügelschlag davon. Sie machte ein klägliches Gesicht.

Was würde sie wohl sagen, wenn jetzt die Ya'i-Geister in ihrem Boot auftauchten, dachte Micah. Vermutlich würde sie es als eine Halluzination abtun, weil das Gesehene nicht mit ihrer aufgeklärten Lebensauffassung zusammenpasste. Aber dann fiel ihm ein, dass Irina weiß war und sie deshalb vielleicht manche Dinge gar nicht sehen konnte, die sich hier abspielten. Vielleicht sollte er einfach etwas nachsichtiger mit ihr sein.

Die Kultur der Weißen und die der Indianer hatten sich auf verschiedenen Kontinenten entwickelt und waren nun schon seit mehr als 500 Jahren dazu verdammt, miteinander auszukommen. Mit den Augen des Verstandes gesehen schien Amerika für Weiße und Indianer dasselbe Land zu sein. Und doch war es das nicht, weil sie nicht die gleiche Vergangenheit teilten. Den Weißen fehlte das Verständnis für die uralten Symbole und Geschichten, deshalb reagierten sie vollkommen anders auf diese Erde und was sie hervorbrachte als die Indianer.

„Nein, nein, schon gut", murmelte Irina schließlich, weil sie nicht zugeben wollte, dass sie sich fürchtete. „Vielleicht ist ja alles nur ein Irrtum." Ihr war unheimlich und den Rest des Weges schwieg sie beklommen.

Nach einigem Suchen fand Micah den von Lita beschriebenen Pfad und kurz darauf standen sie vor Wilson Buzzells Walfängerschrein. Es gab ihn tatsächlich: eine mannshohe Hütte ohne Wände, mit einem morschen Dach aus Zedernbrettern. Die Holzfiguren schienen des feuchten Wetters überdrüssig zu sein, so ernst und missmutig blickten sie in Richtung Meer. Zu ihren modernden Füßen, sauber aufgereiht, ein Dutzend menschlicher Schädel.

„Mein Gott", presste Irina verstört hervor. „Ich glaube es einfach nicht."

Sie glaubt nicht mal, was sie am helllichten Tag sieht, dachte Micah kopfschüttelnd, aber er sagte nichts. Dies war ein machtvoller Ort. Einen Augenblick ließ er ihn auf sich wirken, die Hand auf seiner Brust, wo sich unter dem Hemd der Beutel mit dem Kristall befand. Der Quarz summte und vibrierte in seiner ledernen Hülle, etwas, das Micah zum ersten Mal spürte, seit er ihn besaß. Die Zeit schien einen Sprung zu machen und um ihn herum wuchs ein pulsierendes Flüstern, ein gespenstisches Rascheln in den Zweigen.

„Ich dachte immer, so etwas gibt es nur noch im Film", sagte Irina, und ihre Stimme klang plötzlich heiser, als wäre Rauch in ihrer Kehle.

Die Stimme und die Anwesenheit der weißen Frau rissen Micah aus seinen Gedanken. „Ryder hat also Recht gehabt“, stellte er nüchtern fest. Er betrat den Schrein, berührte die Holzfiguren und bückte sich vor den Schädeln. Es waren genau zwölf. Alle schienen sehr alt zu sein, aber ganz sicher war er sich da nicht. Soweit Micah wusste, war der Besitz menschlicher Überreste im Bundesstaat Washington verboten. War er verpflichtet, die Stammespolizei zu informieren? Sollte er verraten, was Buzzell und sein Sohn hier trieben? Würde er damit nicht die Waljagd, sich selbst, ja sein ganzes Volk verraten?

Obwohl sich der Walschrein gut versteckt im dichten Wald befand, hielt Micah es für unwahrscheinlich, dass ihn außer Lita und Ryder bisher niemand entdeckt hatte. Doch wer auch aus Zufall darauf gestoßen war, hatte vermutlich zu viel Angst gehabt, um von seiner Entdeckung zu erzählen.

Als Irina näher kam und sich bückte, sagte Micah barsch: „Fass lieber nichts an!“

Erschrocken richtete sie sich kerzengerade auf. „Warum nicht?“

„Weil du eine Frau bist.“

„Oh“, stieß sie hervor und machte einen Schritt zurück. „Du glaubst doch nicht an diesen Hokuspokus?“

Wenn du wüsstest, woran ich alles glaube, dachte Micah. Ihm wurde erneut klar, wie verschieden sie waren. Ein Zusammenleben mit Irina hätte nur funktionieren können, wenn er die unheimliche Macht der Ahnen auf sein Leben geleugnet hätte. Aber wer vermochte das schon? Er hatte es versucht, doch es war ihm nicht gelungen. Die Familie und ihre Traditionen waren in seinem Volk ein machtvolles Gefüge. Auch heute noch.

„Ob ich daran glaube oder nicht, ändert nichts an der Tatsache, dass er dir gefährlich werden könnte“, erklärte Micah trocken. „Jedenfalls so lange du in Neah Bay bist.“

Sie starrte ihn entgeistert an. „Na prima. Kannst du mir wenigstens erklären, was das alles zu bedeuten hat?"

Micah stützte sich mit beiden Händen auf seinen Oberschenkeln ab und erhob sich. „Ich sagte dir doch schon, dass ich kaum etwas über die Bedeutung dieser Schreine weiß. Aber es gibt jemanden, den ich fragen kann."

„Deine Großmutter?"

„Ja", sagte er. „Ich glaube, Waatla Waa weiß über diese Dinge mehr als sie zugibt. Und jetzt lass uns lieber verschwinden, bevor der Eigentümer des Platzes auftaucht und sauer wird, weil wir hier herumschnüffeln."

Der Himmel riss auf, als Micah und Irina auf ihrem Rückweg den steilen Abstieg zum Shi-Shi Beach erreichten. Die Sonne gewann an Kraft und wärmte augenblicklich. Sie standen oben an der Steilküste und blickten gebannt auf das Meer hinaus, wie es Schaumkronen auftürmte und weißsprühende Wellen gegen Felstürme schleuderte, die wie Fabelwesen aus dem Meer aufragten. Obwohl kein Wind wehte, war das Meer in Aufruhr. Grüne Brecher zerplatzten an den Uferfelsen. Es war die Zeit der höchsten Flut. Das Licht des Meeres blendete beide, der Pazifik schien die Quelle des Himmels zu sein.

„Können wir runtergehen?", fragte Irina und machte ein bittendes Gesicht. „Jetzt, wo wir einmal hier sind und das Wetter sich geändert hat. Es ist so unglaublich schön hier und ich glaube nicht, dass ich mich allein noch mal hertraue, nach allem, was ich gesehen habe."

Micah schmunzelte versöhnt. Sie fürchtete sich tatsächlich vor ein paar bleichen Indianerschädeln und ihren hölzernen Bewachern. Aber warum sollte er Irina diesen Wunsch abschlagen? Er war selbst gerne am Shi-Shi Beach, wo man zu dieser Jahreszeit kaum einem Menschen begegnete. Und der Tag war sowieso dahin. Es hatte keinen Sinn mehr, noch mit dem Boot auszufahren.

Sie kletterten hinab, Micah voran. Manchmal half er Irina, denn der Weg war steil und über den Felsen glatt und rutschig. Ihre Hände fühlten sich warm an. Unten angekommen war er froh, sie wieder loslassen zu können.

Aber als sie eine Weile am Strand entlanggegangen waren, spürte er plötzlich Irinas warme kleine Hand in seiner.

„Hast du wirklich gar kein Mitgefühl … mit dem Tier?", fragte sie ihn. „Tut es dir nicht Leid, dass so ein intelligentes Lebewesen sterben muss, nur weil ihr glaubt, es könnte euch hinterher vielleicht besser gehen?"

Micah ließ Irina schnell los, als hätte er sich an ihrer Hand verbrannt. Hatte sie ihn an den Strand gelockt, nur um ihn erneut mit ihren Überzeugungen zu attackieren? Wieso konnte sie nicht endlich damit aufhören!

Er sagte: „Wir Makah glauben, der Wal opfert sich für uns, damit wir nicht hungern brauchen. Deshalb müssen wir seiner wert sein. Aber das sind wir nicht mehr, verstehst du? Wir brauchen unser Wertgefühl zurück."

Micah lief etwas schneller, damit sich der Abstand zwischen ihnen vergrößerte. Es war ihm auf einmal unangenehm, ihr nahe zu sein.

„Wusstest du, dass Wale über Wasser, unter Wasser und sogar im Dunkeln gleichermaßen gut sehen können?", fragte sie. „Ihr Gehirn ist größer als das eines Menschen. Eine Walmutter beschützt ihr Junges wochenlang; und sollte es sterben, trägt sie es so lange mit sich herum, bis es zerfällt. Wusstest du das, Micah?"

Er blieb stehen und sah Irina an. „Warum erzählst du mir all diese Dinge, die jedes Kind weiß?"

„Weißt du auch, dass andere Walweibchen einem gebärenden Muttertier Hebammendienste leisten? Dass das Lied der Buckelwale immer 12 Minuten dauert und einen identischen Text hat? Egal wo sie sich befinden, sie singen dasselbe Lied."

„Du erzählst mir nichts Neues", antwortete er ungerührt. Micah dachte daran umzukehren, weil ihn ihre Fragerei ärgerte. Er hatte jetzt andere Sorgen, als den ganzen Sinn der Waljagd in Frage zu stellen. Diese Frau war verdammt hartnäckig und was sie sagte, machte ihm zu schaffen. Er dachte daran zu verschwinden und sie allein am Strand zurückzulassen. Irina war nicht das erste Mal hier und würde den Weg zurück mit Sicherheit finden.

„Aber im Jahr darauf hat sich die Melodie ein klein wenig verändert", fuhr Irina unbeirrt fort. „Trotzdem wird wieder jeder Wal das gleiche Lied singen. Macht dich das nicht neugierig?"

Er zog die Mundwinkel nach unten und zuckte die Achseln. Geh, dachte er, bevor sich dich noch mehr in die Enge treibt.

„Verstehst du denn nicht, Micah, sie entwickeln sich weiter, genau wie wir. Sie verbringen dreimal so viel Zeit mit Spielen wie für die Nahrungssuche. Delphine können sogar lernen, einfache Laute zu wiederholen und kleine Sätze zu sprechen."

„Willst du dieses devote Nachplappern als Sprache bezeichnen?", fragte er unwirsch. „Auch ein Hund lernt und holt den Stock, den sein Herrchen fortgeworfen hat."

„Aber Hunde werden nicht getötet, um sie später zu essen", bemerkte Irina.

„In China schon. Und niemand macht deswegen so ein Riesentheater", schimpfte Micah. „Andere Völker andere Sitten, wann begreifst du das endlich?"

Eine Weile liefen sie schweigend nebeneinander her und

nur das Rauschen des Ozeans und die Schreie der Seemöwen waren zwischen ihnen. Als Irina weitersprach, hatte sich ihre Stimme verändert. Sie war rau. „Wale interessieren sich nicht für Besitz, Micah, sie streben auch nicht nach Macht. Sie knien nicht nieder vor ihren Artgenossen, die vor tausenden von Jahren gelebt haben. Das unterscheidet sie von den Menschen.“ Irina verstummte und hörte an seinem Atem, dass sie Micah getroffen hatte. Endlich.

Aber dann wandte er sich ihr zu und sagte: „Gib es auf, Irina, mit mir hast du den Falschen erwischt. Zum ersten Mal seit langem bin ich stolz darauf, ein Makah zu sein. Du hast ja keine Ahnung, wie viel unserem Volk diese Jagd bedeutet, wie viel sie mir bedeutet. Du kannst es nicht verstehen, weil du die Dinge mit anderen Maßstäben misst.“

Irina sah ihn an und sie glaubte ihm. Es war sinnlos, ihn noch weiter zu bedrängen. Micah würde nie verstehen, warum sie sich diese Mühe machte, einen Wal zu retten. Aber vielleicht konnte sie verstehen, warum es für ihn so wichtig war, diesen Wal zu töten.

Irina lief forschen Schrittes die Wasserlinie entlang und Micah folgte ihr. Der Zeitpunkt zum Umkehren war verstrichen. Irina schien es aufgegeben zu haben, ihn überzeugen zu wollen. Er nahm ihr nicht mehr übel, dass sie es versucht hatte. Im Augenblick herrschte eine Art Waffenstillstand.

Irinas letzter Satz allerdings, hallte in seinen Gedanken nach. Micah war dazu erzogen worden, mit Achtung an seine Ahnen zu denken. Aber waren sie es wirklich wert, auch heute noch wie Heilige verehrt zu werden? Waren sie nicht auch Menschen mit Fehlern gewesen?

Schnell wischte er diesen Gedanken fort, denn es gab schon genug Zweifel, die ihn plagten. Irina war weiß und er hatte nicht mehr mit ihr gemeinsam als drei Ehejahre, die schon sehr lange zurücklagen. Damals war er ein anderer Mensch gewesen, jemand, der versucht hatte, seine Vergangenheit zu leugnen, die ein Teil von ihm war.

Irina war nur jemand, mit dem er redete und am Strand entlanglief. Niemand, der ihm wirklich etwas bedeutete. Außer dieser unterschwelligen sexuellen Erregung, derer er sich schämte und die er auf eine lang zurückliegende körperliche Vertrautheit zurückführte, empfand er nichts mehr für sie.

Das Meer hatte Berge aus Seetang angespült. Die wie Plastikschläuche aussehenden Kelpstängel waren manchmal bis zu fünf Meter lang. Die Vorfahren der Makah hatten sie als Angelleine benutzt, weil sie elastisch und reißfest waren. Die kürbisartige hohle Verdickung am unteren Ende hatte ihnen als Ölcontainer gedient.

Ein Schwarm Silbermöwen befleckte den Strand mit hunderten winziger Schatten, bevor sie sich in einem Flussdelta niederließen. Die beiden Wanderer erreichten das Delta, der Schwarm flog auf und die Vogelkörper verschmolzen mit dem Perlmuttglanz des Meeres.

Leere Muschelschalen und Krabbenpanzer waren Zeugen dafür, dass die Möwen sich hier gerne niederließen, um zu speisen. Überall das Knirschen der glattpolierten Steine, die von der Brandung hin- und hergeworfen wurden.

Plötzlich deutete Micah in die Luft und Irina hob ihren Blick. Über ihren Köpfen kreiste ein Weißkopfseeadler und ließ sich nach einiger Zeit auf den ausgeblichenen Zweigen eines riesigen abgestorbenen Baumes nieder, der oben am Rand des Waldes stand. Auf diesem luftigen Sitz konnte der große Vogel stundenlang ausharren. Noch in einer Entfernung von einer Meile würde ihm keine Beute entgehen.

„Schau!", Micah zeigte diesmal auf den Strand. Da waren die Krallenspuren des Raubvogels, eine ausgezackte Vertiefung im Sand, wo er herabgestoßen war und getötet hatte. Federn und Eingeweide einer jungen Möwe lagen überall verstreut. Kampfspuren anderer Adler zeichneten den Sand rings um die Überreste der toten Möwe.

Angewidert verzog Irina das Gesicht.

„Fressen und gefressen werden", bemerkte Micah. „Weißkopfseeadler sind neidische Vögel. Sie können es nicht ertragen, wenn ein Artgenosse Erfolg hat bei der Jagd. Ich habe gesehen, wie sie ihre eigene Beute fallen ließen, nur um einem anderen die seine abzujagen."

„Da unterscheiden sie sich nicht großartig von uns Menschen, oder?", sagte Irina.

„Vielleicht nicht", erwiderte Micah.

„Ihr Bestand hat sich in den vergangenen Jahren wieder erholt. Bald wird man sie von der Liste der bedrohten Tierarten streichen."

„So wie den Grauwal", sagte Micah.

„Ja", bestätigte Irina, „so wie den Grauwal. Mit Sicherheit werden sich schnell wieder Leute finden, die auf Adler Jagd machen."

Micah nickte. „Ihre Federn haben große spirituelle Kraft. Das wissen nicht nur wir Indianer."

„Einen Menschen zu töten, nur weil er etwas besitzt, das wir gerne haben würden, ist verwerflich und wird nach dem Gesetz streng bestraft. Man nennt es Mord."

Womit sie erneut beim leidigen Thema angelangt waren, über das zu reden Micah nicht die geringste Lust verspürte. „Die Welt der Tiere und die der Menschen unterscheiden sich voneinander, Irina. Aber lassen wir das", brummte er achselzuckend, „es führt zu nichts."

Micah registrierte Spuren von Turnschuhen im feuchten Sand, die nicht von ihnen stammen konnten. Sie hatten aber bisher niemanden gesehen. Vielleicht würde ihnen der einsame Wanderer noch irgendwann begegnen.

Schließlich erreichten sie den Point of Arches und liefen um die aufragenden Felsensäulen herum. In der geschützten Bucht dahinter setzten sie sich auf sonnenwarme Kiesel. Hier war es angenehm mild.

„Ich erinnere mich noch sehr gut an jenen Tag, als du mich das erste Mal hierher geführt hast", sagte Irina lächelnd, als hätte sie plötzlich beschlossen, Frieden zu schließen. „Es war heiß und wir so verrückt nacheinander, dass wir uns beinahe schamlos geliebt hätten."

Micah lachte verlegen. „Ja, aber dann kam jemand."

„Es ist immer noch der schönste Strand, den ich je gesehen habe", ließ sie ihn wissen, und die Heiserkeit, die sich oben am Walschrein in ihrer Kehle eingenistet hatte, war wieder hörbar.

Micah spielte mit den glatten runden Kieseln zwischen seinen Beinen. „Warum bist du wirklich hier, Irina?", fragte er ernst. „Nur, um diesen Wal zu retten?"

„Einen Versuch war es wert."

„Aber das ist nicht alles, oder?"

„Nein", gab sie zu. „Ich hatte gehofft, dich hier wiederzusehen."

„Aber warum? Was einmal zwischen uns war, ist Jahre her. Wir sind nicht im Zorn auseinander gegangen und jeder von uns lebt sein eigenes Leben. Wieso tauchst du plötzlich hier auf?" Jetzt, wo ich dich am wenigsten gebrauchen kann, dachte er.

„Ich werde vielleicht wieder heiraten", sagte Irina.

Überrascht blickte Micah auf und musterte sie eindringlich. Er hatte nie darüber nachgedacht, ob sie wieder verheiratet war oder nicht. Es war für ihn nicht von Interesse gewesen. „Aber was willst du dann von mir?"

Jetzt grub Irina verlegen mit den Händen in den feuchten Kieseln. „Ich hatte das Gefühl, dich vorher noch einmal sehen zu müssen. Ich wollte dir etwas sagen."

„Und?", fragte er, „was gibt es so Wichtiges zu sagen, dass du dich auf den weiten Weg gemacht hast?"

„Ich war es damals, die die Scheidung wollte. Du hast nie viel geredet und ich weiß bis heute nicht, ob ich dich verletzt habe damit, oder ob du ebenfalls zu dem Schluss gekommen warst, dass wir nicht zueinander passen. Du hast einfach die Scheidungspapiere unterschrieben und bist gegangen. Ich wollte dir sagen, es war nicht nur deine Schuld. Es lag auch an mir. Ich war einfach noch nicht so weit. Ich war noch nicht reif genug, um mit einem Mann wie dir zusammenzuleben."

Micah schüttelte lächelnd den Kopf. Das alles sagte sie ihm jetzt, nach zehn Jahren. Damals hätte es ihm geholfen, doch nun war es ihm gleichgültig. „Ich war verletzt", sagte er und schwieg daraufhin eine Weile. „Mein Selbstbewusstsein hat durch die Scheidung einen ziemlichen Knacks bekommen. Nur meine Rückkehr nach Neah Bay hat verhindert, dass ich mich meinem Selbstmitleid hingegeben und damit beinahe selbst zerstört hätte." Er spielte mit den glatten Steinen, während er redete. „Ich hatte dich wirklich gern, Irina. Ich dachte, du und ich, das wär' für immer und irgendwann würden wir Kinder haben. Ich hätte ihnen eine Menge beibringen können."

Eine Träne lief über Irinas Wange. „Ja, das hättest du. Du hättest auch mir eine Menge beibringen können, wenn ich nur geduldiger gewesen wäre."

Micah stupste sie sanft unter das Kinn. „He", meinte er zärtlich, „trauerst du mir etwa nach?"

„Manchmal." Neue Tränen tauchten in ihren Augenwinkeln auf und Irina wischte sie mit dem Handrücken weg.

Sie schien sich nicht dafür zu schämen.

„Ich soll dich von meiner Mutter grüßen", sagte sie.

„Deine Mutter kann sich noch an mich erinnern?", fragte er überrascht.

„Ja, wieso nicht? Sie hatte dich gern."

Micah lachte leise. „Sie konnte mich nicht ausstehen, aber dann hat sie mich irgendwie akzeptiert. Keine Ahnung, warum. Nachdem wir uns damals getrennt hatten, bin ich noch einmal bei ihr gewesen."

„Davon hat sie mir nie etwas erzählt." Verblüfft blickte Irina ihn an.

„Das sollte sie auch nicht. Ich war ziemlich fertig und wollte von ihr wissen, was der wirkliche Grund für die Scheidung war."

„Und, was hat sie dir geantwortet?"

Einen Augenblick überlegte Micah, ob er es ihr sagen oder sie verschonen sollte. „Sie war der Meinung, dass du vielleicht nicht lieben kannst."

Irina blickte betroffen. „Glaubst du das auch, Micah?"

Er zuckte die Achseln. „Keine Ahnung. Jedenfalls warst du nicht fähig, mich zu lieben. Vielleicht hast du dich ja geändert. Seitdem ist viel Zeit vergangen."

„Ich glaube, ich bin hier, um es herauszufinden." Irina atmete tief durch. „Ich will herausfinden, ob ich wirklich lieben kann."

„Wie ist er, dein zukünftiger Mann?", fragte Micah, dem die Situation langsam unheimlich wurde.

„Oh!" Irina war überrascht, denn mit dieser Frage hatte sie nicht gerechnet. „Er ist groß und sieht gut aus. Er ist Dozent an der Universität, ein guter Dozent. Seine Studenten mögen ihn."

Micah schüttelte den Kopf. „Nein, ich meine, warum willst du ihn heiraten? Weil er groß ist und gut aussieht?"

Irina blickte ihn an und neigte den Kopf: „Er kann gut mit meinen Fehlern umgehen, er führt lange Gespräche mit mir und kann zuhören. Er bringt mich zum Lachen."

„Hat dieser Mr. Perfect auch einen Namen?", fragte Micah, mit einem Anflug unerwarteter Eifersucht im Nacken.

„Robert. Sein Name ist Robert Miller."

„Also, du wirst Robert heiraten. Wo liegt das Problem?"

„Ich habe Angst."

Er lachte ungläubig auf. „Du und Angst? Das glaube ich nicht. Du kommst extra von Kalifornien hier herauf, um einen Wal vor blutrünstigen Indianern zu retten. Du quartierst dich im Reservat ein, obwohl du weißt, dass alle gegen dich sind."

„Nicht alle. Außerdem ist das etwas ganz anderes."

„Nein, Irina, das ist nichts anderes, das bist du. Es war der Grund, warum ich dich geheiratet habe. Weil du immer bereit warst, alles zu geben für etwas, das dir wichtig erschien. Und nicht, weil du einen wunderschönen Hintern hast und verdammt gut im Bett warst."

Sie lachte verlegen. „War ich das?"

„Hat Mr. Perfect dir das nie gesagt?"

Irina schüttelte den Kopf.

„Das sollte er aber", sagte Micah. Er erhob sich und reichte ihr eine Hand. „Jetzt komm! Es wird Zeit zurückzulaufen, bevor es dunkel wird."

Erschrocken versteckte sich Sally hinter einem Fels, als sie erkannte, wer die beiden Wanderer waren, die ihr entgegenkamen: Micah und die fremde Frau, die sie im Museum gesehen hatte. Ohne es zu wollen, verbarg Sally sich im Dickicht des Waldes und beobachtete die beiden. Sich zu verstecken, war ein natürlicher Impuls gewesen und nun konnte sie nicht mehr zurück.

Die Vertrautheit der beiden lähmte sie. Micah lachte und gab sich ganz ungezwungen und es schien, als würde er die Frau sehr gut kennen. Ein brennendes Gefühl schoss aus den Tiefen ihres Wesens empor und begann zu schmerzen. In diesem Augenblick spürte Sally, wie viel ihr dieser Mann bedeutete und wie weh es tat, von ihm hintergangen zu werden. Eine alte Wunde war aufgebrochen. Sie schmerzte mehr als alles andere, mehr als die Erinnerung an den Verlust ihres Kindes.

Sally schämte sich für das, was sie hier tat. Doch als Micah die weiße Frau zärtlich im Gesicht berührte, schlug ihre Scham in Wut um. Es war Wut in einem Ausmaß, das sie selbst befremdete. Lautlos zog sie sich tiefer ins Innere des Waldes zurück. Mit verlorenem Blick sah sie Micah und der weißen Frau nach, wie sie am Strand zurückliefen. Der Seewind machte ihre Lippen spröde und rissig. Es brannte, als salzige Bäche darüber rannen.

Sally hasste sich für ihre aufkommenden Zweifel, die alles, was schön und wahrhaftig gewesen war, in Lügen verwandelten. Nachdem sie vor Jahren so verletzt worden war, hatte sie niemandem mehr vertraut, nur noch sich selbst, dem eigenen Leben. Bis Micah Mahone auf dem Parkplatz vor dem Museum gestanden hatte.

Aber in jemanden Vertrauen zu setzen, bedeutete auch, in ständiger Ungewissheit zu leben. Diese Ungewissheit konnte wie ein Tier am eigenen Selbstvertrauen nagen.

Mit einem einzigen Blick versenkte sie ihre Traurigkeit in den Tiefen des Meeres, damit es nicht mehr so schmerzte. Dann machte sich Sally auf den Rückweg. Im Schutz der hohen alten Bäume und ihrer vertrauten Seelen, fand sie zu ihrer erlernten Gelassenheit zurück. Alles war wieder offen und sie wusste nicht, welche Richtung die kommenden Ereignisse nehmen würden.

Micah fühlte sich erleichtert, seit er von Irinas Heiratsplänen wusste, und so lud er sie noch zum Abendessen ein. Waatla Waa hatte Fischkopfsuppe gekocht, eine alte Makah-Spezialität, die nicht unbedingt jedermanns Sache war. Ryder verlor augenblicklich den Appetit, wenn ihn Mäuler und Augen der Fische vom Teller anstarrten. Er bekam ein Sandwich und durfte es vor dem Fernseher verspeisen. Aber Irina fand die Suppe köstlich und außerdem hatte sie nach dem langen Fußmarsch großen Hunger.

Zimperlich war sie nie, dachte Micah, das musste er ihr lassen. Nach dem Essen brachte er Irina zurück zu ihrem Häuschen am Hobuck Beach. Zum Abschied gab sie ihm einen Kuss. Einen richtigen Kuss, der nach mehr schmeckte. Er kannte ihre Küsse und ihre Signale und ihm wurde klar, dass er sie jetzt haben konnte. Sie würde diesen Robert heiraten und trotzdem hier und jetzt mit ihm ins Bett gehen, wenn er nur dazu bereit war.

Das fand er nicht fair und er verstand es auch nicht. „Warum tust du das?", fragte Micah, verärgert und erregt zugleich.

„Ich bin durcheinander. Ich begehre dich."

„Ich fürchte, du bist sehr durcheinander, Irina. Wie wäre es, wenn du Mr. Perfect anrufst und ihm sagst, dass du dich einsam fühlst. Vielleicht kommt er ja", sagte Micah und ging.

11. Kapitel

Weil Micah sich schuldig fühlte für diesen verrückten Tag, den er mit der falschen Frau verbracht hatte, fuhr er am selben Abend noch nach Neah Bay zu Sally Kallappas Haus und klopfte an ihre Tür.

Ihr Vater öffnete. Emmett Kallappa trug ausgebeulte braune Kordhosen, die an den Knien hellgerieben waren, und ein grünkariertes Flanellhemd, das seine magere Brust versteckte. In seiner gebeugten Haltung lagen deutliche Anzeichen von Resignation. Micah suchte nach einer Ähnlichkeit mit Sally im Gesicht des alten Mannes. Emmett hatte die gleichen, leicht schrägen braunen Augen wie seine Tochter. Nur waren seine von unzähligen feinen Fältchen umrandet.

Micah begrüßte ihn und fragte nach Sally.

„Sie will dich nicht sehen", sagte Emmett Kallappa und wollte die Tür wieder schließen.

Micah drückte mit der Hand dagegen. Hatte Sallys Vater herausgefunden, dass er der Sohn eines Säufers war? War er nicht gut genug für Sally? „Wieso nicht, was ist los?", fragte er, einen Anflug von Panik im Gesicht.

Emmett öffnete die Tür wieder einen Spalt, damit er Micah in die Augen sehen konnte. „Sally war heute draußen am Shi-Shi Beach wandern und kam ziemlich aufgelöst zurück. Sie hat geweint. Ich habe meine Tochter nicht mehr weinen sehen, seit ihre Mutter gestorben ist."

Es war einfach, sich alles zusammenzureimen. Micah hatte die fremden Spuren im Sand gesehen. Dass sie Sally gehören könnten, war ihm überhaupt nicht in den Sinn gekommen. „Mr. Kallappa, bitte! Ich muss mit Sally sprechen. Es ist sehr wichtig. Sie macht einen großen Fehler."

Jeder machte Fehler und es kam darauf an, wie derjenige damit umging. Emmett mochte Micah Mahone und er wusste, Sally liebte ihn. Er fand, der junge Mann sollte noch eine Chance haben. Einen Schwiegersohn, mit dem er fischen konnte, hatte sich Emmett immer gewünscht. Nach einigem Zögern ließ er Mahone ein.

„Danke", murmelte Micah und blieb unsicher im dunklen Hausflur stehen. Es roch nach eingeweichtem Sitkagras und Zedernbast, den Arbeitsmaterialien einer Korbflechterin. Sollte Sally ein Hobby haben, von dem er nichts wusste? Einhergehend mit plötzlicher Furcht wurde ihm klar, dass er überhaupt nichts von ihr wusste. Auf welche Weise sollte er ihr erklären, was sie am Shi-Shi Beach gesehen hatte? Wie konnte er sie dazu bringen, ihm zu glauben?

„Sallys Zimmer ist oben – das letzte im Gang." Emmett wies die Treppe hinauf.

Micah nickte und ging nach oben, erst flink, dann immer langsamer. An der letzten Tür klopfte er. „Hier ist Micah, Sally", sagte er, „ich muss mit dir reden." Er rechnete damit, sie mehrmals bitten zu müssen, mit ihr durch die Tür sprechen zu müssen, aber auf einmal stand Sally vor ihm. Sie trug ausgeblichene Jeans und einen anliegenden beigen Pullover, unter dem er die weißen Träger ihres BHs sehen konnte.

„Komm rein", sagte sie, und er sah Tränen in ihren Wimpern glänzen. Am liebsten hätte er sie einfach in die Arme genommen und an sich gedrückt, aber das durfte er nicht. Zuerst musste er reden. Auf einmal gab es so unendlich viel, über das er mit Sally Kallappa reden wollte. Aus seiner

Furcht, sie zu verlieren, wurde ein Schmerz, der heiß in seinem Magen pochte.

Eine Schreibtischlampe war im Augenblick die einzige Beleuchtung in ihrem Zimmer, dennoch sah er genug. Es verblüffte ihn, dass die Einrichtung genauso war, wie er es sich vorgestellt hatte: schlicht aber behaglich. Sallys Schreibtisch unter dem Fenster bestand aus einer großen Zedernbohle, auf der totales Chaos herrschte. Ein Computer, aufgeschlagene Bücher und Hefter, Zettelblöcke und eine unglaubliche Anzahl von Stiften lagen darauf herum. An zwei Wänden standen hohe Regale, zum Bersten gefüllt mit Büchern. Vor der dritten Wand befand sich ihr Bett, über das sie eine Patchworkdecke mit Makah-Motiven gelegt hatte. Darüber Fotos, kleine Gedichte, irgendwelche Erinnerungen. In der Ecke stand ein einfacher Kleiderschrank.

„Setz dich", sagte Sally und wies auf ihr Bett. Ihr Lächeln wirkte mechanisch.

Aber Micah war einfach nicht im Stande, sich auf ihr Bett zu setzen, nicht unter diesen Umständen. Er ging auf sie zu und griff nach ihren Händen, die sie ihm zögernd überließ. Er spürte das Zittern ihrer Handmuskeln, als er ihre kalten Finger umschloss. „Warum vertraust du mir nicht?", fragte er, sich an ihr festhaltend.

Sally hob die Schultern. „Ich habe dich heute gesehen, mit dieser weißen Frau", sie ließ den Kopf hängen. „Ich wusste nicht, was ich denken sollte."

„Du hast uns gesehen, aber wir dich nicht", sagte er.

„Ich habe mich versteckt", gab sie zu. „Ich wollte es nicht, es passierte einfach. Es tut mir Leid."

Micah spürte, der Schmerz in ihren Augen konnte nicht nur von den Ängsten stammen, die dieser Tag ihr gebracht hatte. Was Sally quälte, lag tiefer und hatte Narben hinterlassen. Es war etwas, das nichts mit ihm zu tun hatte, aber er würde damit zurechtkommen müssen.

Einzig der Gedanke, dass Sally ihn mochte, beruhigte Micah ein wenig. Das Pochen in seinem Magen ließ nach. Er machte noch einen Schritt auf sie zu, nahm ihr Gesicht in beide Hände und drückte ihr einen heftigen, schnellen Kuss auf die Lippen. „Ich möchte mit dir zusammen sein", sagte er. Es war so einfach, es auszusprechen.

Sally blickte erstaunt. Dieser Kuss und seine einfachen Worte sagten ihr alles, was sie sich gewünscht hatte. „Aber warum warst du dann mit ihr da draußen am Strand?"

„Ich habe lange Zeit nicht gewagt, dich anzusprechen, Sally", erwiderte er lächelnd, „weil ich Angst hatte vor deinem Scharfsinn und deinem Spott. Wo ist beides hin?"

Ihr Gesicht blieb ernst. „Wir sollten nicht zu viel voneinander verlangen, Micah. Manche Dinge verschwinden, wenn Gefühle ins Spiel kommen. Wieso kannst du mit einer wildfremden Frau in kürzester Zeit so vertraut sein, während du in meiner Gegenwart so tust, als wäre ich deine Lehrerin, in die du verknallt bist, die du aber nicht haben kannst?"

Micah wurde erst rot, dann hob er die Hände und lachte kopfschüttelnd. „Diese Dinge passieren nur, weil wir nichts voneinander wissen. Ich war einfach vorsichtig, weil ich keine Ahnung hatte, ob du mich magst. Übrigens, mit Brille erinnerst du mich tatsächlich an meine Lehrerin. Ich mochte sie sehr."

Sally verzog ihre Lippen zu einem flüchtigen Lächeln und schickte einen kurzen Blick zur Decke. „Warum klopfst du nicht einfach an meine Tür und sagst: Ich möchte mit dir ausgehen, Sally, dich nach Port Angeles ins Kino einladen und hinterher mit dir zum Italiener essen gehen. Bei der Gelegenheit möchte ich gern etwas mehr über dich erfahren. Welche Musik du magst, was für Bücher du liest, welche Farbe dir gefällt, was du dir wünschst und wovon du träumst."

„Du magst das Grün des Meeres", sagte er schüchtern. „Du liest Hemingway und hörst Rolling Stones."

Sally öffnete verblüfft den Mund, ohne dass ein Ton herauskam. Micah wies achselzuckend auf das aufgeschlagene Buch, das zuoberst auf ihrem unordentlichen Schreibtisch lag. In einem CD-Ständer, gut sortiert, mindestens 20 CDs von den Stones.

Sie stemmte ihre Fäuste in die geschwungenen Hüften. „Ich dachte, du hörst mir zu, dabei schnüffelst du."

„Natürlich höre ich dir zu. Ich versuche nur dabei herauszufinden, was für ein Mensch du bist."

„Also gut", meinte Sally, „du hast Recht. Ich höre die Stones – unter anderem – und lese gerne Hemingway. Grün ist wirklich meine Lieblingsfarbe, das hast du gut beobachtet." Sie blickte in seine Augen und ihre Stimme wurde weich: „Aber was wünsche ich mir, Micah? Was wünsche ich mir jetzt."

Er hob langsam die Schultern. „Ich weiß es nicht."

„Ich will mit dir schlafen."

Micah brachte kein Wort heraus, nachdem Sally ihm klargemacht hatte, was sie von ihm erwartete. Blut stieg ihm ins Gesicht, wodurch es noch dunkler wirkte. Hatte sie nicht eben selbst gesagt, sie sollten nicht zu viel voneinander verlangen?

„Na komm schon, Micah", sagte sie leise. „Ist es so abwegig, dass ich dich begehre und es dir sage? Glaubst du, nur Männer dürfen das?"

Er erwiderte noch immer nichts.

Sally machte einen Schritt auf ihn zu und sagte: „Ich liebe dich, Micah, aber verflixt", sie ballte die Hände zu braunen Fäusten, „mit mir hast du ein Rendezvous auf deinem Fischkutter, und mit einer Fremden gehst du an den Strand, der den Verliebten gehören sollte."

„Okay, Sally", sagte Micah und ließ sich nun doch auf ihr Bett fallen. „Ich will nichts vor dir verheimlichen, dafür gibt es keinen Grund. Diese Frau vom Strand, sie ist keine Fremde für mich."

„Nein?" Erwartungsvoll sah ihn Sally an.

„Ich war mal mit ihr verheiratet."

Mechanisch zog Sally einen Stuhl heran und setzte sich, die Hände auf den Knien. „Was sagst du da?"

„Sieh mich nicht so an, als hätte ich ein unglaubliches Verbrechen begangen", beschwörte er sie leise. „Irina und ich waren drei Jahre verheiratet. Wir wurden geschieden und haben uns seit zehn Jahren nicht mehr gesehen. Sie lebt in San Francisco."

„Du warst mit einer weißen Frau verheiratet?", fragte Sally ungläubig, als wäre allein der Gedanke daran vollkommen absurd.

„Ja, wieso nicht?"

Sie zuckte die Achseln. „Für diesen Gedanken fehlt es mir an Vorstellungskraft."

„Mir inzwischen auch", brummte Micah, „aber so war es nun mal."

„Und was will sie dann jetzt hier? Dich wiederhaben? Wieso bist du mit ihr am Strand entlangspaziert?"

Er druckste herum. Aber dann erzählte er ihr die Geschichte von Ryder und Lita und dem Walschrein.

Sally spürte eine tiefe Traurigkeit, während sie ihm zuhörte, denn für sie wäre es ein großer Vertrauensbeweis gewesen, hätte er sie statt seiner Ex-Frau mitgenommen. Ein richtiger Walschrein – und das ganz in der Nähe. Sie hatte bisher nur Fotos von solchen Stätten gesehen und Beschreibungen gelesen. Er musste doch wissen, wie sehr sie das alles interessierte.

Micah spürte, was in Sally vorging. Er konnte ihre Gefühle in ihrem Gesicht lesen. „Es tut mir Leid", sagte er zerknirscht. „Es ergab sich einfach so."

„Micah, warum ist diese Frau hier in Neah Bay?", fragte sie mit einem spitzen Tonfall in der Stimme.

„Irina will den Wal retten", erwiderte er lakonisch.

„Verdammt, also auch eine von diesen ..."

„Nein", unterbrach er sie, „Irina ist nicht eine von diesen fanatischen Tierschützern, die uns im Augenblick das Leben schwer machen. Sie hatte gehofft, mich hier zu finden und mit mir reden zu können. Sie dachte, ich könnte vielleicht Einfluss nehmen auf unsere Leute. Irina ist Meeresbiologin und arbeitet an einem Ozeanographischen Institut. Sie erforscht das Verhalten der Wale. Sie hat mir ein paar Dinge über diese Tiere erzählt, die ich wirklich noch nicht wusste." Auch wenn ich es nicht zugegeben habe, dachte er.

„Und, konnte sie dich überzeugen?" Sally ärgerte sich darüber, dass er seine Ex-Frau auch noch verteidigte.

„Nein, natürlich nicht."

„Warum verschwindet sie dann nicht wieder?"

„Irina will die Jagd miterleben. Sie hat gesagt, sie möchte versuchen uns zu verstehen."

„Wie heldenhaft", stieß Sally hervor, „als wären wir Barbaren." Sie war eifersüchtig und hatte nicht vor, dieses Gefühl zu unterdrücken. Aber unbemerkt machte sich auch eine ungeheure Erleichterung in ihr breit.

„Du bist ungerecht, Sal", sagte Micah leise.

Es war das erste Mal, dass er sie so anredete, und diese Tatsache gebot ihrem Groll Einhalt. Micah Mahone gehörte ihr nicht, auch wenn sie sich das sehnlichst wünschte. Sie musste sich seine Liebe und Achtung verdienen. „Du hast Recht. Ich hab mich ziemlich dämlich benommen. Ich war verletzt. Tja", meinte sie achselzuckend, „ehrlich gesagt habe ich mir den Augenblick, in dem wir einander unsere Zuneigung offenbaren, auch ein wenig anders vorgestellt."

„Wie denn?", fragte er vorsichtig.

Sally hob die Schultern. „Romantischer vielleicht. Mit Kerzenlicht und so."

Micah wurde erneut bewusst, dass Sally Dinge von ihm erwartete, die nicht unbedingt zu seinen leichtesten Übungen gehörten. Es würde schwierig werden, sie nicht zu enttäuschen.

„Aber wo wir einmal bei der Wahrheit sind", sagte er, „was hat es mit dir und Adam Bowechop auf sich?"

„Wie kommst du auf ihn?" Sally war überrascht.

„Ich sah euch oft zusammen. Ich dachte, vielleicht ... Sieht so aus, als hätte dir jemand weh getan." Er war verunsichert, weil er den Ursprung ihres Schmerzes nicht kannte.

Sally seufzte. „Adam ist der einzige Mann aus Neah Bay, der mehr als einmal mit mir ausgegangen ist. Er fürchtet sich nicht vor dem Wort Harvard, das meine Vergangenheit verdunkelt wie ein Fluch. Wir haben des Öfteren miteinander zu tun, weil er Restaurierungsarbeiten für das Museum macht. Eine Zeit lang dachte ich, aus uns beiden könnte etwas werden und verband Hoffnungen mit ihm. Aber ich mochte ihn nur, mehr war es nicht. Er hat mir nicht weh getan, Micah. Ich war es, die ihn verletzt hat."

„Okay."

„Du machst es mir nicht leicht, Micah", sagte sie traurig. „Ich weiß nie, woran ich bei dir bin. Manchmal habe ich das Gefühl, ich bedeute dir etwas, dann wiederum bist du unnahbar und kühl – wie ein Fremder."

„Für mich ist es auch nicht leicht", stieß er hervor.

„Wieso, wegen Harvard?"

„Auch."

„Ich bin eine Makah", sagte Sally mit fester Stimme, „das solltest du nie vergessen. Ich bin hier aufgewachsen und habe dieselben Schulbänke mit meinem Hintern blankgescheuert wie du auch. Ich habe denselben Fisch gegessen, im selben Wasser gebadet, dieselben Geschichten gehört."

„Aber dann warst du fünf Jahre weg und hast an der berühmtesten Universität des Landes studiert."

„Na und", meinte sie achselzuckend, „du warst doppelt so lange weg, hast in der schönsten Stadt des Landes gelebt und warst mit einer weißen Frau verheiratet." Sie erhob sich und ging zum Fenster.

„Du meinst, man kann das vergleichen?", fragte er misstrauisch.

„Irgendwie schon. Und außerdem gibt es noch etwas, das wir gemeinsam haben. Wir sind beide zurückgekommen, um wieder hier zu leben. Obwohl wir wissen, dass es weiß Gott bessere Ecken gibt, um sich zu verwirklichen."

„Schon möglich", sagte er und begann wieder herumzulaufen. „Aber der springende Punkt ist, du bist aus freien Stücken wiedergekommen, was bei mir nicht der Fall war. Ich kam aus Pflichtgefühl gegenüber Waatla Waa und meinem Bruder Ryder. Du weißt, wie es um ihn steht. Er kommt mit den Menschen nicht klar, nur mit Tieren. Ryder ist wie ein Kind und wird nie alleine für sich sorgen können. Diese Aufgabe habe ich übernommen und ich bin verantwortlich für ihn."

„Und, was willst du mir damit sagen? Ryder ist kein Problem für mich. Er ist mir ein weitaus liebenswerterer Zeitgenosse als manch anderer in Neah Bay. Ich mag deinen Bruder."

„Du kennst ihn doch gar nicht."

„Wir haben telefoniert“, sagte sie. „Zugegeben, Ryder war etwas kurz angebunden, aber …“

„Darum geht es doch gar nicht, Sally“, unterbrach er sie. „Ryder ist nicht nur liebenswert, er macht auch Arbeit und kann verdammt anstrengend sein. Du darfst nicht vergessen: Wo ich bin, wird auch er sein. Immer, so lange ich lebe.“ Er blieb stehen und musterte sie eindringlich.

Sally streckte den Arm aus und berührte mit ihrer Hand zärtlich seine Wange, ihr Daumen streifte flüchtig seine Lippen. Wie sehr sehnte sie sich danach, ihn zu berühren und von ihm berührt zu werden. Ihre Sehnsucht war wie ein Stern in ihrem Inneren. Das Verlangen breitete sich strahlenförmig in ihrem Körper aus und erreichte jede kleinste Faser bis in die Gliedmaßen. „Wir diskutieren hier über schwerwiegende, in die Zukunft reichende Probleme, aber du hast mich noch nicht einmal richtig geküsst, Micah Mahone“, sagte sie sanft. Ihre Augen leuchteten voller Wärme.

Micah griff nach ihrer ausgestreckten Hand und presste sie fest auf seine Wange. Mit der anderen zog er sie zu sich heran. Ihre Lippen waren weich, ihr Kuss zaghaft fordernd. Diesmal wusste er sofort, wonach sie duftete und schmeckte. Es war der Balsamduft der Zedernrinde, ein Geruch, der das ganze Haus auszufüllen schien.

Wie betäubt ergab er sich und vergaß für einen Augenblick seine Sorgen und Zweifel. Ihre Zunge glitt über seine Zähne und suchte nach seiner Zungenspitze. Als sie sie fand, befiel ihn eine merkwürdige Lähmung. Ihre Lippen lösten sich langsam von den seinen und er stand noch einen Moment mit geschlossenen Augen da.

„Ich habe mich so nach dir gesehnt“, sagte Sally. Ihre Stimme war dunkel und umfing ihn wie eine wärmende Decke.

„Warum wusste ich das nicht?", fragte er benommen.

Sie seufzte leise. „Wie kann ich dir das sagen, ich weiß ja gar nichts von dir. Seit drei Jahren lebe ich wieder in Neah Bay, aber wir sind uns nicht sehr oft begegnet. Ich wusste, dass es dich da draußen gibt, mehr nicht."

„Warum bist du nicht gekommen und hast gefragt, was für Musik ich höre, was für Bücher ich gerne lese und welche Farben ich mag."

„Weil ich dachte, dass du vielleicht in eine schöne Frau verliebt bist."

„Bin ich ja auch", sagte er.

Ihre Hand glitt aus seinem Nacken und ihr Blick wanderte zu Boden. „Ich hatte keine Ahnung, dass du so denkst."

Micah löste sich von ihr und setzte sich auf die Kante ihres Bettes, die Ellenbogen auf die Knie gestützt und die verschränkten Finger vor dem Mund. „Und ich dachte, ich wäre vielleicht nicht interessant genug für dich."

„Hast du mich deshalb mit zum Fischen genommen?", fragte sie. „Um mir zu zeigen was mich erwartet, wenn ich mich mit dir einlasse?"

„Vielleicht."

Sally setzte sich in den einzigen Sessel im Zimmer, in dem sie beinahe versank. „Du hättest es eben einfach probieren sollen, Micah. Ich hatte schon immer ein Gefühl für dich, aber du warst so weit weg. Du lässt dich nie bei irgendwelchen Veranstaltungen blicken, wie andere Männer, die eine Frau suchen."

„Ich habe nicht gesucht", sagte er. „Die Sache mit Irina hat verdammt weh getan. Ich war nicht wild drauf, es noch mal zu erleben."

„Erzähl mir von ihr!"

Micah hob den Kopf. „Was soll das, Sal?"

„Ich möchte dich besser kennen lernen. Kannst du das nicht verstehen? Ich möchte dir nah sein."

„Du bringst mich in Verlegenheit."

„Dafür gibt es keinen Grund. Eine gute Beziehung kann nur auf vollkommenem Vertrauen basieren, davon bin ich überzeugt. Du selbst hast mich heute ertappt. Ich habe dir nicht vertraut. Das war ein Fehler. Du musst ihn nicht wiederholen."

Micah schwieg eine Weile nachdenklich. Ihre natürliche Offenheit brachte ihn durcheinander, weil er nicht wusste, wie er damit umgehen sollte. Aber in ihrer Gegenwart fühlte er sich geborgen und frei zugleich. Konnte es so etwas geben? Einen Menschen zu finden, den man mit jeder Faser seines Körpers begehrte, dem man sich ausliefern wollte und dem man sich trotzdem vollkommen anvertrauen konnte?

Er hatte Frauen gekannt, die er begehrt hatte und die seinem Körper alles gegeben hatten, was er sich wünschte. Aber nie war er bereit gewesen, sich ihnen zu offenbaren; sein Inneres war immer verschlossen geblieben. Seine Furcht, erneut weggeschoben zu werden, saß tief. Sein Sehnen hatte sich auf Sally konzentriert, in der Hoffnung, mit ihr könnte es anders sein. Aber jetzt, da sie für ihn da war, zögerte er.

Endlich redet Micah. „Ich war fünfundzwanzig als ich Irina kennen lernte. Wir verliebten uns Hals über Kopf. Ihre Offenheit faszinierte mich, weil ich davon überzeugt war, weiße Frauen müssten spröde, einnehmend und gekünstelt sein. Ich hatte da schon ein paar Erfahrungen hinter mir. Aber Irina war anders und die Idee zu heiraten kam von uns beiden gleichermaßen. Irina Scolari war für mich die Eintrittskarte in die Welt der Weißen, zu der ich gehören wollte. An ihrer Seite erwies sich alles als unkompliziert." Er lächelte kopfschüttelnd. „Im Nachhinein denke ich, es tat mir einfach gut, so kompromisslos geliebt zu werden. Sie war richtig verrückt nach mir und ich fühlte mich unendlich wohl an ihrer Seite. Aber die Probleme blieben nicht aus und Probleme passten nun mal nicht in Irinas Vorstellung von einer glücklichen Ehe. Sie schob einfach alles auf unsere unterschiedliche kulturelle Herkunft und kapitulierte schnell. Irina war wie ein Schmetterling. Vermutlich hatte sie das Gefühl, ich würde sie an ihrer freien Entfaltung hindern."

„Du hast nicht versucht, sie zu halten?", fragte Sally ungläubig.

„Nein", erwiderte er beinahe schuldbewusst. „Ich war aufgeschreckt aus einem Traum. Dem Traum von einem Leben, das anders war, als ich es aus dem Reservat kannte. Ohne Irina fühlte ich mich auf einmal verloren in der Welt der Weißen. Mir wurde klar, dass es dort keinen Platz für mich gab. Zwar hatte ich immer irgendeinen Job, aber mit Irina verschwanden auch die meisten unserer Freunde und ich fühlte mich allein. Ich fing an zu trinken und beinahe wäre ich geendet wie viele Stadtindianer: auf der Straße." Micah suchte nach Sallys Gefühlen in ihren Augen, aber er konnte nicht herausfinden, was sie dachte. Er merkte nur, dass sie aufmerksam zuhörte.

„Mein Vater war Alkoholiker, Sally. Er starb als ich zehn war. Ich habe ihn mein Leben lang vermisst. Er fehlte mir und gleichzeitig verachtete ich ihn. Auf keinen Fall wollte ich so werden wie er, doch plötzlich befand ich mich auf dem direkten Weg dorthin. Ich rief meinen Schutzgeist um Hilfe, aber die Verbindung war nur schwach. Schließlich kriegte ich die Kurve doch noch. Ich hatte einen Traum, in dem mir mein Großvater erschien. Gemeinsam jagten wir den Wal. Da wusste ich, dass ich mein Leben nicht so einfach wegwerfen durfte, weil noch eine Aufgabe auf mich wartete. Kurz darauf erreichte mich ein Brief von Waatla Waa. Meine Mutter lag im Sterben und ich kehrte nach Neah Bay zurück."

Micah sah Sally an. So viel auf einmal hatte er schon lange nicht mehr geredet.

„Würdest du das Reservat ein zweites Mal verlassen, wenn du könntest?", fragte sie nach einer Weile.

Das war eine schwierige Frage, denn so oft er auch über diese Möglichkeit nachdachte, eine Antwort hatte er bisher nicht gefunden. Micah begriff augenblicklich, dass seine Antwort für Sally von großer Bedeutung war. Allerdings hatte er keine Ahnung, was sie hören wollte. „Ich glaube nicht", sagte er schließlich. „Wenn wir herausfinden wollen, warum wir etwas getan haben, dann müssen wir bis zu jenem Punkt zurückkehren, an dem wir uns befanden, als wir unsere Entscheidung gefällt haben. Es ist immer leicht, hinterher zu sagen: Es war eine gute Entscheidung, oder: Ich habe einen großen Fehler gemacht. Wir müssen an den Punkt zurückkehren, an dem alles seinen Anfang nahm und die Dinge sich dorthin entwickelt haben, wo wir uns heute befinden."

Sally nickte gedankenverloren.

Micah hob die Schultern. „Ich bin fortgegangen, weil ich es so wollte. Und ich bin wiedergekommen, nicht ganz freiwillig, aber hier bin ich meinem Ursprung am nächsten. Die Legenden meiner Vorfahren sind die Quelle meiner Kraft, das weiß ich jetzt. Ich könnte niemals irgendwo leben, wo ich das Meer nicht höre", fügte er hinzu.

Micah sah Sally versonnen lächeln und die letzten Zweifel fielen von ihm ab. Doch bevor sie auf ihn zukommen und sich erneut an ihn schmiegen konnte, erhob er sich, um sich von ihr zu verabschieden. Sie brachte ihn zur Tür und die Enttäuschung in ihren Augen entging ihm nicht.

Aber Micah hatte das Gefühl, als ob erst noch ein paar Dinge in Ordnung kommen mussten, bevor er sich mit Sally auf diese Weise verband.

„Warum bleibst du nicht?“, fragte sie.

„Weil du noch Zeit brauchst“, antwortete er.

Erstaunt blickte sie ihn an.

Micah legte ihr den Zeigefinger unter das Kinn und küsste sie sanft. „Nicht dafür“, meinte er lächelnd. „Es gibt etwas, das du mir erzählen willst, aber noch nicht kannst. Lass dir Zeit, ich werde warten.“

Er ging zu seinem Wagen und Sally schloss die Tür hinter ihm. Sie lehnte sich mit dem Rücken dagegen und begann bitterlich zu weinen.

Am nächsten Morgen stellte Waatla Waa ihren Enkelsohn zur Rede. Sie saß in ihrem Korbstuhl und schaukelte ärgerlich. „Du hast gewusst, dass Irina in Neah Bay ist. Warum hast du mir nichts davon erzählt?“

„Ich wollte dich nicht beunruhigen“, brummte er.

„Gestern Nacht warst du bei ihr, oder?“ Das Geflecht ihres Korbsessels knisterte wütend.

„Großmutter!“, erwiderte Micah empört. Doch innerlich lächelte er über ihre Vermutung.

„Warst du?“

„Nein, verdammt noch mal. Ich habe Irina nur nach Hause gebracht.“

„Hat ziemlich lange gedauert, hm?“

„Ich war noch unterwegs.“ Micah hätte seiner Großmutter von Sally erzählen können, aber das wollte er nicht. Noch nicht. Endlich gab es etwas in seinem Leben, von dem die alte Frau nicht wusste.

Waatla Waa blickte missbilligend. „Irina ist nicht schlecht, aber sie passt nicht zu dir. Sie ist zu weiß."

„Ich weiß selber, dass Irina nicht zu mir passt, Großmutter, aber darum geht es doch gar nicht."

„Worum dann, hm?"

„Irina arbeitet an einem Institut für Meeresbiologie und hat irgendwie gehofft, die Waljagd verhindern zu können."

„So so. Das hat uns gerade noch gefehlt", Waatla Waa schaukelte heftig. „Sie soll sich um ihre eigenen Angelegenheiten kümmern und uns in Ruhe lassen."

„Die Wale sind ihre Angelegenheit, Großmutter. Wir stehen nur auf verschiedenen Seiten."

„Weiße und Indianer werden immer auf verschiedenen Seiten stehen. Es ist wie ein Naturgesetz."

„Kein Naturgesetz", entgegnete Micah, „ein Vorurteil, von uns Indianern sorgsam gepflegt."

„Pah", knurrte die alte Frau erregt, die Vorurteile immer nur von Seiten der Weißen kennen gelernt hatte.

„Großmutter", versuchte Micah sie zu beschwichtigen, „Irina tut niemandem etwas."

„Aber sie stört hier. Diese Frau wird uns nichts als Scherereien machen. Die Dinge geraten durcheinander."

„Vielleicht hast du Recht", antwortete Micah, „aber wenn, dann ganz bestimmt nicht wegen Irina Scolari. Sie ist weiß, sie kann die Magie eines Ortes nicht beeinflussen, dazu fehlt ihr die Kraft. Ich habe es gestern gemerkt, als wir am Walschrein von Wilson Buzzell waren."

„Was sagst du da?", Waatla Waa stoppte ihr Schaukeln abrupt.

Es war unheimlich still im Raum. Micah erzählte: „Ryder und Lita haben im Wald einen Ort gefunden, wo alte Holzfiguren stehen und Schädel und Knochen liegen. Sie haben Wilson Buzzell und seinen Sohn Mungo dort beobachtet, wie die beiden eine Zeremonie abhielten. Deshalb war Ryder so verschreckt und durcheinander. Es waren menschliche Schädel und Knochen."

Waatla Waa seufzte tief. „Weiß Buzzell, dass die Kinder ihn beobachtet haben?"

„Ich bin mir nicht sicher, aber ich glaube nicht. Lita sagte, sie hätten sich versteckt."

„Und du bist mit Irina zu diesem Walschrein gegangen. Warum?"

„Ich musste schließlich herausfinden, was Ryder so erschreckt hat. Er hatte Albträume und ich durfte mal wieder in seinem Bett schlafen. Er hat geschwitzt, geredet und war unruhig wie ein Tier."

„Schätze, immer noch besser als allein zu schlafen", brummte Waatla Waa mürrisch. „Aber hör zu, ich rate dir, nicht noch einmal zum Walschrein zu gehen. Wenn Buzzell es herausfindet, kann er euch Schaden zufügen. Seine Lieder sind ebenso geheim wie die unseren. Was ihr gesehen habt, ist ein heiliger Schrein, der nur für Männeraugen bestimmt ist. Mach das auch Lita und Irina klar." Waatla Waa sann nach. „Die erblichen Walhäuptlinge unseres Stammes besaßen solche heiligen Schreine. Ich dachte, die Wildnis hätte sie längst alle unter sich begraben, aber einer muss erhalten geblieben sein. Vielleicht hat die Familie Buzzell sich unbemerkt über Generationen darum gekümmert. Vielleicht, weil sie immer fest daran geglaubt haben, dass wir eines Tages den Wal wieder jagen werden."

„Hast du nicht daran geglaubt?", fragte Micah erstaunt.

„Hm, ich hatte so meine Zweifel."

„Wieso hast du nie mit mir darüber gesprochen?"

„Warst ja selbst voller Zweifel, Junge. Konntest meine nicht auch noch gebrauchen. Einer musste ja stark sein."

Den letzten Satz ignorierte Micah. „Hatte unsere Familie auch einen Walschrein?"

„Ich glaube ja. Weiß aber nicht, wo er sich befand. Ich war nur ein Mädchen."

Nur ein Mädchen, dachte Micah kopfschüttelnd. „Sag, was haben die Figuren und die Schädel zu bedeuten?"

Waatla Waa strich sich übers Kinn. „Es sind Figuren übernatürlicher Wesen, mit denen unser Volk einst lebte. Was dort noch liegt, sind Schädel von Wilson Buzzells Ahnen, denen diese Wesen das Ritual zur Anlockung von Walen und Fischen geschenkt haben."

Micah erhob sich und begann, im Zimmer auf- und abzulaufen. „Ich fürchte, Wilson Buzzell und sein Sohn Mungo gehören zu denen, die den Weg zu weit zurückgegangen sind. Sie haben sich in der alten Zeit verlaufen und beschwören Mächte, die sie nicht beherrschen."

„So ein Schrein beherbergt keine bösen Mächte", warf die alte Frau ein. „Die Buzzells nutzen nur, was ihnen vor langer Zeit gegeben wurde. Sie haben das Recht dazu."

„Schon", meinte Micah, „aber ich glaube, sie haben das Maß für die Dinge verloren. Es kann nicht mehr dasselbe sein wie vor hundert Jahren. Dieses Maß ändert sich mit den Wertvorstellungen der Menschen."

„Vielleicht gibt es Menschen, deren Wertvorstellungen sich nicht geändert haben."

„Das ist unmöglich", sagte Micah. „Sieh doch, wie wir leben!"

„Alles ist möglich, begreifst du das nicht?" Waatla Waa schüttelte den Kopf. „Mach dir keine Sorgen, Junge. Die Dinge werden den Verlauf nehmen, den sie nehmen müssen. Solange sich alle an die Regeln halten, wird auch nichts passieren."

Es schien, als wolle Waatla Waa das Gespräch beenden,

aber Micah hatte noch nicht genug. Seine Großmutter wusste mehr als sie zugab. „Woher haben die beiden die Schädel für ihren Schrein?“, fragte er. „Hat Wilson Buzzell seine Großväter auf dem Friedhof ausgegraben?“

Die alte Frau hob die Schultern. „Wenn nicht er, dann einer vor ihm.“

„Das ist verrückt.“

„Es ist unsere Vergangenheit“, widersprach Waatla Waa streng. „Hatten unsere Leute kein Fleisch, ging der Häuptling mit seiner großen Trommel in den Wald, sang und betete Tag und Nacht. Er betete dafür, dass ein toter Wal angespült würde oder ein lebender nahe an die Küste käme. Nach langer Zeit hörte er dann eine Stimme, die nicht menschlich war, und die sagte: ‚Du kannst jetzt gehen. Der Wal ist da.‘

Der Häuptling sprach zu den Ahnenschädeln, die er auf ein Brett gelegt hatte. Er besaß viele davon für sein Ritual. Wenn der Wal kam, fielen die Schädel herunter.“

Micah schüttelte ungläubig den Kopf. „Du denkst, Wilson Buzzell hockt regelmäßig da draußen im Dickicht, spricht zu den bleichen Schädeln seiner Vorfahren und betet zum Wal?“

„Schätze ja. Und es würde ihm überhaupt nicht gefallen, wenn er herausfindet, dass ihn jemand dabei beobachtet. Früher kam es häufig vor, dass Walfänger ihre Familien verloren. Seit die Walfangrituale den Gebrauch menschlicher Skelette oder Leichenteile erforderten, sahen sich die Walfänger dem ständigen Verdacht von Grabräuberei ausgesetzt und mussten mit Vergeltung rechnen. Die Leute gaben sich nicht damit zufrieden, von den tapferen Männern mit Fleisch versorgt zu werden; sie waren eifersüchtig auf die Kraft, die nur den Walfängern gehörte. Deshalb benutzten sie Hexenzauber, um ihnen zu schaden.“

Voller Skepsis hatte Micah den Worten seiner Großmutter gelauscht. Das Reden fiel ihm schwer, weil er gleichzeitig versuchte, das mögliche Ausmaß der Dinge zu begreifen. „Du sprichst von Leichenteilen, Großmutter. Ich habe nur Schädel gesehen."

„Das will ich hoffen", brummelte Waatla Waa. „Unsere Vorfahren glaubten, die Totengeister hätten Macht über die Naturkräfte, und kommunizierten deshalb auf eine Weise mit ihnen, die uns heute möglicherweise etwas makaber scheint."

Micah schluckte. Er wusste, jetzt würde er hören, worauf er die ganze Zeit gewartet hatte. „Was verstehst du unter makaber, Großmutter?"

Waatla Waa wand sich ein wenig. „Nun ja, im Grunde sind diese Dinge Geheimnisse der verschiedenen Familien. Aber ein paar Sachen sind mir zu Ohren gekommen, damals, als ich fünfzehn oder sechzehn war." Sie seufzte. Es fiel ihr sichtlich schwer, darüber zu sprechen. „Die Frau eines Walfängers erzählte, ihr Mann würde in seinem Amulett die mumifizierte Leiche seines neugeborenen Kindes bei sich tragen", fuhr sie fort. „Die Toten besaßen ungeheure Kräfte. Besonders aber kleine Kinder oder Männer, die schon zu Lebzeiten angesehene Häuptlinge waren. Ein junger Walfänger band sich die Leiche seines gerade verstorbenen Vaters auf den Rücken und tauchte damit lange im Meer. Auf diese Weise bat er ihn um die Macht, Wale fangen zu können."

Micah saß ein dicker Kloß im Hals. Er schaffte es nicht, seiner Phantasie Einhalt zu gebieten, die ihm alles bildlich vor Augen führte. Jene Männer, die das getan hatten, waren seine Vorfahren.

Waatla Waa merkte wohl, dass Micah sich abgestoßen fühlte von dem, was er hörte. Aber sie war fest entschlossen, ihr Wissen loszuwerden, denn dafür blieb ihr nicht mehr viel Zeit. „Der Tote, ob frisch oder mumifiziert“, erzählte sie, „wurde immer Rücken an Rücken getragen, weil man fürchtete, er könne die Arme über die Schultern des Walfängers legen und ihn erdrosseln.“

Micah atmete tief ein, um gegen die Übelkeit zu kämpfen, die in ihm aufstieg. Sein erster Impuls war, dieses Haus und dieses Land zu verlassen und nie mehr zurückzukehren. Aber dann dachte er an Sally und hoffte, dass Waatla Waas Geschichten nur Geschichten aus einer vergangenen Zeit waren und die Zukunft immer noch in seinen Händen lag.

„Wenn sie sich vor den Toten fürchteten, warum benutzten sie sie dann, anstatt sie in ihren Gräbern ruhen zu lassen?“, fragte er.

„Der Wal besitzt eine große spirituelle Kraft, Micah, eine Kraft, die weitaus mächtiger ist als die der Menschen. Damals besaßen wir noch nicht die Mittel, die uns heute zur Verfügung stehen. Um ihn zu jagen, mussten unsere Vorfahren eine starke Gegenmacht zur Unterstützung gewinnen – eben die Macht der Toten. Lieber nahm man in Kauf, mit den Totengeistern aneinander zu geraten, als auf ihre Hilfe bei der Waljagd zu verzichten.“

„Also drehte sich alles nur um Macht“, erkannte Micah resigniert.

„Es ging ums Überleben“, entgegnete Waatla Waa. „Alles war ein Kreislauf. Ein Mann blieb nur so lange Häuptling, solange er gut für die Leute sorgte, die sich um ihn geschart hatten. Dachte er nur an sich und überließ seine Leute dem Hunger, verließen sie ihn und suchten sich ein anderes Oberhaupt. Ein Häuptling ohne Volk war nicht mehr wert als der niedrigste Sklave. Doch heute funktioniert das Zusammenleben nicht mehr auf diese Weise, deshalb geraten die Dinge aus dem Lot.“

Habt Erbarmen!, bat Micah seine Vorfahren im Stillen. Habt Erbarmen mit mir und dieser alten Frau, Erbarmen mit unserem ganzen Volk! „Erzähl mir Genaueres über die Walschreine", sagte er, weil die finsteren Gedanken ihn nicht mehr losließen. In seiner Phantasie spielten sich in Wilson Buzzells Walschrein die unglaublichsten Dinge ab.

„Es gibt eine Legende", sagte Waatla Waa und Micah merkte, sie wurde des Erzählens müde. Diese alten Dinge aus dem dunklen Versteck der Vergangenheit ans Licht der Gegenwart zu zerren, kostete Kraft. Als ob die Geheimnisse sie über all die Jahre am Leben gehalten hatten, spürte Waatla Waa, wie sie immer müder wurde, je mehr sie davon preisgab. Aber es war gut so, weil sie nun diese Geschichten nicht mit ins Grab nehmen musste. Vielleicht war ihr Enkelsohn Micah noch nicht so weit, die ganze Wahrheit zu hören, ohne dadurch völlig durcheinander gebracht zu werden. Aber er würde sich wieder beruhigen und damit zurechtkommen. Schließlich war Micah ein Nachfahre zweier Walfängerfamilien und besaß einen starken Schutzgeist.

„Was für eine Legende, Großmutter?", fragte er mit trockener Kehle.

„Ein junger Häuptlingssohn baute sich einen Walschrein und bestückte ihn über mehrere Jahre. Zu seinem Inventar gehörten hundert Schädel, zwölf mumifizierte Körper und die Leichen von einhundertzwanzig neugeborenen Kindern."

„Wo hatte er die her?" Steif saß Micah auf seinem Stuhl.

„Er hat sie gestohlen", knurrte Waatla Waa, ärgerlich darüber, dass sie unterbrochen worden war. „Es ist nur eine Legende, mein Sohn, nur eine Legende. Der Häuptlingssohn baute für sich und seine Frau einen Schlafplatz aus den Schädeln, bedeckt mit einer dicken Schicht Moos. Wenn er mit ihr auf diesem Lager schlief, wurde jedes Mal ein toter Wal an Land gespült. Dieser Wal gehörte ihm und er wurde ein reicher Mann, der viele Feste veranstalten konnte. Das machte ihn zu einem großen Häuptling.

Das Walhaus wurde über Generationen immer an den ältesten Sohn weitergegeben und irgendwann wurden statt der Toten geschnitzte Figuren aus Zedernholz verwendet. Schätze, die Beschaffung der Leichname wurde den Walfängern einfach zu anstrengend und zu gefährlich."

Na wunderbar, dachte Micah. Auf einmal war es nicht mehr so leicht, einer von ihnen zu sein. Plötzlich war er froh, an der Grenze zum Jahr 2000 zu leben und nicht fünfhundert Jahre früher. Damals gab es zwar noch keine weißen Frauen, die Indianer heirateten, und Naturschützer, die einem das Leben schwer machten, gab es auch noch nicht. Dafür eine ganze Menge anderer Dinge, die Micah überhaupt nicht behagten und mit denen er seine Probleme gehabt hätte. Und das, obwohl er ja auf der Sonnenseite des Lebens geboren worden wäre, wenn er dem Ahnenlied seiner Großmutter Glauben schenken durfte.

„Nur eine Frage noch", hub er an und merkte, wie die alte Frau aus dem Halbschlaf hochschreckte. „Was ist mit meinen Großvätern, mit Moses, deinem Mann? Haben sie auch auf derartige Dinge zurückgegriffen? Finde ich vielleicht ein Amulett mit einem vertrockneten Säugling, wenn ich in deinen Truhen und Schubladen suche? Kann ich sicher sein, dass mein Onkel Kenneth und meine Tante Olivia in ihren Gräbern liegen? Ich meine komplett ... mit ihrem Kopf?"

Waatla Waa war schlagartig wach. Sie begann zu schaukeln, erst ziemlich heftig, dann hielt sie abrupt an. „Untersteh dich, in meinen Schubladen zu wühlen."

Micah zuckte die Achseln.

„Du kannst sicher sein", antwortete Waatla Waa schließlich. „Dein Großvater Moses hat nie dergleichen getan. Er war ein Mensch, der das Gesetz achtete, auch wenn es nur das Gesetz der Weißen war."

Micah atmete erleichtert auf. „Warum hast du mir nie von diesen Dingen erzählt?"

„Weil ich dachte, es wäre nicht notwendig."

„Du dachtest, es wäre vorbei, aber das ist es nicht."

„Schon möglich. Du warst noch nicht so weit. Dein Verstand hätte diese Dinge zurückgewiesen."

„Das tut er jetzt auch", sagte Micah.

„Nicht wirklich. Wirst nur eine Weile brauchen, bis du dich daran gewöhnt hast", sagte Waatla Waa.

„Ist es wahr, dass viele Walfängerfamilien auf seltsame Weise starben?" Micah dachte an die Nacht, in der sein Vater gestorben war, und was der ihm kurz zuvor erzählt hatte. Sollte an den Worten, die er für das Gestammel eines Verwirrten gehalten hatte, etwas Wahres gewesen sein?

Waatla Waa nickte bedeutungsvoll. „Der Preis des Ruhmes war hoch. In Neah Bay gab es einen sehr reichen Walfänger, sein Name war Pat Johnson. Er kaufte sich ein junges Mädchen vom Stamm der Quinault als Frau. Seine ersten beiden Frauen und deren Kinder waren an Epidemien zugrunde gegangen, vielleicht aber auch an Hexerei. Als das Mädchen ihm einen Sohn gebar, gab Johnson den Walfang auf."

„Seine Familie war ihm also wichtiger als Ruhm und Privilegien", meinte Micah nachdenklich.

„Er wollte, dass sein Name weiterlebt. Das war ihm auch vergönnt. Pat Johnson war der Großvater von Ben Johnson."

Micah blickte auf. „Ben Johnson ist ein Nachfahre von Walfängern?", fragte er überrascht. „Aber er ist einer der lautesten Walfanggegner unseres Stammes."

Waatla Waa nickte. „Ja. Ben Johnson hat eine schöne Frau und drei halbwüchsige Töchter. Er liebt seine Familie. Er hat Angst, das Schicksal könne sich wiederholen. Deshalb verzichtet er auf seine Rechte und Privilegien."

„Was sind das für Privilegien, die ein Walfänger heute noch hat, Großmutter?", fragte Micah anklagend.

Waatla Waa blickte ernst: „An diesen Dingen hat sich kaum etwas geändert. Es gibt keine Sklaven mehr, aber die Lieder und Geheimplätze haben den gleichen Wert wie damals."

„Das ist nicht wahr."

„Wahr ist, was in deinem Herzen ist."

„Und was ist mit den Herzen der Halbwüchsigen?"

„Sie sind leer, weil niemand sie füllte. Aber es ist noch nicht zu spät."

Micah Mahone vergrub das Gesicht in den Händen. All diese Dinge, die jetzt auf einmal ans Tageslicht kamen, waren zu viel für ihn. Er wollte einen Wal töten, in der Hoffnung, danach würde sich etwas ändern. In der Hoffnung, danach könne er wieder stolz sein auf sich selbst und das, was er war: ein Makah, ein Walfänger. Aber er wollte auch mit Sally zusammen sein, sie irgendwann bitten, seine Frau zu werden und eine Familie mit ihm zu gründen.

Micah dachte an den Bruder und die Schwester seines Vaters, die bei einem Autounfall ums Leben gekommen waren. An Moses Mahone, seinen Großvater, der kurz darauf ebenfalls gestorben war. Sein Vater hatte sich selbst getötet und seine Mutter war an einer heimtückischen Krankheit zugrunde gegangen. Musste er sich entscheiden, ob er eine Familie haben oder ein geachtetes Mitglied seines Stammes sein wollte? Haftete der Geruch von Leichen an ihm, weil seine Vorfahren – gefangen in ihrem Geisterglauben – unmögliche Dinge getan hatten? War er ebenso verantwortlich für diese Ungeheuerlichkeiten, weil er sich nicht deutlich von ihnen distanzierte?

Als ob Waatla Waa seine Besorgnis erraten hätte, sagte sie: „Solange du zu den Paddlern gehörst, brauchst du dir keine Sorgen machen. Allein der Häuptling hat so viel Macht, dass andere sie ihm neiden."

Micah blickte Waatla Waa ins Gesicht, als würde er sie plötzlich mit anderen Augen sehen. „Du hast immer gewusst, was passieren konnte, und trotzdem hast du Moses Mahone geheiratet und ihm drei Kinder geboren."

„Was sollte ich tun?", erwiderte die alte Indianerin. „Es war meine Bestimmung. Ich konnte mich ihr nicht entziehen. Genauso wenig, wie du es kannst."

In dieser Nacht plagte Micah ein schwerer Traum. Er war ganz allein draußen auf dem Meer, in einem riesigen Walfangkanu, eingehüllt in wallende Nebel. Nacht lag auf dem Ozean und löschte das Ufer aus. Micah hatte vollkommen die Orientierung verloren. Es war sinnlos, das Paddel zu gebrauchen, wenn er nicht wusste, in welche Richtung er paddeln sollte.

Wind kam auf und jagte die Nebel wie rasende Geister um das Kanu. Salzige Gischt spritzte Micah ins Gesicht und durchnässte seine Kleider. Verzweifelt kauerte er sich auf den Boden des Bootes und betete, dass es nicht kentern möge. Wasser sammelte sich im Boot. Er krallte sich fest, während das Kanu von ungeheuren Brechern hin- und hergeworfen wurde.

Irgendwann hörte Micah die Stimme des Wals. Zuerst die ihm vertrauten, durchdringenden Tierlaute, dann eine dunkle, sanfte Stimme: „Warum fürchtest du dich, Micah Mahone?“, fragte der Wal. „Warum vertraust du nicht auf die Kraft deiner Ahnen, die in deinem Blut sind? Warum verwendest du nicht das Wissen deiner Großväter und Großmütter, wenn du Entscheidungen triffst? Sie hatten niemals Angst.“

„Sie benutzten Leichen, um dich zu besiegen“, schrie Micah. Keuchend wagte er einen Blick über den Rand seines Kanus.

Ein riesiger Wal tauchte vor ihm aus den tosenden schwarzen Fluten. „Niemand kann mich besiegen. Komm mit mir und ich werde es dir beweisen.“

Der Wal zog Micah mit sich in die Tiefe. Die Fluten des Ozeans umschlossen seinen Körper. Die Dunkelheit wurde immer dichter und undurchdringlicher, aber Micah spürte keine Angst mehr. Er konnte atmen, als befände er sich oben unter dem Dach des Himmels.

Schließlich erreichten sie eine Siedlung auf dem Meeresgrund. Jemand zog an seiner Hand, aber es war kein Wal, sondern eine schöne junge Frau mit einem herrlichen Körper und knielangen Haaren. Sie trug nur einen Rock aus Seetang, der in der Unterwasserströmung tanzte wie im Wind.

„Siehst du, hier leben wir“, sagte sie freundlich. „Wir verwandeln uns nur in Tiergestalt, wenn einer von euch uns ruft. Viele Jahre hat niemand mehr nach uns gerufen. Bis vor einiger Zeit. Es ist der Ruf eines Häuptlings und ich muss ihm folgen. Schon bald werde ich kommen, um mich deinem Volk zu schenken.“

„Das darfst du nicht“, wollte Micah erschrocken rufen, aber aus seinem Mund kamen nur Blasen, die wie silberne Kugeln nach oben stiegen.

Die junge Frau lächelte wieder. „Es ist meine Bestimmung“, tröstete sie ihn. „Hab keine Angst, ich werde nicht sterben. Ich schenke euch nur meinen Tierkörper. Dann kehre ich hierher zurück."

Am liebsten wäre Micah geblieben, denn alles sah so friedlich aus an diesem Ort. Aber eine schlanke Hand zog ihn nach oben, zurück ans Licht, zurück in seine Welt.

Als er wieder zu sich kam, trieb das Kanu unversehrt am flachen Ufer, schaukelte sanft auf den Wellen. Sturm und Nebel hatten sich verzogen. Kleine Schauder durchzogen seinen Körper. Die Sonne schien und leckte ihm die Nässe aus dem Gesicht. Seine verwirrten Gedanken klarten sich langsam auf.

Micah erwachte verstört aus diesem Traum. Er fuhr sich mit den Händen über das Gesicht und spürte, es war nass von Tränen. Oder war es Meereswasser? Auch sein Schlafanzug war völlig durchnässt.

War seine Seele verloren gegangen? Hatten die Geister des Meeres – in Gestalt einer schönen Frau – sie gestohlen? Im Glauben der Makah verließ die Seele des Nachts ihren Körper, um in jene Andere Welt zu reisen, aus der die Träume kamen. Reiste sie aber zu weit, war es ihr unmöglich, noch vor dem Morgengrauen zurückzukehren. Sie war dazu verdammt, umherzuirren.

Es gab nichts Schrecklicheres, als ein Mensch mit einer verirrten Seele zu sein, die möglicherweise von bösen Geistern gefangen gehalten wurde. Nur ein Schamane konnte dann noch helfen, die Seele mit Hilfe eines Seelenfängers zurückzuholen. Das war eine schwierige und sehr riskante Prozedur, die nicht immer gelang.

Micah stöhnte und versuchte, sich daran zu erinnern, was geschehen war; was die Walfrau ihm erzählt hatte. Die Erinnerung kam und er merkte, er war seiner Seele nicht verlustig gegangen. Der Traum hatte ihn ans Ufer der Wirklichkeit zurückgebracht.

Die Antwort war einfach. Der Wal schenkte sich dem Volk der Makah aus freien Stücken. Sein Tod machte ihn zu etwas Besonderem.

Micah war dankbar für diesen Traum, der ihm zur rechten Zeit geschenkt worden war. Und noch bevor er aufstand, um unter der Dusche seinen Schweiß abzuspülen, fasste er einen Entschluss.

12. Kapitel

Sally stand in der Werkstatt des alten Holzschnitzers Paul Bowechop und ihre Hände glitten über die rauen Seiten des noch unfertigen Zedernkanus, das Paul und sein Sohn Adam aus einem einzigen, mächtigen Stamm gehauen hatten. „Es ist wunderschön", sagte sie voller Ehrfurcht zu dem alten Mann. Sein verschlissener grauer Arbeitskittel war mit bunten Farbtupfern bekleckert.

„Mein Vater und ich haben drei Jahre daran gearbeitet", erwiderte Adam Bowechop, der Sally in die Werkstatt geführt hatte. „In ein paar Wochen ist es fertig. Es muss noch geschliffen werden und ich will es auch bemalen."

Adam wanderte stolz um das Kanu herum. Er hatte Holzstaub und Späne in seinem Haar, das er zu einem kurzen Pferdeschwanz gebunden hatte, damit es ihm während der Arbeit nicht ins Gesicht fiel und ihn störte. Sein ungestutzter schwarzer Oberlippenbart ließ ihn älter aussehen als er eigentlich war.

„Es ist ein gutes Boot", meinte Paul, dem einige Zähne fehlten, weshalb man ihn nur schwer verstand. „Aber unsere Leute wollen es nicht haben. Lieber kaufen sie eins, das den Stamm tausende Dollars kostet. Geld, das wir für andere Dinge gebrauchen können."

„Es ist nicht groß genug für die Jagd, Vater", beschwichtigte ihn Adam.

„Wir können ein größeres Kanu bauen", erwiderte der alte Holzschnitzer mürrisch, die buschigen grauen Augenbrauen nach oben gezogen. Sally hatte ihn noch nie so verärgert gesehen, so enttäuscht. Das Herz wurde ihr schwer, wenn sie ihn ansah.

„Ja, aber es würde Monate dauern. So lange wollten sie nicht warten."

Paul schüttelte den greisen Kopf. „Wir haben sechsundachtzig Jahre gewartet, da kommt es auf ein paar Monate mehr nicht an. Das gekaufte Kanu wird ihnen kein Glück bringen. Eines Tages wird es verschwinden, einfach so, wie auch die anderen Kanus verschwunden sind, die wir nicht selbst gebaut haben. Es wird dorthin zurückkehren, wo es hergekommen ist. Jeder geht irgendwann dorthin zurück, wo er hergekommen ist."

„Das sind alte Geschichten, Vater", brummte Adam abwinkend.

„Was für Geschichten?" Sally horchte auf. Solche Dinge hatten sie schon immer interessiert. Sie schrieb alles auf, was mit ihrem Volk zu tun hatte und noch nicht in irgendwelchen Büchern stand. So versuchte sie auf ihre Weise, etwas gegen das Vergessen zu tun.

Adam zuckte die Achseln. „Man sagt, eines Tages wären plötzlich alle Kanus vom Strand verschwunden. Einige Leute, die nah am Wasser wohnten, erzählten, sie hätten in der Nacht einen merkwürdigen Gesang vernommen. Aber so sehr man auch suchte, die Kanus tauchten nie wieder auf."

„Vielleicht haben die Ya'i-Geister sie geholt", nuschelte Paul.

„Diese Geschichte kannte ich gar nicht", Sally blickte nachdenklich von einem zum anderen. Paul schickte sich an, die Werkstatt zu verlassen. Er war müde und wollte sich in seinen gemütlichen Lehnsessel vor den Fernseher setzen. „Danke, dass ich das Kanu sehen durfte", sagte Sally und verabschiedete sich von dem alten Mann. Sie versuchte sich vorzustellen, wie er wohl ausgesehen haben mochte, als er noch jung und stark gewesen war; drahtig und beweglich – wie sein Sohn Adam heute.

Als der alte Indianer gegangen war, bemerkte Adam: „Mein Vater denkt, die Hoffnung der Leute, durch die Waljagd würde es eine Wende im Leben unseres Stammes geben, ist vergeblich.“

„Vielleicht ist er auch nur enttäuscht, weil sein Kanu nicht benutzt werden kann.“

„Vater ist alt und enttäuscht, weil niemand mehr auf seine Stimme hört. Einst war er ein mächtiger Mann. Er hat Wappenpfähle geschnitzt“, erwiderte Adam stolz.

Grämt es ihn vielleicht insgeheim, dass er nicht zu den Walfängern gehört?, fragte sich Sally. „Ich weiß“, sagte sie. „Aber manchmal laufen die Dinge nicht so, wie wir es uns wünschen. Zu sagen, es gibt keine Hoffnung, halte ich für einen schweren Fehler.“

„Es ist aber auch ein Fehler, das Alte aufzuwecken, ohne eine Ahnung davon zu haben, was es für Schaden anrichten kann. Niemand macht sich Gedanken über die Folgen dieser Waljagd.“

„Wie meinst du das, Adam?“, fragte Sally mit zusammengekniffenen Brauen. Misstrauisch geworden musterte sie den Mann, der sie besser kannte als jeder andere. Jetzt war ihr der Gedanke unangenehm.

Bowechop hob die Schultern. „Ich habe nichts gegen die Jagd. Aber es gibt Leute in Neah Bay, die sagen, wir sollten unser altes Recht einfordern und Wale wieder kommerziell jagen. Wir waren der einzige Stamm entlang der Nordwestküste, der offiziell dieses Recht hatte.“

„Ich weiß“, erwiderte Sally leise. „Aber Keith Jimmicum wird Derartiges nicht zulassen.“

Bowechops Augen blitzten belustigt auf. „Bist du dir da so sicher?“

„Ja. Jedes Recht birgt auch eine Verantwortung. Und Jimmicum ist ein kluger Mann, der sich seiner Verantwortung bewusst ist."

„Aber er kann nicht allein entscheiden", sagte Adam.

Sally dachte an ihr erstes Gespräch mit Micah, als sie gemeinsam im Makah Maiden Café gegessen hatten. Er hatte befürchtet, die Jagd könne den Stamm spalten. Vielleicht hatte Micah Recht. Vielleicht gab es eine Menge Dinge, die sie nicht sehen wollte, weil sie sonst Gefahr lief, das Bild zu zerstören, das sie von sich und ihrem Leben in Neah Bay hatte.

Sallys Blick glitt über die Maske eines Donnervogels, die unfertig auf dem Tisch lag. Sie war von unglaublicher Schönheit und Wirkung, obwohl sie noch nicht bemalt war. „Hast du sie gemacht?", fragte sie, um das Thema zu beenden.

„Vater hat damit angefangen, aber jetzt zittern seine Hände zu sehr. Ich bin dabei, sie zu vollenden."

„Du bist ein großer Künstler und Handwerker, Adam", Sally nickte anerkennend. „Mit deinen Händen kannst du wunderbare Dinge schaffen."

„Aber es genügt dir nicht", sagte er und es klang wie eine Frage.

Sally senkte den Blick, denn jetzt musste sie es ihm sagen – ihm beibringen, dass sie einen anderen liebte.

„Es würde nicht gut gehen mit uns, Adam, glaub mir das." Sie betrachtete ihn verstohlen von der Seite, sein rundes, gutmütiges Gesicht, und dachte daran, dass er durchaus in der Lage gewesen war, ihre Leidenschaft zu wecken. Adam Bowechop kannte ihre Schwächen und ihre Wünsche. Das verschaffte ihm in dieser Situation ein paar Vorteile.

„Warum nicht, Sally? Haben wir uns nicht immer gut verstanden? Und hat es dir nicht gefallen, wenn wir zusammen waren?“ Ungeheure Wärme sprach aus der Stimme dieses Mannes und machte Sally ihre Antwort noch schwerer. Sie hasste es, Hoffnungen zu zerstören und andere Menschen zu enttäuschen.

„Ich habe dich gern, Adam“, sagte sie, „aber ich liebe dich nicht. Es hat eine Weile gedauert, bis ich mir darüber klar geworden bin.“

„Ist es wegen dieses Fischers?“, fragte er voller Unmut und machte eine abwertende Handbewegung. Alle Wärme war schlagartig aus seiner Stimme gewichen. Jetzt war sie hart und schneidend, wie die Klinge des Beitels in seiner Hand.

„Ich sage dir heute nicht zum ersten Mal, dass aus uns nichts werden kann, Adam“, antwortete Sally.

„Ich will nur wissen, ob du ihn liebst.“

Sie zögerte eine Weile und sagte schließlich: „Ja, ich liebe Micah Mahone.“

„Nur, weil er in diesem verfluchten Walfangkanu sitzen wird?“

Sally musterte ihn kalt. „Wofür hältst du mich?“

„Mahone hat doch nicht die geringste Ahnung, wie die Dinge hier liegen in Neah Bay“, zischte Adam verächtlich.

Sally horchte auf. „Was soll das heißen, Adam?“

„Er war zu lange weg, er kann es nicht wissen.“

„Ich war auch lange weg. Du redest Unsinn.“

„Mahone macht dir was vor, Sally. Von wegen Walfänger“, stieß er verächtlich durch seine Lippen.

„Micah ist Fischer, wie du richtig bemerkt hast“, sagte sie, „und ein guter dazu.“

„Man sagt, er ist es nur mit Hilfe der Geister.“

Sally spürte, wie das Gespräch auf unliebsames Terrain entglitt. Sie presste die Lippen zusammen, bevor sie erwiderte: „So weit ich weiß, ist Micah Mahone sehr zurückhaltend im Umgang mit Geistern." Sie musste gut überlegen, was sie sagte, denn eine unbedachte Äußerung konnte Micah mehr schaden, als wenn sie einfach zu den Vorwürfen schwieg.

Adam schlug den Beitel in einen rohen Holzklotz. „Die Leute sagen, in Micah Mahones Adern fließt Sklavenblut."

Nach diesen Worten funkelte Sally Adam wütend an. Jetzt war er zu weit gegangen. Wo immer er diesen Unfug auch aufgeschnappt hatte, er durfte ihn nicht weiterverbreiten.

„Sollte dieses Gerücht durch dich in Neah Bay in Umlauf kommen oder genährt werden, Adam Bowechop, wirst du eine Seite von mir kennen lernen, von der du nicht mal ahnst, dass es sie überhaupt gibt", sagte Sally wütend und verließ die Werkstatt der Holzschnitzer mit geballten Fäusten und einem Knoten aus Zorn in der Brust.

Obwohl Sally wusste, dass das alte Klassensystem unterschwellig immer noch existierte, wurde sie doch das erste Mal persönlich mit derartigen Verleumdungen konfrontiert. So war es schon vor hunderten von Jahren gewesen: Wenn ein Mann den anderen nicht leiden konnte, dann machte er ihn einfach schlecht. Dafür gab es verschiedene Möglichkeiten. Die wirksamste aber war, ihm nachzusagen, dass Sklavenblut in seinen Adern floss.

Vor langer Zeit hatte es in der Stammesordnung der Makah drei soziale Ränge gegeben. Zu den Ranghöchsten gehörten die Häuptlinge, die Walfänger und die Totempfahlschnitzer. Sie waren zwar meist weitläufig mit den einfachen Leuten – denen zweiten Ranges – verwandt, heirateten sie aber nicht, um auf diese Weise ihr Blut für die Nachfahren reinzuhalten. Zu den einfachen Leuten zählten all jene, die Fischer waren oder einem anderen ehrbaren Erwerb nachgingen.

Zum niedrigsten Rang gehörten die Sklaven. Sie waren Kriegsgefangene anderer Stämme und durften keinen freien Makah heiraten. Ihre Kinder waren wieder Sklaven und hatten keinerlei Rechte.

Zuweilen kam es vor, dass ein Familienangehöriger gefangen und Sklave eines anderen Stammes wurde. Wurde er später durch einen Kriegszug wieder befreit, wollte ihn die Familie oft nicht mehr zurück, weil er ein Sklave gewesen war. Einmal Sklave – immer Sklave, war die einfache Devise. Für Rangniedrige gab es kein Entkommen.

Als vor 200 Jahren die ersten Europäer mit ihren Schiffen in der Meerenge von Juan de Fuca ankerten, schickten die Makah ihre Sklavinnen als Prostituierte auf die Schiffe, weil sie merkten, dass sie auf diese Weise bei den Fremden einiges erreichen konnten. So kommt es noch heute vor, dass blonde Makah geboren werden, die es dann besonders schwer haben, sich gegen derartige Anschuldigungen zu wehren. Ihre Vorfahren erschweren ihnen das Dasein bis in die Gegenwart.

Sally Kallappa wusste sehr viel über die Vergangenheit ihres Volkes und hatte sich innerlich längst damit versöhnt. Sicher, einige Regeln muteten wirklich bizarr oder grausam an, aber solche Dinge hatte es auch bei anderen Völkern gegeben. Immerhin, eine sehr lange Zeit hatte dieses Gesellschaftssystem gut funktioniert und schädliche Einflüsse ferngehalten. Eine Gesellschaft brauchte nun mal Verhaltensregeln, um starke Gefühle und starke Persönlichkeiten in den Griff zu bekommen.

Aber auch dieses System war nicht unfehlbar. Gewiss, in den vergangenen Zeiten hatte die Regelung gegenseitiger Unterstützung und Hilfe im Familienverband sehr gut funktioniert. Aber es hatte damals auch häufig Wettkämpfe um Privilegien gegeben; Wettkämpfe, die nicht selten mit durchschnittenen Kehlen endeten.

Noch um 1940 waren Nachfahren von Sklaven in Neah Bay keine anerkannten Mitglieder der Gemeinschaft. Inzwischen gingen die Makah natürlich nicht mehr auf diese Weise miteinander um, aber gelegentlich kam es noch zu plötzlichen Rückfällen.

Der Kampf um die Gunst einer Frau konnte durchaus der Auslöser für solche Verleumdungen sein. Sally hatte keine Ahnung, wie weit Adam in seiner Enttäuschung über ihre Zurückweisung gehen würde. Vielleicht war es besser, Micah von diesem Gespräch zu erzählen und ihn zu warnen.

Aber noch wusste Sally nicht, woran sie bei ihm war, und wollte verhindern, dass Micah sich bedrängt fühlte. Wenn ihre Beziehung mit einem Eklat begann, dann würde er sich vielleicht von ihr zurückziehen, was sie ihm nicht einmal verübeln konnte. Schließlich hatte er ihr offen erzählt, wie wichtig es ihm war, sich an dieser Waljagd zu beteiligen. Sobald sie Gelegenheit hatte, würde sie ihm von ihrem Gespräch mit Adam erzählen. Micah Mahone hatte einen Feind im Ort und es war besser, wenn er ihn kannte.

Ein weiteres, langes Wochenende nahte, an dem Sally keine festgelegten Verpflichtungen im Museum hatte. Und da sie all die vergangenen Wochenenden durchgearbeitet hatte, beschloss sie kurzerhand, sich ein paar Tage Urlaub zu gönnen und nach Seattle zu ihrer alten Freundin Agnes zu fahren. Sie hatte Agnes schon so lange nicht mehr gesehen und die Freundin rief regelmäßig an, in der Hoffnung, Sally zu einem Besuch in der Stadt überreden zu können.

Mit einem Mal erschien Sally die Aussicht, von allem ein wenig Abstand zu gewinnen, sehr verlockend. Sie konnte mit Agnes über viele Dinge plaudern, die in Neah Bay kein Gesprächsthema für sie waren, weil es dort niemanden gab, mit dem sie hätte darüber reden können. Sie und Agnes würden in den Cafés am Pioneer Place sitzen, Seattles Buchläden durchstöbern und sich im Old Navy's neu einkleiden; etwas, das schon lange fällig war, wenn sie die Auswahl in ihrem Kleiderschrank kritisch begutachtete.

Sally rief Agnes an, die sich riesig freute und es kaum erwarten konnte ihre Freundin wiederzusehen. Nachdem sie ihre Entscheidung gefällt hatte, überlegte Sally, ob sie Micah von ihren Reiseplänen erzählen sollte, entschied sich jedoch dagegen. Schließlich wusste sie auch nicht, was Micah Mahone gerade tat oder wo er war.

Nach dem Vorfall mit dem Walschrein und den Gesprächen mit Micah am Strand beschloss Irina, ihr Vorhaben aufzugeben, sich aktiv in den Walfang der Makah einzumischen. Noch am Tag zuvor war sie drauf und dran gewesen, in die beiden Schulen in Neah Bay zu gehen, den Kindern von ihrer Arbeit zu erzählen und ihnen klarzumachen, warum es traurig und frevelhaft war, einen Wal zu töten.

Aber damit hätte sie nicht nur die ganze Makah-Nation gegen sich aufgebracht, es wäre auch ein sinnloses Unterfangen gewesen. Das hatte sie jetzt begriffen. Was so tief verwurzelt war, konnte man nicht mit leidenschaftlichen Worten herausreißen. Der Erkenntnisprozess würde sich über Jahre hinziehen und eines Tages waren die Makah vielleicht so weit zu sagen: Unsere Vorfahren waren Walfänger und wir ehren und achten sie. Aber die Zeiten haben sich geändert und die Makah sind ein Volk mit neuen Gedanken. Wir haben beschlossen, im 20. Jahrhundert zu leben – und das mit allen Konsequenzen.

Daran glaubte Irina Scolari fest. Sie war auch überzeugt davon, diesen Augenblick noch zu erleben. Wer sich dem Artenschutz widmete, brauchte ein immenses Maß an Geduld und Ausdauer. Aufklärung war eines der wirksamsten Mittel, aber auch das mühsamste. Vielleicht würde sie später noch einmal hierher kommen – mit einem ordentlichen Konzept – und den Indianern von dem geplanten Bau der Salzgewinnungsanlage in der Baja California erzählen. Vielleicht konnte sie die Makah sogar als Verbündete in dieser Sache gewinnen. Vielleicht gab es ja doch einen gemeinsamen Nenner.

Nach einem einfachen Frühstück aus Kaffee und kaltem Toastbrot mit Marmelade zog Irina Wanderschuhe und wetterfeste Kleidung an und machte sich auf den Weg nach Ozette. Sie kannte den See, auch dort war sie mit Micah vor Jahren schon gewesen. Aber diesmal wollte sie durch den Wald wandern, bis hin zum Meer; wollte das Dreieck laufen, das sie über den Strand bis zur ehemaligen Ausgrabungsstätte führen würde.

Irina versorgte sich im Supermarkt mit Brot, Bananen, Äpfeln und Mineralwasser. Washburnes General Store bot ein buntes Sammelsurium aus Lebensmitteln, Waren des täglichen Bedarfs und Kleidungsstücken, die unerwartet notwendig werden konnten, – wie Unterwäsche, Regenbekleidung, warme Pullover und Socken. In den Regalen lagen außerdem diverse Kleinigkeiten, die man zum Fischen brauchte: Gebogene Messer, Angelhaken und Sehnen, Garnspulen und Gummischuhe – für alle Fälle.

In einer wenig gemütlichen Ecke der Kaufhalle standen drei Resopaltische mit Plastikstühlen, denn es gab auch ein kleines Angebot an warmen Speisen. Der heutige Tagestipp war Muschelsuppe. Die Muscheln schwammen in einer dicken, milchigen Flüssigkeit, die in einem Pappbecher gereicht wurde.

Irina kannte diese Spezialität aus Kalifornien und wusste, sie schmeckte besser als sie aussah. Diesmal veranlasste sie allerdings schon der Geruch der Muschelsuppe zur baldigen Flucht aus dem Supermarkt.

Irina verstaute die Einkäufe in ihrem silbergrauen Ford. Sie fuhr die Uferstraße 112 nach Osten und bog nach etwa 20 Meilen auf die Hoko-Ozette Route ab. Der Highway führte zwischen bewaldeten Bergen hindurch, deren Erhabenheit durch Kahlschläge zerstört worden war. Erschrocken stellte Irina fest, dass Wälder, die für die Ewigkeit geschaffen schienen, skrupellos von Menschenhand vernichtet wurden. Die einst so makellose Landschaft sah nun fremd und bedrückend aus.

Nach ein paar Meilen rückten die Berge von der Straße ab und verschwanden auf der rechten Seite ganz. Vereinzelt tauchten Häuser auf, in denen vorwiegend Weiße wohnten. Es waren kleine Farmen oder Trailer von Waldarbeitern und Parkrangern, die in der Umgebung arbeiteten.

Nach einer halben Stunde erreichte Irina die Ozette-Rangerstation. Sie stellte ihren Ford auf dem großen Parkplatz ab und zahlte einen Dollar Parkgebühren, den sie in einen bedruckten schmalen Umschlag steckte. Sie schrieb ihren Namen und die Autonummer auf den Umschlag und schob ihn in den dafür vorgesehenen Metallbehälter. Auf dem Parkplatz standen nach ihrer Schätzung fast fünfzig

Autos. Einige parkten dort vermutlich schon seit mehreren Tagen. Es gab immer wieder Leute, für die es der größte Kick war, ein paar Tage mit Zelt und Schlafsack in der Wildnis zu verschwinden. Diese Abenteurer auf Zeit – oft waren es Besserverdienende – wollten einfach für ein paar Tage dem Stress entkommen, um in der Natur neue Kraft zu schöpfen.

Der überwiegende Teil von ihnen aber waren Studenten, junge Männer und Frauen, die immer noch glaubten, das Leben wäre ein einziges Abenteuer. Sie suchten die Herausforderung, wollten die Einsamkeit und ihre eigenen körperlichen Grenzen testen. Erst im vergangenen Jahr hatten sich zwei junge Männer in einem Nationalpark in New Mexiko verlaufen und waren drei Tage ohne Wasser bei sengender Hitze im Wald umhergeirrt. Ihre Lage schien ihnen bereits nach kurzer Zeit so aussichtslos, dass sie beschlossen einander größeres Leid zu ersparen und sich gegenseitig zu töten. Einer von ihnen erstach den anderen mit seinem Messer und verletzte sich selbst schwer, brachte es aber dann doch nicht fertig, sich umzubringen. Kurz darauf fanden Parkranger den verzweifelten jungen Mann, nur zweihundert Meter vom Weg entfernt, der beide zurück zu dem Parkplatz gebracht hätte, auf dem ihr Wagen stand.

Viele solcher Unglücke ließen sich auf kolossale Selbstüberschätzung und mangelnde Ausrüstung zurückführen. Daran dachte Irina, als sie die beiden jungen Pärchen vor einem offenen Van beobachtete, die sich vermutlich auf einen längeren Ausflug vorbereiteten. Sie waren hellhaarig und sonnengebräunt, mit trainierten schlanken Gliedern. Jung und selbstbewusst und durchdrungen vom Glauben an die eigene Unsterblichkeit.

Ihre Ausrüstung – die bunten Rucksäcke und leuchtenden Regenjacken, die wetterfesten Zelte und das Überlebenskochgeschirr – hatten sie vermutlich in Seattle gekauft, im Recreational Equipment Incorporated, kurz: REI, dem berühmtesten Kaufhaus für Abenteurer im Nordwesten der Vereinigten Staaten. Als ob High-Tech Wanderschuhe, sturmfeste Zelte, federleichte Schlafsäcke und Khaki-Hosen einen vor dem wirklichen Leben bewahren konnten.

Irina nahm ihren kleinen Rucksack mit dem Proviant auf die Schulter, hängte das Fernglas um und lief zur Station, die aus mehreren dunklen Gebäuden im Blockhausstil bestand. In einem kleinen Zedernpavillon informierte sie sich über die ausgezeichneten Wanderrouten und sprach mit einem Ranger über den Weg. Der Mann versicherte ihr die Ungefährlichkeit der Route und Irina marschierte los. Das Ozette Triangel war ein Wanderpfad, der auf Holzplanken über drei Meilen durch wilden Küstenwald bis zum Meer führte, weitere drei Meilen am Strand entlang und noch einmal drei Meilen durch den Wald zurück.

Nachdem die Morgennebel aufgestiegen und zurück ins Meer gekrochen waren, schien die Sonne und wärmte die Luft. Irina liebte es zu wandern. Sie marschierte rasch über den knapp einen Meter breiten Plankensteg, den Blick immer wieder kontrollierend auf den Boden gerichtet. An manchen Stellen war das Holz verfault oder einzelne Planken hatten sich gelöst. Ranger waren dabei, die defekten Stellen zu reparieren. Trotzdem war es besser vorsichtig zu sein, sonst konnte man sich leicht ein Bein brechen und Hilfe würde auf sich warten lassen.

Es war jetzt Anfang Mai und der Frühling entfaltete Blätter und Blüten in vielerlei Gestalt. Während Irina voranschritt, änderte sich die Vegetation ständig. Mal lief sie durch Zedernhochwald, durchsetzt von Eibe und Western Hemlock-Tannen. Die Luft war schwanger vom Duft der aromatischen Essenzen, die diese Bäume verströmten. Dann wieder wurde der Steg fast verschlungen von großblättrigen Sträuchern und üppigen Farnen. Wilder Ingwer wuchs neben Salalbeerenstrauch und Sonnentau.

Und zuletzt durchschritt sie eine feuchte Wiesenebene, die durch bunte Tupfer aus Frühlingsblumen wie die Palette eines Malers aussah.

Feuchtigkeit stieg in hellen Nebeln aus den Gräsern. Gäbe es den Steg nicht, wäre dieses wunderbare Gebiet für den Menschen unzugänglich. Er würde in Sumpflöchern versinken, schillernde Schlangen würden sich um seine Füße winden und riesige Ameisen in seine Hosenbeine kriechen. Der Wald würde hemmungslos nach ihm greifen, um ihn nicht wieder loszulassen. Ohne Plankensteg würde man sich hier mit Sicherheit verlaufen.

Zum Glück wussten die Wanderer die Schönheit dieses uralten Waldes zu schätzen, der sich ihnen durch den Plankenpfad erschloss. Nirgendwo lagen Unrat oder Papier herum und man schien sich an das Gebot, den Weg nicht zu verlassen, zu halten.

Irina betrachtete eine riesige hohle Zeder, die vom Blitz getroffen im Inneren ausgebrannt war. Der Stamm hatte längst seine Rinde verloren und schimmerte wie ein Knochen im Grün des Waldes. Ranken hatten ihn überwuchert und ihre Krallen in sein sterbendes Holz gebohrt.

Wie viele Jahre stand der hohle Geist des Baumes wohl schon so und beeindruckte die Wanderer mit seiner Standhaftigkeit und Würde?

Eine Geschichte kam Irina in den Sinn, die Micahs Mutter ihr einmal erzählt hatte. Manchmal, so glauben die

Makah, schickt der große Donnervogel Lightning Snake – den Blitz – zur Erde, um einen Mann zu töten oder einen Baum zu zersplittern und anzuzünden. Die Makah versuchen dann, ein Stück dieses Baumes zu finden, weil es magische Kräfte besitzt. Solch ein Span beschert dem Finder größeren Erfolg bei jeglicher Arbeit und kann die Fähigkeiten eines Jägers steigern. Irina dachte an Micah Mahone und fragte sich, ob er jetzt wohl mit Spänen in den Taschen herumlief, die er von blitzgetroffenen Bäumen gesammelt hatte, in der Hoffnung, ein erfolgreicher Walfänger zu sein.

Erst als Irina den Waldrand erreichte und über riesige Treibholzstämme kletterte, um an den Strand zu kommen, begegneten ihr zwei Wanderer. Es war ein Mann mit seinem Sohn, der sie nach dem Weg fragte. Sie gab Auskunft so gut sie konnte, dann marschierte sie in nördlicher Richtung den Strand entlang.

Eine sandige Landzunge hatte dem Ort seinen Namen gegeben: Sand Point. Es herrschte Niedrigwasser. Von braunem Seetang bewachsene Felsbrocken sprenkelten die Küste. In der Ferne ragten kleine Felseninseln wie Drachenbuckel aus dem Dunst. Das Meer zeigte sich glatt und friedlich, eine blanke Fläche, in der sich der Himmel spiegelte.

Irina genoss es, diesen zerklüfteten wilden Strand nur mit den Seevögeln und Tieren zu teilen, die im Wald und am Ufer lebten. Angst hatte sie keine. Sie spürte die Magie dieses Ortes, die eine gute war – wenn auch fremd.

Viele Jahrtausende zuvor war diese Gegend von einem dicken Eisgletscher bedeckt gewesen. Er hatte die Hügel und Täler von Britisch-Kolumbien geformt und sich später nach Süden in die Meerenge von Juan de Fuca und den Pudget Sound geschoben. Ein Teil dieser Eisschicht hatte sich von dort bis hierher zum Meer ausgebreitet, die Landschaft in Besitz genommen und dieses wellenförmige Gebiet geschaffen, das heute noch die Landschaft prägte.

Nach anderthalb Meilen Fußmarsch am Strand erreichte Irina die berühmten Petroglyphen von Ozette. Linien jahrtausendealter Felsbilder zeichneten den grauen Stein und zeugten vom Leben der Ureinwohner in einer längst vergangenen Zeit. Drei Killerwale hatte der unbekannte Künstler tief in den Stein geritzt, die Mäuler offen, um alles zu verschlingen, was ihnen in den Weg kam.

Zwei menschliche Antlitze zierten ebenfalls den verwitterten Stein, runde Gesichter mit traurigen Augen. Irina machte ein paar Fotos, dann stand sie nachdenklich da und zeichnete die tiefen Rillen im Stein mit dem Zeigefinger nach. Ein Kribbeln im Fingerknochen machte sie stutzig. Vibrierte der Fels? Wollte er ihr etwas sagen? Wollte er ihr sagen, sie solle weitergehen und sich nicht einmischen? Sie solle das Schicksal nicht herausfordern, weil sie die Regeln für dieses Spiel nicht kannte?

Irina legte ehrfürchtig ihr Ohr an den kalten rauen Stein, um ihn besser hören zu können. Aber da verstummte er. Das hier war nicht ihr Leben, nicht ihre Vergangenheit. Sie besaß nicht die Macht, die Dinge zu beeinflussen, weil sie fremd war und ihre Wurzeln woanders lagen.

Ein Geräusch schreckte Irina aus ihren Gedanken. Sie wandte sich verblüfft um und blickte in ein dunkles Augenpaar. Eine Hirschkuh stand auf den Ufersteinen und blickte Irina furchtlos an. Wenig später erschien ihr neugeborenes Kitz auf staksigen, wackligen Beinen.

Irina beobachtete die Tiere eine Weile und lief schließlich weiter, denn sie hatte ein Ziel: Cape Alava und die archäologische Ausgrabungsstätte. Nach weiteren anderthalb Meilen war sie an diesem Punkt angelangt.

Davon, dass sie sich an einer der wichtigsten Ausgrabungsstätten der Vereinigten Staaten befand, war nicht mehr viel zu sehen. Nachdem Forscher hier einige Jahre lang gegraben und jeden Zentimeter des Bodens nach Artefakten und gut erhaltenen Überresten abgesucht hatten, war der Boden eingeebnet worden und Gras darüber gewachsen. Hunderte gut erhaltene Stücke waren von hier ins Makah Museum und in die Regale des Depots gewandert, der Rest an Forschungsinstitute und Museen gegangen.

Irina lief weiter und stieß auf einen riesigen Haufen ausgebleichter Walknochen und Zähne, die in der Mittagssonne leuchteten. Sie kannte sich aus: Es waren Knochen verschiedener Walarten. Der größte Teil sah nach Grauwalknochen aus, es gab aber auch eine Menge Überreste von Buckelwalen und einigen Glattwalen. Mit zusammengepressten Lippen betrachtete sie die Zeugen einer langen Tradition, der sich heute einige entgegenzustellen versuchten. So wie sie. Aber war dieser Haufen Walknochen nicht Überzeugung genug? Sagte er nicht mehr über die Berechtigung der anstehenden Jagd als zehn wortgewandte Makah-Indianer?

Mit Tränen in den Augen rannte Irina davon, weiter den Strand entlang nach Norden. Den Abzweig zu jenem Pfad, der sie zurück zu ihrem Wagen bringen würde, hatte sie schon weit hinter sich gelassen. Irina spürte die Einsamkeit der Gegend wie ein leises Summen in ihren Ohren. Kaum jemand verirrte sich hierher; die Touristen waren angehalten, auf den ausgezeichneten Wegen zu bleiben. Die Makah kamen manchmal ins Ozette-Reservat, um zu jagen und zu fischen. Es war Indianerland und hier konnten sie das ganze Jahr über ihren Nahrungsbedarf decken, ohne sich an Schonzeiten halten zu müssen wie die Sportjäger.

Irina kletterte einen schmalen Pfad hinauf, der vom Strand wegführte. So weit nördlich wurde die Küste steil und es gab kleine Buchten und Sandbänke, die nur mit dem Boot erreichbar waren. Oben angekommen, war Irina vom schnellen Aufstieg erschöpft und sie ließ sich seufzend auf einem umgestürzten Stamm nieder, um auszuruhen. Vor und unter ihr das Meer, die von der steigenden Flut gefüllten Buchten. Ein Glucksen, Schmatzen und Saugen, das schließlich beruhigend auf sie wirkte. Mit geschlossenen Augen gab Irina sich den Geräuschen des Meeres und deren heilsamer Wirkung hin.

Später, nun bereit für den Rückweg, stand Irina noch einmal am Rand des Felsens und warf einen letzten Blick nach unten. Auf einmal sah sie das Boot. Es war weit auf den Strand einer kleinen Bucht gezogen und an einem mächtigen Treibholzstamm festgemacht. Vor einer halben Stunde war es noch nicht da gewesen. Neugierig blickte Irina sich um und suchte nach dem Besitzer des Bootes. Vielleicht ist es ein Jäger, dachte sie, vielleicht ein Muschelsucher.

Schon zum Gehen gewandt, entdeckte Irina ein seltsam nestartiges Gebilde im Wasser, nahe der Felsen und nicht weit vom Boot entfernt. Sie lief noch ein Stück an der Felsenkante entlang, um näher an die Bucht heranzukommen. Neugierig geworden, wollte sie sehen, was es war. Im Schutz einiger Farnwedel starrte Irina nach unten. Jemand saß bis zum Hals im Wasser, das Gesicht dem Meer zugewandt. Als Irina ihr Fernglas zu Hilfe nahm, wollte sie ihren Augen nicht trauen.

Der nackte Mann, der mit einem seltsamen Kopfputz

aus Zweigen und Federn dort unten im eiskalten Meereswasser hockte, war Micah Mahone. Erschrocken zog Irina den Kopf ein und lehnte sich gegen den Baumstamm in ihrem Rücken. Was mochte Micah in dieser Bucht treiben? Das Wasser war kalt, niemand würde freiwillig hineingehen. Was hatte Micah Mahone dazu gebracht, es trotzdem zu tun?

Neugierig wagte Irina noch einen weiteren Blick über den Rand. Sie sah Micah jetzt auf einem mächtigen Stein im Wasser stehen und dabei seinen Oberkörper und die Arme mit Büscheln aus grünen Pflanzen schlagen und geißeln. Er tat es mit unglaublicher Schnelligkeit. Kurz darauf hockte er sich wieder ins Wasser zurück und harrte aus.

Er würde sich gewiss den Tod holen, wenn er dort noch länger im kalten Wasser saß. Aber genau das tat Micah: sitzen und ausharren. Irina griff wieder zum Fernglas und beobachtete diese einsame Szene noch eine Weile. Sie holte Micah Mahones braunen Körper so nah heran, wie die Einstellung des Fernglases es zuließ. Micahs Statur hatte sich leicht verändert in den vergangenen zehn Jahren. Stämmiger geworden durch die schwere körperliche Arbeit auf dem Boot, war von seiner jugendlichen Schlaksigkeit nichts geblieben.

Micah stieg erneut ins Wasser und diesmal harrte er so lange aus, dass Irina Angst hatte, er könne erfrieren. Sie fürchtete um ihn und fühlte, wie Scham ihre Haut brennen und prickeln ließ. Sollte Micah mitbekommen, dass sie ihn beobachtete, würde er sie hassen – wenn er das nicht schon tat.

Mit ihrem unerlaubten Eindringen in seine geheime Seelenwelt verletzte sie seine Würde. Das schlechte Gewissen setzte Irina zu, aber sie konnte ihren Voyeurismus nicht aufgeben. Sie sagte sich, dass – sollte Micah vor Kälte in Ohnmacht fallen – sie wenigstens versuchen konnte, sein Leben zu retten.

Nach seinem Traum und dem daraus resultierenden Entschluss hatte Micah sich bei seiner Großmutter nach den genauen Zeiten für die Meeresbäder der alten Walfänger erkundigt. Waatla Waa hatte ihm bereitwillig Auskunft gegeben. Die Meeresbäder sollten immer zwischen Neu- und Vollmond stattfinden, früher geschah das meist in Viertagesintervallen. Der Mond stand günstig und so war Micah mit seinem kleinen Boot zu der Stelle am Strand gefahren, an der sich schon seine Großväter mit kalten Meeresbädern auf die Waljagd vorbereitet hatten.

Dort draußen lebten einsame Geister und Micah wollte einen finden, der ihm das Geheimnis der Jagd verriet. Als er losfuhr, wusste er noch nicht, ob er auch wirklich bereit war, es zu tun: im kalten Meer baden und seine Haut mit brennenden Pflanzen traktieren. Aber die Nesselpflanzen lagen schon im Boot und er hatte seit dem vorangegangenen Tag gefastet. Micah fand die versteckte kleine Bucht mühelos, nicht weit von der Stelle entfernt, wo seine Vorfahren im Dorf Ozette gelebt hatten.

Schon als Micah sich im Boot der Bucht näherte, spürte er eine eigenartige Anziehungskraft und stellte den Motor ab. Jetzt hörte er den leisen Gesang, mit dem seine Ahnen nach ihm zu rufen schienen. Micah ruderte das Boot ans Ufer und zog es auf den Strand, wo er es festmachte. Was er dann tat, geschah nicht mehr bei vollem Verstand. Er gehorchte Stimmen, die ihn von außen wispernd bedrängten. Und die Stimmen in seinem Inneren gaben Antwort – auch wenn es nur sein laut knurrender Magen war.

Wie in Trance entledigte er sich seiner Kleider, griff sich die grünen Stränge der Nesselpflanzen und lief die wenigen Schritte bis zur felsigen Bucht. Einen Augenblick stand er nackt und mit geschlossenen Augen auf dem Fels und der Seewind rieb sich an seinen Gliedern. Das Salz des Meeres bildete eine unsichtbare Schicht auf seiner dunklen Haut. Er spürte ein seltsames Ziehen, ein undeutbares Verlangen, das ihn dazu trieb, ins Meer zu steigen.

Der Fels bildete an dieser Stelle Stufen, die natürlich zu sein schienen, aber Micah hatte von Waatla Waa erfahren, dass einer seiner Großväter sie noch vor der Zeit in den Stein gehauen hatte.

Die Kälte des Wassers nahm von ihm Besitz, je tiefer er ins Meer stieg. Das glasklare Meereswasser umspülte erst seine Füße, dann seine Knie. Sein Glied schrumpfte, als er bis zu den Oberschenkeln im Wasser stand. Und als er sich schließlich setzte, schoss die Kälte Eispfeile in sein Hirn und Micah hatte das Gefühl, seine Schädeldecke würde bersten.

Doch nichts dergleichen geschah. Stattdessen begann sein Herz wild zu schlagen, er spürte das Blut in seinen Adern kreisen, im krampfhaften Versuch, seine Körperwärme aufrecht zu erhalten. Aber er war ein Mensch und kein Wal, den eine dicke Fettschicht vor dem Auskühlen schützte. Sofort drang die Kälte bis ins Mark seiner Knochen.

In dem Augenblick, als Micah nichts mehr spürte, meldete sich sein Überlebenstrieb. Unter Aufbringung seines ganzen Willens, befahl er seinen Muskeln sich zusammenzuziehen und dadurch seine Glieder in Bewegung zu bringen. Er erhob sich und stieg auf den Fels zurück. Salzwasser perlte von seiner glatten Brust und sein nächster Atemzug war ein tiefes Stöhnen. Die sonnenwarme Luft umschmeichelte und wärmte ihn.

Barfuß wie Micah war, hatte er plötzlich das Gefühl, der Stein unter ihm sei lebendig und er stehe mit nackten Füßen auf einem großen Wal, der ihn auf das Meer hinaustragen wollte. Einen Moment meinte er, sich zwischen den Welten zu befinden, der realen und einer anderen, längst vergangenen Welt.

Mit blitzschnellen Bewegungen schlug Micah sich Nesselzweige auf die Haut. Brust, Beine und Rücken brannten wie Feuer und ihm wurde augenblicklich warm. Seine Haut prickelte von Hunderten feiner Nadelstiche. Es bildeten sich rote Striemen. Aber erst als ihm so heiß war, als würde er in Flammen stehen, hörte Micah auf. Er stieg wieder ins Meer hinab, um den Brand zu löschen. Diesmal empfand er die Kälte als Labung. Sein Körper rebellierte nicht sofort. Micahs Seele machte sich auf eine Reise und verschwand zwischen den Welten.

Unversehens fand Micah sich an einem Ort wieder, der nur wenige hundert Meter von diesem Felsen entfernt war, dessen lebendige Existenz aber fünfhundert Jahre zurücklag.

Er näherte sich dem Dorf über das Meer – wie ein Wal. Die vorgelagerte Felseninsel, bei Ebbe mit dem Strand verbunden, kam ihm bekannt vor. Es war das Dorf Ozette, mit seinen meterlangen Plankenhäusern aus Zedernholz, aus dessen Dachluken dünne Rauchwolken aufstiegen. Im Hintergrund die Gerippe der Holzgerüste, auf denen Fische zum Trocknen aufgereiht war. Am flachen Strand lagen viele kleine und große Boote und er sah Männer, die dabei waren einen gestrandeten Wal zu zerlegen. Das Blut des Tieres färbte das Wasser am Ufer rot.

Die nackten Männer und Frauen in Zedernbaströcken waren seine Vorfahren. Micah war am Ziel. Endlich konnte er mit eigenen Augen sehen, was zu wissen er sich immer gewünscht hatte: Wie sie damals wirklich gelebt hatten.

Endlich offenbarte sich ihm das Geheimnis.

Nackte Kinder rannten lachend über den Strand. Frauen saßen in einer Gruppe zusammen und erzählten, wobei sie die Augen nicht von den Männern ließen, die in respektvoller Entfernung den Wal zerlegten. Einige Jugendliche waren auf der Suche nach Napfschnecken, Austern oder Purpurseeigeln, die sie mit Stöcken vom Fels hebelten und in Bastkörben sammelten. Alles schien geschäftig, aber auch auf sonderbare Weise friedlich; von einer seltsamen, lauernden Idylle.

Micah bewegte sich näher an das Dorf heran, konzentrierte sich auf ein großes Haus mit einem mächtigen Totempfahl davor, und schlüpfte durch den niedrigen, engen Eingang nach drinnen. Verschiedene Gerüche umgaben ihn wie eine warme Wolke. Zedernrauch stieg aus den Feuern durch die Dachluken, an Gerüsten dörrten Lachsstreifen und kleine Lichter erhellten den Raum; brennende Dochte, die in Kerzenfischen steckten.

Überall sah er Gebrauchsgegenstände und Gerätschaften mit Verzierungen, die von sicherem ästhetischen Empfinden zeugten, einer Eigenschaft der Makah, die sich bis heute erhalten hatte. Micah entdeckte Löffel und Schüsseln aus Holz und eine bemalte Wiege, in der ein Säugling schlief. Geschnitzte Wandschirme aus Zeder unterteilten den großen Raum.

Er hörte Stimmen, die die alte Sprache benutzten. Am seltsamsten war es, die komplizierten Worte so mühelos aus den Mündern der Kinder zu hören. Sie spielten oder sahen den Frauen und alten Männern zu, die alle auf irgendeine Weise beschäftigt waren. Eine Frau flocht an einem Korb aus Zedernreisern, ein Mann bog Angelhaken über

Wasserdampf, ein anderer schnitzte mit einem Steinmesser an einer Maske.

Sie alle waren nackt, bis auf die gewebten Umhänge oder Röcke aus Zedernbast, mit denen sie ihre Blöße bedeckten. Micah schien sich direkt unter ihnen zu befinden, aber niemand nahm von seiner Anwesenheit Notiz. Sie bemerkten ihn überhaupt nicht. Er ging umher, testete die mit Binsenmatten gepolsterten Bettgestelle an den Wänden, befühlte die mit Fischöl gefüllten Robbenblasen, die an Seilen von der Decke hingen, und inspizierte die verzierten Vorratskisten und die Körbe, die voller getrockneter Beeren und gedörrtem Fisch waren. Material für verschiedene Handarbeiten lag ordentlich sortiert genau dort, wo es verarbeitet wurde: Stränge von Bergziegenwolle, Hundehaare und die Schnurrhaare von Seelöwen.

Frauen bereiteten Mahlzeiten zu, die Micah das Wasser im Munde zusammenlaufen ließen. Gedünstete Makah-Kartoffeln mit frischen Gemüsezwiebeln und gekochtem Lachs in Wurzelsud. Salate aus zarten Pflanzenschösslingen, Bärenklaustielen und grünen Beeren. Bevor sie davon aßen, wurde alles in eine Soße aus Walöl getunkt. Aufbewahrt wurde das Öl in Blasen oder Mägen von Walen und Seelöwen oder in den bauchigen Enden der Kelpstängel.

In wassergefüllten Holzkisten – erhitzt durch heiße Steine – kochte der Blubber, wurde aber erst geräuchert und gegrillt, bevor man ihn verzehrte.

Aus den Sehnen der Wale stellten die Bewohner von Ozette Seile, dünne Schnüre und feste Bogensehnen her. Zu diesem Zweck zerteilten sie die Sehnen in feine Fasern, aus denen dann Stränge gedrillt wurden. Auch Harpunenschäfte wurden mit Sehnen umwickelt, damit die Hand des Jägers nicht ausrutschen konnte.

Die mächtigen Walknochen verarbeiteten Micahs Vorfahren zu Werkzeugen wie Messer, Keile, Dechsel und Bastklopfer. Aber auch zu Schwertkeulen, in die geheimnisvolle Figuren geschnitzt wurden und die man für Kriegszüge brauchte. Mit dem Knorpel des Wals ließ sich Holz polieren, bis es glatt war wie das Innere einer Muschel.

Micah hörte nicht auf zu staunen und ihm war angenehm wohl beim Anblick dieser geschäftigen, zufriedenen Menschen. Er wünschte sich, er könne bleiben und müsse nicht mehr zurück in dieses 20. Jahrhundert, mit seinen Fragen, die nicht durch bloßes Nachdenken, sondern nur durch das Verstreichen von Zeit beantwortet werden konnten. Vielleicht würde sein Leben nicht ausreichen, um jemals eine Antwort auf die Frage zu erhalten, ob das Neue, nach dem die Makah verzweifelt suchten, im Alten zu finden war.

Möglicherweise war es den Menschen nicht vergönnt, alles zu erfahren und hinter jedes Geheimnis zu kommen. Vielleicht war es ihre Bestimmung, für einige Zeit über das Dasein zu staunen und nichts wirklich zu wissen.

Doch er war tatsächlich hier, in der Zeit seiner Vorfahren und konnte sehen, wie sie ihren Alltag meisterten. Lebendige Erinnerungen taten sich auf. Nicht verklärt von den Träumen und Wünschen der Alten, nicht verschönt von ihren Geschichten, sondern so nüchtern, wie er es hier sah.

Konnte er nicht einfach bleiben?

Während Micah darüber nachdachte, nahm das Unheil schon seinen Lauf. Draußen am Dorfrand, weit weg von den anderen, quälten Halbwüchsige Fische, indem sie mit Muschelmessern ihre Rücken aufschnitten und heißes Öl hineingossen. Es bereitete ihnen Vergnügen zuzusehen, wie die Tiere sich wanden vor Schmerz. Ein alter Mann kam zufällig vorbei und sah, was die Jungen und Mädchen taten. Er warnte sie vor der Rache der beleidigten Geister dieser Fische, denn jedes Tier sollte mit entsprechendem Respekt behandelt werden, sonst konnte sich sein Geist gegen einen wenden.

Aber die Kinder verlachten den Alten und gaben nichts auf seine Worte. Auch dann nicht, als in der Ferne schon der Donner grollte. Spottend fragten sie, ob die Geister wohl leere Mägen hätten. Das Getöse kam schnell näher und endlich verstummte das Gelächter der Kinder. Zu spät. Vor ihren schreckensbleichen Gesichtern tat sich die Erde auf und verschlang sie.

Ein leises Grollen ließ Micah im Inneren des Zedernhauses aufhorchen. Erst war es nur ein seltsames Gefühl, dann schwoll das Grollen an und Dinge fielen von den Wänden oder rutschten von ihrem Platz. Es wurde lauter und ließ die Dachsparren erzittern. Schließlich wurde es ohrenbetäubend laut, der Krach nur durchdrungen von den Schreien der Frauen und Kinder und der stummen Ohnmacht der Alten. Etwas Dunkles, Gewaltiges hatte das Plankenhaus erreicht und umschloss es mit seinem Klammergriff.

Kinder flüchteten sich weinend zu ihren Müttern, die mit schreckgeweiteten Augen zu den Alten blickten, als ob diese eine Erklärung für den Untergang ihrer Welt hätten. Die Alten beteten mit geschlossenen Augen. Keiner von ihnen hatte je ein Seebeben erlebt, aber jeder schon davon gehört.

Für die Menschen im Haus gab es kein Entrinnen. Eine mächtige Schlammlawine umschloss die Planken und drückte von außen gegen die Wände. Das Zedernhaus hatte stabile Innenpfosten, die noch lange standhielten, während der Schlamm von außen drückte und schob.

Es knarrte und quietschte und brodelte und Micah wollte fliehen, aber er konnte nicht, denn vor Kälte waren seine Glieder steif und unbeweglich geworden. Ein Schrei saß tief in seiner Kehle und drängte nach draußen. Aber was er hörte, war nur ein heiseres Echo.

Und dann, nach einem Augenblick unheilvoller Stille, zerbarst das Plankenhaus mit einem ohrenbetäubenden Knall. Das lose, nur von Steinen bewehrte Dach wurde weggerissen und alles, was im oberen Teil des Hauses hing oder aufbewahrt wurde, schleuderte in einer gewaltigen Druckwelle auf das Meer hinaus. Alles aber, was sich am Boden befand, wurde gemeinsam mit den Menschen – ob Häuptling, einfacher Mann oder Sklave – unter einer meterdicken Schlammschicht begraben.

Der Weg zurück war weit für die Seele. Als Micah wieder zur Besinnung kam, fand er sich klappernd vor Kälte auf dem Fels wieder. Er wankte zu seinem Boot und versuchte, mit klammen Fingern in seine Kleider zu kommen. Es war mühsam und dauerte ewig. Micah fror erbärmlich, sein Inneres schien aus einem Eisklumpen zu bestehen, der ihm jede Bewegung unmöglich machte. Sein Körper schrie nach Wärme und einem dunklen Ort, um sich zu verkriechen. In ihm war ein Gefühl der totalen Leere. Plötzlich war es unheimlich still und es schien, als würden seine Sinne nicht mehr funktionieren. Er konnte sich nicht erinnern, je in einer Stille gewesen zu sein, die so jäh und umfassend war wie diese. Micah fürchtete, von ihr verschluckt zu werden.

Erst nach und nach begannen Micahs Sinne wieder zu arbeiten. Er fror, er hörte, er sah. Und er war dort gewesen, in Ozette. Er war bei seinen Vorfahren gewesen, als ein Seebeben die riesige Schlammlawine ausgelöst und einen Teil ihrer Häuser verschlungen hatte. Nun wusste er auch, warum alles so gekommen war. Die Geister der gequälten Fische hatten sich gerächt und das Dorf vernichtet. Jetzt fiel ihm diese Legende wieder ein, die man sich bei Festen an den Feuern erzählte, um den Kindern Respekt vor allem Lebenden einzuflößen.

Das Dorf Ozette war verschwunden, aber seine Vorfahren mussten überlebt haben, sonst gäbe es ihn nicht. Er existierte. Zwar fühlte Micah sich wie der Gefriertruhe entnommen und frisch aufgetaut, aber das würde sich ändern, sobald er wieder in seinen Kleidern war. Nach einigen vergeblichen Versuchen gelang es ihm.

Micah ahnte, dass diese Seelenreise ihn verändert hatte. Ein Teil seines Wesens wünschte, er hätte niemals einen Blick in diese Welt geworfen, weil er spürte, wie sie unaufhaltsam nach ihm zu greifen begann.

Irina war allein vom Zusehen kalt geworden und sie atmete erleichtert auf, als Micah sich anschickte, endgültig aus dem Wasser zu steigen und sein seltsames Ritual zu beenden. Was der Indianer getan hatte, musste etwas mit der bevorstehenden Waljagd zu tun haben, da war sie sich sicher. Dennoch irritierte Irina das Ganze. Derart traditionsverbunden hatte sie Micah nie kennen gelernt. In der Zeit ihres Zusammenseins hatte er immer mit Abstand von den Traditionen und Ritualen seines Volkes geredet oder am liebsten gar nicht darüber gesprochen.

Was hatte das alles zu bedeuten und was erhoffte Micah

sich davon? Glaubte er wirklich, es würde die Jagd positiv beeinflussen, wenn er sich im eisigen Meereswasser eine Lungenentzündung holte? Konnte ein intelligenter Mann wie er fähig sein, auf so primitive Rituale zurückzugreifen? Waren jetzt plötzlich alle um sie herum verrückt geworden?

Müde und verstört erreichte Irina die Ozette-Rangerstation und fuhr die 40 Meilen nach Neah Bay zurück. Sie duschte heiß und zuletzt kalt, dann hockte sie sich im Jogginganzug und mit warmen Socken an den Füßen ins Bett.

Micah Mahone und sein eisiges Bad gingen ihr nicht aus dem Sinn. Beinahe befiel Irina Panik, wenn sie daran dachte, dass sie einmal mit ihm verheiratet gewesen war. Diese enge Verbindung zu seinen Ahnen und ihren Traditionen hatte immer bestanden, auch wenn sie damals nur wenig davon mitbekommen hatte. Micah hatte diesen Teil seiner Selbst bewusst vor ihr verborgen, weil er fürchtete von ihr belächelt zu werden, wenn sie erst das Ausmaß seiner Verwurzelung begriff.

Was, wenn sie Kinder gehabt hätten? Einen Sohn vielleicht, mit denselben beängstigenden Genen wie sein verrückter Vater. Mit einer Last, die seine Vorfahren ihm aufgebürdet hätten.

Als Irina sich beruhigt hatte, schrieb sie einen Brief an Robert Miller. Auf einmal wusste sie wieder, dass sie ein sicheres, geordnetes Leben an seiner Seite der Einsamkeit vorzog. Ein Strudel von Ereignissen und beängstigenden Gefühlen hatte sie erfasst und Robert war der Einzige, an dem sie sich wirklich festhalten konnte. Irina hoffte, es würde noch nicht zu spät sein für diese Erkenntnis.

Marge Loomis klopfte später an Irinas Tür. Sie berichtete ihr, die Stammespolizei sei da gewesen, um zu überprüfen, ob Irina zu den Tierschützern gehöre, die mit unlauteren Mitteln die Waljagd zu verhindern suchten.

„Ich habe Chief Lighthouse gesagt, Sie wären keine von denen, aber er bestand darauf, noch einmal wiederzukommen", sagte ihr die alte Indianerin achselzuckend, doch mit Sympathie in den Augen.

„Vielen Dank, Marge", sagte Irina, „dann weiß ich wenigstens, woran ich bin."

Marge wandte sich zum Gehen, aber dann drehte sie sich noch einmal um und sagte: „Mein Mann und ich, wir sind auch gegen das Abschlachten des Wals. Drüben in Neah Bay wissen es inzwischen die meisten, weil wir nie ein Geheimnis daraus gemacht haben. Aber jetzt sieht man uns schräg von der Seite an, wenn wir im Supermarkt einkaufen oder auf der Poststelle Briefmarken holen. Sie tuscheln und zeigen verächtlich auf uns." Marge seufzte. „Mein Mann und ich, wir haben niemals Walfleisch gegessen und werden auch jetzt nicht damit anfangen. Ein Volk, das diejenigen unter sich nicht akzeptieren kann, die anderer Meinung sind als die Mehrheit, ist ein Volk ohne wirkliche Stärke und Würde."

Irina nickte und nahm dieses unerwartete Geschenk des Vertrauens dankbar an.

13. Kapitel

Es dämmerte schon, als Lita Bowechop mit ihrem Beutel auf der Straße von Neah Bay in Richtung Hobuck Beach unterwegs war. Ihre Mutter hatte nach Weintrauben verlangt und so lange auf Lita eingeredet, bis diese den weiten Weg in den Ort noch einmal gegangen war, um ihrer Mutter den Wunsch zu erfüllen.

Lita hatte die langen Henkel des Stoffbeutels über ihre Schulter gehängt und ihre Rechte lag sacht auf dem Inhalt, damit die Trauben nicht bei jedem Schritt gegen ihre Hüfte schlugen.

Das Mädchen hing seinen Gedanken nach. Es war allein auf der Straße und die Stille erschien ihm tröstlich. Auf dem Parkplatz vor dem Supermarkt hatten Jugendliche gestanden und Lita gehänselt. Das war etwas, woran sie seit langem gewöhnt war, trotzdem wurde sie jedes Mal traurig, wenn es wieder geschah. Manchmal wünschte sie sich, ein Teil der Gemeinschaft zu sein, wie alle anderen auch: Sie wünschte sich Freunde zu haben, mit ihnen Streiche auszuhecken und ganz einfach mit ihnen zusammen zu sein. Wenn Lita aber die Oberflächlichkeit und Dummheit derer begriff, die am lautesten schrien und spotteten, dann hielt sie es für ein Geschenk der Geister, dass sie draußen am Hobuck Beach wohnte und andere Dinge wichtig fand als die meisten Mädchen ihres Alters.

Ein Wagen hielt neben ihr und im ersten Moment war Lita froh, von jemandem mitgenommen zu werden, weil sie nun schneller zu Hause sein würde. Dann sah sie, wem das Auto gehörte und ihr stockte der Atem. Sie wollte davonlaufen, aber die Beine versagten ihr den Dienst. Wie versteinert stand Lita da.

Die Beifahrertür öffnete sich neben ihr. „Nun steig schon ein", sagte Mungo Buzzell freundlich, „ich fahr dich nach Hause."

Lita presste angsterfüllt die Lippen zusammen. Mungo Buzzell hatte sie schon oft mitgenommen, und im Gegensatz zu seinem Vater, der sie immer an der Brücke absetzte, hatte Mungo sie stets bis vor ihre Haustür gefahren. Er redete nie viel, aber was sollte man auch reden mit einer verstockten Fünfzehnjährigen. Lita wusste, die Mädchen aus ihrer Klasse verehrten Mungo und jede hätte ihn gerne als Freund gehabt. Aber Mungo schien nie eine feste Freundin zu haben und einen Freund hatte er auch nicht. Meist traf man ihn alleine oder in Begleitung seines mürrischen Vaters. Zumindest in der letzten Zeit, seit fest stand, dass auf beide während der Waljagd eine verantwortungsvolle Aufgabe zukam.

Lita fand Mungo schön und stark, mit seinen ebenmäßigen dunklen Gesichtszügen und dem dicken langen Haar, dessen Schwärze glänzte wie nasser Tang. Er war wie ein junger Gott, ein Gott mit kalten Augen, den sie bewunderte und vor dem sie sich fürchtete.

„Na komm schon, gleich ist es dunkel", drängte Mungo.

Und wie unter einem unerklärlichen Zwang stieg Lita in den Wagen. Buzzell ließ den Motor aufheulen, Steine spritzten unter den Rädern weg und der Wagen brauste los. Lita umklammerte ihren Beutel mit den Weintrauben und starrte stumm durch die Windschutzscheibe. Ihr Körper verkrampfte sich, die Muskeln schmerzten. Mit einem Mal wusste sie, dass Mungo sie erkannt hatte, draußen am Shi-Shi Beach. Er hatte sie erkannt und würde sie nicht so einfach davonkommen lassen.

Buzzell bog auf einmal in einen Waldweg ab und für einen Augenblick setzte Litas Herzschlag aus. Was wollte er hier im Wald, warum hatte er angehalten? Würde er sie jetzt töten? Es war beinahe dunkel, aber Lita konnte aus den Augenwinkeln heraus Mungos Gesicht erkennen; die stechenden Augen, deren unbehaglicher Blick von ihren Lippen zu den Brüsten glitt.

Plötzlich redete er. „Du warst draußen am Shi-Shi Beach, Lita Bowechop. Was hast du dort gesehen?"

„Nichts", stieß sie hervor.

„Aber ich weiß, dass du etwas gesehen hast. Du warst mit diesem Deppen da, mit dem du andauernd herumhängst. Ryder Mahone ist doch total bekloppt. Aber du, – du bist es nicht, oder?"

Lita wagte kaum zu atmen, solche Angst hatte sie. Was Männer anging war sie vollkommen unerfahren, aber ihre Intuition befahl ihr wachsam zu sein, weil Mungo Buzzell es nicht gut mit ihr meinte.

„Warum gibst du dich mit ihm ab?", fragte Mungo, tiefe Falten zwischen den schwarzen Brauen.

„Ryder ist mein Freund", antwortete Lita trotzig.

„Ein schlechter Freund, denn er hat dich zu unserem Walschrein geführt. Du hast etwas gesehen und gehört, das nicht für dich bestimmt war", sagte Buzzell mit drohender Stimme, um gleich darauf in weichem Tonfall fortzufahren. „Aber ich habe es meinem Vater nicht erzählt. Weil ich dich mag."

Ungläubige Erleichterung wollte sich gerade in Lita ausbreiten, als Mungo sie am Arm zu sich heranzog und versuchte, sie zu küssen. Seine Lippen glänzten fettig und schmeckten nach Pommes Frites. Lita versuchte ihn von sich wegzudrücken, aber er küsste sie nur noch heftiger.

Der Druck seines Mundes war fest und besitzergreifend

und sie spürte einen scharfen Schmerz in der Oberlippe. Gleich darauf schmeckte sie den metallischen Geschmack von Blut. Lita stieß Buzzell entsetzt zurück und wehrte sich mit aller Kraft. Sie schrie nicht. Nur gequälte Tierlaute kamen über ihre Lippen. Dass sie sich wehrte, machte Mungo wütend und er wurde grob. Seine kalten Finger stießen durch ihren Halsausschnitt nach ihren kleinen Brüsten und drückten so heftig zu, dass Lita vor Schmerz und Verwirrung aufschrie.

Dieser flatternde Schrei ließ Mungo innehalten, als ob Litas Seele durch eine Mauer aus falschem Stolz und uferlosem Machtgefühl bis zu seinem Inneren vorgedrungen war. Dort schlug ein Herz, das sich verzweifelt nach Wärme und Anerkennung sehnte; dessen eigene Hilferufe schon vor langer Zeit verklungen waren.

Voller Furcht und im Rausch überwältigender Gefühle starrten sie einander an. Wäre Lita erfahrener gewesen, hätte sie erkannt, dass hinter dem Spiegel seiner kalten Augen ein Geist verborgen war, der ebenso Angst hatte wie sie. Dann hätte sie verhindern können, dass Mungo wieder gewalttätig wurde.

Doch Litas Angst, die tiefer reichte als sie selbst begriff, steuerte ihre Bewegungen. Statt auf ihn einzureden, schlug Lita nach Mungo, und seine Gier, sie zu besitzen, kehrte zurück. Macht war das Einzige, das zählte, wenn er schon nichts anderes bekommen konnte, – was ihm vielleicht lieber gewesen wäre.

Niemand im Dorf wusste, dass der schöne Mungo Buzzell mit seinen 23 Jahren noch kein Mädchen berührt hatte. Der weibliche Körper war immer noch ein Geheimnis für ihn. Bisher war ihm die Entdeckung aller anderen Geheimnisse wichtiger erschienen, aber nun hielt er den Zeitpunkt für gekommen, auch dieses zu enträtseln.

Mungo kannte kein Erbarmen, er fühlte keinen Respekt vor sich selbst. Er zerrte an Litas Bluse, suchte wie ein Besessener nach ihrem warmen Fleisch und biss in ihre wimmernden, blutigen Lippen. Die Trauben auf ihrem Schoß platzten. Fruchtige Nässe drang durch ihre und seine Kleider und verbreitete einen süßlich klebrigen Duft, der sich mit dem Geruch ihrer Angst mischte.

Mungos kräftige Finger bohrten sich schmerzhaft in Litas Schoß und ein verständnisloser Schrei brach über ihre Lippen. In diesem Augenblick erschütterte ein gewaltiger Donnerschlag den Wagen; ein Krachen, als wäre einer der riesigen Bäume auf das Blech gestürzt und hätte dabei das Auto unter sich zermalmt. Der Oldsmobile schaukelte, als wäre er gerammt worden. Mungo ließ Lita sofort los und fuhr herum. Die Heckscheibe war in tausende kleine Teile zersprungen, aber nicht herausgefallen. So konnte er nicht sehen, was passiert war – was draußen in der Dunkelheit vor sich ging.

Lita nutzte die Verwirrung ihres Peinigers und sprang aus dem Wagen. Ohne sich umzusehen, rannte sie die wenigen Meter zurück zur Straße, die Jacke und die zerrissene Bluse vor der Brust zusammengerafft. Es war noch dunkler geworden und auf der Brücke am Hobuck River erschienen die Scheinwerferlichter eines anderen Autos. Lita rannte mit trockener Kehle und brennenden Augen, bis jemand sie an den Schultern packte und herumriss. Es war Ryder Mahone. Lita schrie leise auf, weil sie ihn erst nicht erkannte, aber dann presste sie sich schluchzend in seine Arme. Ryders Körper bebte genauso wie der ihre und gemeinsam beruhigten sie sich langsam, einer den anderen liebevoll streichelnd.

Als der Wagen neben ihnen hielt, öffnete Ryder die hintere Tür und schob Lita sanft hinein. Jetzt waren sie beide in Sicherheit. Es war der Jeep seines großen Bruders Micah.

Mungo Buzzell stieg verdattert aus dem Wagen, seinem glänzenden 80-er Oldsmobile Calais, an dem er lange gebaut hatte, bevor er so schnittig aussah, dass alle ihn darum beneideten.

Er lief nach hinten und starrte mit offenem Mund auf den riesigen Stein, der wie ein Findling auf der Heckklappe lag und diese tief eingebeult hatte. Ungläubig blickte er nach oben in den Himmel, an dem sich die ersten funkelnden Sterne zeigten.

Micah brachte seinen Bruder und das Mädchen ins Haus, wo Lita sich waschen konnte. Während er kurz mit Ryder allein war, versuchte er etwas aus dem Jungen herauszubekommen.

„Was ist passiert, Ryder? Mir kannst du es doch sagen."

„Nichts, Micah", stammelte Ryder.

„Aber Lita weint und ihre Kleider sind zerrissen. Sie blutet. Hast du etwa ...?" Ein wahnwitziger Gedanke schoss durch seinen Kopf.

„Ryder würde mir nie etwas tun", unterbrach ihn Lita, die aus dem Badezimmer gekommen war. „Dein Bruder hat ein reines Herz, Micah Mahone."

Micah betrachtete das Mädchen, ihr ernstes Gesicht mit den stark asiatischen Zügen, die Ryder dagegen wie ein Kind erscheinen ließen, obwohl er einen Kopf größer war als sie.

„Jemand hat dir weh getan, Lita, und ich will, dass er zur Verantwortung gezogen wird."

„Das geschieht von ganz allein. Mir ist nichts passiert, die Knöpfe lassen sich wieder annähen."

Micah runzelte zweifelnd die Stirn. „Bist du sicher? Soll ich dich nicht doch lieber ins Krankenhaus bringen?"

„Ich möchte jetzt nach Hause", erwiderte Lita kühl.

„Also gut", brummte Micah, „wie du willst. Ich biete dir noch mal an, dich zu fahren, wenn du in Neah Bay einkaufen willst. Du brauchst bloß Ryder Bescheid zu sagen."

„Ich weiß", Lita nickte dankbar, „aber Mutter hatte wieder einen ihrer Sonderwünsche und du warst nicht da."

Micah unterdrückte nur mit Mühe seinen Zorn. Er war wütend auf diesen Unbekannten, weil er versucht hatte, sich an einem minderjährigen Mädchen zu vergreifen. Er war wütend auf Lita, weil sie den Namen ihres Peinigers nicht preisgab, und nicht zuletzt ärgerte er sich über Jace, weil sie in ihrem grenzenlosen Egoismus ihre Tochter in Gefahr gebracht hatte.

Lita wandte sich zur Tür und ging. Mit eingezogenen Schultern trottete Ryder hinterher.

Waatla Waa legte im Wohnzimmer Wäsche zusammen und hatte alles mit angehört. Es war nicht ihre Art, sich einzumischen, wenn das Durcheinander auch ohne ihr Zutun schon groß genug war. Aber nun war ihre Geduld erschöpft und die Neugier siegte.

„Was ist passiert?", fragte sie ihren Enkelsohn und rieb sich die knotigen Knöchel.

Micah hob die Schultern. „Ich fand sie beide an der Straße, total verstört. Litas Kleider waren zerrissen. Ich glaube, jemand hat versucht, sie zu vergewaltigen. Es ist zum Glück nichts passiert. Vermutlich ist Ryder dazugekommen und konnte das Schlimmste verhindern."

In Waatla Waas Augen funkelte der Zorn. „So weit ist es also mit uns gekommen in dieser Zeit. Einige Männer glauben, sich auf diese Weise ihrer Macht versichern zu können: indem sie Frauen Gewalt antun. Es ist irgendeine Art Macht, die einmal vor langer Zeit existiert hat."

Ihre Gedanken entglitten. Fragmente von Geschichten tauchten auf, denen sie als Kind gelauscht hatte, wenn die Erwachsenen glaubten unter sich zu sein.

Micah zog einen Stuhl heran und setzte sich der alten Frau gegenüber. „Vielleicht hängt es mit den Veränderungen zusammen, die seit einer Weile vor sich gehen, Großmutter. Das Vergessene rückt näher. Man hört wieder auf die Alten, wenn sie aus der vergangenen Zeit erzählen."

Waatla Waa knurrte. „Ich will verdammt sein, wenn einer der Alten gesagt hat: Vergewaltigt unsere Frauen!"

„Nein, so meine ich das nicht. Aber kann es nicht sein, dass manch einer zu weit zurückwandert; dass bei der verzweifelten Suche nach Traditionen und Ritualen, die es wert sind wiederbelebt zu werden, auch Dinge ausgegraben werden, die besser im Verborgenen blieben? Denk an Buzzell und seinen Walschrein. Ich war nochmal dort. Zum Glück besitzt er nur Schädel, die ziemlich alt sind. Aber niemand weiß, was in Buzzells Kopf vor sich geht und wozu er fähig ist."

Die alte Frau holte tief Luft. „Du hast Recht", sagte sie. „Irgendjemand muss dem Einhalt gebieten."

„Was kann ich tun, Großmutter, was?"

„Benutze dein Wissen und deine Fähigkeiten. Die Zeit ist gekommen."

„Ich weiß nicht wie", gab Micah zu. „Alles geschieht heimlich, niemand redet, nicht einmal Lita, die nun wirklich allen Grund dazu hätte. Wieso sagt sie mir nicht, wer ihr das angetan hat?"

„Schätze, weil sie Angst hat. Vielleicht hat sie auch Vertrauen in die Geister und weiß, derjenige wird bestraft werden, ob sie seinen Namen nun preisgibt oder nicht."

Micah lachte kurz und bitter auf. „Etwas Ähnliches hat Lita gesagt. Aber wenn es so einfach ist, wozu haben wir dann Chief Lighthouse und Sheriff Peterson?"

„Damit für die Weißen alles seine Ordnung hat", erwiderte Waatla Waa. „Früher gab es hier auch keine Polizei und die Dinge kamen von selbst wieder in Ordnung. So war das nun mal. Ein Dieb musste das Gestohlene zurückbringen oder ersetzen, Mord wurde mit Mord bestraft und Ehebruch endete mit einer Scheidung und der Rückgabe der Geschenke", krächzte sie störrisch.

„Bald fängt ein neues Jahrtausend an, Großmutter", bemerkte Micah kopfschüttelnd. „Ich glaube, das vergisst du manchmal. Wenn wir unser Leben Geistern überlassen, die Gleiches mit Gleichem vergelten, könnten wir noch mehr Probleme bekommen, als wir ohnehin schon haben."

Sally erreichte Seattle gegen Mittag. Sie stand an der Reling auf der Autofähre, die sie von Bremerton über den Pudget Sound direkt in den Hafen von Seattle brachte. Feine Nässe sprühte durch die Luft und netzte Haar und Haut, die nicht von der Regenjacke bedeckt waren. Die Skyline der Stadt versank in einem Meer feuchtgrauen Nebels.

Auf der linken Seite sah Sally die Space Needle vom Seattle Center, das Wahrzeichen der Stadt. Die wenigen Wolkenkratzer schienen klein und unwirklich zu bleiben, obwohl die Fähre sich jetzt schon fast im Hafen befand. Vielleicht lag es an den dunklen Wolken, deren Grau alles zu verschlingen drohte, sogar die Geräusche.

Als Sally die roten Kräne der Frachtschiffe sah und die rostigen Wanten der Fischerboote erkennen konnte, ging sie unter Deck um in ihren Wagen zu steigen. Die Fähre landete neben dem Coleman-Dock am Pier 52.

Sally fuhr durch den Alaskan-Way-Viadukt, ein unästhetisches Betongebilde, das die Stadt von der Elliott Bay trennte, und blieb auf der Madison Street Richtung Capitol Hill. Die Straße führte steil bergan. Als Sally mit ihrem Wagen oben auf dem Hügel war, befand sich links neben ihr das Gelände der Universität von Seattle mit seinen verschiedenen Gebäuden und den gepflegten Grünanlagen.

Nun ging es wieder bergab. Agnes La Chester wohnte in einem kleinen schmucken Häuschen in der 14. Straße, nur zwei Blocks hinter dem Campus. Die Gegend war grün durch eine Vielzahl Bäume und Sträucher und Sally wusste von früheren Besuchen, dass im Sommer ein Farbenmeer exotischer Blüten hinzukam. Das warmfeuchte Klima des Pudget Sound war für diese herrliche Pracht verantwortlich.

Aber im Augenblick war alles nur grün in verschiedenen Schattierungen, die Farben schlummerten noch in ihren Knospen und warteten auf das weckende Licht der Sonne. Sally hielt vor dem grau-weiß gestrichenen Holzhaus ihrer Freundin und blickte die Steinstufen hinauf zur Tür. Agnes hatte schon auf sie gewartet und erschien freudestrahlend auf der Veranda.

Leichtfüßig kam sie Sally entgegen und die Freundinnen umarmten einander fest. Agnes war so groß wie Sally, knapp einsvierundsiebzig. Ihr dunkelblondes Haar trug sie kurz, in einem modischen Schnitt, der ihr schmales Gesicht rahmte und fülliger erscheinen ließ.

„Du siehst gut aus", sagte Sally und schob Agnes auf Armeslänge von sich.

„Du auch", erwiderte Agnes. „Du hast abgenommen."

Sally lachte. „Nicht ein Gramm, ehrlich."

„Du bist wunderschön." Der Blick ihrer Freundin wurde weich. „Bist du verliebt?"

Sally lachte wieder und schüttelte den Kopf. „Willst du mich nicht erst mal reinlassen, Agnes?" Sie holte ihre Tasche aus dem Wagen und folgte der Freundin die Stufen hinauf ins Haus.

In Agnes La Chesters Haus regierten Helligkeit und Licht. Ihre Möbel waren aus Fichtenholz, kombiniert mit den warmen Pastelltönen von Couch, Sessel und Vorhängen. Sally fühlte sich hier jedes Mal sehr behaglich und dachte mit Unmut an das Haus ihres Vaters, das dunkel und verbaut war und Veränderungen nicht viel Raum bot.

Agnes sammelte Kunstgegenstände, die allesamt ihrer eigenen Kultur entstammten. Agnes La Chester war eine Makah wie Sally und stammte ebenfalls aus Neah Bay. Beide waren zusammen zur Schule und aufs College gegangen, hatten aber an unterschiedlichen Universitäten studiert. Jetzt arbeitete Agnes als Honorardozentin an der Universität von Seattle und hielt Seminare im Fach Ethnologie. In ihrer freien Zeit schrieb sie an einer Dissertation über ihr Volk. Vor ihrer eigenen Kultur geflohen, war sie ihr trotzdem niemals entkommen.

Agnes schob Sally in die Küche, wo ein Gemüseauflauf in der Backröhre stand. Ein herrlicher Duft von Knoblauch und gebackenem Käse zog durch den Raum.

„Nun erzähl schon!" Agnes' Augen leuchteten ungeduldig, während sie den Tisch deckte und Sally ein Glas selbstgemachte Zitronenlimonade einschenkte.

„Wir haben uns erst zweimal getroffen", sagte Sally und lächelte. „Ich weiß nicht sehr viel von Micah Mahone. Er ist Fischer und war schon mal verheiratet. Mit einer Weißen", fügte sie hinzu und schüttelte sich. Die Limonade war frisch und sauer.

„Oh" entfuhr es Agnes überrascht, aber dann schmunzelte sie. „Ich erinnere mich an ihn. Er lebt am Hobuck Beach, nicht wahr?"

Sally nickte.

„Micah Mahone war damals ein hübscher Junge und ich hätte mich in ihn verlieben können, wenn ich nur was für Jungs übriggehabt hätte", bemerkte Agnes achselzuckend.

Staunend sah Sally ihre Freundin an. „Davon hast du mir gar nichts erzählt."

„Ich war vierzehn und hatte Probleme mit meiner Sexualität."

Sally zog die Mundwinkel nach unten. „Ich fand ihn damals furchtbar eingebildet. Außerdem ging er mit Susie Wilkie."

Agnes lächelte. „Und heute ist er allein?"

„Ja", sagte Sally. „Er ist seit zehn Jahren geschieden. Aber nun taucht sie plötzlich wieder auf, seine Ex-Frau. Sie ist Cetologin und will den Wal retten. Aber Micah wird einer der Walfänger sein."

„So ein Pech." Agnes begann zu lachen. „Aber wieso suchst du dir immer Männer aus, die in komplizierte Dinge verstrickt sind?"

„Wenn man fünfunddreißig ist, findet man keinen Mann ohne Vergangenheit mehr", entgegnete Sally. „Micah hat lange in Kalifornien gelebt. Neah Bay hat ihn nicht so fest in seinen Klauen wie all die anderen Männer dort, die nie fortgekommen sind."

„Es hat nichts zu sagen, wenn man fortgeht." Agnes blickte nachdenklich. „Es hat einen dadurch nur noch fester im Griff."

„Du sprichst von dir selbst, nicht wahr?"

Agnes nickte. „Aber was ist mit dir?" Sie musterte die Freundin aufmerksam.

„Ich weiß nicht. Ich möchte nirgendwo anders leben. Trotzdem habe ich manchmal Angst, ich könnte ersticken. Seit sie uns die Waljagd erlaubt haben, kommen auch ein paar negative Relikte aus unserer Vergangenheit wieder ans Licht. Manche Männer gebärden sich wie vor dreihundert Jahren."

„Wetten, das halbe Dorf stammt plötzlich von Sklaven ab", sagte Agnes und sah ihre Freundin fragend an.

„So ungefähr. Auch Micah ist schon beschuldigt worden", räumte Sally ein, erstaunt, wie scharfsichtig ihre Freundin war.

„Genau so habe ich es mir gedacht." Agnes Gesichtszüge verhärteten sich. Sie griff nach zwei bunten dicken Topflappen und holte den Auflauf aus der Röhre. Der intensive Knoblauchduft ließ Sally das Wasser im Mund zusammenlaufen.

Agnes La Chesters Vater war Sänger und Medizinmann gewesen. Ein geachteter Mann, der oft gerufen wurde, wenn Krankheiten auftraten oder seltsame Stimmungsveränderungen die Menschen in Neah Bay in Unruhe versetzten. Aber dann neidete ihm jemand seinen Erfolg und brachte das Gerücht in Umlauf, Jonathan La Chester wäre der Nachfahre von Sklaven. Das Haar der damals zehnjährigen Agnes schimmerte an manchen Stellen so hell, dass viele dem Gerücht Glauben schenkten. Jonathan wurde geächtet und gemieden; niemand kam mehr, um von ihm Hilfe zu erbitten. Er nahm sich das Leben als Agnes elf war.

Bis heute war Agnes mit ihrer Vergangenheit nicht im Reinen, hatte sich mit dem Tod ihres Vaters nicht ausgesöhnt. Sie warf ihrer Mutter vor, nicht aus Neah Bay weggegangen zu sein, sondern weiterhin unter den Menschen zu leben, die ihren Mann auf dem Gewissen hatten. Sie besuchte ihre Mutter einmal im Jahr, und das auch nur aus Pflichtbewusstsein.

Agnes füllte Sallys Teller mit Auflauf. „Mist, verdammter", fluchte sie, als sie sich am heißen Glas die Finger verbrannte. „Sie hängen in diesem Netz aus Lügen, Intrigen und Angst wie Fische ohne Gehirn. Anstatt nach vorn zu sehen und eine Vision zu haben, die sie rausholt aus dieser Lethargie, wühlen sie in der Vergangenheit und erhoffen sich Erlösung von längst verstaubten Ritualen. Nicht mehr lange, und sie werden an diesem Ahnenkult zerbrechen."

Sally schlug die Augen nieder und stocherte mit der Gabel in ihrem Essen. Der Appetit war ihr vergangen. „Ich will mich nicht mit dir streiten, Agnes, aber so einfach ist es nicht."

„Ich weiß", brummte Agnes. „Es ist nur so verdammt schwer ...?"

„Was ist schwer, Agnes? Anzunehmen, wo man herkommt?"

„Vielleicht."

War es möglich, in zwei Welten zu leben?, dachte Sally. Konnte man das aushalten? „Na komm, Agnes, erzähl mir was Schönes von dir. Gibt es eine, der dein Herz gehört?", fragte sie und versuchte heiter zu klingen.

„Mein Herz gehört dir, Sal, das weißt du doch." Sie kicherten beide und während sie aßen, erzählte Agnes von Jill, einer jungen Bibliothekarin, mit der sie seit einigen Monaten eine Beziehung hatte. „Wir sind uns begegnet, als ich in der Bibliothek in alten Quellen stöberte. Jill kennt sich sehr gut aus und schon bald hatte ich, was ich wollte. In jeglicher Hinsicht." Agnes lachte versonnen. „Jill ist sehr hübsch und immer fröhlich. Du wirst sie morgen Abend kennen lernen, ich habe Karten fürs Theater."

„Was wird gespielt?"

„Lass dich überraschen", sagte Agnes augenzwinkernd.

Später saßen sie bei einer guten Flasche französischen Cabernet im gemütlichen Wohnzimmer mit den beruhigenden Pastelltönen. Agnes hatte es sich im Sessel bequem gemacht und Sally auf der Couch. Während sie mit ihrer Linken das Samtgewebe des Bezugsstoffes in eine Richtung kämmte, erzählte sie ihrer Freundin, was sie über Micah Mahone wusste und wie es gekommen war, dass sie sich in ihn verliebt hatte.

Als sie nach Seattle gefahren war, um Agnes wiederzusehen, hatte Sally gewusst, dass sie heftig diskutieren würden. Agnes La Chester war eine Frau, die alles analysierte, es auseinander nahm und von allen Seiten durchleuchtete, bevor sie sich auf ein anderes Objekt oder Thema stürzte. Vermutlich war das eine Folge ihrer persönlichen Entwicklung und des vielen Alleinseins.

Deswegen war Sally auch nicht gekränkt, als Agnes sie fragte, ob sie sich ein Leben an der Seite eines einfachen Fischers vorstellen konnte. Immerhin, ganz zu Anfang hatte sie sich dieselbe Frage gestellt. Aber schon nach dem gemeinsamen Tag auf dem Meer waren ihre Zweifel verflogen. Sally hatte seit langem wieder ein gutes Gefühl, wenn sie an die Zukunft dachte. Eine Zukunft, in der Micah Mahone eine wichtige Rolle spielte.

„Ich liebe ihn", antwortete sie, „und ich weiß, es steckt eine Menge Gutes in ihm. Das genügt mir. Ich brauche keinen Mann mit Diplom. Komm schon, Agnes", brummte sie, „wir wissen beide, was dieses Studium wert ist und was nicht. Es prägt einen Menschen, verändert aber nicht seinen Wert."

„Es hat uns den Weg in eine andere Welt eröffnet", erwiderte Agnes. Sie dachte dabei an die Welt der Weißen, wollte es aber nicht aussprechen, weil sie sie nicht unbedingt für erstrebenswert hielt, sich aber ihr Leben außerhalb dieser Welt nicht vorstellen konnte.

„Ja, aber in dieser Welt können sich nur die Stärksten von uns behaupten. Ich bin in meine Welt zurückgekehrt, weil ich sie liebe. Und zu ihr gehören nun mal Männer, die Fischer sind, Holzschnitzer und Forstarbeiter."

„Vielleicht bist du nur nicht anspruchsvoll genug."

„Im Gegenteil", erwiderte Sally ernst, „in Micah habe ich endlich den Mann gefunden, der meinen Ansprüchen genügt."

„Was ist, wenn er dich mal enttäuscht?"

„Dann werde ich es ertragen müssen. Wir werden von Dingen, die schmerzlich sind, nicht verschont. Da gibt es zwischen deiner Welt und meiner keinen Unterschied."

„Vielleicht. Aber in deiner Welt ist kein Platz für eine Frau, die Frauen liebt. Und es gibt noch viele andere, für die auch kein Platz ist."

„Weil alle ausreißen, wenn es anstrengend wird", sagte Sally. „Veränderungen geschehen nur durch Lernen. Wie aber sollen die Leute in Neah Bay lernen, wenn man ihnen immer wieder Gelegenheit gibt, ihre Macht zu demonstrieren? Was soll anders werden, wenn alle verschwinden, die eine Vision haben und Veränderungen erwirken könnten?"

„Bist du deshalb zurückgegangen, Sal, weil du Veränderungen bewirken willst?"

„Möglicherweise. Vielleicht will ich auch nur dabei sein, wenn sie geschehen. Die Waljagd wird ein Ereignis mit Folgen sein."

„Ganz gewiss", bekräftigte Agnes ärgerlich. „Einige Männer werden sich plötzlich sehr genau an die alten Rituale erinnern und den Rest der Leute damit in Angst und Schrecken versetzen."

Sally nickte. „Micah hat überlegt, ob er sich Reinigungsritualen unterziehen soll", bemerkte sie trocken. „Ich glaube, er nimmt die Sache sehr ernst."

„Tja, dann wundere dich nicht, wenn er plötzlich seltsame Dinge tut." Agnes betrachtete Sally. Unter schweren Lidern ihr suchender Blick, der niemals Ruhe zu geben schien. „Hast du schon mit ihm geschlafen?"

„Nein." Sally lachte überrascht auf. „Wieso fragst du so etwas?"

„Du bist meine Freundin. Die einzige Makah, mit der ich über solche Dinge reden kann."

Sally hob verunsichert die Schultern. „Mir schien, er wollte es noch nicht. Es hat mich schon ein wenig gewundert. Männer sind sonst nicht so."

„In der Tat." Agnes lachte bitter und trank einen Schluck von ihrem Wein. „Nimm es nicht persönlich, Sally, aber vor der Jagd müssen sie abstinent sein, sonst waren alle Reinigungsrituale umsonst. Menschliche Körpersäfte sind unrein. Alles Natürliche ist unrein", fügte sie mit herabgezogenen Mundwinkeln hinzu.

„Ach Agnes, warum bist du nur so sturköpfig."

„Was ist dir lieber, Sal, ein großartiger Walfänger oder ein Mann, mit dem du vögeln kannst?"

Ärgerlich erwiderte Sally: „Ich kann beides haben, verdammt noch mal. Die Jagd wird bald vorbei sein."

„Wer weiß, was dann kommt. Vielleicht gefällt es unseren Leuten, sich wieder Sklaven zu nehmen. Das gehörte damals ja schließlich auch zum guten Ton der oberen Zehn."

Für einen Augenblick stellte Sally sich vor, wie weiße Sklaven die unangenehmen Arbeiten in Neah Bay erledigten und plötzlich war ihr Groll verflogen und sie musste lachen.

Aber Agnes blieb ernst, als sie sagte: „Jedes andere Volk versucht, die blutige Vergangenheit seiner Vorfahren geheim zu halten oder zu vertuschen. Nur wir Makah sind auch noch stolz darauf."

„Vielleicht sind wir nur ehrlicher als die anderen", versuchte Sally ihr Volk zu rechtfertigen.

Agnes schüttelte den Kopf. „Warum lassen wir die Vergangenheit nicht einfach ruhen?"

„Liebe Agnes", meinte Sally versöhnlich, „das Vermächtnis unserer Ahnen birgt Schätze, die es auszugraben gilt. So ist das nun mal. Schon zu lange ist alles vergessen, was einmal von Bedeutung war."

„Jetzt spricht die Museumsdirektorin aus dir."

„Ja, da hast du vielleicht Recht. Aber aus mir spricht auch eine Makah. Und wo ist diese Stimme in dir? Was hast du mit ihr gemacht?"

„Ich habe sie zum Schweigen gebracht. Angefangen habe ich damit, als mein Vater sich das Leben nahm. Es war in einer Zeit, in der ich ihn am meisten brauchte."

„Agnes, wir alle leiden und müssen mit Schicksalsschlägen fertig werden. Auch wenn du es nicht wahrhaben willst, aber es sind unsere Familien, die uns tragen und ertragen lassen. Und es sind die Mythen, die eine Familie zusammenhalten."

„Ja, verdammt noch mal. Aber jeder, der ausbricht, wird zum Verräter gestempelt."

Sally merkte, wie tief Agnes verletzt war; eine verwundete Seele auf fremdem Land. Und all ihre funkelnde Intelligenz und ihr Diplom konnten ihr nicht dabei helfen, sich selbst zu befreien. Doch Agnes würde diese Art des Leidens nicht weitergeben, denn sie würde niemals Kinder haben. Möglicherweise war der Ursprung ihrer sexuellen Neigung in ihrer Panik begründet, den Traditionen ihrer Vorfahren nicht entkommen zu können. Indem sie Frauen liebte, und Verbindungen einging, die niemals eine Frucht hervorbringen würden, befreite sie sich von jeglicher Verantwortung in dieser Hinsicht.

Es schien verrückt. Sally wurde bewusst, warum sie damals nach Neah Bay zurückgegangen war. Weil sie hoffte, niemand dort könne oder wolle sie verletzen. Agnes dagegen war fortgegangen, weil es der Ort war, an dem man sie zutiefst verletzt hatte.

Für das Glück gab es keine Gesetze, keine Regeln. Jeder musste es für sich selbst finden, musste seine Vorstellungen vom Glück dem Leben anpassen oder umgekehrt: das Glück den Vorstellungen anpassen.

Es wurde noch eine lange Nacht, mit vielen Worten und heftigen Gefühlen. Doch die beiden Frauen stritten sich niemals so sehr, dass sie einander böse waren. Ein Umstand, der in erster Linie Sallys ausgleichendem Wesen zu verdanken war.

Am nächsten Tag schien wider Erwarten die Sonne und beide Frauen stromerten gemeinsam durch die Stadt, machten Galerien und Buchläden unsicher. Im Old Navy's kleidete sich Sally unter Agnes' fachkundiger Beratung völlig neu ein. Ihrer Lieblingsfarbe blieb sie treu, aber sie kaufte auch dieses und jenes Stück, das sie allein Agnes Überredungskünsten zu verdanken hatte.

Den Nachmittag verbrachten sie unten am Wasser. Die verschiedenen Piers in der Elliott Bay und Pikes Market

Place boten ein buntes Angebot an kleinen Läden, Galerien und Restaurants. Sie hielten nach den Olympic Mountains Ausschau, sollten aber enttäuscht werden, denn die schneebedeckten Hänge blieben wie so oft im Dunst verborgen.

Nachdem sie sich später bei Agnes ein wenig ausgeruht und umgezogen hatten, machten sie sich auf den Weg zum Pioneer Square Theatre, wo an diesem Abend ein modernes Tanztheater aufgeführt wurde, ein Stück mit dem Namen ‚Tlu-kwa-na', dessen Ursprung eine indianische Legende war.

Agnes machte Sally mit Jill bekannt, einer kurzen und rundlichen Mittdreißigerin, die ein hübsches Gesicht hatte und eine angenehm dunkle Stimme. Die beiden Frauen küssten sich mit zurückgehaltener Leidenschaft und berührten einander, wann immer es möglich war. Und obwohl Sally gegen das Gefühl ausgegrenzt zu sein ankämpfte, so gut sie konnte, überwältigte es sie doch.

Das Stück war ergreifend, die Akteure beseelt davon, das Publikum in eine andere Welt zu versetzen – was ihnen mühelos gelang. Sally ließ sich forttragen vom Klang der Trommeln und dem Anblick der schönen Menschen, die ihrer eigenen Rasse entstammten. Sie selbst hatte dem Wolfsritual, das in alten Zeiten nur den Privilegierten vorbehalten war, schon einmal beigewohnt. Bei diesem Fest der Wolfs-Gesellschaft, wurden die Einzuweihenden während wilder Tänze von übernatürlichen Wölfen entführt und später auf rituelle Weise von ihren menschlichen Familien wieder befreit. Dadurch erbten sie Privilegien, die mit dem Wolfstanz verbunden waren. Ein Tlu-kwa-na war das eindrucksvollste Fest, das Sally je miterlebt hatte.

Auch das Theaterstück war gut gemacht, die bemalten Masken und die Umhänge mit den Makah-Motiven schienen originalgetreu, – und doch entging den Zuschauern im

Saal und auf den Rängen jenes Schaudern, das Sally empfunden hatte, als sie mitten unter den Tänzern saß, der Raum angefüllt war mit uralten Düften, und sie nicht mehr so genau wusste, ob sich nicht doch irgendwelche Geister unter den Tanzenden verbargen, deren Gesichter wilde Masken verdeckten.

Bei einem richtigen Wolfsritual gerieten die Tänzer in Trance und ihre Besessenheit griff auch auf das Publikum über. Aber so etwas durfte an einem renommierten Theater natürlich nicht passieren, das würde die Leute nur erschrecken.

Sally fragte sich, ob Micah bereit sein würde, mit ihr ins Theater zu gehen, und wenn ja, ob er auch Freude daran finden konnte. Plötzlich sehnte sie sich nach ihm. Sie wollte seine warmen Lippen spüren, sich in seine Geborgenheit fallen lassen und für ihn da sein, um seine Zweifel zu vertreiben. Am liebsten wäre sie aufgesprungen und noch in der Nacht nach Neah Bay zurückgefahren. Zurück in eine Welt, in die sie gehörte. Aber Agnes hätte das nicht verstanden.

Nach dem Stück gingen sie noch in eine Bar, die überwiegend von Frauen besucht war. Sally fühlte sich unwohl unter den begehrlichen Blicken anderer weiblicher Wesen, die unablässig auf ihr ruhten. Sie hatte Mühe unbeschwert zu erscheinen. Agnes spürte schließlich Sallys Not und rief ein Taxi.

Jill blieb über Nacht und so zog sich Sally schon bald in ihr Gästezimmer zurück, um den beiden Verliebten nicht im Wege zu sein. Schmerzhaft spürte sie ihr eigenes Verlangen, und ihre Sehnsucht nach Micah war groß. Würde sie wirklich darauf warten müssen, ihn in sich zu spüren, bis diese Waljagd vorüber war? Hatte der alte Glaube des pazifischen Nordwestens diesen Mann so sehr im Griff, dass er sogar in seinem Begehren beeinflusst war? Oder begehrte er sie nicht genug?

Die Geräusche des Tages in der Stadt hämmerten in Sallys Kopf und hinderten sie daran einzuschlafen, obwohl es jetzt draußen fast still war. Erst der Gedanke, dass sie am nächsten Tag zurückkehren konnte, um all diese Dinge herauszufinden, beruhigte sie schließlich und ließ sie in den Schlaf sinken.

14. Kapitel

Die junge Walkuh hatte den uralten Ruf vernommen und war ihm gefolgt. Sie hatte ihn noch nie vorher gehört, aber sein Echo war in ihrem Blut. Der alte Gesang in dieser seltsamen Sprache; die Schreie und das Stöhnen.

Durch die kräftige Bewegung ihrer Schwanzflosse trieb sie weiter die Küste entlang nach Norden. Beinahe schwerelos dahingleitend in ihrem Element, dem Pazifischen Ozean. War sie schnell, konnte sie eine Geschwindigkeit von sechzig Kilometern in der Stunde erreichen.

Aber die Walkuh hatte keine Eile. Planktonschwärme in Küstennähe ließen sie verweilen und grasen. Sie schluckte einfach einen riesigen Schwall Meereswasser und filterte es durch ihre Barten, die zahlreichen langen Hornplatten, die ihr aus dem Gaumen wuchsen. Gegen das Maul hin waren die Barten ausgefranst und darin verfingen sich Flohkrebse, Asseln, Borstenwürmer, Fischlarven und Algen.

Als die Walkuh satt war und sich langweilte, weil kein Gefährte zum Spielen da war, wanderte sie weiter, durchpflügte den Ozean mit ihrem massigen Körper. Schließlich stieß sie in einer Bucht auf ein Männchen und zwei andere Weibchen, die sie freudig begrüßten. Eines der Weibchen war trächtig. Es begann eine spielerische Jagd, bei der die Wale sich anstießen und ihre Körper aneinander rieben. Sie schossen gleichzeitig aus dem Wasser, wuchsen empor und tauchten nach einer Drehung wieder ein.

Endlich hatte das Walweibchen Gefährten gefunden. Wale lieben Gesellschaft, deshalb schwammen sie gemeinsam weiter, jagten, grasten und gründelten, rieben ihre von Parasiten besetzte Haut am Fels und erreichten schließlich die Küstenregion von Ozette. Hier gab es massenhaft Krill, sie brauchten bloß ihre Mäuler aufzureißen und zu schlucken.

Oder sie durchwühlten mit ihren Mäulern den Meeresgrund, saugten den aufgewühlten Schlamm ein und filterten die darin enthaltenen Fische und Garnelen heraus. Auch die an den zahlreichen Wasserpflanzen festgesetzten Krustentiere boten willkommene Nahrung. Wenn die Wale später wieder an die Oberfläche tauchten, zogen sie eine beachtliche Schlammfahne hinter sich her.

In den Küstengewässern vor Ozette gab es Nahrung in Hülle und Fülle, deshalb würden sie eine Weile bleiben, fressen und spielen. Vielleicht blieben sie sogar den ganzen Sommer. Denn dies war ein guter Ort. Der seltsam vertraute Gesang war nah.

Schon aus der Ferne hörte Micah die aufgeregten Rufe seines kleinen Bruders. „Sie sind da, sie sind da", schrie er, und Micah wusste sofort, wen Ryder meinte.

Die Wale waren endlich zurückgekommen.

Ryder fuchtelte wild mit Händen und Armen, zerrte Micah an der Jacke und redete in einem fröhlichen Durcheinander. „Du hast es versprochen, Micah. Jetzt sind sie wirklich da. Du hast es versprochen, hast es versprochen, Micah."

„He, beruhige dich doch", sagte Micah. „Ich habe es dir versprochen und ich werde mein Versprechen halten. Aber ich möchte Sally mitnehmen."

„Und Lita." Ryder sprang herum wie ein wild gewordener Geist. Micah wusste, er würde seinen Bruder unmöglich auf später vertrösten können. Das wollte er auch nicht. Bald würde jeder in Neah Bay von der Ankunft der Wale gehört haben. Und schon in kürzester Zeit würde die Walfangkommission den Zeitpunkt der Jagd festsetzen. Wenn möglich, sollte Ryder davon nichts mitbekommen.

„Okay", gab Micah sich geschlagen, „ich rufe Sally an und du sagst Lita Bescheid. Wo hast du die Wale gesehen?"

„Nicht gesehen, hab sie gehört."

Jeder andere hätte jetzt lächelnd abgewunken, aber Micah zweifelte nicht an Ryders Worten. Die von Grauwalen ausgestoßenen Schreie waren sehr laut. Man konnte die Tiere hören, lange bevor man sie sah. Auf diesen Augenblick hatte Ryder gewartet.

Er strahlte vor Glück. Seit Wochen hatte er nichts anderes als Wale gezeichnet, in der Hoffnung, sie damit herbeizubeschwören. Ryder hatte wohl etwas von diesem großen Ereignis mitbekommen, das mit der Ankunft der Wale zusammenhing. Er hatte auch gehört, wie man sich im Ort über die Zubereitung von Walfleisch und die verschiedenen Möglichkeiten zur Gewinnung des Walöls unterhielt. Aber sein kindlicher Geist vermochte keine Zusammenhänge herzustellen. Seine Arglosigkeit schützte ihn vor tiefer Qual.

Die Ankunft der Wale war für Ryder mit reiner Freude verbunden, wie jedes Jahr im Frühling. Nachdem er Lita geholt hatte, stand er mit ihr auf der Straße und hielt ungeduldig nach Sallys Wagen Ausschau, während Micah noch ein paar Dinge zusammensuchte, die er mit aufs Boot nehmen wollte.

Micah war froh, dass Sally zu Hause war als er sie anrief, denn eigentlich hatte er nicht damit gerechnet. Als er sie am Freitag besuchen wollte, war sie nach Seattle gefahren, ohne ihm etwas davon zu erzählen. Micah war verärgert und enttäuscht gewesen, weil er mit Sally noch einmal über die Meeresbäder reden wollte.

Er hatte sich dann auch ohne ihren Rat dafür entschieden und später hatten die kalten Meeresbäder alles aus ihm herausgespült, was unnötiger Ballast auf der Seele gewesen war.

Waatla Waa stand in der Tür des Hauses und schüttelte nachdenklich den Kopf. „Ist nicht gut, mit ihnen Freundschaft zu schließen und sie dann später zu töten."

„Aber Wale sind unsere Freunde seit tausenden von Jahren", entgegnete Micah, „und genauso lange töten wir sie."

„Nur Leben bringt Leben hervor", erwiderte die alte Frau. „Der Geist des Wales lebt unter uns Makah. Er lebt in der Freude von uns Alten, in der Kraft der Jäger und der Erregung der Kinder. Der beschrittene Weg ist der richtige."

Sie warteten, bis Sallys kleiner roter Mitsubishi vor dem Haus hielt. Sally begrüßte Waatla Waa mit der erforderlichen Ehrerbietung und die alte Indianerin konnte sich ein zufriedenes Lächeln nicht verkneifen. Wenn Sally Kallappa die Frau war, auf die Micah ein Auge geworfen hatte, dann war alles in bester Ordnung und sie brauchte sich keine Sorgen mehr zu machen.

Sally, Ryder, Lita und Micah gingen hinunter zum Strand. Dort lag Micahs zweites Boot, das von einem Johnson-Außenbordmotor angetrieben wurde. Es war klein und wendig und er benutzte es für kleinere Fahrten entlang der Küste.

Alle vier trugen wetterfeste Kleidung und Gummischuhe, denn niemand wusste, wie das Wetter in der nächsten Stunde sein würde. Der Himmel präsentierte sich grau und wolkenverhangen, aber der Wind wehte nur schwach aus Richtung Süden. Das Meer war ruhig.

Sie verließen den Strand in südlicher Richtung, dorthin, wo Micah die Wale vermutete. Ryder war wie immer weit an der Uferlinie entlanggelaufen und hatte sie am Point of Arches von einem Felsvorsprung aus gehört.

Der Motor trieb das Boot mit schäumender Heckwelle über die ruhige See. Lita hielt eine Hand ins Meer und ließ sie durch das Wasser streifen. Ihre Gedanken weilten irgendwo, tief unten auf dem Meeresgrund.

Schon nach einer kurzen Fahrt entdeckte Ryder seine Freunde, die schnell näher gekommen waren. Zum Atmen mussten die gewaltigen Tiere auftauchen und dann sah man den Blas, die Dampfwolke, die aus den beiden Atemlöchern im Rücken des Wals aufstieg, wenn er seine Lungen leerte. Da es ein kühler Tag war, konnte man den milchig-öligen Dampf weithin sehen.

Micah steuerte das Boot auf die Wale zu und stellte den Motor ab. Er wusste, aufgrund der Geräuschfrequenz war der Lärm von Außenbordmotoren den Walen besonders unangenehm.

Er zählte vier Tiere, konnte aber nicht erkennen ob es Bullen oder Weibchen waren. Die einzige Möglichkeit, sie auseinander zu halten, ergab sich durch die genauere Betrachtung ihrer Bäuche.

Eines der Tiere steckte seinen Kopf senkrecht aus dem Wasser und hielt Ausschau nach den Ankömmlingen. Um sie aus dieser Entfernung besser sehen zu können – denn Grauwale sind kurzsichtig – legte es den Kopf schief und benutzte nur ein Auge. Der Wal ließ es kreisen, um sein Gesichtsfeld zu erweitern.

Sicher, dass von dieser Nussschale und ihren Insassen keine Gefahr ausging, näherte sich der Wal dem Boot. Grauwale haben außer Haien und Orcas im Meer keine natürlichen Feinde, deshalb fürchteten sie sich nicht vor dem Boot, von dem sie keinen Angriff erwarteten. Das neugierige Tier schwamm und tauchte. Ryder, der aufgeregt im Boot kniete, freute sich: „Sie kommt zu mir. Sie will mir was sagen."

„Sieht so aus", gab Micah überrascht zu. Sally und Lita schwiegen vor Staunen.

Es war tatsächlich ein Walweibchen, jetzt erkannte es auch Micah. Auf ihrer grau gefleckten Haut saßen Parasiten: langstielige Entenmuscheln und Walläuse, die sie wie ein Urtier aussehen ließen. Statt einer Rückenflosse hatte sie etwa zehn kleine Beulen am hinteren Teil des Rückens. Ihre Haut glänzte nass.

Ryder beugte sich weit aus dem Boot, um das Tier mit der Hand berühren zu können. Geistesgegenwärtig griff Micah nach dem Gurt der Schwimmweste und hielt seinen Bruder fest. Das Boot schaukelte einen Augenblick beängstigend. Die Walkuh legte wieder ihren Kopf zur Seite und betrachtete Ryder durch ein großes, sehr menschlich anmutendes Auge. Es war von einem opaken Blau, lebhaft und leuchtend.

„Sie lacht", rief Ryder aufgeregt. „Siehst du, wie sie mit mir lacht?"

Lita nickte und ihre Augen strahlten. Es war das erste Mal, dass Micah sie mitgenommen hatte. Lita Bowechop war noch nie einem Wal so nahe gewesen. Beinahe versagte ihr der Atem, so überwältigt war sie von der unerwarteten Freundlichkeit des Tieres. Sie fragte sich, was die Augen des Wals unter der Wasseroberfläche sahen.

„Sie kann nicht lachen", bemerkte Micah kopfschüttelnd. „Sie hat eine dicke Fettschicht unter der Haut, aber zum Lachen braucht man Muskeln."

„Vielleicht lacht sie innerlich“, sagte Sally, ärgerlich darüber, wie unsensibel Micah seinem Bruder die Freude verdarb. Aber Ryder hatte gar nicht zugehört. Ganz vorsichtig, wie man es seinen riesigen Händen nicht zugetraut hätte, glitten seine Finger über das Maul des Walweibchens, dort, wo es am empfindsamsten war für Berührungen. Die Haut war an dieser Stelle von einem marmorierten Grau und glatt wie Glas.

Das Tier gab ein paar Laute von sich, die wie eine freundliche Begrüßung klangen. Abgehackte Sequenzen alter Geschichten, Laute, die nicht von dieser Welt schienen, sondern aus einer anderen, tief unten auf dem Meeresgrund: aus der Welt des Wals.

„Jetzt erzählt sie dir doch etwas.“ Micah lächelte.

„Ja, einen Traum“, erwiderte Ryder überzeugt. „Einen Waltraum.“

Er sah seiner Freundin Lita ins Gesicht und sie schenkte ihm einen Blick, der so unendlich viel bedeutete, wie niemand in diesem Boot es erfassen konnte, außer Lita selbst.

Das Weibchen tauchte wieder unter und versank in Abgründe. Es hinterließ kurzzeitig einen Krater im Wasser und schwamm zurück zu seinen Gefährten. Die vier im Boot beobachteten die Tiere noch eine Weile, dann stellte Micah den Motor wieder an und steuerte das Boot in Richtung Hobuck Beach.

„Schaut!“, rief Lita plötzlich. Ryder, Micah und Sally drehten sich noch einmal um. Mit elegantem Schwung stießen zwei mächtige Tierkörper aus dem Wasser, stiegen empor, drehten sich in der Luft und tauchten wieder in den Ozean. Ihre massigen Formen teilten das Wasser, sie wiegten und drehten sich, um dann erneut emporzuschnellen.

Wasser schleuderte hoch in die Luft. Die Sonne gewann für einen Augenblick Oberhand über den Dunst und die nassen Körper der Wale glänzten im Licht. Sie tauchten ein, warfen sich hin und her, wühlten das Wasser auf und schnellten empor, bis das Meer um sie herum blasig war und zu Brodeln schien.

„Es ist unglaublich“, staunte Sally, ergriffen von diesem Schauspiel der Natur. Sie sah so etwas nicht zum ersten Mal, doch das Gefühl seltsamer Erhabenheit erfasste sie immer wieder neu, wenn sie sich in Gesellschaft von Walen befand. Sie ahnte, dass der Mensch zu manchen Dingen niemals vordringen würde. Ein paar Geheimnisse sollten immer bleiben und das war auch gut so.

Micah warf Sally einen Blick zu, der ihre Euphorie dämpfte. Für ihn war dies ein Augenblick voller Zweifel, denn schon bald würde er hinauspaddeln, um zusammen mit den anderen Walfängern eines dieser herrlichen Tiere zu töten.

Sally konnte in Micahs Augen den Zwiespalt sehen, in dem er sich befand. Er machte es sich nicht leicht, das hatte er noch nie getan. Dafür liebte sie ihn. Wenn sie ihm doch bloß sagen könnte, wie sehr sie ihn bewunderte; wie tief sie achtete, was er tun musste.

Mit einem Seitenblick auf Ryder sagte Micah: „Irina hat mir erzählt, sie können sprechen. Sie ahmen Worte nach.“

Sally schüttelte heftig den Kopf. „Was diese Frau da betreibt, ist Anthropomorphismus, Micah, die Vermenschlichung von Nichtmenschlichem. Wir alle tun das gelegentlich, aber einer Biologin sollte so etwas nicht passieren. Wale können nicht sprechen. Man hat Versuche mit Delphinen gemacht und herausgefunden, dass sie stimmähnliche Frequenzen nachahmen können. Sie sind zu Lautäußerungen wie Lockrufen, Warntönen und unterschiedlichen Stimmfühlungslauten fähig. Aber es gibt kein Wörterbuch der Walsprache, Micah. Mit ihren Lauten können sie uns verblüffen, aber keine Zusammenhänge wiedergeben, was ein bedeutendes Kriterium für Sprache ist."

„Du scheinst dich ziemlich auszukennen." Micah war beeindruckt, aber im Grunde hatte er Irina vor einiger Zeit dieselbe Antwort gegeben, nur nicht bestückt mit solch klugen Worten.

„Ich habe mich ein wenig informiert. Es scheint derzeit von Vorteil zu sein, wenn man ein paar schlagkräftige Argumente parat hat", antwortete Sally lächelnd.

Am Strand angekommen, zerrte Ryder Lita sofort mit sich, um das Erlebnis in Ruhe mit ihr zu teilen. Die beiden hatten ihre eigene Art mit solchen Dingen umzugehen. Sally und Micah liefen noch ein Stück am Strand entlang. Es war später Nachmittag geworden, die Sonne hatte sich nur einmal kurz gezeigt und war wieder hinter dickem Nebel verschwunden.

„Warum hast du mir nicht gesagt, dass du nach Seattle fährst?", fragte Micah schließlich vorwurfsvoll, obwohl er sich fest vorgenommen hatte, es nicht zu tun.

„Glaubst du, ich bin dir Rechenschaft schuldig?", fragte Sally zurück, in der seltsamen Hoffnung, er könne vielleicht ja sagen.

Verlegen grub Micah die Hände in die Taschen seiner Öljacke. „Nein, natürlich nicht. Ich war nur enttäuscht, als dein Vater es mir sagte. Ich stand da wie ein dummer Junge."

„Das tut mir Leid." Sie blieb stehen und wandte sich zu ihm um. „Ich war bloß zwei Tage weg, Micah. Ich habe meine beste Freundin besucht. Ich bin nach Seattle gefahren, um ein wenig Abstand zu gewinnen und mir über einiges klar zu werden."

„Und?“, fragte er stirnrunzelnd, „hat es funktioniert?“

Sally hob die Schultern. „Ich weiß immer noch nicht, was dir unsere Beziehung bedeutet – wenn man dabei überhaupt von Beziehung sprechen kann. Wir waren einmal zusammen essen und einmal gemeinsam fischen. Möglicherweise ist das für dich gleichbedeutend mit einem Heiratsantrag; für mich ist es das nicht."

Micah biss sich auf die Lippen. Er hatte mit diesem Vorwurf gerechnet. „Ich liebe dich, Sal“, sagte er, „vermutlich schon eine ganze Weile. Aber dass ich es begriffen habe, ist noch nicht lange her. Ich bin nicht so schnell, ich …“ Micah dachte, dass Sally ihm mehr bedeutete, als er sie je hatte merken lassen.

„Mach es dir nicht so schwer“, versuchte sie ihn aufzumuntern. „Ich bin für dich da. Während ich in Seattle war, musste ich immerzu an dich denken. Du hast mir gefehlt.“

„Du mir auch“, sagte er erleichtert und zog sie zu sich heran, um sie zu küssen. Ihre Lippen waren kalt und spröde und schmeckten nach dem Salz des Meeres. Sally suchte nach seiner Hand und so liefen sie noch ein ganzes Stück am Strand entlang.

„Ich wollte allein mit dir reden“, brach Micah schließlich die Stille. „Ich hatte einen verrückten Traum und bin seitdem ganz schön durcheinander.“ Er erzählte ihr von seinem Traum, der ihn auf den Meeresgrund ins Reich der Wale geführt hatte. Wie schön die Frau gewesen war, und dass er den Wunsch verspürt hatte, mit ihr für immer dort unten zu bleiben, verschwieg er Sally. „Um den Wal zu töten, brauche ich das Gefühl, ihn besiegen zu wollen. Aber dieses Gefühl will sich nicht einstellen. Im Gegenteil, ich fühle mich eins mit ihm. Wir sind beide Besiegte“, sagte Micah.

„Das stimmt nicht", widersprach Sally heftig. „Und das weißt du. Schon immer hat sich der Mensch mit Tieren verbunden gefühlt, auch mit jenen, die er tötete, um überleben zu können. Wale scheinen intelligenter zu sein als Kühe und Schweine, aber das sind sie nicht. Ihre Verhaltensweisen werden nur gerne von den Tierschützern so vermenschlicht dargestellt, weil die Leute dann glauben, Tiere fühlen wie wir. Aber das ist ein Irrtum, Micah, denn wir wissen nicht, was Tiere fühlen. Unser Volk hat Achtung vor jeder lebenden Kreatur, wir töten nicht wahllos, sondern im Einverständnis mit dem Geist des Tieres. Die Waljagd bedeutete für unser Volk das Überleben."

„Ja, ich weiß. Aber heute ist es nicht mehr so."

„In gewisser Weise schon. Ich bin sicher, wir Ureinwohner könnten von vielen Krankheiten der Zivilisation geheilt werden, wenn wir in unsere eigene Kultur zurückkehren und darin leben würden. Unsere Leute gehen zu Ärzten – zu weißen Ärzten –, aber für viele ihrer Leiden und seelischen Krankheiten gibt es keine Erklärung. Vielleicht wird sich in nächster Zeit etwas daran ändern."

„Und du glaubst, die Waljagd könnte der Anfang von allem sein?"

„Ja, das glaube ich."

Sally sagte das voll tiefer Überzeugung und Micah war ihr dankbar dafür. Wenn die Jagd so viel Gutes bringen konnte, dann würde er die Bestimmung seiner Ahnen erfüllen und diesen Wal töten.

Den Abend verbrachten Sally und Micah im Gemeinschaftssaal des Stammes in Neah Bay, wo eine ehemalige Schülerband der Makah spielte, die es inzwischen auch über die Reservatsgrenzen hinaus zu einiger Berühmtheit gebracht hatte. ‚Fisherman's Friends' nannten sich die fünf begabten Musiker, von denen drei immer noch in Neah Bay lebten.

Im Gegensatz zu Sally war Micah kein häufig gesehener Gast bei derartigen Veranstaltungen, aber er mochte die Musik, eine Mischung aus Rock, Country und indianischen Klängen, und in Sallys Begleitung fühlte er sich sogar im verqualmten Gemeinschaftssaal wohl. Es war das erste Mal, dass sie zusammen ausgingen, und so hieß es neugierige Blicke und unverhohlenes Getuschel ertragen.

Sally ließ sich davon in keiner Weise beeindrucken. Obwohl die Blicke der Männer begehrlich an ihr hingen, blieb sie natürlich und versuchte, ihre Umgebung trotzdem nicht zu ignorieren. Micah stellte sich gerade die Frage, womit er so viel unerwartetes Glück verdient habe, als der Holzschnitzer Adam Bowechop an ihren Tisch trat und Sally zum Tanzen aufforderte. Dicke schwarze Augenbrauen hingen drohend über Adams Augen, in denen Hochmut und Herausforderung funkelten.

Instinktiv merkte Sally, dass es nicht gut sein würde Adam abzuweisen. Sie ging also mit ihm und Micah blieb allein am Tisch zurück. Von zwiespältigen Gefühlen bedrängt, sah er den beiden zu. Es war ein langsames Lied und Adams Bewegungen zeigten deutlich, wie vertraut ihm Sallys Körper war. Micah atmete gequält, trommelte mit den Fingern auf der Tischplatte. Er versuchte die beiden nicht anzustarren, um sich nicht lächerlich zu machen.

Wohin mit diesem brennenden Gefühl von Eifersucht? Wohin mit dieser Angst, er könne Sally nicht genügen und sie sich plötzlich von ihm zurückziehen, weil ein anderer, – ein Besserer sich um sie bemühte?

Auf einmal ertrug Micah die lauten Stimmen im Saal und die Musik nicht mehr. Er holte sich eine Cola Light und ging einen Augenblick nach draußen, um frische Luft zu atmen. Wie war er bloß auf die Idee gekommen, es könne einfach sein? Hatte er wirklich gedacht, niemand außer ihm hätte bemerkt, was für eine wunderbare Frau Sally Kallappa war?

Dass er mit der Rivalität eines anderen Mannes fertig werden musste, wurde ihm erst jetzt wirklich klar, als er seine eigene Eifersucht wie ein Brennen im Körper spürte. Die Stellen, an denen seine Haut aufgerissen und wund von den Nesselhieben war, brannten ebenfalls. Micah war nicht immun gegen dieses Gefühl, auch wenn er das immer von sich geglaubt hatte. Und was er nicht ahnte war, dass diese Eifersucht auch in Adam brannte, nur ungleich stärker, mit bedrohlicher Intensität. Denn Bowechop war derjenige, der verlor, was er schon fast sein eigen geglaubt hatte, während Micah sich nur den Schatten der Vergangenheit stellen musste.

In diesem Moment schlangen sich warme Arme von hinten um Micahs Hüften. Er drehte sich um und wurde von einem Kuss überrascht.

„Lass uns ein Stück gehen", sagte Sally, „ich mag es nicht, wenn ich manipuliert oder benutzt werde."

„Du hättest den Tanz ablehnen können", brummte Micah.

„Sicher", stimmte sie zu, „aber erstens tanze ich gern und zweitens wollte ich keinen Ärger. Adam kann ziemlich hitzig reagieren, wenn ihm etwas nicht in den Kram passt. Er glaubt, er müsse sich mit dir messen und herausfinden, wer der Bessere sei. An mich denkt er dabei überhaupt nicht. Seine Gefühle haben etwas mit altem Besitzdenken zu tun, nicht mit Liebe. Ich bin sehr froh, dass ich es noch rechtzeitig herausgefunden habe."

Sally wirkte weder schutzbedürftig noch unsicher und im ersten Moment wusste Micah nicht, wie er damit umgehen sollte. Aber dann legte er einfach den Arm um ihre Schulter und sagte: „Weißt du, im Grunde tut es mir Leid für Adam, denn eigentlich mag ich ihn.“

„Aber er mag dich nicht“, stieß Sally hervor. Und sie dachte, Micah würde Adam gewiss nicht mehr mögen, wenn er erst wusste, was der Holzschnitzer über ihn erzählt hatte.

„Natürlich nicht“, erwiderte Micah, „aber ist das nicht verständlich? Zurückweisung tut immer weh, und dann ist man versucht, den anderen ebenso zu verletzen.“

Sie liefen durch die nächtlichen Straßen von Neah Bay bis zum Strand. Als Micah Sally küsste, und sie in diesem Kuss seine Liebe und sein Vertrauen spürte, wusste sie, dass sie ihn vor Adam Bowechop warnen musste. Sie liebte Micah und wollte ihn schützen, – schützen vor Schaden und vor Verdacht. Sally löste sich von ihm, um den nötigen körperlichen Abstand zu haben. „Micah, ich muss dir etwas sagen“, begann sie schweren Herzens, „etwas, dass dir nicht gefallen wird.“

Ihre Stimme klang unheilverkündend leise und Micahs Körper versteifte sich für einen Augenblick. „Was kann so furchtbar sein, Sally?“, fragte er und ihm war nicht klar, ob er die Wahrheit wirklich hören wollte.

Als Sally zu sprechen anfing, mischten sich ihre Worte mit dem leisen Plätschern der Wellen auf dem Strand und dem Knirschen der Muschelschalen. „Neulich war ich bei Adam in der Werkstatt, um ihm noch einmal ganz klar zu sagen, dass unsere Beziehung – oder was immer es auch gewesen war – beendet ist. Er war verletzt und reagierte deshalb wütend. Adam sagte, er habe gehört, in deinen Adern fließt Sklavenblut und du wärest es nicht wert, den Wal zu jagen.“ Sally wandte sich Micah zu und legte eine Hand an seine Wange. „Ich habe Angst, dass Adam dir in seiner Eifersucht schaden kann, Micah. Und ich bin schuld an allem.“

Er nahm ihre Hand und presste sie an seine heiße Wange. Das Meer rauschte leise und trug den Geruch von Fisch und toten Muscheln heran. Ihre Worte hallten in seinen Gedanken nach. Sie taten ihm gut. Er hatte jemanden gefunden, der zu ihm halten würde.

„Mach dir deshalb keine Gedanken", beruhigte er Sally schließlich. „In meinen Adern fließt kein Sklavenblut, das weiß ich ziemlich sicher. Großmutter Waatla Waa kann unseren Stammbaum bis zu zwanzig Generationen zurück aufsagen und ich musste diese Namen ebenfalls lernen, als ich vierzehn war." Micah legte den Arm wieder um Sallys Schultern. „Möchtest du sie hören?", fragte er lächelnd.

„Ich glaube nicht. Vielleicht später einmal."

Sie liefen zurück in den Ort. „Du weißt doch, wie das hier ist", fuhr Micah fort. „Jeder denkt und behauptet von sich, einer höheren Klasse anzugehören, und alle anderen sind eben niederen Ranges. Als Kinder bekommen viele von ihren Großeltern erzählt, sie würden von Häuptlingen abstammen, und wenn sie erwachsen sind, dann benehmen sie sich so: großspurig und überheblich. Die jungen Leute heiraten nicht mehr untereinander, weil jeder glaubt, er wäre zu gut für den anderen. Statt dessen suchen sie sich Ehepartner aus anderen Stämmen und ziehen weg. Ich finde das alles ziemlich absurd."

„Aber woher weiß man, wer von den Alten eine Geschichte und wer die Wahrheit erzählt?", fragte Sally, die sehr froh war, dass Micah so gelassen auf ihre Offenbarung reagierte. Sie hatte gedacht, diese Sache würde ihn mehr beunruhigen.

„Man weiß es eben. Und außerdem: Es gibt keine Geschichte ohne Wahrheit und keine Wahrheit ohne Geschichte."

„Ist es für dich von großer Bedeutung, kein Sklavenblut in den Adern zu haben?", fragte Sally beiläufig.

Micah zuckte die Achseln. „Ich weiß es nicht. Ich habe noch nie darüber nachgedacht, weil es keinen Anlass dazu gab."

Sie waren vor dem Haus der Kallappas angekommen und Sally langte nach dem Schlüssel in ihrer Jackentasche, um die Tür aufzuschließen.

Diesmal, das war Micah klar, konnte er sich nicht einfach von Sally verabschieden und nach Hause fahren. Alles passte wunderbar zusammen. Dieser gemeinsam verbrachte Sonntag war schön gewesen. Doch so froh Micah auch war, Sally wieder in seiner Nähe zu haben, ihre Sehnsucht und ihr Begehren umgaben sie wie ein verlockender Duft, der einen unterschwelligen Schmerz in ihm auslöste. Auf einmal fühlte er sich müde und niedergeschlagen.

Sally hatte ihm von Adam Bowechop erzählt, und während sie von diesem Mann gesprochen hatte, waren Zorn und Ärger in ihren Augen gewesen. Aber was oder wer war für die Trauer verantwortlich, die unter allem lag, was Sally ihm bisher offenbart hatte?

Sie betraten Sallys gemütliches Zimmer und er sah, dass sie ihren Schreibtisch aufgeräumt hatte. Sie verschloss die Tür. Jetzt war Micah gefangen. Gefangen in ihrem Reich, diesem Raum, dessen Moleküle aus geballtem Wissen und unerfüllbaren Wünschen zu bestehen schienen. Sally ging zum Fenster, durch das eine Laterne vor dem Haus den Raum erleuchtete. Eine Weile sah sie schweigend hinaus und er sagte auch nichts. Er ahnte, dass sie bald reden würde.

„In Harvard war ich mit einem Mann zusammen, mit einem meiner Professoren", sagte sie leise ohne ihn anzusehen. „Ich war verliebt und sehr blind, denn ich merkte nicht, dass er mich nur benutzte; ich für ihn nicht mehr als ein lebendiges Versuchsobjekt war. Ich wurde schwanger. Im fünften Monat verlor ich das Kind bei einem Streit."

Es war unheimlich still im Raum, Sally hörte Micah nicht einmal atmen. Nur kein Mitleid, dachte sie, die Gesichtszüge angespannt vor Nervosität.

„Hat er dich geschlagen?", fragte Micah dann, voller unterdrückter Wut auf einen Mann, der in seiner Vorstellung immer nur ein dunkler Schatten bleiben würde.

„Nicht wirklich", sagte Sally und wandte sich um. „Ich bin unglücklich gefallen. Aber die innere Verbindung zu meinem Kind war schon stark und ich kann sie heute noch spüren. Es war ein kleiner Junge, Micah, und manchmal besucht er mich in meinen Träumen. Ich wollte nur, dass du es weißt, denn hin und wieder rede ich im Schlaf."

Wortlos zog Micah sie in seine Umarmung und spürte, wie sie sich sehnsüchtig an ihn schmiegte. Er nahm Sallys Wärme wahr, ihren frischen Duft, und war froh, dass sie es ihm erzählt hatte. Nun gab es keine Gespenster mehr, die ihn verunsicherten, nur weil er ihr Gesicht nicht kannte.

Sally zog den Pullover aus und die weißleuchtenden Träger ihres BHs rutschten wie von selbst über die runden Schultern. Micah vergaß alles, was ihn bisher zurückgehalten hatte. Er vergaß sogar die brennenden roten Striemen auf seiner Haut, die vermutlich Auslöser für unangenehme Fragen sein würden.

Das Licht der Straßenlaterne erhellte nur einen Teil des Raumes, in den Ecken lauerten Schatten. Micah griff in Sallys Nacken und verschloss ihre Lippen mit einem heftigen Kuss. Es war ein wilder Kuss, der auf ungeahnte Weise erwidert wurde. Sallys Lippen schmeckten nach Vertrauen und einer Art Liebe, nach der er sich immer gesehnt hatte. Er griff um sie herum, um ihren BH zu lösen und nach unten zu streifen. Dann trat er einen Schritt zurück und betrachtete sie. Ihre teebraune Haut schimmerte matt im gedämpften Licht der Laterne.

Diese wunderbar weiche Frau zog ihn küssend zum Bett und ihre flinken Hände lösten die Knöpfe an seinem Hemd. Micah sah die helle Haut unter ihren Achselhöhlen, darin ein spärlich dunkler Flaum. Sally hatte sie nicht rasiert wie andere Frauen, die er gekannt hatte.

Aber auch Sally machte Entdeckungen. Einen Augenblick hielt sie inne, als sie die Tätowierung des stilisierten Wals auf Micahs Brust erkannte. Es waren dicke, blassblaue Linien, über die ihre Finger staunend glitten, bevor sie ihn an den Schultern über sich zog.

Es war Micah unmöglich Sally aufzuhalten. Das war ihr Tanz. Sie führte ihn an, genau wissend, was sie wollte.

Und es war ganz leicht.

Ihre kleinen runden Brüste fügten sich in seine hohlen Hände, als kehrten sie in die Form zurück, in der sie gegossen worden waren. Ihre Schultern passten in seine Achselhöhlen, ihre runden Hüften zogen sich in die Vertiefungen seiner Leistengegend zurück. Ihr Schoß war offen für ihn, drängte danach ihn zu empfangen, um die letzten Schranken der gegenseitigen Unsicherheit niederzureißen. Sallys Bewegungen waren von heftigem Begehren beherrscht.

Aber auf einmal hielt sie inne. Ihr Finger glitten hauchzart über die Risse in Micahs Haut und aus ihren schrägen Augen kam die Frage nach der Ursache für die Verletzungen, die Rücken, Arme und Schenkel bedeckten.

Ein Schatten legte sich über sein Verlangen wie der Flügel eines großen Vogels. Mit einem Mal waren all die Zweifel wieder da, die Ängste, ihr nicht geben zu können, was sie sich von ihm wünschte; keine Antwort auf ihre Fragen zu haben, ja nicht einmal auf seine eigenen. Der Mann an Sallys Seite musste stark sein, er musste ihre Offenheit und Klugheit ertragen können. Konnte er das? Er war nur ein einfacher Fischer, ausgeliefert der Willkür des Meeres und eingeengt durch Fischlizenzen und Fangquoten. So viele Fragen bedrängten ihn am Tag und in der Nacht. Sally dagegen hatte auf fast alles eine Antwort. Und sie bekam einen monatlichen Gehaltsscheck, der so sicher war wie der Wechsel der Gezeiten.

Es fiel Micah schwer sich einzugestehen, dass Sally mit Leichtigkeit eine Familie ernähren konnte, während es für ihn ein immerwährender Kampf sein würde. Die Waljagd war seine Chance und zugleich sein Fluch. Die alten Geschichten hatten ihn eingeholt und sich seiner bemächtigt, obwohl er versucht hatte, es nicht geschehen zu lassen.

In der Zeit vor der Jagd wurde von den beteiligten Männern sexuelle Abstinenz erwartet, sonst war das Gelingen der Aktion gefährdet. Micah bezweifelte, dass die anderen Walfänger sich an diese Regel hielten, aber sein Verstand drängte sich augenblicklich in den Vordergrund und seine Erektion verschwand. So zärtlich Sally ihn auch streichelte und berührte, es war ihm unmöglich, den Akt zu vollziehen. Schweiß bedeckte seine Haut und das Blut pulsierte in seinen Schläfen. Er schluckte und sein Adamsapfel tanzte auf und ab.

„Hör jetzt nicht auf", sagte Sally, als sie merkte, wie er sich verunsichert zurückzog.

Micah konnte sich nicht erinnern, dass ihm Ähnliches schon einmal widerfahren war und für einen Augenblick geriet er in Panik. Doch Dinge geschehen nicht ohne Grund und es bleibt immer ein Weg, den man gehen kann, auch wenn der gewohnte plötzlich verschlossen war.

Micah steigerte ihr Verlangen durch zärtliche Berührungen und Küsse. Er überließ sich dem schönen Gefühl, sie zu berühren ohne vom eigenen Begehren gejagt zu werden. Es gefiel ihm, sie in ihrer Hingabe zu beobachten, alles in dieser Vollkommenheit wahrzunehmen, nicht blind durch die eigene Lust. Dieses Geben war eine völlig neue Erfahrung für ihn und die fremden Schatten verflogen.

Sally spürte, dass Micahs Zärtlichkeiten nicht mit dem Wunsch verbunden waren, ihr doch noch zu beweisen, wie sehr er Mann war. Er dachte nur an sie in diesem Augenblick. Ihr mit seinen Händen und Lippen diese entrückten Laute entlocken zu können, war ihm Befriedigung genug.

Sally verdrängte Agnes La Chesters spöttisches Gesicht aus ihren Gedanken und ließ sich einfach gehen, bis kleine, lustvolle Explosionen ihren Körper von innen erwärmten und die Haut angenehm prickeln ließen.

Micah hielt sie in seinen Armen, sein Gesicht an ihres gepresst, bis ihm gewahr wurde, dass er Tränen schmeckte. Er küsste sie fort. „Das wollte ich nicht", sagte er leise.

Eine Weile dauerte es, bis das Vibrieren ihres Körpers abklang. „Du willst nicht, dass ich glücklich bin?", fragte sie schließlich.

„Ist das wirklich wahr?"

„So wahr wie die Tatsache, dass ich dich liebe, Micah Mahone. Es bedeutet, ich werde dich immer lieben, egal, was passiert. Du kannst mich nicht erschrecken, hörst du. Was immer der Grund dafür ist, dass du nicht mit mir schlafen kannst oder willst, ich werde ihn akzeptieren. Eine Weile jedenfalls", fügte sie schnell hinzu.

Micah war unendlich erleichtert, fühlte sich aber nicht in der Lage, ihr die Wahrheit zu sagen, wenn sie sie nicht schon ahnte. Schließlich fragte Sally ihn nach den frischen Striemen auf seiner Haut und er saß in der Falle. Würde er sich nicht vor ihr lächerlich machen, wenn er ihr von den Meeresbädern erzählte, ohne davon zu berichten, was er dadurch erlebt hatte? Aber war es nicht gerade dieses Geheimnis, das ihm seither Kraft schenkte? Und es würde seine Kraft nur behalten, wenn es ein Geheimnis blieb, dessen war er sich sicher.

„Ich habe mich doch für Meeresbäder entschieden", sagte er verdrossen, weil er sie liebte und nicht belügen wollte.

Sally riss die Augen auf. „Bist du dabei mit einem Orca zusammengestoßen?"

Micah warf sich stöhnend zurück aufs Bett und schloss die Lider, um Sallys neugierigen Blick auszuschließen. „Die Striemen stammen von den Nesseln", offenbarte er ihr. Die Situation wurde ihm auf einmal unerträglich und er stand auf, um sich anzuziehen. Vertrauen in solch heiklen Angelegenheiten war eine Sache, die er erst wieder lernen musste.

Den Kopf auf die rechte Hand gestützt, beobachtete Sally ihn dabei, wie er in seine Hose stieg. Micahs Körper war stark und gerade und mit etwas Glück konnte sie ihn irgendwann ganz haben. „Da bin ich aber froh, dass du nicht zu Rosenbüschen gegriffen hast."

Betreten blickte er in ihr spöttisches Gesicht. Sie kannte sich wirklich gut aus mit den alten Riten. Aber neben dem Spott war ihre Stimme auch voller Zuneigung gewesen.

„Ich bin kein Walhäuptling", sagte er stirnrunzelnd, denn das schmerzhaftere Geißeln mit Rosenbüschen war dem Ranghöchsten vorbehalten.

„Na, zum Glück", erwiderte sie lächelnd. Und dachte daran, dass er auf dem besten Weg war, einer zu werden.

Es war schon weit nach Mitternacht, als Micah sein Haus betrat. Waatla Waa und Ryder schliefen in ihren Zimmern. Leise schlich er sich in sein eigenes und ging gleich zu Bett. Aber er war zu erregt, um schlafen zu können.

Er lag auf dem Rücken, starrte an die Decke seines Zimmers und dachte an Sally und ihre liebevolle Art, mit seinen Problemen umzugehen. Er hatte sich nicht schämen müssen, auch der Striemen auf seiner Haut nicht, und das rechnete er ihr hoch an.

Während er sich die Details ihres Körpers ins Gedächtnis rief, wuchs sein Verlangen erneut. Es quälte ihn heftig und er konnte es nur besiegen, indem er an etwas dachte, das ihm große Sorgen bereitete. Er dachte daran, was Sally ihm von Adam Bowechop erzählt hatte. Vielleicht war es ein Fehler, den verletzten Stolz dieses Mannes so leichthin abzutun. Vielleicht konnte der eifersüchtige Holzschnitzer ihm tatsächlich schaden. Möglicherweise war Adam Bowechop in der Lage, ihn oder seine Zukunft mit Sally zu zerstören.

Auch das – dieses unsinnige Machtgerangel, der schadenbringende Klatsch und die versteckte Unehrlichkeit – waren ein Grund gewesen, warum Micah damals das Reservat verlassen hatte. Es war im Sommer nach dem großen Fest gewesen. Denn nur selten kamen die althergebrachten, unangenehmen Eigenschaften der Makah so deutlich zum Vorschein, wie bei den alljährlich im August stattfindenden MAKAH-Festtagen.

Vor langer Zeit hatte ein Makah aus Neah Bay dieses Fest ins Leben gerufen, weil die alten Tänze und Bräuche immer weiter verloren gingen und die Jugend nicht mehr wusste, wie es früher einmal gewesen war. Mit diesem Fest sollten Traditionen erhalten, Lieder und Tänze weitergegeben werden. Nebenbei war es auch ein guter Anlass, sich zu treffen und gemeinsam miteinander zu feiern.

Doch – was typisch war für die Gemeinschaft der Makah: Wenn einer eine Idee hatte und etwas auf die Beine stellte, dann standen alle anderen da, kritisierten ihn und lachten ihn aus. Irgendwann gab der Initiator des Festes resigniert auf. Aber da waren die Festtage schon zur Institution geworden und andere setzten die Arbeit fort. Doch bis heute waren die Makah-Festtage verbunden mit Neid und Eifersucht.

Kanurennen, Sportwettkämpfe, alte und neue Tänze wurden nicht dazu genutzt, einen strahlenden Sieger zu finden, sondern den Verlierer zu beschämen. Touristen und Besucher bemerkten seltsamerweise nie etwas davon, jedenfalls hatte sich noch nie jemand mokiert.

Seit Micah wieder im Reservat lebte, hatte er sich mit diesen Dingen arrangiert. Es war die Art seines Volkes miteinander umzugehen, und nur die Zeit würde solche latenten Überbleibsel aus dem alten Klassensystem ausmerzen.

Ihm wurde auf einmal klar, dass er sich durch seine aktive Position in der bevorstehende Waljagd selbst in Gefahr begab, sein Dasein von alten Wertmaßstäben in Fesseln legen zu lassen – einfach durch die Tatsache, dass er sich nun auf Traditionen besann, die er selbst einst verworfen hatte.

Warum hatte Sally ihn danach gefragt, was es ihm bedeutete, kein Sklavenblut in den Adern zu haben? Wie rein war der Stammbaum ihrer Familie? Hatte sie vielleicht Angst, er könne sie ablehnen, weil es unter ihren Vorfahren Sklaven gegeben hatte? Leuchteten ihre Haare nicht manchmal verräterisch rötlich, weshalb diese Möglichkeit sogar sehr nahe lag?

Doch was auch geschehen würde, Micah war nicht bereit, sein Leben derartigen Zwängen zu unterwerfen. Der Gedanke aber, jemand könnte aus Rache seine Familie denunzieren, gefiel ihm überhaupt nicht.

15. Kapitel

Die Nachricht, dass die ersten Wale den Küstenstreifen vor Neah Bay erreicht hatten, verbreitete sich wie ein Lauffeuer im Reservat und auf der ganzen Halbinsel. Der Konflikt mit den Tierschützern und ihren fanatischen Anhängern spitzte sich dramatisch zu. Carl Meyers und seine engsten Mitstreiter hatten sich im letzten Motel vor dem Reservat einquartiert, und ihre Boote, mit denen sie die Jagd verhindern wollten, ankerten nahe der Bucht.

Es gab Gerüchte, Meyers hätte sich wieder mit dem militanten Walschützer Fred Brooks zusammengetan, einem kompromisslosen Einzelkämpfer, der für seine spektakulären Aktionen auf den Weltmeeren bekannt war.

Vor mehr als zwanzig Jahren hatte er mit seinem Boot ‚Dolphin' im Nordatlantik einen Piratenwalfänger gerammt und versenkt. Brooks, bis dahin Mitglied von Greenpeace, wurde nach der Aktion aus der Organisation ausgeschlossen, weil seine Methoden den Tier- und Umweltschützern zu radikal waren.

Zehn Jahre später kam Brooks dahinter, dass die Sowjets Wale töteten, um sie später auf ihren Nerzfarmen zu verfüttern. Wieder kämpfte der Walschützer unter großem persönlichen Einsatz gegen diesen Frevel an.

Doch nachdem bei einer dieser spektakulären Walrettungsaktionen ein Matrose der gegnerischen Besatzung durch einen unglücklichen Umstand zum Krüppel geworden war, kündigte Meyers seinem alten Mitstreiter Brooks die Zusammenarbeit, weil er fürchtete, das negative Image des Alleingängers könne seiner Gesellschaft zum Schutz der Meeressäuger schaden.

Meyers setzte neben seinen Bootsaktionen auch weiterhin auf Kundgebungen und Unterschriftensammlungen. Durch die Verteilung von Aufklebern und bedruckten T-Shirts und eine breite Öffentlichkeitsarbeit fand Meyers stets Geldgeber und scharte eine große Zahl von Walrettern um sich.

Anfang Mai waren Brooks und Meyers in Port Angeles aufeinandergetroffen, wo Brooks und seine radikale Gruppe mit der Koordinierung ihrer Aktionen begonnen hatten. Nach einem langen Gespräch der beiden Männer beschlossen sie, es noch einmal miteinander zu versuchen.

Brooks witterte seine Chance und schwor seinem alten Mitstreiter Zurückhaltung. Aber als die Situation ernst wurde, hatte Brooks seine Truppe von Möchtegern-Walrettern nicht mehr unter Kontrolle und musste hilflos und wütend mit ansehen, wie Rassisten seine mutige Mannschaft als Deckmantel für ihre zweifelhaften Aktivitäten benutzten.

Drei Tage später hatte Sally dienstlich in Port Angeles zu tun. Selbst dort – so viele Meilen von Neah Bay entfernt – bekam sie die Ablehnung der weißen Bevölkerung zu spüren. Und das, obwohl niemand wissen konnte, welchem Stamm sie eigentlich angehörte. Es stand ihr nicht ins Gesicht geschrieben, dass sie eine Makah und keine Klallam, Quinault oder Hoh war. Für manche Menschen waren alle Indianer gleich und in diesem Fall waren sie allesamt Walmörder.

Der Mann an der EXXON-Tankstelle ließ Sally mehr als 20 Minuten warten, bis er endlich erschien und mit anzüglichem Grinsen ihr Geld entgegennahm, als wäre es eine Gnade.

Im Fotogeschäft wollte Sally Negative abgeben und vergrößern lassen. Es waren Fotos von den Korbflechterinnen, die sie für ihre Ausstellung brauchte. Aber nachdem sie auch dort eine Ewigkeit gewartet hatte, eröffnete ihr die Frau: „Solche Vergrößerungen machen wir nicht."

„Aber draußen im Schaufenster hängen genau die Vergrößerungen, die ich brauche", bemerkte Sally ärgerlich, denn sie war mit ihrer Geduld am Ende.

„Gerade eben ist mir das Papier ausgegangen", brummte die Frau missbilligend. Ihre kleinen hellen Augen im teigigen Gesicht musterten Sally abfällig.

„Sie werden doch bestimmt Papier nachbestellen. Ich brauche die Vergrößerungen erst nächste Woche", versuchte Sally es hartnäckig.

„Tut mir Leid, aber Mörder werden in meinem Laden nicht bedient", schnaufte die behäbige Dame boshaft. „Und nun verschwinden Sie!"

Die Beschimpfung „Mörder" weckte Sally endgültig auf. Es hatte keinen Sinn, noch weiter zu diskutieren. Diese Frau würde ihr die Negative nicht vergrößern, auch nicht, wenn sie die Polizei rief und die Inhaberin des Geschäftes wegen rassistischen Verhaltens anzeigte. Sally drehte sich abrupt um, verließ das Geschäft und schlug wütend die Ladentür hinter sich zu. Wie dumm manche Menschen sein konnten, wenn man ihnen nur die Gelegenheit dazu gab, dachte sie. Es bereitete ihnen Vergnügen, ihre Verachtung gegenüber den Ureinwohnern offen zu zeigen. Einige von ihnen hielten sich vermutlich noch heute für bessere Menschen mit der höheren Kultur.

Auf dem Weg zu ihrem Wagen kaufte Sally eine Ausgabe der PORT ANGELES DAILY NEWS, und gleich auf der

Titelseite prangte ihr unter dem fettgedruckten Titel: WALJAGD ALS ALLHEILMITTEL GEGEN DIE PROBLEME DES 20. JAHRHUNDERTS?, das Foto und ein großer Artikel des Senators von Washington entgegen.

„Die Makah machen mit ihrer Waljagd einen besonders dummen Schritt, der den Nerv von Millionen amerikanischer Mitbürger trifft …", zitierte das Blatt den Senator.

Ärgerlich schleuderte Sally die Zeitung auf den Beifahrersitz. Jeder Indianer im Bundesstaat Washington wusste, wie sehr der Senator die Ureinwohner hasste. Er und seine Familie waren Besitzer der Gordon Fish Company, die seit Jahren versuchte, die Nordwestküstenstämme daran zu hindern, in ihren angestammten Gewässern zu fischen. Bisher blieben diese Bemühungen erfolglos, denn selbst der oberste Gerichtshof hatte gegen die Forderungen der Fish Company entschieden.

Verbittert lachte Sally in sich hinein. Manch einer in den Vereinigten Staaten von Amerika erfuhr vielleicht erst jetzt, dass es in seinem Land immer noch Indianer gab, die fischen gingen, um sich ihren Lebensunterhalt zu verdienen. Die meisten Weißen interessierten sich nicht für die Belange der Ureinwohner, es sei denn, es passierte irgendetwas und sie waren plötzlich persönlich betroffen.

Als Sally Port Angeles verließ, wurde der Zorn zu einem Knoten in ihrer Brust. Erinnerungen an ihre Zeit in Harvard und wie sie sich dort gefühlt hatte kamen auf. In der Stadt und auf dem Campus war die Ablehnung der anderen nicht offen zu Tage getreten. Die meisten Studenten hatten sich von den Gedanken distanziert, die in den Köpfen ihrer Eltern immer noch herumspukten.

Aber hier, am Ende der Welt, wurde die Feindseligkeit gegenüber den Indianern offensichtlich, sobald es einen Konflikt gab, der die Presse alarmierte. Auf einmal bildete sich auch noch der letzte Hinterwäldler ein zu wissen, worum es dabei ging. Am liebsten war es den meisten Weißen, wenn sie die Existenz der Ureinwohner ignorieren konnten, so wie sie es eine sehr lange Zeit getan hatten. Wenn das nicht mehr funktionierte, dann stellte man sich gegen die Indianer und zwar mit Nachdruck.

Amerika zeigte mal wieder seine freudianischen weißen Schlüpfer, und das ohne die geringsten Skrupel. Wie immer standen die Mächtigen ganz vorn bei der Kampagne gegen die angestammten Rechte der Ureinwohner. Sally wünschte, die Amerikaner würden endlich ihre rein gewaschenen Geschichtsbücher zuklappen und sich wahrhaft mit ihrer Vergangenheit auseinandersetzen. Einige Klischees saßen so tief in den Köpfen auf beiden Seiten, dass sie auch im nächsten Jahrtausend noch für Querelen sorgen würden. Es war nicht einfach, die Atmosphäre tief verwurzelten Misstrauens zu beenden, wenn ständig neuer Zündstoff die Gemüter erhitzte.

Seit zum ersten Mal von der bevorstehenden Waljagd der Makah die Rede war, hatte Sally die Berichterstattung der Presse sorgfältig verfolgt. Über einige Schmähartikel ärgerte sie sich besonders. Es war, als wenn jemand sie persönlich verletzt hätte. Ein Mann aus Sekiu verglich das nunmehr legale Recht der Makah, einen Wal töten zu dürfen, mit dem angeblich genauso legalen Recht Hitlers, Juden ermordet zu haben, oder mit der legalen Verstümmelung afrikanischer Frauen auf dem schwarzen Kontinent.

Die Vergleiche waren dumm und absurd. Sally begann sich zu fürchten vor der Dummheit, die so viel Raum fand in den Köpfen der Menschen.

Aber genauso wenig gefiel es ihr, wenn wieder mal einer, der es besonders gut mit den Indianern meinte, auf ihren Status als historisch verbriefte Ökoheilige pochte. Das waren die verschiedenen Indianerstämme Nordamerikas nie gewesen, in welchen Regionen sie auch siedelten.

Die Anaszasi, Vorfahren der Puebloindianer, hatten im Südwesten ganze Waldregionen vernichtet; die Präriestämme töteten damals mehr Büffel als sie brauchen konnten, und in den südlichen Wäldern der Vereinigten Staaten starben so viele Hirsche, dass sie vor Jahren in diesen Gebieten beinahe ausgestorben waren.

Damals fehlte den Ureinwohnern – genauso wie den europäischen Siedlern – das Wissen über das Ausmaß des Schadens, den sie mit ihrem Raubbau anrichteten. Inzwischen war das anders. Es gab Radios und Fernseher und statistische Erhebungen, die für jedermann zugänglich waren. Kein Stamm, der sein Land hergab, damit Urankonzerne ihren Atommüll darauf endlagerten, konnte sich damit herausreden, keine Ahnung zu haben, wie schädlich diese Entscheidung für die zukünftigen Generationen war. Und trotzdem gab es Stämme, die so etwas zuließen, weil sie das Geld dringend brauchten.

Im Gegensatz zu vielen anderen Stämmen hatten die Nordwestküstenindianer tatsächlich weitgehend im Einklang mit der Natur gelebt. Es war eine Notwendigkeit gewesen, eine Reaktion auf die natürliche Abgeschnittenheit vom übrigen Land. Ihr Glaube, alles Lebendige habe eine Seele und dürfe nicht unnütz getötet oder zerstört werden, da man sonst die Rache der Geister auf sich zog, hinderte sie daran, der Natur Schaden zuzufügen.

Aber am Ende, als das alte Klassensystem zu bröckeln begann, hatte selbst das nicht mehr funktioniert. In ihrem Geltungswahn, und um die anderen zu demütigen, wurden bei großen Potlatchs – den Schenkungsfesten der Nordwestküstenindianer – nicht nur größenwahnsinnige Geschenke gemacht, sondern auch Wertgegenstände skrupellos vernichtet. Man verbrannte Kanus, die in mühsamer Arbeit aus einem einzigen, hunderte Jahre alten Baumstamm geschaffen worden waren.

Sklaven wurden getötet, nur um zu zeigen, dass ihr Besitzer sehr reich war und seinen Besitz beliebig weggeben oder vernichten konnte. Wertvolles Öl, das man aus dem Fett des Wals gewonnen hatte, wurde ins Feuer gegossen und verbrannt. Die Küstenindianer hatten kein Interesse daran, Reichtum in immer größeren Mengen anzuhäufen. Früher diente er allein der Verteilung unter den weniger Begüterten, später jedoch mehr und mehr zur Erhöhung des eigenen Ansehens, indem man den Beschenkten durch den hohen Wert der Gabe beschämte.

Sally war froh, dass jene Zeiten der Vergangenheit angehörten. Denn dieses Verhalten war menschenverachtend und stand keinesfalls im Einklang mit der Natur. Inzwischen hatte sich so viel geändert. Im Makah-Reservat durften alte Bäume nur noch gefällt werden, wenn sie zur Herstellung von traditionellen Werkzeugen, Utensilien und Kultgegenständen verwendet werden sollten. Es gab Fischereiprogramme und strenge Richtlinien für den Fischfang. Sogar das Food fishing, das Fischen zum Eigenbedarf, war eingeschränkt worden, damit die Fischbestände sich erholen konnten.

Trotzdem wurde das Volk der Makah in der Öffentlichkeit jetzt als größter Tierfeind und Umweltsünder der Vereinigten Staaten angeprangert.

Als Sally nach ihrem Aufenthalt in Port Angeles die Hauptstraße nach Neah Bay zurückfuhr, hatten sich am Eingang zum Reservat mehr als hundert Tierschützer und Möchtergern-Walretter mit Plakaten und rassistischen

Parolen versammelt, und der Pulk wanderte nun laut lamentierend in Richtung Ort.

Sie fuhr an den Protestlern vorbei und hörte hasserfüllte Rufe wie: „Dreckige Indianer" – „Rote Nigger" und „Killer". Auf einem der hochgehobenen Plakate stand: „RETTET EINEN WAL – SPIESST EINE SCHWANGERE MAKAH AUF" Steine flogen Sallys Wagen hinterher, trafen aber nicht.

Am Eingang des Ortes kamen ihr Bill Lighthouse und der Sheriff im Dienstwagen entgegen. Auch drei Fahrzeuge der Küstenwache waren unterwegs. Auf dem Parkplatz vor Washburnes Supermarkt hatte sich halb Neah Bay versammelt, aber Sally fuhr langsam an der aufgebrachten Menge vorbei. Sie wollte gerade auf die Seitenstraße zu ihrem Haus abbiegen, da sah sie Micah auf der Zufahrt zu den Bootsliegeplätzen stehen. Er unterhielt sich mit einer Frau. Es war Irina Scolari, die Walschützerin und Ex-Ehefrau.

Sally unterdrückte einen ersten Impuls, ungesehen an den beiden vorbeizufahren, und lenkte schließlich auf einen der Hafenparkplätze. Micah hatte sie schon entdeckt und kam auf sie zu. Sie stieg aus dem Wagen und fiel ihm um den Hals. Er drückte sie fest an sich. Seine beschützende Umarmung löste die Blockade in ihrem Inneren und sie fing an zu zittern.

„Alles in Ordnung mit dir?", fragte er besorgt.

„Es war furchtbar", sagte Sally. „Sie sind mit Plakaten hierher unterwegs. Diese Menschen sind dumm und ungerecht und es sind so viele."

Micah presste seine Lippen auf ihre Stirn und sah dabei Irina in die Augen, die sich den beiden langsam näherte. „Du hast Recht, Liebling", sagte er. „Sie sind so dumm."

Einen Augenblick überlegte er, was wohl jetzt in Irinas

Kopf vor sich gehen mochte. Ob sie innerlich triumphierte und sich an der Furcht der Makah weidete? Aber er sah nichts als Neugier in Irinas Blick, als sie vor ihnen stehen blieb.

Irina versuchte, Sally nicht anzustarren, aber es passierte trotzdem. Sie fand die Indianerin in Micahs Armen recht mollig und nicht sonderlich attraktiv – aber vermutlich hatte sie andere Qualitäten.

Sally hatte sich wieder beruhigt und Micah stellte die beiden Frauen einander vor. Sie gaben sich flüchtig die Hand, dann unterhielten sie sich noch eine Weile. Sally schilderte ausführlich ihre Erlebnisse in Port Angeles. Sie hatte ihre Gefühle jetzt im Griff und konnte ruhig sprechen.

„Es tut mir Leid, dass alles so gekommen ist", sagte Irina und ihre Stimme klang ehrlich, jedenfalls kam es Micah so vor.

„Ich hatte Meyers immer für einen harten, aber fairen Gegner gehalten", entgegnete Sally enttäuscht.

Irina schüttelte den Kopf. „Ich glaube nicht, dass Meyers hinter dieser Aktion steckt. Ich kenne Carl sehr gut. Das ist nicht seine Art. Vermutlich ist Fred Brooks der Drahtzieher. Er und Meyers sollen sich wieder zusammengetan haben."

„Du kennst Meyers?", fragte Micah überrascht.

„Ja, wir arbeiten häufig Hand in Hand. Die Japaner wollen in der Baja California eine zweite Salzgewinnungsanlage bauen, und das in der einzigen und letzten Bucht, in der die Grauwale ihre Jungen zur Welt bringen können. Wenn es dazu kommt, dann werden euch eure Rituale nichts mehr nützen, und wenn ihr tagelang im kalten Meer sitzt und betet, um einen Wal herbeizurufen." Bei diesen Worten warf sie Micah einen wissenden Blick zu und etwas rebellierte in ihm. „Die Wale werden nicht mehr kommen", fuhr sie fort, „weil es dann bald keine mehr gibt. Meyers kämpft mit seiner Organisation gegen den Bau dieser Salzgewinnungsanlage. Etwas, das ihr vielleicht auch tun solltet, anstatt Wale zu töten."

Irina blickte in die betretenen Gesichter und fragte sich, ob Sally von Micahs Meeresbädern wusste und was sie davon hielt. Sonderlich vertraut schienen die beiden nicht zu sein, vielleicht war ja alles erst am Anfang.

Mit einem geübten Blick für solche Dinge hatte sie festgestellt, dass Sally Kallappa keine gewöhnliche Frau war. Aber ihre Menschenkenntnis war getrübt in diesem Moment. Besser, sie hielt sich zurück, schon um keine Zerstörungen anzurichten, was ihr manchmal ungewollt passierte. Aber scheinbar war es schon zu spät. Vermutlich hatte sie etwas Falsches gesagt, denn Micah musterte sie mit wachsendem Misstrauen. Seine Mundwinkel zuckten vor Anspannung und Ärger.

„Es freut mich, Sie kennen gelernt zu haben, Sally", sagte Irina freundlich zu der Frau an Micahs Seite. Mit einem flüchtigen Blick auf ihre Armbanduhr meinte sie: „Ich muss jetzt gehen, ich habe mich auf einem Walbeobachtungsboot eingemietet." Sie ging zu ihrem Wagen und winkte beiden noch einmal kurz zu, bevor sie losfuhr.

Sally war ein umgänglicher Mensch und winkte zurück. „Eine schöne Frau", bemerkte sie, „sehr elegant." Sie musterte Micah eindringlich. „Und sie hat eine spitze Zunge."

Micah war verlegen. Um es sich nicht anmerken zu lassen, nahm er Sally noch einmal fest in den Arm. Er spürte sofort, wie gut ihr das tat, obwohl es ihn nicht vor ihrer Frage rettete.

„Woher wusste sie von den Meeresbädern, Micah?"

Er hob die Schultern. „Keine Ahnung. Vielleicht hat sie sich ein wenig mit unserer alten Kultur beschäftigt."

Sally löste sich von ihm und sah ihm fragend in die Augen. „Wenn sie herausgefunden hat, was unser Volk früher tat, um einen Wal zu fangen, heißt das noch lange nicht, dass wir es heute noch genauso tun."

„Vielleicht hat sie sich da was zusammengereimt."

„Das glaubst du wirklich?"

„Was weiß ich. Kann auch sein, sie hat jemanden beobachtet", sagte Micah, und fragte sich, ob es vielleicht er selbst war, den Irina beobachtet haben könnte. Wenn ja, dann musste es ein dummer Zufall gewesen sein. Ein sehr ärgerlicher Zufall, der ihn auf unangenehme Art an Irina auslieferte.

„Ja, kann sein", erwog Sally. „Auf jeden Fall habe ich Angst, es könnte tatsächlich Blut fließen. Diese Tierschützer, ob nun mit oder ohne Meyers, sind so hasserfüllt. Wir sollten uns ihnen nicht noch ans Messer liefern, indem wir zu viel von unseren Geheimnissen preisgeben."

Micah nickte zerknirscht. „Ich denke, unsere Leute bekommen die Sache in den Griff. Die Küstenwache hat Verstärkung angefordert und die Augen aller richten sich auf das, was hier in Neah Bay passiert. Sogar das Fernsehen war schon da."

Und wir Makah erlangen zweifelhafte Berühmtheit, dachte Sally. „Ich hoffe sehr, dass du Recht hast", erwiderte sie voller Skepsis in der Stimme. „Es hat lange gedauert, bis sich so etwas wie Tourismus in Neah Bay entwickelt hat. Jetzt wird vielleicht alles kaputtgemacht."

Micah blickte ihr fragend in die Augen. „Hast du plötzlich Zweifel an dem, was wir tun werden?"

Es dauerte ein Weile, aber dann sagte Sally: „Nein", und presste ihre Lippen fest aufeinander.

Mit fünf weiteren Touristen wurde Irina in einem Motorboot auf das Meer hinausgefahren, um die angekommenen Wale zu beobachten. Anbieter dieser Whale Watching Touren war Tom Bradshaw, ein Weißer, der mit einer Makah verheiratet war. Irina versuchte Tom seine Meinung über die bevorstehende Jagd zu entlocken, aber der bärtige Mann mit dem gutmütigen Gesicht hielt sich vorsichtig zurück. „Ich kann nicht viel dazu sagen", bemerkte er schließlich, „aber ich denke, man sollte diese Tiere nicht töten. Meine Frau ist da allerdings ganz anderer Meinung. Sie sagt, es wäre etwas vollkommen Natürliches. Genau so, als würden wir Kühe oder Schweine töten."

Sofort begann eine heftige Diskussion unter den anderen beiden Ehepaaren, die ebenfalls im Boot saßen. Ein Paar stammte aus Texas und war strikt gegen die Tötung irgendwelcher Tiere, die zum Verzehr bestimmt waren. Die Frau entpuppte sich als Vegetarierin und schien in diesem Zusammenhang jeglichen Bezug zur Realität verloren zu haben. Ziemlich bald stellte sich heraus, dass sie Tiere lieber mochte als Menschen.

Das andere Ehepaar stammte aus Florida und befand sich zumindest auf dem Standpunkt, dass ein Jäger ein Jäger war und kein Mörder.

Der einzelne ältere Herr mit dem eisgrauen Zopf im Nacken, hatte bisher gar nichts gesagt. Irina hätte zu gerne gewusst, wer der Mann war, denn sie war ihm in den letzten Tagen schon einige Male über den Weg gelaufen. Er erinnerte sie an irgendjemanden, aber sie wusste nicht an wen. Dieses Raubvogelgesicht, schnabelnasig, mit den wissenden tiefblauen Augen, hatte sie irgendwo schon einmal gesehen.

Schließlich zog der Mann seine buschigen weißen Augenbrauen zusammen und behauptete: „Ohne den Walfang gäbe es die geheimnisvolle Kultur der Makah überhaupt nicht. Der Wal war ihr Leben."

„Das bestreitet auch niemand", meinte Irina. „Aber die Betonung liegt auf war. Es gab sechsundachtzig lange Jahre keinen Walfang bei den Makah und sie haben es überlebt."

Der Bezopfte nickte. „Die Frage ist, wie sie überlebt haben."

„Ganz gut, denke ich", antwortete Irina viel zu schnell, als ihr bewusst wurde, dass sie es mit keinem einfachen Touristen zu tun hatte. Dieser Mann zerschlug ihre Argumente durch treffende, sparsame Äußerungen.

Der alte Herr lächelte kopfschüttelnd. „Sind Sie zum ersten Mal in Neah Bay?"

„Nein", sagte sie.

„Dann müssten Sie es eigentlich besser wissen. Ich komme seit fast dreißig Jahren hierher und beobachte die Entwicklung des kleinen Volkes. Die Waljagd ist eine phantastische Möglichkeit für die Makah, zu ihrer alten Kultur zurückzukehren und dadurch einen neuen Anfang zu finden. Es geht dabei vor allem um die jungen Leute, um eine neue Akzeptanz von Werten und Lebensregeln."

Irina kniff die Augenlider zusammen und musterte ihr Gegenüber eindringlich. „Was sind Sie von Beruf? Ethnologe?", fragte sie spitz.

„Gordon Malarek, Anthropologe", stellte er sich freundlich vor und streckte ihr seine gebräunte Rechte entgegen. „Meine Spezialität sind unsere Ureinwohner."

Jetzt wusste sie es wieder. Malarek war eine Koryphäe auf seinem Gebiet und hatte bereits etliche Bücher geschrieben. Sie hatte sogar eines seiner Bücher gelesen, weil Robert es ihr empfohlen hatte, aber an den Titel konnte sie sich nicht mehr erinnern. Um so mehr an das Foto des Autors auf dem Schutzumschlag. Er war es, zweifellos.

Allerdings würde sie jetzt nicht zugeben, dass sie wusste wer er war. Es würde ihn nur in seiner männlichen Eitelkeit bestärken, von der er ohnehin genug zu besitzen schien.

Irina nahm nur zögernd seine Hand. Der Druck seiner Finger war unerwartet kräftig für einen alten Mann und sie ließ ihn schnell wieder los. „Irina Scolari, Cetologin. Die Rettung der Wale ist sozusagen mein Beruf."

Die Vegetarierin zwinkerte Irina freudig zu, als sie in ihr eine Verbündete erkannte. Aber Irina begriff zum ersten Mal, wie müde dieser Beruf sie machte und wie verbittert, weil sie so oft Niederlagen einstecken musste.

„Aha", meinte Malarek nachdenklich, „ich erinnere mich an Sie." Es schien, als betrachte er sie auf einmal mit anderen Augen, als schimmere plötzlich so etwas wie Interesse und Achtung darin.

„Was?", fragte sie verblüfft.

„San Francisco, nicht wahr? Ich habe mal eine Ihrer Vorlesungen besucht, ein Freund hat mich mitgenommen. Sehr fundiert und engagiert, wirklich. Auch Ihre Artikel zeugen von erheblicher Kenntnis."

„Was hier geschieht, ist Atavismus", sagte sie hart, um zu verbergen, wie geschmeichelt sie war. Malarek hatte tatsächlich ihre Artikel gelesen.

Er schmunzelte. „Für Sie ist es das vielleicht: nichts weiter als das Wiederauftauchen längst überholter Attribute eines Ihnen fremden Volkes. Ich dagegen nenne es kulturelle Wiedergeburt."

Irina schüttelte ärgerlich den Kopf, weil der Anthropologe sich nicht aus der Ruhe bringen ließ.

„Sehen Sie", sagte Malarek väterlich, „irgendwann ist der Wal zum Symbol für den Umweltschutz geworden, was ich durchaus begrüße. Für die Menschen ist er Hüter der unermesslichen Geheimnisse des Ozeans. Auch das ist in Ordnung. Aber wenn die Tierschützer den Leuten weismachen wollen, Wale würden den Menschen geradezu lieben, dann hört mein Verständnis auf. Es macht keinen Sinn, einen einzigen Wal retten zu wollen, währenddessen jedes Jahr bei den Faröer Inseln hunderte von Grindwalen bestialisch abgeschlachtet werden, bis das Meer sich rot färbt von ihrem Blut."

„Auch die Faröer verteidigen ihre Jagd als Tradition, genauso wie die Makah", erwiderte Irina erregt, denn Malarek hatte einen wunden Punkt getroffen. Jedes Jahr wurden bei den Faröer Inseln, die zu Dänemark gehörten, hunderte von Grindwalen getötet, obwohl es gesetzlich verboten war. Die Faröer beriefen sich einfach auf ihre Tradition und kamen damit durch.

„Ja", Malarek nickte, „genauso wie die Eskimo, die den Grönlandwal beinahe ausgerottet haben und dennoch weiterhin auf ihr Jagdrecht pochen."

„Warum betreiben Sie Ihre anthropologischen Studien nicht bei den Eskimo?", meinte sie zynisch.

Seine meerblauen Augen lächelten immer noch. „Und warum sind Sie nicht dort, sondern hier? Die Grönlandwale sterben aus. Grauwale dagegen gibt es wieder mehr als zwanzigtausend. Sonst hätten die Makah gar keine Erlaubnis für die Waljagd bekommen."

„Egal, was Sie davon halten", sagte Irina resigniert, „ich bin der Meinung, man muss Wale um ihrer selbst willen schützen, und zwar jeden Einzelnen von ihnen."

Die Vegetarierin klatschte zustimmend und ihr Mann nickte. Er sagte: „Was wir hier tun, ist das beste Beispiel dafür, wie die Indianer mit dem Wal und von ihm leben können, ohne ihn zu töten."

In der Tat waren Whale Watching Touren für Touristen zur guten Einnahmequelle für die Küstenindianerstämme geworden. Die Walbeobachtung hatte die Jagd sozusagen abgelöst – zur Zufriedenheit aller. Nur die Makah brachten nach der langen Zeit des Friedens nun alles durcheinander.

Im Eingang der Meerenge kreuzte ein Kutter der Küstenwache und auf dem Meer entdeckte Irina ein Boot der Nationalen Fischereibehörde. Sie registrierte es mit einem unverständlichen Kopfschütteln, denn das, was hier vor sich ging, hielt sie für absurd. Eigentlich waren die Küstenwache, der Fish & Wildlifeservice und die Fischereibehörde für die Durchführung des Endangered Species Act verantwortlich, und zwar nach grundsätzlich wissenschaftlichen Richtlinien. Die US-Gesetzgebung war in dieser Hinsicht sehr rigoros. Nicht einmal das Verteidigungsministerium durfte Maßnahmen durchführen, durch die eine auf der Liste der vom Aussterben bedrohten Tierarten stehende Spezies gefährdet werden könnte. So boykottierte der Endangered Species Act den Bau von Staudämmen und Straßen und hatte schon manch ein millionenschweres Projekt ganz verhindert.

Doch diesmal lagen die Dinge anders. In Irinas Augen spielte man verkehrte Welt. Die Makah hatten die offizielle Genehmigung der Internationalen Walfangkommission für die Waljagd. So waren jene Behörden, die sonst Tiere zu schützen hatten, nun dafür verantwortlich, dass die Tötung eines Wals reibungslos vonstatten gehen konnte.

Bradshaw umfuhr das Kap, und jetzt hatten sie die Sonne im Rücken als das Boot die vier Wale erreichte. Irina war gespannt, ob Bradshaw sich an die Regeln halten würde, die ihm seine Lizenz für solche Touren sicherten.

Es hieß, langsam an die Wale heranzufahren, um sie nicht zu erschrecken. Die Annäherung sollte immer seitlich erfolgen und niemals von hinten. Ein plötzlicher Wechsel von Fahrtrichtung und Geschwindigkeit war untersagt. Die Durchfahrt von Gruppen war nicht gestattet, um Mütter nicht von ihren Kälbern zu trennen.

Nach einer Annäherung bis auf hundert Meter sollte der Motor in den Leerlauf geschaltet werden, damit die Tiere nicht durch die Schiffsschraube verletzt wurden, sie aber immer noch die Möglichkeit hatten, das Boot akustisch zu orten.

Meist waren die Wale so neugierig, dass sie kurze Zeit später von selber näher an das Boot herankamen.

Bradshaw hielt sich an die Regeln – vielleicht auch, weil er nun wusste, wen er im Boot hatte – und stellte den Motor ab. Endlich verstummte das laute Gerede und wandelte sich in erstaunte „Oh"- und „Ah"-Rufe. Die beiden Ehepaare waren einem Wal bisher noch nie so nahe gewesen. Für Tom Bradshaw, Gordon Malarek und Irina war es ein gewohnter Anblick, der allerdings auch bei ihnen eine starke innere Empfindung auslöste.

Einer der Wale stieß prustend seine Atemwolke in den Himmel und das Sonnenlicht funkelte darin in allen Farben des Regenbogens. Als auch die anderen drei Wale ausatmeten, schien die Luft angefüllt mit leuchtenden Farben und niemand sagte mehr ein Wort.

Die Wale kamen neugierig heran und ihre Schwanzflossen bewegten sich bedächtig. Wasser rann glänzend über ihre Rücken. Sie umschwammen das Boot und ließen sich von den Menschen streicheln. Irina standen Tränen in den

Augen. Sie dachte: Nichtsahnend haben sie den Menschen vergeben und boten ihnen ihre Freundschaft an.

Das war nicht immer so gewesen. Die alten Geschichten von wilden, bösartigen Meeresungeheuern trugen auch ein Körnchen Wahrheit in sich. Wale konnten ihre Artgenossen machtvoll verteidigen. Besonders wild wurden die Grauwalmütter, wenn jemand ihrem Kalb nach dem Leben trachtete. Zu Zeiten des großen Walschlachtens schien es, als hätten verwundete und sterbende Wale ihre Warnung vor der Bösartigkeit der Menschen per Schallwellen durch den Ozean gesandt, um die Waljäger das Fürchten zu lehren.

Im Jahre 1820 durchkreuzte der amerikanische Segler ‚Essex' mit zwanzig Mann an Bord die Weiten des Pazifik, um Großwale zu jagen. Zweieinhalb Jahre wollten sie unterwegs sein und erhofften sich reiche Beute in dieser Zeit. Doch im Herbst passiert die Katastrophe: Ein wütend gewordener Pottwal rammt mit seinem Kopf den Bug der ‚Essex'. Die Seeleute retten sich in die Beiboote, bevor der Wal ein zweites Mal angreift und mit voller Wucht zustößt. Die Männer sind zwar vorerst gerettet, doch dann beginnt für sie eine dreimonatige Irrfahrt auf See.

Sie leiden unter der glühenden Sonne, unter Wasser- und Nahrungsmangel. Als die ersten sterben, essen die Lebenden von ihrem Fleisch. Schließlich muss das Los entscheiden. Es fällt auf einen sechzehnjährigen Jungen, der sich willenlos in sein Schicksal ergibt. Die anderen überleben mit seinem Fleisch. Von zwanzig Männern werden schließlich acht gerettet.

Die Rache des Wals war furchtbar gewesen.

Irina beobachtete die Tiere und fand schnell heraus, dass es zwei Männchen und zwei Walkühe waren, eine ältere und eine junge. Die ältere Kuh war vermutlich trächtig.

Irina fragte sich, welches der Tiere die Jäger wohl töten würden. Waren sie in der Lage, das trächtige Weibchen zu erkennen und zu verschonen, wie es in den Richtlinien stand?

„Kann man sie nicht verjagen?“, fragte sie leise.

„Die Tierschützer werden es versuchen“, erwiderte Bradshaw. „Meyers und seine Leute haben ein kleines U-Boot schwarz-weiß angestrichen, damit es wie ein Orca aussieht. Von diesem U-Boot aus wollen sie dann die Geräusche eines Orca-Angriffs abspielen, damit die Wale die Flucht ergreifen. Keine Ahnung, ob es gelingt.“

Irina wusste, es bestanden kaum Chancen, weil sich Grauwale nicht so leicht an der Nase herumführen ließen. Killerwale waren neben Haien ihre einzigen natürlichen Feinde, vor denen sie instinktiv die Flucht ergriffen, denn ein Zusammenstoß konnte den Tod bedeuten. Orcas jagten Grauwale, indem sie sie als Gruppe angriffen und ihnen bei lebendigem Leibe große Stücke aus dem Körper rissen. Besonders begehrt waren dabei Lippen und Zungen ihrer Opfer.

Die Furcht und Wachsamkeit der Grauwale gegenüber den Orcas waren dementsprechend groß, aber man durfte auch ihre Pfiffigkeit nicht unterschätzen. Sie waren durchaus in der Lage, einen lebendigen Killerwal von einem U-Boot zu unterscheiden.

Auf der Rückfahrt schwiegen die Bootsinsassen, sie alle standen noch unter dem Eindruck des eben Erlebten, und jeder von ihnen dachte daran, was hier irgendwann im Morgengrauen eines nahen Tages geschehen würde.

Kurz nachdem Irina zurück zum Hobuck Beach gefahren war, klopfte es an ihrer Tür. Draußen stand ein Polizeifahrzeug und auf ihrer Veranda ein Indianer in Uniform. Sie hatte ihn heute schon einmal gesehen, als er vor dem Supermarkt die aufgebrachte Menge zu beruhigen versuchte.

„Miss Scolari?", fragte er. Als sie nickte, zeigte er ihr seine Marke. „Bill Lighthouse, Stammespolizei."

"Was kann ich für Sie tun?", fragte sie und ihre Stimme verriet kein Entgegenkommen.

„Darf ich reinkommen?", bat Lighthouse sie höflich, „ich möchte mich kurz mit Ihnen unterhalten."

Irina ließ ihn in die Hütte und er setzte sich in einen der abgeschabten Sessel. Er blieb nicht etwa steif auf der Kante sitzen, sondern lehnte sich entspannt zurück, als wäre er bei einem guten Freund zu Gast. Als er seinen Hut abnahm, sah Irina sein offenes, jungenhaftes Gesicht. Aus seinen dunklen Augen sprach vorsichtiges Misstrauen, aber keine Feindseligkeit. Bill Lighthouse war ein sehr attraktiver Mann, doch im Augenblick war sie für solche Dinge nicht empfänglich, schon gar nicht bei einem Indianerpolizisten.

„Mein Besuch ist reine Routine", gab er ihr zu verstehen. „Sie wissen, dass unsere erste Waljagd bevorsteht und wir Morddrohungen von fanatischen Tierschützern erhalten haben. Es ist meine Pflicht, alle Verdächtigen unter die Lupe zu nehmen."

„Bin ich verdächtig?", spottete sie.

Lighthouse drehte verlegen seinen Hut in den Händen. „Man sagt, Sie wären Tierschützerin."

„Ich bin Biologin", erwiderte Irina. „Aber eigentlich haben Sie Recht. Ein guter Biologe ist auch gleichzeitig ein Tierschützer."

„Sie sind also eine Gegnerin der Waljagd?"

Irina lächelte über die Umständlichkeit seiner Art zu fragen. „Unbedingt", antwortete sie und blickte ihm herausfordernd in die Augen. „Werde ich jetzt verhaftet?"

„Nicht zwangsläufig“, meinte Lighthouse und jetzt grinste er breit. „Kann ich mich hier mal ein wenig umsehen?“

„Bitte“, sagte Irina achselzuckend, obwohl sie wusste, dass sie es ihm verbieten konnte. Aber sie war nicht versessen auf Ärger.

Lighthouse erhob sich schwungvoll, lief im Raum herum und öffnete ein paar Türen, merkte aber sehr bald, dass er keine militante Waljagdgegnerin vor sich hatte. „Warum sind Sie hier, wenn Sie doch gegen die Jagd sind“, fragte er.

„Ist das eine dienstliche oder ein persönliche Frage, Chief?“

Lighthouse räusperte sich. „Eine persönliche, Miss Scolari.“

„Möchten Sie wissen, ob ich masochistisch veranlagt bin?“

„Sind Sie es?“, fragte er und musterte sie distanziert ohne bestimmten Ausdruck auf dem Gesicht.

Die typische indianische Undurchschaubarkeit, dachte Irina. Kaum zu glauben, dass sie mal mit einem von ihnen verheiratet gewesen war.

„Nein“, sagte Irina, „bestimmt nicht.“ Sie begleitete ihn zur Tür. „Ich möchte dabei sein, weil ich es verstehen will. Seit fast zehn Jahren erforsche ich das Verhalten der Wale. Sie sind wie Brüder und Schwestern für mich.“ Resigniert fügte sie hinzu: „Aber vielleicht habe ich ja in meiner Hingabe irgendwie den Bezug zur Realität verloren.“

Lighthouse strich sich mit der Linken das halblange Haar aus dem sympathischen Gesicht und setzte seinen Hut wieder auf. „Das glaube ich nicht, Miss. Und wenn, dann sind Sie damit hier nicht allein. Ich bedanke mich für Ihr Verständnis.“ Er hob zwei Finger an die Hutkrempe und wandte sich zum Gehen.

„Ich habe kein Verständnis", sagte Irina gereizt. „Und übrigens, Sie haben nicht richtig gesucht. Das Gewehr, mit dem ich alle Walfänger erschießen werde, liegt unter meiner Bettdecke."

Lighthouse drehte sich noch einmal kurz um und erwiderte spöttisch: „Dann wünsche ich Ihnen eine angenehme Nacht, Miss Scolari. Und denken Sie daran: Ich finde jederzeit einen Grund, Sie zu verhaften."

„Idiot", schniefte Irina, als der Polizeichef ihr aus dem Wagen noch einmal freundlich zuwinkte.

Später, in der Nacht, ließ Irina ihre Trauer zu. Die Trauer um dieses Tier, dessen rituellen Tod sie nicht würde verhindern können. Und die Trauer um ihre Ehe mit Micah Mahone, die mit zehn Jahren Verspätung plötzlich einsetzte und weh tat.

Sie hatte ihn verloren und damit auch eine Welt, die sich ihr auf diese Weise nie mehr erschließen würde. Irina hatte sich entschieden und die Entscheidung war mit Schmerzen über den Verlust verbunden. Es tat weh, doch ihr wurde bewusst, dass sie genau aus diesem Grund hierher gekommen war: um Abschied zu nehmen. Abschied von Micah und von einem Leben, das sie so nicht weiterführen wollte.

Endlich war sie bereit, sie selbst zu sein, sich wieder zu binden und Verantwortung zu übernehmen. Irina fühlte sich elend, wenn sie daran dachte, was bald passieren würde, und zugleich zuversichtlich darüber, wie sich ihr Leben verändern würde, wenn erst alles vorbei war.

Waatla Waa Mahones sechsundneunzigster Geburtstag wurde in allen Ehren gefeiert. Micah hatte zwar nicht selbst gebacken, aber er hatte verschiedene Kuchen und Desserts in Auftrag gegeben und ein Abendessen vorbereitet, das auch für unerwartete Gäste reichen würde.

Doch Waatla Waa war alt und viele Freunde hatte sie nicht mehr. Die meisten waren schon vor ihr gegangen. Aber Edward Cheeka, das Stammesoberhaupt persönlich, war gekommen, um Waatla Waa zu gratulieren. Gordon Malarek machte ihr galant seine Aufwartung und schenkte ihr eine dicke Strickjacke aus bunter Alpakawolle, die er bei seinem winterlichen Aufenthalt im südlichen Mexiko extra für sie erstanden hatte. Waatla Waa lächelte wie ein junges Mädchen, als sie die Jacke von Malarek überreicht bekam.

Seit seinen Meeresbädern hatte Micah den alten Mann nicht mehr gesehen und es drängte ihn, seine eigenartige Erfahrung von Ozette mit ihm zu teilen. Aber im Trubel des Tages kam er nicht dazu und vielleicht war das auch gut so, denn auf diese Weise bewahrte Micah seine Vision und ihre Bedeutung.

Vier alte Damen wurden von ihren Kindern oder Enkelkindern zum Hobuck Beach gebracht, um mit der Jubilarin ein paar Heidelbeermuffins zu essen und einen Schluck Pfefferminzlikör zu trinken. Sie tranken ihn natürlich erst, als Cheeka wieder verschwunden war, denn schließlich taten sie etwas Unerlaubtes, und das machte alten Damen ebenso viel Spaß wie pubertierenden Jugendlichen.

Micah hörte das Gekicher und schüttelte lächelnd den Kopf. Er freute sich, als Sally kam, um seiner Großmutter zu gratulieren und ihm ein wenig zu helfen. Sie wusch ab und beide kümmerten sich um die jüngeren Leute, die notgedrungen warten mussten, bis sie ihre Alten wieder nach Hause fahren konnten.

Sally beobachtete Micah, wie er im Haushalt hantierte. Er hatte gute Hände, sie waren kräftig und schön geformt. Trotz der schweren körperlichen Arbeit konnten sie sanft sein und gingen behutsam mit allen Dingen um.

Plötzlich wurde ihr bewusst, wie sehr sie ihn liebte und begehrte. Es war, als hätte sie all die Jahre auf ihn gewartet und nun dauerte es ihr zu lange, bis sie ihn endlich haben konnte. Schmerzlich war auch, wie wenig sie von ihm wusste. Seine Stimme drückte ein neues Selbstvertrauen aus und sie hatte keine Ahnung, woher es kam.

Für Micah war es ungewohnt, das Haus voller Leute zu haben, die es mit ihren Stimmen und ihrem Gelächter füllten. Es machte ihm Angst, aber er merkte auch, wie sehr ihm manchmal die Gesellschaft anderer Menschen fehlte. Immer nur mit Waatla Waa und seinem Bruder Ryder zusammen zu sein, war nicht unbedingt vergnüglich. So genoss er es, dass Sally und Lita zum Abendessen blieben. Es war ein schöner Abend und insgesamt ein gelungener Tag.

Die alte Waatla Waa hatte einen Schwips. Sie freute sich über die dicke, flauschige Decke, die Micah ihr geschenkt hatte. Von Sally hatte sie fellgefütterte Hausschuhe bekommen. Ryder hatte ihr unzählige Walzeichnungen geschenkt und Lita ihr einen warmen Schal gestrickt.

Nach dem Essen thronte Waatla Waa zufrieden in ihrem Schaukelstuhl und lauschte den Gesprächen der anderen. Als Micah sich ihr entgegenbeugte, weil er sie etwas fragen wollte, war die alte Frau vor Erschöpfung eingeschlafen. Langsam sickerte in Micahs Bewusstsein, dass es vermutlich ihr letzter Geburtstag gewesen war.

Am nächsten Tag war Sally mit Waatla Waa verabredet, um mit ihr das Interview über die Korbflechtkunst aufzunehmen. Sie hatte die Gunst der Stunde genutzt und die Greisin an ihrem Geburtstag danach gefragt. Überraschenderweise hatte Waatla Waa wohlwollend reagiert.

Jetzt saß sie in ihrer schicken neuen Strickjacke im Schaukelstuhl und nippte mit geschürzten Lippen von ihrem Tee, den Sally kurz zuvor gebrüht hatte. Sally saß an einem kleinen runden Tisch und faltete den Zettel mit ihren vorbereiteten Fragen auseinander. Sie blickte die alte Frau an und Waas feingeschnittenes dunkles Gesicht erinnerte sie an ihre eigene Großmutter, die Mutter ihres Vaters. Sie war schon lange tot, aber zu ihren Lebzeiten war sie genauso stolz und unbeirrbar gewesen wie Waatla Waa.

„In welchem Alter haben Sie angefangen Körbe zu flechten?", fragte sie schließlich.

„Ich war acht, als meine Mutter es mir beibrachte", antwortete Waatla Waa. „Die Flechtarbeiten von uns Makah-Frauen waren berühmt, weil es besonders schöne und kunstfertige Arbeiten waren."

„Ließen sie sich gut verkaufen?", wollte Sally wissen.

„Ja. Wilbur Wright Washburne der Erste war ein lizenzierter Händler und nahm alles, was er kriegen konnte. Im Tausch dafür erhielten wir Waren aus seinem Laden."

„Sie bekamen kein Geld?"

„Zuerst nicht. Aber eines Tages kaufte ein einziger weißer Sammler den ganzen Bestand an Körben auf und wollte noch mehr. Das konnte Washburne nicht verheimlichen. Seither verlangten wir von ihm Geld für unsere Korbwaren und er zahlte gut. Deshalb mussten unsere Familien nie hungern."

Waatla Waa trank von ihrem Tee und schien in alten Zeiten zu versinken. Sally kannte diesen Blick in den greisen Augen der Alten, wenn sich die Vergangenheit wie ein Schleier darüber legte.

„Wurde den ganzen Tag gearbeitet?"

„Ja, fast immer arbeiteten wir tags, denn nur dann war es hell genug und wir konnten dicht und sauber flechten. Hatte ich einmal eine Arbeit angefangen, versuchte ich sie noch am selben Tag fertig zu stellen. Das war ein bisschen abergläubisch", Waa lächelte spitzbübisch. „Manche sagen, der Korb würde sehr schnell an jener Stelle auseinanderfallen, an der die Arbeit tags zuvor unterbrochen worden war."

Sally ließ ihr kleines Tonband laufen und machte sich Notizen. Ihr wurde schwer ums Herz, denn diese Geschichte kannte sie schon von ihrer Mutter. Auch sie hatte immer versucht, eine Arbeit noch am selben Tag zu beenden, an dem sie sie begonnen hatte.

Sally stellte Waatla Waa Fragen nach dem vorrangig verwendeten Material und den typischen Mustern. Die alte Frau erhob sich ächzend aus ihrem Sessel und holte einen geflochtenen Hut aus dem dunklen Schrank. Der Hut war alt, aber noch vollkommen intakt. Es war der Hut eines Walfängerhäuptlings. Sein Design zeigte einen Wal mit einem Mann auf der Zunge. Es war entstanden nach einer alten Makah-Legende: Ein Wal hatte einen Mann verschluckt, und dieser litt drei volle Tage im Bauch des Tieres. Endlich driftete der Wal an den Strand und der Mann konnte nach seinen Leuten rufen. Sie hörten ihn und töteten den Wal. Der Mann wurde befreit und der Wal aufgegessen.

„Dieser Hut ist wunderschön", sagte Sally aufgeregt. Sie hatte zwar Fotos von diesem Motiv, aber keine einzige Arbeit in ihrer Sammlung, die es im Original zeigte.

„Meine Mutter hat ihn geflochten", bekannte Waatla Waa voller Stolz, „er ist meine Erinnerung an sie. Meine Mutter hatte goldene Hände und kannte viele Tricks, um sich die Arbeit zu erleichtern. So durfte Zedernrinde nicht zu früh im Jahr geerntet werden, sonst wurde sie topfschwarz. Man konnte es nur verhindern, indem man die Rinde in Wasser mit einem Schuss Pflanzenöl einweichte.

Das Bärgras von La Push war schwer zu verarbeiten, deshalb kaufte meine Mutter es nur, wenn es unbedingt notwendig war. Und sowieso war alles im Sommer geerntete Material flexibler und leichter zu handhaben."

Sally hörte kaum noch auf das, was die alte Frau zu sagen hatte, sie starrte unverwandt auf diesen Hut, der sie faszinierte. Nur große Walhäuptlinge waren berechtigt, solche Hüte zu tragen. Ganz vorsichtig fragte sie: „Waatla Waa, Sie wissen, warum ich heute hier bin und mit Ihnen über das Flechten rede?"

Waatla Waa horchte auf. „Du machst eine Ausstellung für unser Museum", antwortete sie misstrauisch.

„Das stimmt. Und es soll eine besonders schöne Ausstellung mit besonderen Stücken werden. Deshalb würde ich gerne diesen Hut ausleihen, um ihn den Besuchern zu zeigen. Es wäre natürlich nur eine Leihgabe", fügte sie schnell hinzu. „Nach der Ausstellung bekommen Sie ihn zurück."

Aber Waatla Waa wollte davon nichts wissen. „Er gehörte meiner Mutter. Bestimmt ist ein Schutzzauber eingeflochten. Er würde verloren gehen, wenn alle den Hut anstarren."

Sally bedauerte Waatla Waas Entschluss zutiefst, aber sie respektierte ihn und versuchte nicht, die alte Frau zu überreden. „Ich danke Ihnen jedenfalls sehr, dass Sie mir so eingehend aus der Vergangenheit berichtet haben. Ich werde Ihre Auskünfte gut verwenden können."

Die Greisin ließ den Hut wieder im Schrank verschwinden und winkte ab. „Niemand weiß genug über die Vergangenheit, als dass er sie gut erzählen könnte", brummte sie. „Die Erinnerung schlägt uns Schnippchen."

Sally erhob sich, um sich zu verabschieden.

„Mein Enkelsohn ist ein guter Mann", sagte Waa unvermutet, als Sally schon fast zur Tür hinaus war.

Sie drehte sich noch einmal um und meinte lächelnd: „Ich weiß."

Als sie durch den Flur nach draußen ging, wurde ihr endlich klar, was in diesem Haus anders war als in den übrigen Indianerhäusern, die sie kannte. Es fehlten die Fotos. Die meisten Indianer hatten die Wände ihrer Häuser mit bunten Familienfotos und Passbildern einzelner Familienmitglieder zugepflastert. Je größer die Familie, um so stolzer war man. Im Supermarkt gab es sogar richtig große Pappen mit ausgestanzten Fenstern, in die man die Bilder bloß noch hineinzustecken brauchte.

Aber von Waatla Waas Familie waren nur Micah und Ryder übriggeblieben. Und von ihnen gab es scheinbar keine Fotos.

Ryder kehrte schmutzig, aber glücklich von einem seiner Streifzüge zurück und begrüßte Sally überschwänglich. Sie hätte Micah gerne noch gesehen und mit ihm gesprochen, doch er war unterwegs und sie wusste nicht wo. Nicht einmal Waatla Waa wusste es.

Micah fand Irina am Strand vor dem Zeltplatz am Hobuck Beach. Sie war gejoggt und vollkommen außer Atem, als sie vor ihm stand. Die Hände in den Hüften beugte sie ihren Oberkörper nach vorn, um besser Luft schöpfen zu können. Als sie sich endlich aufrichtete, sah er die feinen

Schweißtröpfchen auf ihrer Stirn und ihren Lippen. Ihr Gesicht glühte scharlachrot. Auf den pochenden Adern in ihren Schläfen klebte das Haar in feuchten Strähnen. Ihre Lichtaugen betrachteten ihn fragend und mit einer gewissen Herausforderung im Blick.

„Was willst du?“, keuchte sie.

Er maß sie mit einem Blick, aus dem wachsende Abneigung sprach. Durch irgendetwas hatte sie seinen Unwillen hervorgerufen. Sie ahnte natürlich, was es war.

„Spionierst du mir nach?“, fragte er ärgerlich.

Irina strich sich eine feuchte Strähne aus der Stirn. „Nein, wie kommst du darauf?“

„Du hast mich beobachtet, draußen, vor Ozette.“

Verlegen blickte sie auf das Meer, wo das helle Licht blendete. „Ich war zufällig dort“, sagte sie. „Schließlich ist das ein freies Land und ich kann gehen wohin ich will. Es tut mir Leid, dass ich schon wieder etwas gesehen habe, was ich nicht sehen sollte.“

Micah packte sie fest am Arm. In seiner Antwort lag tiefe Verachtung. „Lass mich in Ruhe, Irina. Du dringst in mein Leben ein, als hättest du ein Recht darauf. Aber das hast du nicht, du hattest es nie, nicht einmal, als wir verheiratet waren.“

Mit einem Ruck machte sie sich los und rieb wütend die Stelle an ihrem Arm, die nach seinem heftigen Griff schmerzte. Micah sah so zornig aus, dass sie sich einen Augenblick lang vor ihm fürchtete. In diesem Moment beneidete sie Sally Kallappa, weil er zu ihr gehören würde und sie niemals Angst vor ihm zu haben brauchte, denn ihr gehörten seine Liebe und seine Zärtlichkeit.

„Wieso mischst du dich in Dinge, die dich nichts angehen?“, fauchte er.

„Weil die Grenzen verwischen, Micah“, erwiderte Irina

besänftigend. „Ich wollte dir nicht nachspionieren, das musst du mir glauben. Ich war einfach dort und sah dich zufällig. Was du getan hast, hat mich verwirrt. Ich habe dich geliebt und nicht gekannt."

Die Gezeiten änderten sich und einen Augenblick war es seltsam still. Micahs Wut wich einem Schwindelgefühl. Irina konnte ihm nichts anhaben, warum benahm er sich dann so, als ob sie es doch könnte?

„Warum hast du diese Dinge gesagt, während Sally dabei war?", fragte er leise.

Betreten zuckte Irina die Achseln. „Ich weiß auch nicht, ich habe nicht darüber nachgedacht. Vielleicht wollte ich herausfinden, ob sie es weiß."

„Siehst du", sagte er ruhig, „genau das meine ich. Es geht dich nichts an, Irina, was zwischen mir und Sally ist, und ob sie weiß, was ich tue oder nicht. Es geht dich nichts an. Du gehörst nicht hierher."

„Ich weiß", sagte sie, ließ ihn stehen und schlug den Weg zu ihrer Hütte ein.

16. Kapitel

Es war die Nacht vor dem großen Ereignis. Tags zuvor war Keith Jimmicum in Micahs Haus gekommen und hatte ihm Zeitpunkt und Ort der Jagd genannt. Seitdem versuchte Micah zur Ruhe zu kommen, was ihm zunehmend misslang.

Er legte sorgfältig die Kleidung zurecht, die er am nächsten Morgen tragen würde und ging zeitig zu Bett. Noch einmal war er draußen vor Ozette gewesen und hatte kalte Meeresbäder genommen, aber eine weitere Reise in die Vergangenheit war ihm verwehrt geblieben. Das Dorf Ozette war unter der Erde verschwunden und ließ sich nicht mehr hervorholen.

Das war auch gut so. Denn es war die jetzige, die wirkliche Welt, in der es Sally gab, und in der Micah gelernt hatte zu überleben. Diese alte, vergangene Welt barg so viele Gefahren und Tücken, von denen er nichts wusste und die ihm leicht zum Verhängnis werden konnten, weil er nicht mit ihnen aufgewachsen war. Micah hatte sich entschieden, im 20. Jahrhundert zu leben und Vergangenes in seinem Inneren zu bewahren.

Zwei Meeresbäder. Zwei zu wenig, aber besser als nichts – schließlich war er nur einer der Paddler und nicht der Walhäuptling. „Du kannst gar nichts falsch machen", hatte Waatla Waa gesagt und darauf vertraute Micah.

Und endlich, viel leichter als er gedacht hatte, fiel er in einen tiefen, traumlosen Schlaf.

Um fünf Uhr morgens klingelte sein Wecker. Micah stellte ihn aus, stand auf und wusch sich. Nachdem er sich angezogen hatte, weckte er Waatla Waa. Beide tranken Kaffee und aßen mit kaltem Fleisch belegte Butterbrote. Sie bemühten sich leise zu sein, damit Ryder nicht aufwachte. Er sollte schlafen und von all dem nichts mitbekommen. Micah hatte Lita beauftragt, sich um ein Mittagessen für seinen kleinen Bruder zu kümmern und ein wenig auf ihn Acht zu geben.

Micah und Waatla Waa hatten Ryder erzählt, sie würden in die Stadt fahren, um Einkäufe zu erledigen und erst spät zurückkommen. Ryder hasste Einkäufe und war froh, seinen Bruder und die Großmutter nicht begleiten zu müssen, wie manchmal, wenn Micah beschlossen hatte, ihm etwas zum Anziehen zu kaufen.

Obwohl Micah wusste, dass Jimmicum und die anderen es nicht billigen würden, rief er Sally an und sagte ihr, dass es jetzt losging. „Wirst du an mich denken?", fragte er sie.

„Ich tue seit Wochen nichts anderes", erwiderte Sally.

„Wirst du über mich lachen, wenn ich dir sage, wie schwer es mir fällt, den Wal zu töten?"

Eine Weile hörte er nur ihren Atem, dann sagte sie: „Es gehört viel Mut dazu, etwas zu tun, das einem wirklich schwer fällt. Ich werde nie über dich lachen, Micah."

Er schluckte beklommen. „Bis später, Sally."

„Ja, und viel Glück!"

Als Micah und Waatla Waa das Haus verließen, schlief Ryder noch tief und fest. Er träumte, wie er mit den Walen schwamm und sie ihn zärtlich neckten.

Micah fuhr mit seiner Großmutter die Sooes Beach Schotterstraße zum Strand, dorthin, wo das Kanu auf Stangen bereitlag. Die Geheimhaltung hatte funktioniert. Außer den acht Männern, die im Boot sitzen würden, waren nur einige Angehörige anwesend und natürlich Keith Jimmicum und sein Stellvertreter Arnie Parker.

Gordon Malarek stand mit seiner Videokamera ein wenig abseits und filmte, sobald irgendwelche Aktivitäten stattfanden. Niemand wunderte sich darüber, dass er da war, denn Malarek gehörte seit dreißig Jahren zum Inventar des Stammes. Die Makah hatten ihn adoptiert und schenkten ihm uneingeschränktes Vertrauen. Meistens lächelten sie über ihn und seine Fragen.

Auch Chief Lighthouse war zum Treffpunkt am Sooes Beach gekommen. Er hatte dafür zu sorgen, dass die Männer ohne Komplikationen auf das Meer hinauspaddeln konnten. Über Funk würde er das Zeichen für die Motorboote geben, damit sie von ihrem geheimen Standort auslaufen konnten, um in der Nähe des Kanus zu sein – falls es kentern sollte und die Männer aufgenommen werden mussten.

Bill Lighthouse gähnte zufrieden. Er war froh, dass nicht mehr von ihm verlangt wurde. Die Tierschützer schliefen noch friedlich in ihren warmen Betten, und wenn sie später aufwachen und sich die Augen reiben würden, sollte bereits alles vorbei sein.

Als die Männer einer nach dem anderen mit ihren Harpunen in das Kanu stiegen, und Wilson Buzzell von seinem Sohn Mungo feierlich die längste und schwerste Harpune überreicht bekam, befiel den jungen Polizeichef dann doch eine sonderbare Art von Aufregung. Am liebsten wäre er mit in das Kanu gestiegen, um dabei zu sein; um zu erleben wie es war: die Vergangenheit wieder lebendig werden zu lassen.

Jemand stieß ihn in die Seite und flüsterte: „Das Gewehr, Chief! Wir brauchen noch das Gewehr.“

Lighthouse lief zu seinem Dienstwagen und holte das Gewehr, das so lange auf dem Polizeirevier aufbewahrt worden war. Es war ein spezielles 50-Kaliber-Gewehr, dessen gezielter Schuss den schnellen Tod des Wales garantieren sollte, nachdem die Harpunen geworfen worden waren. Ein Schuss in die Schädelbasis galt als die humanste Methode den Wal zu töten. Bei dieser Jagd ersetzte das Gewehr die Killing Lance, einen Speer, durch den der Wal in früheren Zeiten den Todesstoß erhalten hatte.

Der Polizeichef übergab das Gewehr an Mungo Buzzell, der genügend Übungen damit absolviert hatte, um es sicher zu handhaben und genau zu treffen. Ganz wohl war Lighthouse dennoch nicht dabei. Er beobachtete Mungo schon seit geraumer Zeit. Sein Gang, die Gesten und seine Blicke schienen von unterdrückter Gewalt beherrscht. Durfte man so viel Verantwortung in die Hände eines Mannes legen, von dem man nicht wusste, was tatsächlich in seinem Kopf vor sich ging?

Aber für solche Überlegungen war es nun zu spät, denn jetzt war alles bereit. Männer in Stiefeln und Gummihosen trugen das Kanu auf Stangen über den Strand, denn seine mit Holzkohle geschwärzte und polierte Außenfläche durfte – damit sie glatt blieb – nicht über den Sand schleifen. Die Walfänger stiegen ein und die Helfer schoben das Kanu durch die Brandung bis es frei war. Der spitz zulaufende Bug des Bootes war nach oben gebogen, weil es dadurch den Wellen den geringsten Widerstand bot und lautlos durch das Wasser gleiten konnte. Es war ein seetüchtiges Kanu, leicht zu manövrieren. Sein Heck krümmte sich niedrig und im Inneren hatte man es rötlich gefärbt. Früher hatten die Kanubauer Robbenöl dazu verwendet, jetzt war es einfache Farbe. Parallele Linien, die das Kanu vor bösen Geistern schützen sollten, schmückten seinen Bug auf der Außenseite.

Unter leisen Gesängen verließ das elf Meter lange, mit

Walornamenten bemalte Kanu den Strand. Die Walfänger trugen leichte Wetterjacken und darüber Schwimmwesten. Wilson Buzzells Haupt zierte ein alter Walfängerhut, der vermutlich jahrzehntelang von seiner Familie aufbewahrt worden war und ihm jetzt eine seltsame Würde verlieh.

Für einen Augenblick glaubte Micah, alles wäre wieder nur ein Traum und er würde bald aufwachen. Aber dann spürte er den Widerstand des Meeres in seinen Armen, die das Paddel eintauchten, um das Kanu vorwärts zu bringen. Micah verstärkte den Druck auf das Holz in seinen Händen und beugte sich angespannt nach vorn. Langes Paddeln konnte eine hypnotische Wirkung auf Menschen ausüben und die alten Makah wussten davon. Mit der Kraft ihrer Körper trieben die Männer das Kanu durch die Wellen. Ihre bemalten Paddel erzeugten beim Eintauchen nicht den kleinsten Spritzer.

Micah dachte daran, dass Wilsons Frau Norma jetzt gewiss unter neuen Decken in ihrem Bett lag und nicht wagte, sich zu rühren. Mit einem Mal war er froh, sich den Reinigungsbädern im Meer unterzogen und seine Haut mit heiligen Pflanzen gegeißelt zu haben. Micah war sicher, die anderen hatten es auch getan. Diese Jagd erforderte Konsequenz. Halbherzigkeit konnte nicht geduldet werden.

Dann zerrannen seine Gedanken, sein Körper verschmolz mit Paddel und Kanu, er wurde eins mit den anderen Männern im Boot. Das unsichtbare Band menschlicher Verbundenheit verlieh ihm Sicherheit. Der Ozean wurde zur Welt.

Die Männer im Kanu erreichten den Nahrungsplatz der Walgruppe bei Tagesanbruch. Der Himmel war klar, und als die Sonne aufging, erwachte zuerst das junge Walweibchen und sah den langen Schatten des Bootes. Es kam an die Oberfläche, um zu atmen und neugierig zu erkunden, wer ihnen zu so früher Stunde einen Besuch abstattete.

Auf diesen Augenblick hatte Wilson Buzzell gewartet. Er stand aufrecht mit dem rechten Bein auf der vordersten Ruderbank, den linken Fuß auf dem Dollbord. Mit weichen Bewegungen, die in seinem Blut waren, glich er den Tanz des Kanus aus. Obwohl die angeseilte Harpune schwer wog wie ein Stein, stieß er sie mit der Kraft sicherer Hände der Walkuh tief hinter die Hauptflosse. Das Tier stieß einen überraschten, klagenden Laut aus und wand sich vor Schmerz. Sofort tauchte es ab und das Seil mit den Schwimmern glitt aus dem Boot. Gespannt warteten die Männer auf den Augenblick, in dem die Walkuh wieder an die Oberfläche kommen würde. Erfahrene Walfänger konnten diesen Moment genau bestimmen, doch solche Kenntnisse fehlten den Jägern. Waren sie nicht schnell genug, würde die Walkuh das Kanu samt Besatzung auf das offene Meer hinausziehen.

Im Augenblick der größten Anspannung fühlte Micah sich plötzlich fehl am Platz. Das Meer erschien ihm wie eine überdimensionale Bühne für ein blutiges Theaterstück, das er aus der Distanz des Zuschauers betrachtete. Aber diese Distanz war nur Illusion, denn er gehörte zu den Akteuren und für ihn gab kein Entrinnen, genauso wenig wie für den Wal.

War es wirklich notwendig, einem Lebewesen Leid zuzufügen, wenn es dabei nicht ums eigene Überleben ging? Was trieb ihn und diese Männer dazu, eine Jagdtradition aus früheren Zeiten einfach wiederaufleben zu lassen, als hätte es die vergangenen achtzig Jahre und ihre Veränderungen nie gegeben?

Die Walkuh tauchte wieder aus dem Wasser, um sie herum ein Kreis aus Blut. Jetzt waren Micah und die anderen Männer an der Reihe. Sie warfen ihre Harpunen, an denen ebenfalls Schwimmer aus Plastik befestigt waren.

Micah schleuderte seine Harpune mit wütender Kraft und bitterem Schmerz. Er hatte das Gefühl, der das tat, war nicht er, sondern ein anderer.

Die Walkuh wusste nicht, was ihr geschah. Diese Gestalten, von denen sie geglaubt hatte, sie wären ihr freundlich gesinnt, hatten ihr unsäglichen Schmerz zugefügt. Ihr Leib war gespickt mit langen Hölzern, deren messerscharfe Enden ihren Körper durchbohrten. Sie schlug die Kinnladen zusammen und versuchte krampfhaft zu atmen. Der Blas, den sie in die Luft stieß, war rot von ihrem Blut. In Sekundenschnelle wurden ihre Rippen bleiern schwer. Sie wollte sich wehren, sie wollte fliehen – und das tat sie auch.

In namenloser Verzweiflung zerrte die Walkuh das schwere Boot mit den Männern hinter sich her. Rasselnd holte sie Atem und wurde immer schwächer. Schließlich wurden ihre Muskeln zu schwach und machten jede Bewegung unmöglich.

Mungo Buzzell stand im Kanu, das Gewehr im Anschlag, und lauerte auf sein Zeichen. Als sein Vater ihm schließlich zunickte, wartete er ab, bis er die richtige Position hatte und schoss der Walkuh zweimal in den Kopf.

Etwas Kaltes, Fremdartiges bohrte sich mit lautem Knall in ihr Hirn und blieb darin stecken. Der Weg, den das Ding gerissen hatte, war tödlich. Die Walkuh spürte, ihr Ende war gekommen.

Sie hörte auf zu kämpfen. Der hinterste Paddler durchtrennte mit einer Klingenlanze die Sehnen der Schwanzfluke, und nahm ihr damit die letzte Möglichkeit sich zu bewegen.

Noch einmal stieß die Walkuh eine rote Fontäne in die kühle Morgenluft und röchelte im Todeskampf. Dann erreichte sie plötzlich wieder dieses Lied, die uralte Melodie.

Der Gesang legte sich wie Balsam auf ihren geschundenen Leib. Etwas schien sich zu vollenden, das von ihr das größte Opfer verlangte: ihren Körper. Die Walkuh kämpfte nicht länger dagegen an – bis ihr Herz aufhörte zu schlagen. Das Wasser um sie herum färbte sich zu einem roten See inmitten des Ozeans.

Und irgendwo im Dickicht des Küstenwaldes stand ein fünfzehnjähriges Mädchen, dem unaufhörlich Tränen aus den Augen strömten, über die braunen Wangen flossen und vom Kinn tropften. Lita Bowechop lehnte am Stamm einer Zeder und schluchzte. „Gott, warum hilfst du dem Wal nicht?", fragte sie. „Warum hilfst du ihm nicht?"

Aber sie bekam keine Antwort.

Nach einem achtminütigen Todeskampf war das Tier tot. Vier der Paddler sprangen ins Wasser. Einer verschloss dem Wal den Kiefer, die anderen vertäuten ihn mit Seilen, welche später an einen Fischtrawler übergeben wurden, der nach weiteren zehn Minuten den Schauplatz erreicht hatte.

Kleine Motorboote hatten in respektvoller Entfernung gewartet, die Besatzungen das Geschehen gespannt verfolgt. Jetzt drehten sie ab, denn sie wurden nicht mehr gebraucht. Der Trawler gehörte dem Stamm der Hoh, der auf diese Weise seine Solidarität mit den Makah demonstrieren wollte. Innerhalb von zwanzig Minuten war alles vorbei. Niemand konnte fassen, dass es so schnell gegangen war, so komplikationslos. Aber kein Freudenschrei hallte über den Pazifik. Die erfolgreichen Jäger saßen in beklommenem Schweigen in ihrem Kanu und sahen dem Trawler nach, der den toten Wal an den traditionell dafür vorgesehenen Strand von Neah Bay schleppte.

Mungo Buzzells Augen blickten starr, als wäre er in einer Art Trance und nicht mehr von dieser Welt. Micah schluckte, als er sah, wie die anderen Wale fluchtartig diesen Ort verließen, der plötzlich seine Schönheit eingebüßt hatte. Es hätte ihn nicht verwundert, wenn sie nach dieser Bluttat auf Nimmerwiedersehen verschwunden wären, und sich in Zukunft kein einziger von ihnen mehr vor der Küste von Neah Bay zeigen würde.

Eine eigenartige Stille hüllte Micah ein. Es war jene besondere Stille, bei der die eigene Angst zum Vorschein kommt. Und in diesem Augenblick erkannte er eine Art Verwandtschaft mit dem Wal, die er schon lange geahnt hatte. Bedauern füllte ihn aus. Er konnte sich über das Gelingen der Jagd einfach nicht freuen.

Das Walweibchen hatte unsagbar gelitten, auch wenn sein Todeskampf nur kurz gewesen war. Acht Minuten. Acht Minuten Schmerz und die Gewissheit, sterben zu müssen. Grausam lang für einen Menschen, der in dieser Zeit den unabwendbaren Tod vor Augen hat. Aber war es dasselbe? Hatten Wale ein Bewusstsein? Konnten sie denken? Hatten sie eine Ahnung vom Tod? Micah wurde klar, dass er sich die falsche Frage gestellt hatte. Sie lautete nicht: Können Wale denken oder sprechen? Die Frage war: Können sie leiden?

Die Antwort wusste er nun.

Die Männer griffen nach ihren Paddeln und brachten das Kanu wieder in Richtung Strand. Micah hörte Wilson Buzzell leise singen: „Wal, ich habe dir gegeben, was du dir gewünscht hast – meine gute Harpune. Nun hast du sie.

Halte sie gut fest und verlier sie nicht. Wal, komm zum Strand, und du wirst stolz sein, die jungen Männer unseres Volkes zu sehen, die gekommen sind, dich zu begrüßen. Sie werden einander ansehen und sagen: Sieh nur, was für ein großer Wal das ist, was für ein fetter Wal das ist und wie stark er war." Buzzell holte Luft und sang weiter. „Wal, du wirst stolz sein, wenn du die Männer so über dich reden hörst. Wir werden dich mit Entenfedern schmücken und mit Adlerfedern. Das ist es, was du wolltest, Wal, worum du dich dein Leben lang bemühst, auf deinem Weg vom einen Ende der Welt zum anderen."

Micah kannte dieses Lied, aber nicht seinen genauen Text. Waatla Waa hatte ihm davon erzählt, aber sie konnte es ihm nicht vorsingen, weil dieses Privileg nur dem Walhäuptling vorbehalten war.

Wieder am Ufer angekommen, brachten sie das Kanu auf den Strand und die Spannung löste sich ein wenig. Die Männer befreiten sich von den Schwimmwesten und verstauten sie mit dem Ölzeug in ihren Autos. Waatla Waa saß mit Bill Lighthouse im Polizeiwagen und hatte alles genau beobachtet, ohne ein einziges Mal müde zu werden.

Chief Lighthouse hatte versucht mit der alten Dame ein Gespräch zu beginnen, aber Waatla Waa hatte die ganze Zeit nur geschwiegen, als könne sie mit unbedachten Worten den Erfolg der Jagd beeinträchtigen.

Malarek filmte immer noch, aber Micah verspürte wenig Lust, jetzt mit dem grauhaarigen Weißen zu reden. Er konnte seinem alten Freund nicht erzählen, was er tatsächlich empfand, jetzt, wo alles vorüber war. Der Anthropologe würde ihn gewiss nicht verstehen.

Inzwischen stand die Sonne an einem strahlend blauen Maihimmel und wärmte die Luft. Das Meer lag da, bleiern, mit winzigen Schaumkronen, als wäre alles nicht geschehen. Der weiße Schlepper mit dem toten Wal an der Seite, war längst hinter dem Kap verschwunden.

Einer nach dem anderen stiegen die Männer in ihre Autos, um nach Hause und später an den Strand von Neah Bay zu fahren. Dort würden sie mit den anderen des Stammes die Ankunft des getöteten Wales erwarten und ihren Triumph gebührend feiern.

Auch Micah fuhr mit Waatla Waa zuerst nach Hause, um nach Ryder zu sehen, aber er war nicht da. Micah duschte und zog sich um, dann kochte er einen starken Kaffee, den er mit seiner alten Großmutter trank.

Waatla Waa hütete sich, ihren Enkelsohn anzusprechen. Sie spürte, dass er mit sich haderte. Wenn sie ihm jetzt Fragen stellte, dann würde sie womöglich Antworten bekommen, die sie gar nicht hören wollte.

Die alte Indianerin war zufrieden und stolz auf ihren Enkelsohn. Ihr Versprechen war eingelöst. Micah Mahone hatte einen Wal getötet. Der Kreis der Vergangenheit hatte sich geschlossen, die Ahnen waren befriedigt. Jetzt konnte sie beruhigt sterben.

Gegen Mittag, als weder Ryder noch Lita aufgetaucht waren, lud Micah die Großmutter wieder in den Jeep und fuhr mit ihr zu den anderen nach Neah Bay.

Dort hatte man am Strand schon alles für die Schlachtung des riesigen Tieres vorbereitet. Ganz Neah Bay hatte sich auf dem Uferstreifen versammelt und wartete auf den Schlepper mit dem Wal. Jeder der Männer, die im Kanu gesessen hatten, wurde mit großem Hallo und freudigen Rufen empfangen.

Einige Tierschützer in bunten Anoraks mit Emblemen auf dem Rücken beobachteten schweigend und fassungslos die Szenerie. Unter ihnen auch Irina und Carl Meyers. Niemand kümmerte sich um sie, denn jetzt waren sie keine Gefahr mehr, sondern nur noch ungebetene Gäste – Verlierer. Die Makah hatten einen großen Sieg errungen. Die Jagd war erfolgreich gewesen, der Wal tot.

Kinder umringten Micah und fragten ihn aus. Die Halbwüchsigen hielten sich respektvoll zurück, aber Mahone sah die brennende Neugier in ihren Augen. Immer wieder musste er erzählen, wie der Wal aufgetaucht war und Wilson Buzzell als erster seine Harpune nach ihm geworfen hatte.

Sally Kallappa erschien mit ihrem Vater am Strand. Ihr Augen glänzten, als sie Micah umarmte, um ihm zu sagen, wie stolz sie auf ihn war.

Er wollte ihr klarmachen, warum er das nicht verdient hatte. Dass es schrecklich einfach gewesen war, den ahnungslosen Wal zu töten. Dass keiner von ihnen ein Held war, weil sie ein Wesen getötet hatten, das nicht denken konnte wie sie, und deshalb auch keine Chance hatte, den tödlichen Waffen zu entkommen. Er wollte von seinem Bedauern sprechen, von seinen unerwarteten Gefühlen.

Aber Micah sagte nichts. In der allgemeinen Freude, den Jubelrufen und der Anerkennung, die ihm von allen Seiten zuteil wurde, zerstreuten sich seine Zweifel. So ließ er es einfach geschehen und stellte sich seinem neugewonnenen Ansehen als erfolgreicher Walfänger der Makah.

Am späten Nachmittag, einige Stunden nach dem tödlichen Schuss, erreichte der Schlepper mit dem Wal endlich die Bucht in der Meerenge. Unter großem Geschrei und erneuten Jubelrufen wurde das Tier auf den Strand gezogen. Es war ein junges Weibchen, ein riesiger Körper, der jetzt – seinem natürlichen Element beraubt – klobig und unförmig wirkte.

Mit einem Mal, als hätte alle gleichzeitig Mitleid mit der getöteten Kreatur ergriffen, wurde es still am Strand. Und dann, ganz leise und zaghaft zuerst, begannen einige Männer und Frauen zu singen. Es waren die Alten, deren Gesänge und Gebete in der Sprache der Vorfahren über den Strand zogen wie schwere Nebel. Der Gesang schwoll an und nach einer Weile stimmten auch einige Kinder und Jugendliche mit ein. Jene, die in der Schule wachsam gewesen waren, wenn die alte Sprache unterrichtet wurde. Der Rest stand da und ärgerte sich, weil er nichts verstand. Jeder wollte teilhaben an diesem großen Ereignis. Doch es fielen hier und da auch verächtliche Worte und Drohungen, die allerdings im allgemeinen Getümmel untergingen.

Gordon Malarek filmte mit geradezu unermüdlicher Besessenheit. Für ihn war es, als wäre eine alte Welt auferstanden, in die er sich seit Jahrzehnten hineinzudenken versuchte.

Irina beobachtete den alten Mann mit missbilligenden Blicken. Sie hatte den Eindruck, dass der Anthropologe lebendige Menschen als Museumsstücke ansah. In ihren Augen war das überheblich und anmaßend. Die Makah schien es jedoch in keiner Weise zu stören.

Noch vor Einbruch der Dunkelheit wurde der Wal ausgenommen und geschlachtet. Ganz nach alter Tradition führte der Walhäuptling den ersten Schnitt durch. Ihm gebührte auch der Sattel, das beste Stück Haut und das Fett der Hauptflosse hinter dem Kopf.

Nachdem dies geschehen war, wurde wieder gesungen und gebetet. Dann begannen Männer mit Hilfe von Klingenlanzen mit dem Flensen, dem streifenförmigen Aufschneiden von Haut und Blubber, – der dicken Fettschicht, die sich unter der Haut des Wales befand. Ein penetranter Geruch breitete sich über den Strand aus.

Das Walweibchen war drei Jahre alt und mehr als neun Meter lang. Beim weiteren Zerteilen erwies es sich als nicht trächtig. Die Schiffswaage des Schleppers hatte das Gewicht des Tieres mit sieben Tonnen angegeben. Es war kein großer Wal und damit auch kein wirklich gefährlicher Gegner gewesen. Besonders fett war das Walweibchen auch nicht, denn es hatte noch keine Gelegenheit gehabt sich voll zu fressen.

Inzwischen wurde es dunkel, was den Schlachtern in ihrer Gummikleidung die Arbeit erschwerte. Überall entfachten die Makah Feuer aus Treibholz und stellten Fackeln auf. Das Fleisch wurde gewogen und ebenso wie der Blubber an die verschiedenen Familien des Stammes verteilt, die mit großen Schüsseln und Kühlboxen an den Strand gekommen waren. Nur drei Familien hielten sich den Feierlichkeiten fern und verzichteten auf ihre Portion Walfleisch und Fett.

Sally blieb die meiste Zeit an der Seite ihres Vaters und kümmerte sich liebevoll um den alten Mann. Doch schließlich hatte er genug gesehen und war erschöpft. „Ich bin müde, Sally, es war ein anstrengender Tag für mich“, verabschiedete er sich von ihr.

„Soll ich dich nach Hause bringen, Vater?“

„Nein, Kind.“ Emmett streichelte ihre Wange mit seinen rauen Händen. „Ich kann allein nach Hause finden.

Geh du nur. Ich glaube, da wartet jemand auf dich, der dich jetzt mehr braucht als ich."

Sally nickte lächelnd und machte sich auf die Suche nach Micah. In Jeans und seinem rot-schwarz karierten Flanellhemd stand er beim Kadaver des Walweibchens. Er hatte Sally den Rücken zugewandt und die Hände in die Hüften gestemmt. Sein langes Haar glänzte im Feuerschein.

Lautlos trat sie hinter ihn und schlang ihre Arme um seine Taille. Als er sich überrascht umdrehte, stockte ihr einen Augenblick lang der Atem. Es war nicht Micah, sondern Mungo Buzzell, den sie da so leidenschaftlich umarmt hatte. Buzzell wich vor ihr zurück, als wäre sie Tsonoqa, die Wilde Frau aus dem Walde. Seine schwarzen Augen funkelten wild im Schein der Feuer. Verstört irrte sein Blick umher.

„Tut mir Leid", stammelte Sally, „ich dachte, du wärst Micah. Ihr tragt dasselbe Hemd."

Buzzell schnaufte ärgerlich, sagte aber nichts. Mit düsterem Gesichtsausdruck zeigte er auf eine kleine Gruppe Personen, unter denen sich Micah befand.

Diesmal vergewisserte sich Sally, auch den richtigen Mann vor sich zu haben, bevor sie ihn berührte.

„Was ist los?", fragte Micah, „du bist ja ganz durcheinander."

„Es war schrecklich", erzählte Sally, „ich habe eben Mungo Buzzell umarmt, in der Annahme, er wäre du. Ich fürchte, er hat es mir übel genommen."

Es dauerte einen Augenblick, aber dann konnte sich Micah das Lachen nicht mehr verkneifen. Es schüttelte ihn richtig und schließlich lachte Sally erleichtert mit.

„Es muss eine sehr dunkle Stelle gewesen sein", meinte er schmunzelnd und nahm sie in die Arme. Endlich war alles so, wie es sein sollte: Die Jagd erfolgreich und ohne Zwischenfälle beendet, – und Sally in seinen Armen. Mehr wünschte er sich im Augenblick nicht.

Später saßen sie zusammen an einem der Feuer und brieten jeder ein Stück Walfleisch. Roh war es noch roter als Rindfleisch. Über dem Feuer wurde es dunkelbraun.

„Wie fühlst du dich?", fragte Sally Micah nach einer Weile.

„Anders, als ich erwartet hatte", gab er zu. „Man feiert uns hier als Helden, aber es war nichts Heldenhaftes dran an der Jagd. Die Walkuh hatte überhaupt keine Chance."

„Hast du das nicht vorher gewusst?"

Er zuckte die Achseln.

„Du fühlst Mitleid mit dem Tier, Micah, das ist ganz normal."

Er schüttelte den Kopf. „Es ist mehr als nur Mitleid. Aber ich kann es nicht beschreiben. Ich bin noch ganz benommen von den vielen Eindrücken."

Er dachte an das viele Blut, aber Sally dachte an etwas anderes. Sie nickte. „So ein schönes Fest hatten wir lange nicht. Und es herrscht Eintracht unter den Leuten. Das ist sehr viel mehr als ich erwartet hatte."

Micah schien nachzudenken. „Meine Mutter hat Potlatchs geliebt", erinnerte er sich. „Sie hat immer gesagt: Feste sind Nahrung für die Seele."

Sally lächelte. „Sie hat Recht. Und dieses hier ist noch mehr. Es ist ein Fest im Rhythmus des Lebens."

Im Trubel der Feierlichkeiten hatte niemand bemerkt, dass unterdessen auch Ryder den Weg zum Strand gefunden hatte. Micahs kleiner Bruder war einem Ruf gefolgt, der dem der Wale glich, wenn sie im Ozean unbeirrt nach Norden zogen. Es war, als hätte der Geist des getöteten Walweibchens ihn zu sich gerufen. Zielgerichtet war Ryder die Straße entlanggelaufen und jemand aus der Siedlung hatte ihn in seinem Wagen nach Neah Bay mitgenommen, in dem Glauben, ihm einen Gefallen zu tun.

Jetzt stand er wie versteinert vor der blutigen Szenerie; sah zu, wie die feine, glänzende Haut des Walweibchens in Streifen geschnitten wurde und sich das schöne Tier in einen eingefallenen Fleischklumpen verwandelte.

So entsetzlich ihm war, so hundeelend und voller Verzweiflung er sich auch fühlte, etwas zog Ryder magisch an. Immer näher tappte er zu dem Tier, schlich zu seinem Kopf und streichelte schluchzend die Schnauze und die empfindliche Haut um die eingefallenen Atemlöcher. Plötzlich bemerkte Ryder den mit grober Leine zugenähten Kiefer. Schmerzerfüllt heulte er auf. Er versuchte davonzurennen, glitt im glitschigen Blut aus und stürzte über den Kopf des Tieres. Voller Entsetzen blickte er in die leeren Augenhöhlen des Wals und etwas in seinem Inneren zerbrach.

Wilson Buzzell hatte nichts von dem zurückgelassen, was ihm als Walhäuptling zustand. Die Augen des Wals hingen in seinem Haus, an dem mit Federbündeln geschmückten Pfosten, auf dem auch der Sattel befestigt war. Diese Trophäe war ihm das Wertvollste, was er je sein Eigen genannt hatte. Buzzell war am Ziel seiner Wünsche, die er ein Leben lang unerfüllt mit sich herumgetragen hatte.

Ryder Mahone durchlebte den grausamsten Moment seines unschuldigen Daseins, und nur sein sparsam ausgeprägtes Erinnerungsvermögen bewahrte ihn davor, den Anblick des toten Walweibchens ein Leben lang mit sich herumtragen zu müssen.

Plötzlich riss ihn jemand grob an der Schulter und Ryder brüllte auf. Es war Mungo Buzzell, der sich über ihn beugte und ihn mit zornigen schwarzen Augen anfunkelte. Seine Hände formten drohende Gebärden.

„Was machst du da, du Idiot?", zischte Buzzell. „Willst du das Fleisch verderben, indem du alles voll sabberst? Verschwinde, bevor ich dich …"

Ryder rappelte sich blitzartig auf die Beine und rannte davon, als wären alle bösen Geister der Makah hinter ihm her. Einige der Feiernden hatten ihn wohl bemerkt, aber niemand machte sich Gedanken, weil jeder wusste, dass der Junge nicht ganz richtig im Kopf war. Sein Entsetzensschrei war unbemerkt im Lärm der Menge untergegangen.

Auch Waatla Waa, die mit den anderen Alten um ein warmes Feuer saß und ihren Enkelsohn aufgelöst davonstürzen sah, sagte nichts. Sie wollte Micah nicht das Fest verderben und war der Meinung, Ryder würde sich schon wieder beruhigen.

Sie hatten alles getan, um ihn zu schützen und vom toten Wal fernzuhalten. Aber eine seltsame Macht hatte den Jungen zielgerichtet hierher an den Strand getrieben. Also musste es Bestimmung gewesen sein. Irgendwer hatte sich etwas dabei gedacht. Jemand, der allen Dingen ihre Bedeutung beimaß.

Lita hatte den ganzen Vormittag mit Ryder im Wald gesessen und still für den Wal gebetet. Sie bat die Geister des Meeres darum, ihn entkommen zu lassen. Sie flehte sogar zu Gott. Aber tief in ihrem Inneren wusste sie, es würde kein Erbarmen geben, von wem auch immer. Die wilde Entschlossenheit der Jäger, die heißen Erwartungen der übrigen Makah, und nicht zuletzt Wilson Buzzells Gesänge im Walschrein, würden die Jagd zum Erfolg werden lassen.

Weil Lita nichts tun konnte, weinte sie. Ryder, der nicht ahnen konnte warum seine Freundin traurig war, versuchte sie zu trösten. Lita hätte jetzt jemanden gebraucht, mit dem sie über ihre Ahnungen reden konnte, aber Ryder würde sie nicht verstehen. Er hatte ein gutes Herz, doch sein Verstand war nicht in der Lage Zusammenhänge zu knüpfen. Schließlich führte sie ihn nach Hause zurück, um ihm das Mittagessen aufzuwärmen. Im Wald hatte sie seinen Magen knurren hören wie das Grollen eines Wolfes.

Die Ablenkung tat Lita gut. Es gefiel ihr, sich um Ryder zu kümmern. Ihn zu umsorgen gab ihr das Gefühl, dass jemand sie brauchte und ihr Dasein nicht vollkommen nutzlos war.

Später am Abend vertiefte Ryder sich in seine Walzeichnungen und sie ging nach Hause, weil es Arbeiten gab, die liegengeblieben waren. Außerdem musste sie noch ihre Hausaufgaben erledigen. Während sie über einer schwierigen Mathematikaufgabe saß, vergaß sie für eine Weile den Wal und sein Schicksal.

Es war schon spät in der Nacht und Lita saß mit angezogenen Beinen auf ihrem Bett, den Kopf auf die Knie gelegt. Die Dunkelheit im Zimmer war ihr kein Trost. Traurigkeit hatte sich wie Schatten in den Ecken und Nischen eingenistet. Sie hatte überlegt, zu Ryder hinüberzugehen und den Abend mit ihm zu verbringen. Aber in geschlossenen Räumen war er ein weit weniger unterhaltsamer Geselle als draußen in der Natur. Im Haus verhielt sich Ryder immer wie ein Tier in einem Käfig und das war kein Vergnügen.

So blieb Lita mit ihrem Kummer allein im zweigeteilten Haus. Ihre Mutter Jace feierte mit den anderen drüben in

Neah Bay. Vor Mitternacht würde sie nicht zurückkommen. Und wenn überhaupt, dann würde sie betrunken sein, wie jedes Mal. Den ganzen Sonntag lang musste sie dann ihren Rausch ausschlafen.

Lita brütete über düsteren Gedanken und haderte wieder einmal mit ihrem Schicksal. Sie träumte von einem Studium in Harvard, wie Sally Kallappa es hatte, vor der alle Männer sich fürchteten. Nie würde einer von ihnen es wagen, Sally so anzufassen, wie Mungo es mit ihr getan hatte. Niemand würde es wagen sie zu verspotten und der Lächerlichkeit preiszugeben, nur weil ihre Augen schmaler waren als die der anderen oder weil ihre Mutter trank.

Aber ihr war klar, dass sie es niemals bis Harvard schaffen würde. Ihr Weg war ein anderer.

Lita hatte oft darüber nachgedacht, wie sie dieser Misere, die ihr Leben war, entkommen konnte. In ihren Augen gab es nur einen Ausweg: Sie musste fort von hier. Fort aus der Enge ihres Daseins. Sie hatte ihre magischen Fähigkeiten entdeckt und wollte versuchen, sie aus den Tiefen ihres Wesens hervorzuholen.

Plötzlich hörte Lita ein furchtbares Stöhnen, einen Schmerzenslaut wie von einem verwundeten Tier. Erschrocken hielt sie inne und lauschte. Jemand rief nach ihr. Dumpf und klagend.

Es war ein trauervoller Ruf: „Lita, Lita, Lita, Lita.“ Dann überschlug sich die heulende Stimme von Ryder Mahone.

Sie eilte nach unten und öffnete die Tür. Mit einem heiseren Aufschrei stürzte der völlig erschöpfte Junge in ihre Arme. An Ryders Hemd und seinen Jeans klebte getrocknetes Blut und Lita erschrak zu Tode.

„Was ist passiert?", flüsterte sie und zog Ryder ins Haus. „Was hast du getan?"

Ryder würgte vom schnellen und weiten Laufen, brachte aus diesem Grund keine Sätze hervor, sondern nur Worte, die all seine Wut und Verzweiflung in sich bargen. „Tot", keuchte er, „ganz tot ... Blut, alles voller Blut. Der Sand, die Muscheln." Er brach in Tränen aus und Lita wiegte ihn in ihren Armen wie ein kleines Kind, das seine Mutter verloren hatte.

„Schon gut", flüsterte sie, „schon gut. Ihr Geist wird weiterleben, Ryder." Lita war erleichtert, als sie begriff, dass das Blut vom toten Wal stammte.

„Sie haben sie einfach totgemacht", schluchzte Ryder. „Ich habe sie angefasst, da draußen im Meer, sie hat mit mir gespielt. Ich hatte sie gern, Lita, und sie hatte mich gern. Sie hatte mich gern und jetzt ist sie ganz tot." Sein Schluchzen verwandelte sich in ein tierisches Brüllen und Lita musste ihn sehr festhalten, damit er nicht um sich schlug.

„Schscht", murmelte sie. „Das Walweibchen hatte uns alle gern, unser ganzes Volk, deswegen hat es sich uns geopfert. Und wir ehren es dafür."

„Aber sie haben ihr das Maul zugenäht und die Augen gestohlen. Warum haben sie die Augen gestohlen?"

„So ist es Brauch", sagte sie, und eine unendliche Trostlosigkeit ergriff von ihr Besitz.

Ryder wimmerte und schluchzte in Litas Schoß, bis er schließlich ruhiger wurde, sein Atem wieder gleichmäßig ging und sein Körper nur noch manchmal zuckte, als wäre er ein sterbendes Tier.

Wie sehr Lita sich in diesem Augenblick mit ihm verbunden fühlte. Der im Wesen kindlich gebliebene Ryder Mahone barg mehr sensible Gefühle und Gedanken in sich, als alle Männer von Neah Bay zusammen. Er litt mit dem Walweibchen, als wären er und das gewaltige Tier eins. Und war es vor langer Zeit nicht so gewesen, dass Mensch und Tier eins waren? Dass sie zusammen lebten und sich paarten?

Vielleicht war Ryder Mahone eines dieser Zwischenwesen, das von den Ahnen in die neue Zeit geschickt worden war, um die anderen daran zu erinnern. Vielleicht war er ein Geschenk der Geister. Ein Geschenk für sie, ein Zeichen...

Lita führte Ryder ins Badezimmer und ließ ihm Wasser in die Wanne laufen. Wimmernd ließ er sich von ihr entkleiden und im warmen Wasser waschen. Es färbte sich hellrosa in der weißen Wanne.

Zum ersten Mal sah Lita ihren Freund vollkommen nackt und sie staunte über die Ebenmäßigkeit seiner Glieder. In ihr keimte ein Wunsch, der wohl schon immer da gewesen war, aber nun einen einfachen Weg fand, um in Erfüllung zu gehen. Wenn sie fortging, wollte sie etwas mitnehmen.

Lita zog sich ebenfalls aus und stieg zu Ryder in die Wanne. Wasser schwappte auf den Boden, aber das störte sie nicht. Lita nahm Ryders Kopf behutsam zwischen ihre Hände und zog ihn zu sich heran, bis sie sein feuchtes, tränenverschmiertes Gesicht ganz nah vor sich hatte. Dann legte sie ihre Lippen auf seine geschlossenen, zuckenden Augenlider. Ihre Hände berührten Ryders Körper an Stellen, die sie noch nie zuvor bei einem Mann berührt hatte. Und sein Körper reagierte ganz normal, voller Sehnsucht nach etwas, das vorhanden war, aber von seinem Verstand nicht erfasst werden konnte. Ryder wusste nicht, was mit ihm geschah, er spürte nur, dass Litas Hände ihm ein ungeheurer Trost waren.

„Ich bin das Walweibchen“, flüsterte Lita an seinem Ohr, „pflanze deinen Samen in mich, damit ich ein Junges haben und unsere Art fortbestehen kann.“

Obwohl nie jemand mit Ryder darüber gesprochen hatte, und er nichts wusste über die Dinge, die sich zwischen den Körpern von Mann und Frau abspielen können, folgte er einem uralten Ritual und tat, was er tun musste. Er tat es in dem festen Glauben, Lita sei das Walweibchen, das ihn rief. Er tat es in dem Glauben, etwas wieder gutmachen zu müssen. Und so war es letztendlich auch.

Im warmen Wasser spürte Lita den Schmerz kaum, den Ryder ihr ahnungslos zufügte. Alles ging sehr schnell, weil er seinen Körper und das, was mit ihm geschah, nicht unter Kontrolle hatte.

Aber Lita war zufrieden. Das Blut des Walweibchens besiegelte ihre Vereinigung.

Unterdessen hatte der Potlatch am Strand von Neah Bay seinen Höhepunkt erreicht. Dreitausend Kilo Blubber und zweitausend Kilo Fleisch waren an die Walfängerfamilien des Ortes und ihre Angehörigen verteilt worden. Ein großer Teil wurde gleich am Strand unter Gesängen und Tänzen gebraten und später verzehrt.

Die Gesichter der Alten leuchteten, als sie nach so vielen Jahren zum ersten Mal wieder vom Walfleisch kosteten. Das Fleisch war dunkel, dunkler noch als Wild, und es hatte einen herben, tranigen Beigeschmack. Aber für die Alten war es die köstlichste Speise seit langer Zeit.

Auch viele der Jungen probierten das Fleisch, doch unter ihnen war man über den Geschmack geteilter Meinung. Manche mochten ihn, andere hielten ihn für gewöhnungsbedürftig und ein Teil fand ihn widerlich. Es gab Kinder, die spuckten das Fleisch in den Sand, begleitet vom Kopfschütteln und den sorgenvollen Blicken der Alten. Aber da waren auch Jugendliche, die schluckten die gebratenen Brocken mit ernsten Mienen und waren sich der neugewonnenen Würde voll bewusst.

Micah hatte gelegentlich Walfleisch aus der Dose verzehrt, aber dies hier, das schmeckte anders. Es schmeckte nach Trauer um das getötete Tier und nach seiner Vergebung. Es schmeckte nach Erinnerungen, die nicht Micahs eigene sein konnten, weil sie schon so weit zurücklagen.

„Es ist köstlich", sagte Sally. „Ich bin glücklich."

„Das bin ich auch." Er küsste sie auf die Schläfe. Micah war glücklich, weil er mit ihr zusammen war und ihre Liebe ihn vor seinen Zweifeln rettete.

„Es ist, als wäre uns etwas wiedergegeben, Micah. Ich habe mich immer danach gesehnt, aber ich konnte nie genau benennen, was es war, das mir gefehlt hat."

„Ich wusste es schon", erwiderte er lächelnd.

Irina kam aus dem Dunkel auf sie zu, die Finger noch fettig vom Fleisch, das sie neugierig probiert hatte. Micah und Sally lösten sich voneinander und blickten die Cetologin erwartungsvoll an.

„Wie findest du es?", fragte Micah, dessen Groll auf Irina nach der Jagd verflogen war.

„Ich habe schon Besseres gegessen", erwiderte sie.

„Du musst uns jetzt hassen", sagte er. „Ich kann dich beinahe verstehen."

Irina lächelte traurig. „Ich hasse euch nicht. Wie könnte ich es tun, angesichts dieser Menschen hier, die so voller Freude und Zuversicht sind. Das Fleisch ist nicht unbedingt eine Delikatesse, jedenfalls nicht für meinen Gaumen, aber als ich es kaute, war ich für einen kurzen Augenblick ein Teil von euch. Ich kann nun nachvollziehen, was diese Waljagd für euch bedeutet."

Micah sah Irina an und bezweifelte, was sie sagte. Aber

wozu ihr den Glauben nehmen? Sie war einen großen Schritt gegangen.

Irinas Augen füllten sich mit Tränen, obwohl sie dagegen ankämpfte. „Aber ich weiß auch, dass ich nicht hierher gehöre. Das getötete Walweibchen dauert mich. Ich habe sie berührt und sie hat mich angesehen. Sie hat mir vertraut. Ich werde weiterhin versuchen herauszufinden, was sie sehen, wenn sich das Bild von uns Menschen in ihre Netzhaut brennt. Vielleicht haben sie auch Gedanken, wer weiß."

Sally schüttelte den Kopf. „Ich glaube, wir müssen uns damit abfinden, niemals fühlen zu können, was ein Wal fühlt", sagte sie freundlich. „Wir sind Menschen. Es ist uns einfach nicht gegeben."

Irina wollte etwas erwidern, aber plötzlich starrte sie an Sally vorbei. Aus der Dunkelheit zwischen den Feuern kam eine Gestalt auf sie zu, mit hochgeschlagenem Kragen und tief in den Jackentaschen verborgenen Händen. Ein Fremder für Micah und Sally, und zuerst glaubte auch Irina an einen Irrtum, weil die dunklen Schatten eines Bartes sein Gesicht zierten.

Dann ging sie ihm mit zitternden Knien entgegen und flüsterte ungläubig: „Robert?"

Zuhause fanden Waatla Waa, Sally und Micah einen sehr sauberen und ernsten Ryder vor, dessen Gesicht eine seltsame Würde ausstrahlte. Auf der Fahrt hatte die alte Frau den beiden erzählt, dass Ryder am Strand gewesen war und den toten Wal gesehen hatte. Sally und Micah waren deshalb in großer Sorge.

„Es tut mir furchtbar Leid für dich", sagte Micah zu seinem kleinen Bruder. „Niemand wollte, dass du das siehst.

Warum hast du nicht auf mich gehört und bist hier draußen geblieben? Wo ist eigentlich Lita?"

Ryder antwortete nicht. Er holte nur tief Luft und zeichnete seine kleinen Bilder weiter. Ein Walweibchen mit seinem Jungen. Einige Zeichnungen zeigten das Kalb noch im Bauch seiner Mutter. Dann hatte Ryder die Geburt aufgezeichnet. Schließlich schwamm das Kalb neben seiner Mutter.

„Die Walkuh war nicht schwanger", sagte Micah, geplagt von schlechtem Gewissen.

„Aber jetzt ist sie es", brummte Ryder. „Ich bin der Vater. Ich mache alles wieder gut."

Micah blickte stirnrunzelnd zu Sally hinüber. Sie hob die Schultern und zog ihn aus der Küche. „Vielleicht war das alles ein bisschen viel für ihn. Der tote Wal, das viele Blut. Immerhin, selbst mich hat es ganz schön mitgenommen."

„Ja, bloß – ich kenne Ryder. Er erzählt oft irgendwelches Zeug, dass sich wie das Gerede eines Verrückten anhört. Aber irgendetwas Wahres ist immer dran. Außerdem wirkt er verändert. Etwas ist mit ihm passiert."

„Vielleicht ist er einfach nur erwachsen geworden", sagte Sally. „Genauso wie du", fügte sie spöttisch hinzu.

Nachdem Ryder und Waatla Waa schlafen gegangen waren, okkupierten Sally und Micah das Badezimmer. Nach einer gemeinsamen Dusche trug er sie nass wie sie war in sein Zimmer und verschloss die Tür. Er hockte sich neben sie auf sein Bett und sah sie mit einem Mal ernst an. „Ich wollte dich etwas fragen, Sal."

„Und was?" Sie war voller Ungeduld, denn es schien ihr, als würde sie keinen Augenblick länger warten können.

„Ich wollte dich fragen, ob du meine Frau werden willst.“

„Natürlich will ich deine Frau werden“, erwiderte Sally schmunzelnd. „Aber musst du mich deshalb einsperren?"

„Ich habe dich nicht eingesperrt, ich habe die anderen ausgesperrt. Ryder kommt manchmal nachts in mein Bett, wenn er Albträume hat und nicht schlafen kann. Aber ich möchte nicht gestört werden, wenn ich ... wenn wir ...“

Sally ließ sich nach hinten sinken und zog ihn zu sich herab. Er küsste Wassertropfen fort, die von ihren Brüsten perlten. Ihre Glieder umfingen ihn lebendig wärmend und vertrauensvoll. Ihm war, als wäre er nach all den Jahren endlich heimgekehrt, erfüllt von der Hoffnung, etwas wirklich Neues beginnen zu können; etwas, das von Dauer war.

Micah Mahone begriff, dass er die gleichen Wünsche, Hoffnungen und Sehnsüchte hatte wie seine Vorfahren – aber er musste nicht dieselben Dinge tun, um all das zu erreichen.

Die Zeiten hatten sich geändert.

Ihre feuchten Glieder lösten sich nur widerwillig, am liebsten wären sie für alle Ewigkeit so ineinander verschlungen geblieben. Micah strich Sally vorsichtig das Haar aus der Stirn und sie murmelte leise: „Mein Gott, warum bist du nicht schon vor ein paar Jahren auf diese Idee gekommen.“

Er strich mit der flachen Hand behutsam über ihre Brüste. „Nun“, meinte er, „die Idee hatte ich schon seit langem, aber es erschien mir schwierig, sie auch umzusetzen.“

„Wegen ...“, Harvard, wollte sie sagen, aber er legte ihr einen Finger auf die Lippen.

„Schsch ... , vielleicht ist es besser, wir sprechen dieses Wort gar nicht mehr aus.“

„Einverstanden“, flüsterte Sally und ihr Flüstern wurde zu Küssen.

In der kleinen Holzhütte am Hobuck Beach lag Irina in Roberts Armen, nachdem sie sich lange und zärtlich geliebt hatten. Für Irina gab es eine Menge zu erzählen und Robert war ein geduldiger Zuhörer. Er konnte sowieso nicht schlafen. Weit mehr noch als Irina, fühlte er sich wie benommen unter dem Eindruck des vielen Blutes und der feiernden Menge, als stünde er unter Schock. Irina hatte Zeit gehabt, sich auf diese Dinge einzustellen, aber auf Robert, der gerade erst angekommen war, wirkten die Bilder von der Schlachtung des Wals wie ein lebendiges Gemälde von Hieronymus Bosch.

„Es war ziemlich grauenhaft“, flüsterte er und schluckte.

„Für die Makah war es das schönste Fest seit langer Zeit. Noch in vielen Jahren werden sie davon erzählen“, sagte Irina.

„Hast du deine Meinung etwa geändert?“, wunderte er sich.

„Nein. Aber ich kann die Makah verstehen.“

„Er hat mich beeindruckt“, bekannte Robert.

„Wer?“, fragte sie. „Micah?“

„Ja.“

„Er ist ein Walfänger“, sagte sie, als wäre das eine Erklärung.

„Ja, aber das meine ich nicht. In ihm lag so viel Würde, als verkörpere er etwas, das …“

„… sein Volk“, half sie ihm.

„Ja, sein Volk und alle, die vor ihm waren.“

„Indianer hinterlassen schnell diesen Eindruck“, sagte Irina und lächelte. „Glaub mir, ich weiß wovon ich rede.“

„Und du“, fragte er, „hast du herausgefunden, was du herausfinden wolltest?“

„Ja“, sagte sie. „Ich habe herausgefunden, dass ich mit Micah nicht glücklich sein konnte, weil unsere Vorstellungen vom Leben so weit auseinander lagen. Und ich habe herausgefunden, dass ich mit dir glücklich sein möchte, weil ich dich liebe und nicht ohne deine Liebe sein kann.“

„Ich liebe dich auch“, sagte er und streichelte ihre warme Haut. Etwas, wonach er sich so sehr gesehnt hatte.

„Robert“, sagte Irina nach einer Weile leise.

„Ja?“

„Ich möchte deine Frau werden. Natürlich nur, wenn du es auch noch willst.“

Er hob seinen Körper auf ihren und küsste sie zärtlich. „Was glaubst du wohl, warum ich diese abenteuerliche Reise auf mich genommen und mich mitten unter die feindlichen Indianer begeben habe?“, fragte er, nicht ohne Spott in der Stimme.

„Ich möchte auch Kinder mit dir haben“, sagte Irina glücklich.

„Schön“, meinte Robert trocken. „Dann fangen wir am besten gleich damit an.“

17. Kapitel

Am nächsten Morgen wurde die Leiche von Mungo Buzzell an den Strand in der Bucht von Neah Bay gespült. Kinder fanden ihn, als sie dort mit ihren Hunden spielten.

Kelpstängel umschlangen den Körper des Toten wie glänzende Schlangen. Winzige gelbe Strandfliegen umschwirrten Mund, Nase und Augen. Die Ebbe hatte ihm das nasse Haar aus dem Gesicht gezogen und die frischen, kreuzförmigen Narben an der Schläfe freigelegt. Dieselben, die auch sein Vater hatte.

Polizeichef Bill Lighthouse war schon lange auf den Beinen und sehr schlechter Stimmung, als er mit Sheriff Peterson am Fundort der Leiche eintraf. In der Nacht hatten Tierschützer ganz Neah Bay mit Pamphleten und Drohungen zugepflastert. An fast jedem Lichtmast, jeder Hauswand und jeder Schaufensterscheibe klebte ein Plakat mit Indianern in einem Fischerboot, das von Tierschützern symbolisch verbrannt wurde. Einige Plakate forderten, der Stadt Seattle einen nichtindianischen Namen zu geben. Pausenlos gingen Morddrohungen ein und jemand gab an, eine Bombe in der Schule der Klallam-Indianer gelegt zu haben. Eintausendzweihundert Schüler besuchten in dieser Schule den Unterricht und mussten evakuiert werden.

Und nun lag da am Strand der tote Mungo Buzzell. In Anbetracht der schwierigen Umstände, übergab Bill Lighthouse den Fall dem Washingtoner FBI. Möglicherweise gab es für Buzzells Tod eine ganz einfache Erklärung, vielleicht hatte aber auch jemand aus den Reihen der Tierschützer die Drohung wahr gemacht und seinem Hass freien Lauf gelassen. Ein toter Indianer für jeden getöteten Wal.

Durch den Tod Mungo Buzzells bekam die Freude über die erfolgreiche Waljagd einen faden Nachgeschmack. Die FBI-Beamten aus Washington begannen sofort mit der Befragung verschiedener Leute, unterstützt von Chief Bill Lighthouse und Sheriff Peterson. Jeder aus Neah Bay hatte Mungo Buzzell am vergangenen Abend am Strand gesehen, aber niemand konnte genau sagen, wann er gegangen war und wohin. Auch sein Vater, gelähmt vor Schmerz, wusste es nicht.

Die Obduktion ergab Tod durch Ertrinken. Doch da war auch eine mächtige Platzwunde an Buzzells Hinterkopf. Sie konnte von einem Sturz herrühren, aber auch von einem Schlag mit einem schweren Gegenstand. Dunkle Flecken über seinem Brustkorb, die von Seilen zu stammen schienen, gaben der Polizei ein weiteres Rätsel auf.

Das FBI verhörte auch Carl Meyers, der dazu in die Polizeistation von Neah Bay geladen worden war. Bill Lighthouse stand mit verschränkten Armen rücklings gegen die Wand gelehnt, als die beiden weißen Bundesbeamten dem Tierschützer ihre Fragen stellten.

Meyers war sichtlich geschockt von der unglücklichen Wendung, die die Dinge genommen hatten. Er distanzierte sich von jenen Fanatikern, die mit rassistischen Parolen gegen die Waljagd protestierten. Fred Brooks war in der Nacht mitsamt seinen militanten Anhängern aus dem Motel in Sekiu verschwunden und niemand wusste wohin.

„Ich versichere Ihnen, keiner meiner Leute ist fähig, unser Ziel mit einem Mord durchzusetzen. Wir schützen das Leben“, sagte Meyers, „und ein Menschenleben steht immer noch über dem eines Tieres.“

„Tatsächlich?", rutschte es Lighthouse heraus.

Meyers drehte sich um und musterte den indianischen Polizeichef eindringlich. „Ja", sagte er, „auch wenn Sie mir das vielleicht nicht glauben. Ich habe nichts gegen das Volk der Makah. Letztendlich ist es auch nicht besser dran als die Wale. Aber gerade das müsste euch Indianern zu denken geben."

„Mr. Meyers", unterbrach ihn der FBI-Beamte, „wir sind nicht hier, um politische Reden zu führen. Ein junger Mann, ein Walfänger ist tot, und es gibt Plakate und Anrufe, die genau das angedroht haben."

„Ich sagte Ihnen doch schon, ich habe nichts damit zu tun. Meine Leute und ich haben uns immer korrekt verhalten. Ich kann nichts dafür, dass es Menschen gibt, die unsere Ziele für ihre eigenen Interessen benutzen. In allen Zeiten hat es Eiferer gegeben."

Bill Lighthouse nickte dem Bundesbeamten zu und Carl Meyers konnte gehen. Der Polizeichef glaubte dem Weißen. Wenn tatsächlich einer der Tierschützer für Mungo Buzzells Tod verantwortlich sein sollte, dann hatte Meyers nichts damit zu tun. Sie würden sich auf Brooks und seine militante Gruppe konzentrieren müssen.

Als Micah Ryders Kleider fand, steif von trockenem Blut, brauchte er eine Weile, bis er wieder klar denken konnte. Sollte Ryders Hass auf Mungo Buzzell so stark gewesen sein, dass er ihn getötet hatte? Was war am letzten Abend zwischen den beiden vorgefallen?

Und was sollte er nun tun? Seinen kleinen Bruder der Polizei ausliefern? Das konnte er nicht. Aber würde er mit dem Gedanken leben können, dass Ryder vielleicht ein Mörder war? Die Vorwürfe, die er sich machte, drohten ihn zu erdrücken. Er hatte nur an sich selbst gedacht.

Daran, dass es ihm als Walfänger besser gehen könnte, dass Sally ihn mehr lieben und Waatla Waa stolz auf ihn sein würde.

An Ryder hatte er nicht gedacht. Jedenfalls nicht in dem Maße, dass seine Überlegungen Konsequenzen gehabt hätten. Er liebte Ryder mit einer tiefen, ehrlichen Verbundenheit. Doch obwohl er sich geschworen hatte, seinen kleinen Bruder vor allem Bösen zu beschützen, war er mit schuld daran, dass Ryder großes Leid zugefügt worden war.

Was immer Ryder auch getan hatte, er selbst war verantwortlich dafür.

Sally war die Einzige, der Micah seine Befürchtungen mitteilte. Sie gehörte jetzt zu ihm und war in der Lage, vernünftige Entscheidungen zu fällen. Micah zeigte ihr die blutigen Kleidungsstücke und äußerte seinen Verdacht.

Sally schüttelte den Kopf. „Ryder würde niemals einen Menschen töten, Micah, und du müsstest das am besten wissen. Er kann keiner Fliege was zuleide tun, im wahrsten Sinne des Wortes. Wie kommst du bloß dazu, so etwas zu glauben?"

„Ich weiß nicht. Das viele Blut an seinen Kleidern. Vielleicht wollte er es ja nicht. Vielleicht war er nur schrecklich wütend auf Mungo. Du weißt, er besitzt ungeahnte Kräfte und hat sich manchmal nicht unter Kontrolle."

Sally nahm die Sachen und betrachtete sie genauer. „Lighthouse hat gesagt, Buzzell hatte eine kleine Platzwunde am Hinterkopf. Aber Ryder muss in Blut gebadet haben. Er war am Strand, Micah. Es ist Walblut."

Doch Micah konnte den Gedanken nicht loswerden, Ryder könne etwas mit Buzzells Tod zu tun haben. Er erzählte Sally von diesem Zwischenfall, als er Ryder und Lita auf der Straße aufgelesen hatte, und Lita vermutlich von jemandem belästigt worden war.

„Sie hat nichts erzählt, aber es könnte Mungo gewesen sein. Ryder war sehr wütend. Und glaub mir, Sally, er hat die Kraft eines Bären. Vielleicht hat er Mungo Buzzell furchtbar gehasst.“

Sally legte eine Hand auf Micahs Arm, um ihn zu beschwichtigen. „Du bist sein Bruder, du musst wissen, wozu er fähig ist.“

„Ich weiß es eben nicht“, seufzte Micah. „Ich weiß viel zu wenig über ihn.“

„Dann gehen wir jetzt zu Lita und fragen sie.“

Sie liefen zum Nachbarhaus, fanden Litas Mutter Jace im Delirium und riefen einen Krankenwagen. Von Lita Bowechop fehlte jede Spur. Keiner merkte in der Aufregung, dass ein Teil ihrer Sachen ebenfalls verschwunden war.

Auch aus Ryder war nichts herauszubekommen, was sie in irgendeiner Weise weitergebracht hätte. Es schien ihn allerdings auch nicht zu wundern, dass seine Freundin Lita verschwunden war.

„Sie ist ein Wal“, sagte er mit unerklärlicher Bestimmtheit, „und schwimmt jetzt im Meer.“

Micah verständigte Bill Lighthouse und zwei Tage lang suchte man die Küste nach Lita Bowechops Leiche ab. Aber sollte Ryder die Wahrheit gesagt haben und Lita ins Meer gegangen sein, dann wollte es sein Geheimnis nicht preisgeben. Litas Leiche wurde nicht gefunden.

Micah übergab dem Polizeichef Ryders Kleidung, damit er die Blutflecken analysieren lassen konnte. Schon am nächsten Tag kam die Entwarnung: Es war ausschließlich Walblut.

Doch auch in Sally keimte ein Verdacht, der ihr keine Ruhe ließ. Hatten nicht Micah und Mungo Buzzell am

Abend des Potlatchs dasselbe Hemd getragen? In der Dunkelheit hatten sie sich so zum Verwechseln ähnlich gesehen, dass sogar sie darauf hereingefallen war.

Sollte vielleicht gar nicht Mungo Buzzell, sondern Micah dort unten am Strand liegen, eingeschnürt von Kelpschlingen? Sollte in Adam Bowechop mehr gewesen sein, als einfach nur Enttäuschung über das Nichtzustandekommen einer Beziehung, von der er sich viel versprochen hatte? Empfand er so viel Hass gegenüber jenem Mann, der ihm die Frau, die er liebte, genommen hatte, dass er fähig war, ihn zu töten? Würde Micah jetzt immer auf der Hut sein müssen, weil er einen erbitterten Feind hatte? Vielleicht hatte Adam Bowechop die Gunst der Stunde genutzt, und versucht den Mord an Mungo Buzzell den Tierschützern in die Schuhe zu schieben?

Sally erzählte Micah von ihren Befürchtungen, aber nun war es an ihm, sie zu beruhigen. „Ich glaube, Mungo Buzzells Tod war ein Unfall. Vermutlich ist er auf den Klippen herumgeklettert und gestürzt."

„Aber warum sollte Buzzell nachts auf den Klippen herumklettern? Bei ihm zu Hause wurde sicher kräftig gefeiert."

Micah hob die Schultern. „Vielleicht war er allein da draußen, weil er Zeit brauchte, um mit sich selber klarzukommen. Der Tod der Walkuh hatte nichts Heroisches an sich. Vielleicht ist sogar ihm das plötzlich bewusst geworden."

„Schon möglich, aber was ist mit diesen dunklen Flecken auf seiner Brust, die von Seilen stammen? Findest du das nicht auch merkwürdig?"

„Sie könnten von Seilen stammen, Sally, das heißt nicht, dass sie es auch tun. Vielleicht hatte er sich bei der Jagd seine Schwimmweste zu fest umgeschnallt, ich weiß es nicht."

Aber später, in der Nacht, da kamen ihm die Worte seiner Großmutter in den Sinn, als sie ihm von Walfängern erzählt hatte, die sich Tote auf den Rücken banden und mit ihnen tauchten, um die Macht ihrer Geister für sich zu gewinnen. Sollte sich Wilson Buzzell seinen toten Sohn auf den Rücken gebunden haben, um dadurch dessen jugendliche Stärke zu gewinnen?

Nein, dieser Gedanke war einfach absurd. Wozu Wilson Buzzell auch fähig war, um seinen Zielen den Erfolg zu sichern, er war ganz sicher nicht in der Lage, seinen einzigen Sohn zu töten.

Am nächsten Morgen kam Waatla Waa nicht aus dem Bett. Micah sah nach ihr und sie teilte ihm mit, dass sie beschlossen habe, nun zu sterben.

Micah wollte einen Arzt rufen, aber Waatla Waa drohte ihm, sich in Gegenwart des Arztes so unmöglich zu benehmen, dass er sie eigenhändig umbringen würde. „Gegen den Tod kämpft man nicht", sagte sie entschlossen, „jedenfalls nicht, wenn man so alt ist wie ich."

In der Nacht war Waatla Waa ihr Schutzgeist erschienen und hatte ihr den Zeitpunkt ihres Todes mitgeteilt. Es war eine Nachricht, auf die sie gewartet hatte. Jetzt war es an der Zeit, sich von ihren Lieben zu verabschieden.

„Schick Ryder zu mir, ich möchte mit ihm sprechen", bat sie ihren älteren Enkelsohn.

Micah bereitete seinen kleinen Bruder darauf vor, dass die Großmutter anders sein würde als sonst, dann schob er ihn zu ihr ins Zimmer. Wie versteinert saß Micah mit Sally in der Küche und versuchte sich auszumalen, wie ein Leben ohne Waatla Waa aussehen würde. Sally hielt nur seine Hand, Worte hielt sie in diesem Augenblick für überflüssig.

Ryder trat an das Bett seiner Großmutter, nahm ihre Hand und streichelte ihre arthritisch verkrümmten Finger mit unglücklicher Miene. Irgendetwas stimmte nicht, das spürte er gleich, als er Waatla Waa so liegen sah.

„Bist ein guter Junge", sagte Waatla Waa lächelnd. „Wenn ich nicht mehr hier bin, Ryder, wirst du dann gut auf deinen Bruder und Sally aufpassen?"

Ryder nickte zerstreut. „Wo gehst du hin, Großmutter?"

„Auf eine große Reise, Ryder."

„Nach Afrika?"

„Nein, mein Junge. Sehr viel weiter weg."

„Kann ich mitkommen?"

„Nein, Ryder, dafür ist es ein wenig zu früh. Du hast hier noch eine Menge zu tun. Wer kümmert sich sonst um all die kleinen Tiere?"

„Na ich", erwiderte Ryder und ein Lächeln huschte über sein bekümmertes Gesicht.

„Das ist gut. Und nun geh und schicke deinen Bruder wieder zu mir herauf."

Micah kniete vor dem Bett seiner Großmutter und wartete darauf, was sie zu sagen hatte. Einen Augenblick zeigte sich Waatla Waa selbst gerührt von diesem Moment und ein paar Tränen erschienen in den Augenwinkeln, aber dann fing sie sich wieder. „Ich war schon viel zu lange da, Micah – es wird Zeit. Alles, was für mich noch zu tun war, ist getan. Aus dir ist ein richtiger Walfänger geworden und du hast endlich eine Frau gefunden, die zu dir passt." Waatla Waa atmete schwer, als sie fortfuhr. „Gib Sally den Walfängerhut meiner Mutter für ihre Ausstellung. Sie kann ihn dortbehalten, wenn sie will."

Micah nickte, aber er kam sich vor, als wäre er nicht am richtigen Ort.

„Wenn ich gehe", murmelte Waatla Waa, „habe ich nur eine einzige Bitte ..., der Junge ...", ihre Kräfte verließen sie für einen Moment und Micah griff erschrocken nach ihrer Hand.

„Ich werde für Ryder da sein, solange ich lebe", versprach er ihr. „Mach dir um ihn keine Sorgen."

Waatla Waa war eingeschlafen und Micah blieb bei ihr sitzen. Schließlich versuchte er doch, seine Hand wegzuziehen, aber da packte seine Großmutter zu, noch erstaunlich fest.

„Schick Sally zu mir herauf", sagte Waatla Waa, „sie soll mir helfen, mich anzuziehen."

Nach einer langen Zeit, in der Micah und Ryder am Küchentisch saßen und einander traurig anstarrten, kam Sally aus Waatla Waas Kammer.

„Sie ist jetzt angezogen und bereit. Eure Großmutter möchte in ihrem Lieblingssessel an den Strand gebracht werden."

Micah sah Sally entgeistert an.

Sally hatte Tränen in den Augen, aber nun lachte sie. „Jetzt schau nicht so, es ist eben ihr Wunsch, das Meer noch einmal zu sehen. Es wäre die Heimat ihrer Seele, hat sie mir anvertraut."

Es war eine eigenartige Prozession, die da in Richtung Strand zog. Vorneweg lief Ryder mit Waatla Waas Lieblingssessel auf den Schultern. Hinter ihm wankte Micah mit seiner Großmutter auf den Armen. Sie war kaum mehr als ein Fliegengewicht, nur noch Haut und Knochen, und trotzdem drohte er unter dieser Last zusammenzubrechen. Hinter ihnen lief Sally, die zwei Kissen und die neue Decke trug.

Als Ryder den Stuhl das erste Mal absetzte, sagte Waatla Waa: „Weiter, nur weiter!"

Und sie liefen näher ans Ufer heran.

Als Ryder den Sessel ein zweites Mal absetzte, sagte sie: „Noch weiter, mein Junge, noch weiter."

Micah wollte protestieren, aber ein Blick in Waatla Waas Augen ließ ihn verstummen. Sie war fest entschlossen und würde nicht eher Ruhe geben, bis jeder von ihnen genau das getan hatte, was sie wollte.

Warum auch nicht?

Nur wenige Meter vor der Wasserlinie setzte Ryder den Sessel ein drittes Mal ab und nun war die alte Frau zufrieden. Sally polsterte den Sessel mit Kissen, dann wickelten sie Waatla Waa in ihre Geburtstagsdecke und setzten sie hinein.

Ein zufriedenes Leuchten erschien auf dem faltigen Gesicht der alten Dame. „Nun geht und lasst mich allein. Ich habe noch etwas Wichtiges zu erledigen."

Ryder war der Erste, der sich gehorsam umdrehte und zum Haus zurückstapfte. Er war es gewohnt, den Aufforderungen seiner alten Großmutter Folge zu leisten.

Micah stand wie festgewachsen und Sally musste ihn mit sanfter Gewalt fortziehen. Immer wieder drehte er sich um, bis sie das Haus erreicht hatten. Er lief sofort nach oben in Ryders Zimmer, von dessen Fenster aus er den einsamen Sessel mit der alten Frau am Strand sehen konnte.

Sally war hinter ihn getreten.

„Wenn wir sie dort sitzen lassen, wird sie tatsächlich sterben", brummte Micah. „Sie wird nämlich ertrinken."

Sally schlang ihre Arme um seine Hüften und legte ihre Wange an seinen Rücken. „Du musst sie gehen lassen, Micah. Wenn sie spürt, dass du Angst hast, ohne sie nicht zurechtzukommen, dann machst du es ihr nur unnötig schwer."

Ein Zittern ging durch seinen Körper. „Wenn ich nicht mehr weiterwusste, hat sie immer eine Antwort gehabt."

„Dann musst du deine Antworten eben von nun an selber finden. Wir sind nie darauf vorbereitet, dass jemand, den wir lieben, stirbt."

„Ja", sagte er, „so wird es wohl sein."

Waatla Waa genoss die Wärme der molligen Decke und die frische, salzige Brise, die ihr um die Nase wehte. Es war so gut, dem Meer nahe zu sein, dieser gewaltigen Macht, die niemals ruhte. Waatla Waa hatte keine Angst; sie fürchtete sich vor nichts mehr. Die Ahnen hatten sie gerufen.

„Moses, ich komme", sagte sie voller Wiedersehensfreude. Insgeheim hoffte sie, die Reise würde nicht allzu lang und beschwerlich werden, denn ihre Knochen waren nicht mehr sehr beweglich. Sie war neugierig auf dieses Land, in das ihre Reise sie führen würde. Dort war es warm und immer sonnig und von allem gab es im Überfluss. Schon lange freute sie sich darauf, dorthin gehen zu können und alle wiederzusehen, die sie liebte. Waatla Waa hoffte nur, es würde nicht ausgerechnet Mungo Buzzell sein, dem sie auf ihrem Weg als Erstem begegnen würde.

Wie alle Makah, glaubte auch Waatla Waa nicht daran, das irdische Leben eines Menschen könne das nach dem Tod beeinflussen. Sie wusste, in der anderen Welt waren gute und böse Menschen. Denn ihre Taten wurden nicht gerichtet nach dem Tod. Dafür sorgte das Leben.

Waatla Waa wurde müde, so müde, wie sie es noch nie gewesen war. Das sanfte Rauschen des Meeres durchdrang ihren ganzen Körper und wurde immer lauter. Ihr Sessel begann sich zu bewegen als würde er schweben, und sie dachte: Wie schön, ich muss nicht mal laufen. Dann kam ein blendend weißes Licht über das Meer auf sie zu, so hell, dass sie die Augen schließen musste. Und in diesem Licht machte sie sich auf die Reise.

Micah stand immer noch hinter Ryders Fenster und starrte auf den dunklen Fleck am Strand. Er wusste nicht, wie lange er dort gestanden hatte, aber als er sah, dass die Flut den Sessel mit seiner Großmutter bereits umspülte, murmelte er: „Nun ist es genug."

Er packte Ryder bei der Hand und sie liefen zum Strand, um die alte Frau zu holen. Ihr Kopf war auf die Brust gesunken, sie atmete nicht mehr. Ihr Gesicht war nur noch ein Schatten der Seele, die sich erhob. Waatla Waa war tot.

Ein Stich ging durch Micahs Brust und für einen Augenblick musste er sich auf der Stuhllehne abstützen. Aber dann fing er sich wieder. Waatla Waa war würdig gestorben, alle irdischen Dinge hatte sie verrichtet. Jetzt musste er stark sein, auch wenn er am liebsten geweint hätte wie ein Kind.

„Großmutter ist tot", sagte Micah leise und schluckte die aufsteigenden Tränen hinunter. Ryder schien von dieser Tatsache nicht einmal überrascht zu sein.

„Soll auf dich aufpassen", stammelte er.

Micah schüttelte den Kopf und versuchte zu lächeln. Das war typisch für Waatla Waa Mahone. „Komm!", sagte er, „bringen wir sie zum Haus zurück, bevor das Meer sie holt." Sie packten den Schaukelstuhl – jeder an einer Armlehne – und trugen ihn mitsamt der Großmutter zum Haus zurück. Kurz hinter der Gartenpforte stellten sie den Stuhl ab.

„Bringen wir Großmutter nicht rein?", fragte Ryder. Seine Robbenaugen waren groß und rund.

„Nein, lieber nicht.“ Es gab ein paar Bräuche, die man nach dem Tod eines Familienangehörigen lieber einhalten sollte. Indem Waatla Waa am Strand und nicht im Haus gestorben war, hatte sie Micah und Sally einen Haufen Unannehmlichkeiten erspart. Früher hatte man die ganze Habe des Verstorbenen verbrannt und war in ein anderes Haus gezogen. Auch heute noch hüteten sich die Makah davor, die Namen ihrer Toten auszusprechen, denn sonst fühlten diese sich von ihren Lieben gerufen und kehrten zu ihnen zurück.

Wer so jemanden aus dem Totenreich zurückkehren sah, hatte wenig Überlebenschancen. Denn hin und wieder kam einer und holte den, den er am meisten liebte, zu sich ins Land der Toten.

Aber wie sollte Micah seinem kleinen Bruder beibringen, dass er nicht mehr von seiner geliebten Großmutter sprechen durfte?

Micahs Sorge erwies sich als unbegründet. Ryder hielt sich auch während der Beerdigung tapfer und vorbildlich. So, als ob er keinen Zusammenhang sah zwischen dieser Kiste, die an Seilen in eine Grube in der Erde gesenkt wurde, und seiner Großmutter, die auf eine große Reise gegangen war.

Nur noch einmal fragte er: „Wo ist sie hingegangen, Micah?“

„Dorthin, wo wir sie nicht sehen können“, antwortete er.

Danach sprach Ryder nie mehr von seiner Großmutter und fragte auch nicht. Nach der Beerdigung auf dem Friedhof von Neah Bay, der auf einem Hügel hinter dem Museum lag, kümmerte sich ein Schamane um Waatla Waas Seele. So hatte sie es gewollt.

Es gab ein kleines Fest, bei dem Micah ihre Sachen verschenkte, denn so war es Brauch. Um nicht gegen den Brauch zu verstoßen, und dennoch im Besitz der Dinge zu bleiben, die ihm aus Waatla Waas Nachlass wichtig waren, verschenkte er sie einfach an Sally.

Auch Norma Buzzell, Wilsons Ehefrau, war gekommen, um der alten Frau die letzte Ehre zu erweisen und etwas aus ihrem Besitz weiterleben zu lassen. Gesicht und Haltung von Mungos Mutter zeugten von der tiefen Trauer, die sie über den Verlust ihres Sohnes empfand. In den letzten Tagen war sie um Jahre gealtert.

Micah schenkte ihr Waas Schaukelstuhl und bezeugte ihr seinerseits aufrichtiges Mitgefühl. Normas Augen schienen ihm etwas sagen zu wollen, aber ihre Lippen blieben stumm, versiegelt von einem Schmerz, der tiefer reichte, als Micah es wahrnahm.

Nachdem alles vorbei war, und auch Sally mit ihrem Vater nach Hause gefahren war, ging Micah zum Strand. Ein letzter farbiger Streifen lag auf dem Horizont, ein sterbendes Licht, das noch einmal einen heftigen Schmerz in ihm auslöste. Das Licht und der Schmerz öffneten ihm das Tor zur Trauer. Er schritt hindurch und ließ sie zu.

In den nächsten Wochen renovierte Micah mit Sallys Vater das Haus am Hobuck Beach, und als sie fertig waren, zogen er und Sally dort ein. Nach langen Überredungskünsten hatten sie Emmett davon überzeugen können, sein Haus in Neah Bay zu verkaufen. Er bezog Waatla Waas Zimmer und kümmerte sich um Ryder, während Sally im Museum arbeitete und Micah zum Fischen auf dem Meer war.

Sally wurde Micahs Frau. Die Freude über die Hochzeit seiner Tochter stand Emmett deutlich ins Gesicht geschrieben. Seine alten Kräfte kehrten wie durch ein Wunder nach und nach zurück und er fühlte sich voller Tatendrang. Für ihn hatte sich viel geändert. Und auch wenn diese Veränderungen nicht im direkten Zusammenhang mit der Waljagd standen, auf gewisse Weise taten sie es doch.

Emmett Kallappa unternahm lange Wanderungen mit Ryder und es stellte sich heraus, wie gut die beiden sich verstanden. Wenn Sally Zeit hatte, sich um Ryder zu kümmern, dann fuhr Emmett Kallappa mit seinem Schwiegersohn auf der ‚Starfish' hinaus und half ihm, seinen Fang einzuholen. Emmetts körperliche Kräfte wuchsen, je mehr er seine Muskeln wieder beanspruchte und ihnen Gelegenheit gab, sich zu beweisen.

Nur selten kehrte Micah ohne Fang zurück, nun, da er die Unterstützung des alten Mannes hatte, der sein Wissen gerne mit ihm teilte.

Als Sally die Ausstellung mit den Flechtarbeiten eröffnete, stand auf den Schildern unter Emmet Kallappas Stücken auch sein Name. Er hatte sich dazu durchgerungen, als er die Bewunderung über seine Fähigkeiten in den Augen seines Schwiegersohnes sah. Es gab also doch noch richtige Wunder.

In Neah Bay war unterdessen wieder Ruhe eingekehrt. Die Aufregung der Tierschützer um die Waljagd hatte sich gelegt. Möglicherweise waren sie verstört durch Mungo Buzzells Tod und fürchteten, dass er ihnen angelastet werden könnte.

Im Reservat ging das Leben seinen gewohnten Gang. Es gab keine Plakate und keine Drohanrufe mehr, obwohl die Makah eine weitere Waljagd für den Herbst angekündigt hatten.

Das Blut auf dem Strand von Neah Bay hatte die Flut mit sich genommen und aufs Meer hinausgespült. Die Knochen des Wals waren sorgfältig gereinigt worden und sollten nun von Schülern zu einem Modell zusammengebaut werden.

Nichts erinnerte mehr daran, was vor ein paar Wochen gewesen war. Jemand hatte den dunklen Schleier des Vergessens über die Ereignisse gezogen. Nur wer genauer hinsah, spürte die Veränderung, die unter den Makah vor sich ging. In die Augen der Fischer war das alte Leuchten zurückgekehrt, als wüssten sie erst jetzt wieder, wer sie wirklich waren.

Die Alten rückten wieder mehr ins Interesse des gesellschaftlichen Lebens, denn sie waren es, die nur aus ihrem Gedächtnis zu schöpfen brauchten, um die alten Zeiten mit ihren Geschichten wieder aufleben zu lassen.

Und die Jungen gaben sich mehr Mühe, die alte Sprache zu erlernen, so als kämen sie mit jedem Wort der Lösung eines Geheimnisses ein Stück näher. Vielleicht war es ja auch so.

Allerdings waren die Leute von Neah Bay Fremden gegenüber nun noch misstrauischer, als sie es zuvor gewesen waren.

Lita Bowechop blieb verschwunden, doch irgendwann bekam Ryder eine Postkarte aus San Diego, auf der eine Walkuh mit ihrem Kalb zu sehen war. Außer Ryders Namen und Anschrift war darauf nichts geschrieben, aber Ryder verstand die Botschaft auch so. Mit vor Stolz geschwellter Brust zeigte er die Karte umher.

Die Ermittlungen zu Buzzells Tod wurden eingestellt, da es keine ausreichenden Hinweise auf einen Verdächtigen gab. Man sagte, Wilson Buzzell könne den Tod seines Sohnes nicht verwinden und wäre darüber krank geworden.

Eines Abends klingelte im Haus am Hobuck Beach das Telefon und Sally nahm ab. Sie lauschte der stockenden Stimme, dann reichte sie den Hörer an Micah weiter. „Für dich", sagte sie. „Es ist Norma Buzzell."

Norma bat Micah in ihr Haus zu kommen, es wäre wichtig und sehr dringend.

Als er sich kurz darauf zu Fuß auf den Weg zu Buzzells Siedlung machte, quälte Micah eine einzige Frage: Was würde Wilson ihm erzählen? Dass er seinen Sohn getötet und sich auf den Rücken gebunden hatte, um noch mehr Macht zu erlangen? Wenn es so war, dann würde Micah dieses Bild ewig mit sich herumtragen müssen und sich irgendwie schuldig fühlen, weil er Ahnungen gehabt und nichts getan hatte.

Schließlich rannte er, weil er es endlich hinter sich bringen wollte; weil die Wahrheit immer noch besser zu ertragen war, als all diese Zweifel, die ihn plagten. Die Dunkelheit schien zu schlingern, Himmel und Meer wurden eins. Die Ya'i-Geister tauchten nicht wieder auf, obwohl er beinahe mit ihnen rechnete, so verwunschen war die Nacht, so aufgewühlt sein Inneres.

Schließlich erreichte er Buzzells Haus, – es war eines der ersten nach dem Strand. Micah rang nach Atem. Er klopfte und eine junge Frau ließ ihn ein. Es war Ulu, eine von Buzzells hübschen Töchtern. Buzzell saß kerzengerade auf einem einfachen Holzstuhl im Wohnraum. In der Rechten hielt er den Stab mit dem verdorrten Sattel des Wals und seinen vertrockneten Augen, geschmückt mit Federn. Wilson Buzzells Gesicht war welk und eingefallen, die Augen lagen tief in ihren Höhlen. Er war ein kranker Mann, gezeichnet vom Tod.

Wilson gab Micah ein Zeichen sich zu setzen, und seiner Frau und den Töchtern einen Wink, dass sie den Raum verlassen sollten. Micah ließ sich auf einen Stuhl am Tisch nieder. „Du wolltest mich sprechen?", fragte er den alten Mann, der fest den Stab umklammert hielt, an dem die mumifizierten Teile des Wals hingen. Micah hatte Mühe, nicht von Übelkeit überwältigt zu werden. Er rang immer noch nach Atem.

„Ich bin alt", sagte Wilson, „und mein einziger Sohn ist tot. Es gibt niemanden, dem ich mein Wissen weitergeben kann. Es wird mit mir sterben."

„Du kannst Enkel haben", sagte Micah, weil er nicht wusste, worauf der alte Walfänger hinaus wollte.

„So viel Zeit habe ich nicht mehr. Ich werde sterben. Jemand hat mich verhext, weil er mir meine Macht und meine Privilegien missgönnt."

„Welche Macht?", fragte Micah müde. „Welche Privilegien? Edward Cheeka und die Mitglieder des Stammesrates lenken die Geschicke unseres Volkes, und das, obwohl keiner von ihnen ein Walfänger ist. Was wir getan haben, Wilson, hat nur noch symbolische Bedeutung."

„Nicht für mich", bellte Buzzell laut.

„Also gut, Wilson, was willst du von mir?"

„Ich möchte, dass du dich um meinen Walschrein kümmerst."

Micah schluckte überrascht, denn damit hatte er nicht gerechnet.

„Ich weiß, dass du dort gewesen bist. Ich habe dich gesehen."

„Es tut mir Leid", stammelte Micah, „aber Ryder hat den Schrein zufällig entdeckt und er war so erschrocken, dass …"

„Schon gut", würgte Buzzell Micahs Satz mit einer strikten Handbewegung ab. „Das tut jetzt nichts mehr zur Sache. Ich bitte dich darum, dich um den Schrein zu kümmern, mehr nicht. Sorge dafür, dass der Wald ihn nicht verschlingt. Und sollte ich jemals einen Enkel haben, dann führe ihn dorthin, wenn er alt genug ist, und übergib ihm sein Erbe."

Micah sagte noch immer nichts. Wilsons Bitte war eine sehr ungewöhnliche. „Was ist es für eine Krankheit?", fragte er.

„Ich habe Krebs, Micah, genauso wie deine Mutter. Wirst du es tun?" Der alte Mann betrachtete ihn lauernd.

„Ich werde es tun, aber als Gegenleistung musst du mir eine Frage beantworten."

Wilson Buzzells große Hände klammerten sich fest um den Stab mit dem verdorrten Fleisch und den Federn. Er nickte und sagte: „Ich habe meinen Sohn nicht umgebracht."

„Was ist passiert?", fragte Micah.

Buzzell dachte nicht mehr nach. Er hatte sich längst entschieden Micah Mahone zu erzählen, was in jener Nacht vorgefallen war. Schwer und leise kamen die Worte über seine Lippen: „Nach dem Fest trafen wir uns beide auf den Klippen. Ich wusste, dass Mungo oft dort saß und rauchte. Ich hatte es ihm verboten, aber er hörte nicht auf damit. Es kam zu einem Streit. Mungo erzählte mir, dass dein Bruder und dieses Mädchen unsere Lieder gehört und den Walschrein gesehen hatten. Er schrie, nichts wäre so gelaufen, wie es hätte sein müssen, und wir hätten den Wal trotzdem getötet. Er sagte, er würde mir nicht mehr glauben, diese ganzen Geschichten seien nur Betrug und er würde da nicht mehr mitmachen. Mungo wollte fortgehen aus Neah Bay."

Während er das erzählte, sank der alte Mann in sich zusammen und es blieb nichts mehr von seinem Stolz und seiner Würde, nicht mehr als ein armseliges Häuflein Unglück. „Mungo wollte gehen und ich hätte ihn ziehen lassen müssen, ich konnte ihn nicht halten. Ich habe versucht, ihn mit den alten Legenden unserer Familie an mich zu binden, aber es war mir nicht gelungen. Ich sollte ihn verlieren."

Mit gesenktem Kopf fuhr Buzzell fort: „Ich bin schon lange krank und wusste, ich würde bald sterben. Also konnte es genauso gut auch gleich sein. Aber Mungo erahnte meine Gedanken und sprang auf mich zu, um mich vom Abgrund zurückzureißen. Er packte mich und ich wollte ihn abschütteln. Dabei verloren wir beide das Gleichgewicht und stürzten ins Meer. Es war Ironie des Schicksals", Wilson lachte bitter. „Mir passierte nichts, ich tauchte unversehrt wieder auf, aber Mungo ... er blieb verschwunden."

„Was geschah dann?", fragte Micah, nahe dran, Wilson nach den Druckstellen auf Mungos Brust zu fragen. Er dachte dabei mehr an menschliche Fehler als an ein Verbrechen.

„Ich holte mein Boot und suchte nach ihm. Schließlich fand ich ihn, auf dem Wasser treibend. Mit einem Seil versuchte ich ihn ins Boot zu ziehen. Ich schaffte es nicht und schleppte ihn an Land. Aber alle Wiederbelebungsversuche waren umsonst. Als ich merkte, dass ich ihm nicht mehr helfen konnte, gab ich ihn dem Meer zurück."

„Warum, Wilson?"

„Weil er durch meine Dummheit gestorben war. Weil ich meinen eigenen Sohn auf dem Gewissen hatte und niemand es erfahren sollte, vor allem Norma nicht. Ich wollte mein Geheimnis mit ins Grab nehmen."

Micah stand auf, ging zu Buzzell und legte ihm eine Hand auf die Schulter. „Ich verspreche dir, mich um deinen Walschrein zu kümmern und ihn später deinem Enkel zu übergeben."

„Danke", sagte Buzzell, der Walfänger, aus dem innerhalb weniger Wochen ein kranker, gebrochener Mann geworden war. Ob nun verhext oder nicht, er würde bald sterben und er war noch nicht alt.

Auf dem Rückweg über den dunklen Strand dachte Micah, dass sich hinter allem etwas anderes verbergen konnte, als es den Anschein hatte. Nur zu glauben, was man sah, war nicht unbedingt ein Beweis menschlichen Verstandes. Seine Gedanken, die nach Mungos und Waatla Waas Tod ziellos umhergeirrt waren, kehrten zur Klarheit zurück.

Micah verharrte einen Augenblick am Strand, und als er lauschte, konnte er das Meer atmen hören.

Einige Zeit später wurde in der erneut zusammenberufenen Sitzung der Walfängerfamilien die nächste Jagd eines Grauwales für den Herbst beschlossen. Drei Familien würden die Jagd ausführen. Eine davon war für die Vollständigkeit der Ausrüstung verantwortlich, die für die Jagd und das Schlachten des Wals benötigt wurde.

Neben Vertretern der drei Familien, unter denen auch vier Frauen waren, saßen Keith Jimmicum, Arnie Parker und Bill Lighthouse in der Runde. Auch Micah Mahone war wieder eingeladen worden. Er wunderte sich darüber, denn die Paddler sollten vollständig ausgetauscht werden, damit immer neue Männer die Möglichkeit bekamen, an der Jagd teilzunehmen, und die Ehre eines Walfängers zu genießen.

Schließlich wurde abgestimmt, wer nach Wilson Buzzell –

der wenige Tage zuvor gestorben war – die ehrenvolle Stelle des Walhäuptlings und ersten Harpuniers übernehmen sollte. Zu Micahs Überraschung fiel die Wahl auf ihn selbst. Waatla Waa hatte Recht behalten. Er bekam die Chance, das Erbe seines Großvaters und der Großväter davor fortzusetzen. Nach alter Tradition hatte er den obersten Rang erreicht – wenn er dazu bereit war.

Ein kalter Schauer rann über Micahs Rücken und er schloss die Augen. Es war still geworden im Raum, nur der einsetzende Regen war zu hören, der gegen die großen Fenster des Versammlungshauses trommelte.

Micah sah sich vor der Erfüllung seines Traumes, der ihn begleitet hatte, seit er ein Junge war: Er stand im Bug des bemalten Kanus, die fünf Meter lange Harpune in den Händen. Um ihn herum der Pazifik, die uralte Macht. Hinter ihm die Männer, auf die er sich hundertprozentig verlassen konnte. Und vor ihm der Wal, direkter Nachfahre wilder Urtiere, ausgestattet mit Stärke und einem uralten Wissen. Der Wal würde sich opfern, und er, Micah Mahone, sich seiner würdig erweisen.

Aber dann drängten sich andere Bilder in sein Gehirn. Die sterbenden Augen des jungen Walweibchens und seine blutige Atemwolke. Mungo Buzzells angespülte Leiche am Strand von Neah Bay, mit Kelpschlingen um Hals und Beine, die toten Augen stumpf vom Salzwasser. Und das gealterte, von Krankheit gezeichnete Gesicht Wilson Buzzells, der sich die Schuld an allem gab.

Die bleichen Schädel aus Buzzells Walfängerschrein starrten Micah an, die unfreundlichen Holzfiguren schienen ihm etwas zuzurufen. Er dachte an Waatla Waas Geschichten vom frühen Tod der Walfängerfamilien.

Dann sah er Sally, seine Sally, die ihn vertrauensvoll anlächelte. Micah spürte, wie stark seine Liebe zu dieser Frau war. Stärker als Ruhm und Ehre, stärker als seine Furcht vor der Zukunft und stärker als die Macht der Vergangenheit. Und im Grunde stand sein Entschluss schon lange fest.

Als Micah Mahone seine Augen wieder öffnete, starrten ihn die Versammelten erwartungsvoll an. Dunkle Augenpaare ruhten auf seinem Gesicht, hingen an seinen Lippen und warteten auf eine Antwort.

Schwerfällig erhob Micah sich von seinem Stuhl und stützte die Handflächen auf den Tisch. Die Gesichtszüge angespannt, sagte er: „Ich danke euch für das Vertrauen in mich und meine Fähigkeiten. Ich bin sehr stolz darauf, dass ihr mich für würdig haltet, den Wal zu töten. Auch mein Großvater Moses Mahone und meine Großmutter Waatla Waa wären sehr stolz auf mich. Und dennoch …", Micah zögerte eine Weile, holte tief Luft und fuhr dann mit fester Stimme fort: „und dennoch muss ich euer Angebot ablehnen."

Ein erstauntes Raunen ging durch die Reihe, aber kurz darauf erstarb das Gemurmel wieder. Die Makah warteten gespannt auf Micah Mahones Erklärung. Er wusste, diese Verweigerung hätte ihm in der alten Zeit den sicheren Tod gebracht. Aber die alten Zeiten waren endgültig vorbei und er würde sich nicht von ihnen beherrschen lassen.

„So wie ihr bin ich mit den alten Geschichten der Walfänger aufgewachsen", sagte er. „Aber erst während der Tage vor der Jagd im Frühjahr erzählte mir meine Großmutter von Ritualen und Geschichten, die so bizarr waren, dass sie mir Furcht einflößten. Ein paar davon haben sich in die Köpfe unserer Leute zurückgeschlichen, obwohl sie lieber im Verborgenen der Zeit geblieben wären. Ich glaube, jeder von euch weiß wovon ich rede." Micah blickte in die Runde. Köpfe nickten, Blicke senkten sich.

„Meine Frau ist schwanger und wir freuen uns beide sehr auf unser erstes Kind. Ich möchte für meine Familie da sein, sie ist mir wichtiger als alle Privilegien. Sollte ich einen Sohn haben, werde ich die Lieder meiner Familie, mein Wissen und Können an ihn weitergeben, damit er später seine eigene Entscheidung treffen kann.

Möglicherweise werdet ihr mich nicht verstehen, aber in Zukunft werde ich das tun, was ich auch sehr gut kann, und was ich all die vergangenen Jahre getan habe: Ich werde fischen und versuchen auf diese Weise meine Familie zu ernähren."

Die meisten der Versammelten nickten und akzeptierten Micahs Entscheidung. Nur ein junger Mann von zwanzig Jahren funkelte ihn zornig an, als hätte Micah ihn persönlich beleidigt.

Solche Mungo Buzzells wie ihn wird es wohl immer wieder geben, dachte Micah achselzuckend. Junge Menschen, die von Kindheit an mit Legenden gefüttert wurden, und denen man vergessen hatte beizubringen, wie sie im wirklichen Leben zurechtkommen konnten.

Micah verließ den Versammlungsraum, denn jetzt gehörte er nicht mehr zu den Walfängern. Er hatte sich für einen anderen Weg entschieden. Nun war es die Aufgabe der übrigen Versammelten, für die nächste Jagd einen würdigen Harpunier zu finden.

Wer Mungo Buzzell getötet hatte, oder ob es ein Unfall gewesen war, blieb den Makah weiterhin ein Rätsel und wurde Teil der Stammesgeschichte. Zwei Sommer darauf stellte man fest, dass jemand das Familiengrab der Buzzells geöffnet hatte und die Köpfe von Mungo und seinem Vater verschwunden waren. Dass diese Geschichte keine schwerwiegenden Folgen hatte, war allein Chief Bill Lighthouse und seiner Umsicht zu verdanken.

Micah hielt sein Versprechen und kümmerte sich um Wilson Buzzells Walschrein. Er sorgte für ein dichtes Dach und verhinderte, dass der Wald den Ort überwucherte. Als er jedoch eines Tages den Schrein besuchte und feststellte, dass zu der Sammlung von zwölf Schädeln zwei weitere dazugekommen waren, verfluchte er Buzzell und das Versprechen, das er ihm gegeben hatte, und überließ von da an den Walschrein sich selbst.

Das Dach moderte unter der Nässe des ständig tropfenden Waldes. Zweige und Ranken begannen sich der Holzfiguren und der bleichen Schädel zu bemächtigen. Kleine Nager nutzten die Schädel als willkommene Behausung. Der Küstenwald von Shi-Shi Beach nahm Besitz von Buzzells Walschrein. Die Geister der Toten ließen sich in den Bäumen nieder, die ihn säumten. Dort harrten sie aus, bis zu jenem Tag, an dem ein junger Mann nach dem Schrein suchen und ihn aus der Umklammerung des Waldes befreien würde. Denn es gab immer wieder Menschen, die ein uraltes Erbe in sich trugen und imstande waren, in zwei Welten gleichzeitig zu leben.

Ende

Nachbemerkung

Im Frühjahr 1999 erlegten die Makah-Indianer vor dem Hobuch Beach einen Grauwal auf traditionelle Weise. *Der Walfänger* ist ein Roman, auch wenn einige Begebenheiten in ähnlicher Weise stattgefunden haben.

Mein besonderer Dank gilt Keith A. Johnson, dem Leiter der Makah Walfangkommission, der sich die Zeit nahm, mir ausführlich über die Jagd, ihre Vorbereitungen und ihre Folgen zu berichten.

Die im Roman dargestellten Personen, ihre Namen und die Ereignisse sind frei erfunden. Was die historischen Fakten betrifft, zeichnet das Buch die Wahrheit, so, wie sie überliefert ist. Sollten dabei Fehler unterlaufen sein, war dies nicht beabsichtigt und ist allein mir selbst zuzuscheiben.

Antje Babendererde

Nun ist die aufregende Geschichte von Irina, Micah und der Waljagd bei den Makah zu Ende. Und Sie haben noch immer Lesehunger. Dann empfehlen wir:

Antje Babendererde
DIE SUCHE
Roman, 320 S., Leinen
ISBN 978-3-87536-250-3

Der neunjährige Indianerjunge Stevie ist vom Spielen im Wald nicht zurückgekehrt. Die Polizei sucht das weitläufige und unwegsame Reservatsgelände ab und befürchtet ein Verbrechen. Hängt Stevies Verschwinden mit dem Kampf der Cree-Indianer gegen den mächtigen japanischen Papierkonzern zusammen, der die Abholzung der Wälder auf Reservatsgelände betreibt?

Nun vertreibe ein Buch die Sorgen!
MERLINS SCHMÖKERECKE

NUNC · LIBRO · PELLITE · CURAS
Merlins Schmöker Ecke

MERLIN VERLAG, 21397 Gifkendorf Nr. 38

Boualem Sansal
HARRAGA
Roman, 320 S., Leinen
ISBN 978-3-87536-254-1

Unterschiedlicher können zwei Frauen nicht sein: Lamia ist Kinderärztin und hat sich mit den trostlosen Lebensumständen in Algier arrangiert; Chérifa ist 16, schwanger und sucht inmitten der arabischen Welt nach Freiheit und Lebensfreude. Konflikte sind vorprogrammiert ...
Sansals Hommage an die Frauen ist die vitale Geschichte zweier Heldinnen des Alltags.

„Der Roman entwickelt sich zunächst fast unmerklich, aber mit starkem Sog, zu einer Art Thriller."
DEUTSCHLANDRADIO KULTUR

MERLIN VERLAG, 21397 Gifkendorf Nr. 38

Antje Babendererde
WUNDES LAND
Roman, 320 S., MTb
ISBN 978-3-87536-252-7

Ellen arbeitet für eine internationale Unterstützergruppe in einem nordamerikanischen Indianerreservat. Der attraktive Lakota Tom kümmert sich um sie. Doch Ellen stößt immer wieder auf Schwierigkeiten im Umgang mit den Indianern, die Hilfe aus dem Ausland zurückweisen. Zufällig wird Ellen Zeugin in einem Mordfall und rettet dem schwerverletzten Keenan das Leben. Doch als sie Keenan zur Flucht nach Kanada verhelfen will, gerät Ellens Leben völlig außer Kontrolle. Eine hinreißende Liebesgeschichte und ein spannendes Road-Movie, das kenntnisreich von einer fremden Welt erzählt.

MERLIN VERLAG, 21397 Gifkendorf Nr. 38

Die Originalausgabe ist im Jahre 2002 in Merlins Schmökerecke erschienen.

Umschlagdesign: Gabriele Altevers
Gesamtherstellung: novoprint, Barcelona

1. Auflage, Gifkendorf 2008
Im 51. Jahr des Merlin Verlags
ISBN 978-3-87536-268-8
www.merlin-verlag.de